# Edition Metzengerstein

*Herausgegeben von Frank Festa*

**Band 18**

**Aus dieser Reihe weiterhin lieferbar:**

| | | |
|---|---|---|
| 2701 | MALTE S. SEMBTEN | *Hippokratische Gesichter* |
| 2702 | HENRY S. WHITEHEAD | *Der persische Ghoul* |
| 2703 | MICHAEL SIEFENER | *Das Reliquiar/Die Wächter* |
| 2704 | THOMAS LIGOTTI | *Teatro Grottesco* |
| 2709 | TERRY LAMSLEY | *Geistergeschichten aus Buxton* |
| 2710 | ERIC COUNT STENBOCK | *Studien des Todes* |
| 2711 | BRIAN HODGE | *Von Heiligen und Mördern* |
| 2712 | DAN SIMMONS | *Lovedeath – Liebe und Tod* |
| 2713 | FRANK FESTA (HG.) | *Psycho-Express* |
| 2714 | TOM PICCIRILLI | *Söhne des Bösen* |
| 2715 | DAVID J. SCHOW | *Der Schacht* |
| 2716 | CLIVE BARKER | *Spiel des Verderbens* |
| 2717 | THOMAS LIGOTTI | *In einer fremden Stadt ...* |
| 2718 | RICHARD LAYMON | *Parasit* |

**In Vorbereitung:**

| | | |
|---|---|---|
| 2719 | S. P. SOMTOW | *Dunkle Engel* |

# PARASIT

## Richard Laymon

Roman

Aus dem Amerikanischen von Michael Plogmann

FESTA

1. Auflage September 2001

www.Festa-Verlag.de

Originaltitel: *Flesh*

Druck und Bindung: Wiener Verlag, A-2325 Himberg


ISBN 3-935822-08-1

# 1

Eddie hatte in seinem Lieferwagen die Straße ganz für sich allein.

Da war nur noch dieses Fahrrad. Als er es das erste Mal von der Kuppe des Hügels ausmachte, war es weit weg unten auf der Straße. Auf diese Entfernung konnte er nicht allzu viel von dem Fahrer erkennen.

Zumindest war es kein Kind.

Das Rad war eines von dieser hohen, windschnittigen Sorte, nicht eines von denen, mit denen Kinder durch die Gegend strampelten. Und der Fahrer schien groß genug, um mit dem Rad umgehen zu können.

*Könnte ´n Teenager sein*, dachte Eddie. *Könnte auch ´ne Puppe sein.*

Blinzelnd beugte er sich vor. Die Unterseite des Lenkrads drückte in seinem Bauch, füllte die Falte zwischen seinen Speckrollen.

*Das könnte tatsächlich ´ne Puppe sein.*

Mit dem Handrücken fuhr Eddie sich über den Mund.

Er war jetzt halb den Hügel hinunter, gewann an Tempo und verringerte allmählich die Distanz zwischen dem Lieferwagen und dem Rad.

Die Gestalt auf dem Fahrrad hatte ziemlich langes braunes Haar. Das mußte nicht viel bedeuten. Eine Menge Männer trugen ihr Haar so lang und noch länger.

Allerdings tragen nicht viele Kerle rote Shorts.

Eddie fuhr näher ran.

Nahe genug, um zu erkennen, wie die Hüften des Fahrers von der schmalen Taille abwärts breiter wurden.

Also doch eine Puppe.

Zu beiden Seiten der Straße breiteten sich Felder aus, auf denen vereinzelt Bäume standen. Keine Häuser. Keine Menschen. Die Straße vor ihm war ausgestorben, so weit er sehen konnte. Eddie sah in den Rückspiegel. Die Fahrbahn hinter ihm war ebenfalls leer.

»Also die da«, sagte er.

Er trat das Gaspedal durch.

Die Radlerin hatte sich nicht umgeschaut, aber sie mußte das Motorengeräusch gehört haben. Das Rad zog nach rechts hinüber, weg von der Mitte der Straße und fuhr jetzt einen Meter vom Fahrbahnrand entfernt weiter.

Eddie schloß zu ihr auf.

Die Fahrerin war über den Lenker gebeugt. Sie trat weiter in die Pedale. Ihr T-Shirt war so eng, daß Eddie die Wirbel ihres Rückgrats erkannte. Nackte Haut schimmerte zwischen dem unteren Saum ihres Shirts und dem elastischen Band der Shorts durch.

Ihr linker Arm gestikulierte. Sie winkte Eddie vorbei.

Im letzten Augenblick schaute sie sich um. Eddie war so nahe, daß er die blaue Farbe ihrer Augen erkennen konnte. Sie sah verdammt gut aus.

Er steuerte auf sie zu.

*Ich stehe auf die Gutaussehenden.*

Ihr Vorderrad brach nach rechts aus.

*Hübsch und jung und zart.*

Er wartete darauf, daß sie auf die Windschutzscheibe prallte.

Doch sie wurde in die falsche Richtung geschleudert – nach vorne und rechts. Sie saß nicht länger auf ihrem Rad. Sie flog mit strampelnden Beinen durch die Luft, als Eddies Lieferwagen gegen das Fahrrad krachte.

*Kein Problem*, dachte Eddie.

*Die kommt nicht weit. Ich krieg' sie. Das wird ein Spaß.*

Seine Reifen auf der rechten Seite holperten über den kiesbestreuten Randstreifen der Straße, und er lenkte gerade zurück auf den Asphalt, als vor ihm eine Brücke auftauchte.

Sie war ihm vorher nicht aufgefallen.

Er erhaschte einen Blick auf das Schild, als er daran vorbeiraste: 'Weber Creek'.

Ziemlich mickriger Bach.

Und eine ziemlich mickrige Brücke – aber mit einer meterhohen Betonbrüstung.

# 2

Geht es Ihnen gut?«

»Sehe ich so aus, als gehe es mir gut?«

Sie saß auf dem Boden mit dem Rücken zur Straße, den Kopf nach hinten gedreht, um ihn anzusehen. Über ihrer rechten Augenbraue war die Haut bis zum Haaransatz abgeschürft. Auf dem blanken Fleisch glänzten Blutstropfen. Die Wunde war schmutzig, und Fetzen trocknen Unkrauts hafteten in den blutigen Abschürfungen.

Jake setzte sich zu ihr an den Straßengraben.

Ihre Knie und die Vorderseite ihres rechten Oberschenkels waren genauso mitgenommen wie ihre Stirn. Ihr rechter Arm hing zwischen den Beinen herab, die Knöchel berührten den Boden. Sie stabilisierte den zitternden Arm mit ihrer anderen Hand. Es schien gar nicht darum zu gehen, das Zittern zu unterdrücken. Die gesunde Hand war wohl eher zur Beruhigung da, so wie man seine Hand auf ein verletztes Tier legen mochte.

»Glauben Sie, daß er gebrochen ist?« fragte Jake.

»Woher soll ich das wissen?«

Jake holte ein Notizbuch hervor: »Verraten Sie mir Ihren Namen?«

»Jamerson«, sagte sie. Ihr Mundwinkel zuckte.

Jake schrieb. »Und Ihr Vorname?«

»Celia.«

»Danke.«

Sie drehte ihren Kopf, um ihn erneut anzusehen. »Sollten Sie nicht irgendwas *deswegen* unternehmen?« Ihre Augen deuteten auf den brennenden Lieferwagen zwanzig Meter weiter.

»Die Feuerwehr ist unterwegs. Mein Kollege hat ein Auge darauf.«

»Was ist mit dem ... Fahrer?«

»Wir können nicht viel für ihn tun.«

»Ist er tot?«

*Hackfleisch*, hatte Chuck es formuliert, als er die Überreste des Fahrers aus der Windschutzscheibe hängen sah.

»Ja«, sagte Jake.

»Er hat versucht, mich zu überfahren. Wirklich. Er hatte die ganze Straße für sich, ich fahre am Straßenrand und winke ihm noch, vorbeizuziehen, aber als ich dann zurückschaue, da hält der direkt auf mich zu. Er hat gegrinst, und direkt auf mich gezielt. Der hatte bestimmt hundert Sachen drauf.« Ihre Miene spiegelte Ratlosigkeit, so als habe sie einen schlechten Witz gehört und warte jetzt darauf, daß Jake ihr die Pointe erklärte. »Der Kerl wollte mich umbringen. Er hat mein Fahrrad zu Schrott gefahren.«

Sie nickte dorthin. Das Rad lag mit verbogenen Rädern im Unkraut auf der anderen Seite des Straßengrabens.

»Was passiert ist? Ich habe das Rad herumgerissen, um ihm auszuweichen und dabei habe ich es zu weit verrissen. Kurz bevor er es erwischt hat, nehme ich an. Mich hat der Wagen nicht einmal gestreift. Das nächste, was ich mitgekriegt habe – ich landete im Graben und dann hat es da gekracht. Scheißkerl. Das hat er davon, wenn er durch die Gegend fährt und versucht ... Ich habe ihm doch nichts getan ...«

»Kannten Sie ihn?« fragte Jake.

»Ich habe von so Kerlen gehört, die überfahren Hunde, nur so zum Spaß. Hey, vielleicht hat er mich für einen Hund gehalten.« Sie versuchte ein Lachen, brachte jedoch nur ein rauhes, schluchzendes Geräusch hervor.

»Haben Sie den Mann je zuvor gesehen?«

»Nein.«

»Haben Sie irgend etwas getan, um ihn zu provozieren?«

»Natürlich, ich habe ihm den Mittelfinger gezeigt. – Was soll das? Ist das plötzlich alles meine Schuld?«

»*Haben* Sie?«

»Nein, verdammt! Ich habe ihn nicht mal gesehen, bis er mir am Arsch saß.«

»Also ihrer Meinung nach gab es für seine Tat keinerlei Anlaß?«

»So ist es.«

»Sie sagten, Sie hörten das Krachen, gleich nachdem Sie im Graben gelandet waren?«

»Vielleicht auch kurz vorher. Ich weiß es nicht.«

»Und was geschah dann?«

»Ich schätze, ich bin ohnmächtig geworden. Ja, da bin ich mir ziemlich sicher. Und dann, dann hörte ich Ihre Sirene. Da habe ich mich aufgerappelt und ...«

»Hey, Jake!«

Jake sah über die Schulter. Chuck stand mit einem Feuerlöscher in der Hand vor der offenen Hecktür des brennenden Lieferwagens und winkte ihn zu sich. »Ich sehe besser nach, was er will. Bleiben Sie einfach hier sitzen, der Krankenwagen ist unterwegs.«

Celia nickte.

Jake erhob sich, wischte sich den Hosenboden ab und ging zu seinem Kollegen hinüber.

»Sieh dir das an«, sagte Chuck und zeigte auf den Boden.

Auf dem hellen Staub des Randstreifens waren ein paar dunkle Flecken. Jake ging in die Knie, um die Sache näher in Augenschein zu nehmen.

»Sieht aus wie Blut «, sagte Chuck.

»Scheint so.«

»War das Mädchen hier?«

»Nicht nach dem, was sie mir erzählt hat.«

»Wir sollten da lieber sichergehen. Denn, wenn die nicht ... Ist dir klar, was das heißt?«

Jake hörte eine Sirene in der Ferne. Er sah einen Blutfleck auf dem grauen Asphalt der anderen Straßenseite. Die Feuerwehr oder der Krankenwagen waren noch nicht in Sicht, also lief er über beide Fahrspuren. Chuck trottete neben ihm her und schleppte dabei immer noch den Feuerlöscher mit sich herum.

»Wie kann jemand so einen Unfall überleben?«

Jake schüttelte den Kopf. »Pures Glück.«

»Ja, ich schätze, sowas kommt vor. Manchmal gibt es ja auch Leute, die überleben einen Flugzeugabsturz. *Da.*«

»Ich sehe es.«

Ein Schmierer Blut auf einem Farnblatt.

Jake trat in das Gestrüpp. Er kontrollierte den Graben und die Wiese dahinter. Beides war überwuchert mit Unkraut, das nach den letzten Frühlingsregen wuchs und gedieh. Auf der verwilderten Wiese wuchsen hier und da Büsche. Sogar ein paar vereinzelte Bäume standen herum.

Er sah niemanden.

Chuck formte die Hände an den Seiten seines Mundes zu einem Trichter und rief: »Hallo! Hey, du da!«

Obwohl Jake direkt neben ihm stand, konnte er die Stimme über den Lärm der Sirene hinweg kaum hören.

Dann erstarb die Sirene. Chuck rief erneut. Jake vernahm das Ächzen von hydraulischen Bremsen, das blecherne Knistern und die Stimme eines Funkgeräts.

Als er sich umsah, erkannte er den leuchtend gelben Spritzenwagen der Stadtfeuerwehr.

»Was glaubst du, warum hat er sich aus dem Staub gemacht?« fragte Chuck. »Wenn ich so einen Unfall gehabt hätte, würde ich doch dableiben und auf Hilfe warten.«

»Vielleicht steht er unter Schock und weiß nicht, was er tut. Vermutlich wollte er sich aber so schnell wie möglich von hier verpissen. Das Mädchen sagt, sie fuhr ganz harmlos mit ihrem Fahrrad die Straße entlang, und der Wagen hat versucht, sie mit voller Absicht zu überfahren. Was bedeuten würde, daß der Bursche nicht unbedingt ein Musterknabe ist. Du behältst die Sache hier im Auge, und ich sehe zu, ob ich den Kerl finde.«

»Laß dir nicht den ganzen Tag Zeit, ja? Ich kriege langsam Kohldampf, und meine Reserven sind erschöpft.«

Die Reserven waren das Arsenal an Bonbons, Snacks und Schokoriegeln, das Chuck im Streifenwagen angelegt hatte.

»Du wirst es überleben«, sagte Jake. Er gab Chuck einen Klaps auf seine Wampe, bevor er hinunter in den Graben kletterte. Dort suchte er nach Blutspuren und stieg er auf der anderen Seite wieder hoch.

Auf der Straße bekämpften die Feuerwehrleute die Flammen mit chemischen Löschmitteln. Chuck ging zu Celia hinüber, die nun stand – ein wenig zusammengekrümmt – und sie hielt sich noch immer den rechten Arm.

Jake überlegt, daß sie vermutlich zur Universität ging. Sie hatte das passende Alter, und wenn sie aus der Gegend stammte, hätte er sie vermutlich gekannt. Außerdem war da ihre patzige Art. *Sehe ich so aus, als gehe es mir gut?*

*Das kannst du ihr nicht übel nehmen*, sagte er sich. *Sie hat Schmerzen. Sie sieht gut aus, selbst mit dem ramponierten Gesicht. Sie war verdammt dicht davor gewesen, vorzeitig den Löffel abzugeben.*

Er ging weiter und setzte seine Suche fort.

Zwei im Lieferwagen; einer war getötet worden, der andere hatte sich aus dem Staub gemacht. Der tote Bursche war eindeutig der Fahrer. Der Überlebende mußte sich hinten im Wagen aufgehalten haben, sonst wäre er geradewegs durch die Windschutzscheibe geschleudert worden, genau wie sein Kumpan. Celia hatte auch nichts davon gesagt, daß sie jemanden auf dem Beifahrersitz bemerkt habe.

Wenn er hinten im Wagen gewesen war, hatte er vielleicht nichts mit der Sache zu tun. Nein, er steckte mit drin, oder er wäre nach dem Unfall in der Nähe des Lieferwagens geblieben.

Nach längerer Suche entdeckte Jake einen Löwenzahn mit einem geknickten Stengel und einem Blutfleck auf der Blüte. Das war ein paar Meter nördlich der Stelle, wo er aus dem Graben geklettert war. Im Geiste verband Jake die beiden Punkte und setzte die Linie über die Wiese fort. Sie führte zu einem flachen Hügel einige hundert Meter nordwestlich. Auf der Anhöhe standen einige Eukalyptusbäume. Er schritt darauf zu.

Hinter ihm erklang das Plärren einer weiteren Sirene. Das mußte der Krankenwagen sein.

*Die haben sich ganz schön Zeit gelassen*, dachte er.

Er warf einen Blick auf seine Armbanduhr: 15.20 Uhr. Chuck und er hatten den Rauch um 15.08 Uhr entdeckt. Zwei Minuten später waren sie am Unfallort gewesen und hatten die Meldung durchgegeben. Der Krankenwagen hatte also zehn Minuten gebraucht. Ein Glück, daß es kein wirklicher Notfall war.

Jake watete in den Weber Creek und spähte den schmalen Wasserlauf hinauf und hinunter. Auf der anderen Seite des Bachs nahm er sich die Zeit, das Areal nach Spuren abzusuchen. Das Unkraut wuchs beinahe kniehoch. Er konnte keine Blutspuren oder niedergetrampelte Pflanzen finden. Vielleicht hatte der Bursche die Richtung geändert. Aber als er zurückblickte, sah Jake auch von seinem eigenen Weg nur schwache Spuren.

*Ich bin nicht gerade der beste Fährtensucher der Welt*, dachte er.

Und wenn der Kerl sich die Mühe gemacht hatte, vorsichtig zu sein, konnte er die Stellen mit dem hohem Unkraut einfach umgangen haben und war dahin ausgewichen, wo der Bodenbewuchs nur spärlich war. Möglicherweise war er auch dem Bach gefolgt.

*Vielleicht bin ich schon an ihm vorbeigekommen. Wenn er sich flach auf den Boden gelegt hat ... Wenn er sich an mich heranschleicht ...*

Jake wirbelte herum. Da war niemand.

Sein Blick glitt über die Wiese. Dann blickte er zur Straße hinüber. Der Lieferwagen qualmte noch, aber er sah keine Flammen mehr. Chuck stand neben Celia. Ein Sanitäter lief auf sie zu.

Jake setzte seinen Weg zum Hügel fort, konnte sich jedoch des Gefühls nicht erwehren, daß er den Verdächtigen verloren hatte. Der Gedanke gefiel ihm nicht. Trotz des Blutes schien es offensichtlich, daß der Mann nicht allzu schwer verletzt war. Zwar verletzt, aber nicht außer Gefecht gesetzt.

Jemand, der versucht hatte, ein Mädchen umzubringen.

Jake wollte ihn nicht entkommen lassen.

Was war das für ein Kerl, der so etwas tun würde – der versuchte, eine Radfahrerin zu überfahren, eine völlig Fremde, am hellichten Tage?

Er hatte zwar nicht am Steuer gesessen, aber er war ein Komplize, da war sich Jake sicher.

Vielleicht hatten sie gar nicht vorgehabt, sie zu töten, und wollten sie bloß von der Straße abdrängen, ihr genügend Angst einjagen, daß sie nicht weglaufen würde, um dann über sie herzufallen. Das konnte Jake verstehen. Eine gutaussehende junge Frau – wenn man sie in den Lieferwagen zerrte, seinen Spaß mit ihr hatte, und sie dann später wieder rauswarf, sie vielleicht auch vorher umgebracht hatte ... Doch wenn Celias Aussage stimmte, hatten sie wirklich versucht, sie mit dem Lieferwagen über den Haufen zu fahren. Das wäre mit Sicherheit ihr Tod gewesen – und besonders appetitlich wäre sie dann auch nicht mehr gewesen. Schwerlich der typische Modus Operandi für ein Paar umherreisender Vergewaltiger.

Sie zuerst umbringen? Krank. Und ungewöhnlich. Es gab nun einmal nicht viele Nekrophile; die Chancen, daß sich zwei von denen zusammentaten, mußten verschwindend gering sein. Aber es gab sie.

Wahrscheinlicher war es allerdings, daß die Kerle sie einfach liegengelassen hätten. Mörder aus Lust am Nervenkitzel, die Straßen in einem Lieferwagen abklappern, auf der Suche nach geeigneten Opfern.

Wenn ich diesen Kerl verliere ... Jake drehte sich langsam um und suchte mit den Augen die ganze Wiese ab. Dann stapfte er zur Kuppe der Anhöhe hinauf. Er sah sich rasch unter den Bäumen um. Da war niemand. Auf der anderen Seite fiel der Boden zu einer schmalen Straße hin ab. Dahinter setzte sich die Wiese fort. Das Gesträuch und die Bäume wuchsen dort dichter. Eine Menge Möglichkeiten für einen Mann, sich zu verstecken.

Jake beobachtete das Gebiet lange Zeit. Dann drehte er sich um und musterte die Wiese, über die er gekommen war.

*Du hast ihn verloren.*

Er könnte jetzt eine Suchmannschaft zusammenstellen und die Gegend Zentimeter für Zentimeter durchkämmen. Das wäre das Sinnvollste, ließ sich aber leider nicht realisieren. Wie sollte er kurzfristig genügend Leute zusammenbekommen, um das auch ordentlich zu machen?

Jake lehnte sich gegen einen Baum. Er trat gegen einen Stein und ließ ihn den Abhang hinunterfliegen. Er landete in einem Gebüsch, und Jake stellte sich vor, wie sein Verdächtiger »Aua!« schrie und die Flucht ergriff.

*Träum weiter, Corey. Scheiße.*

Er starrte auf die Seitenstraße hinunter. Sie führte lediglich zum Oakwood Inn. Das alte Restaurant war seit Jahren geschlossen, doch ein Paar aus Los Angeles hatte vor, es wieder zu eröffnen. Er sah einen Kombi, der vor dem Gebäude parkte. Die Leute waren wohl da und brachten den Laden wieder auf Vordermann.

*Ich muß sie warnen.*

Aber das verdammte Restaurant schien kilometerweit weg zu sein. Müde und frustriert – und von nagender Schuld darüber erfüllt, daß er den Kerl verloren hatte –, stieß Jake sich von dem Baum ab und bahnte sich seinen Weg den Abgang hinunter. Er stapfte durch das Unkraut. Als er schließlich die Straße erreichte, war das Gehen einfacher.

Obwohl er nicht mehr erwartete, auf den Verdächtigen zu stoßen, hielt er weiterhin die Augen auf.

*Verdächtiger, was für eine Untertreibung. Der Kerl steht darauf, willkürlich Menschen umzubringen. Und ich hab´ ihn entkommen lassen.*

Vielleicht hatte der Unfall, der Schock, seinen Partner verloren zu haben, ihn auf den Boden der Tatsachen zurückgeholt. Sicher.

*Gottverdammt. Ich hab' ihn entkommen lassen, und es ist meine Schuld, wenn ...*

Ein entferntes Motorengeräusch unterbrach Jakes Gedanken. Wollte Chuck ihn einsammeln? Er drehte sich um und erkannte, daß das Geräusch aus der Richtung des Oakwood Inn kam. Der Kombi fiel ihm wieder ein.

Er wandte den Kopf nach vorn.

Er stand in einer Senke. Er sah nur die Straße.

Dem Lärm nach beschleunigte der Wagen.

Jetzt begriff er: Er war schwer von Begriff gewesen – er hätte es in dem Moment ahnen müssen, als er den Wagen dort unbewacht vor dem Restaurant stehen sah. *Dein Lieferwagen hat einen Totalschaden, du bist zu Fuß unterwegs, du hast Schmerzen, und du entdeckst ein unbeaufsichtigtes Fahrzeug ...*

Mit wild rasendem Herzen und trockenem Mund zog Jake Corey seine Dienstwaffe, plazierte seine Füße zu beiden Seiten der verblaßten gelben Mittellinie der Straße, ging in Schußposition und wartete.

Er zielte auf den Kamm der Straße, fünfzig Meter vor ihm.

»Komm schon, du Bastard.«

Jake wünschte, er hätte eine Magnum, wie die, die Chuck trug. Damit hätte er den Wagen ausschalten können.

So mußte er den Fahrer selbst ausschalten.

Er hatte noch nie jemanden erschossen. Doch er wußte, jetzt war es soweit. Er durfte den Mistkerl nicht entwischen lassen.

Sechs Kugeln durch die Windschutzscheibe. Das wird reichen.

Der Wagen kam in Sicht, hüpfte durch die Schlaglöcher, als er über den Kamm raste, und auf ihn zu kam.

*Warte, bis er dich fast erreicht hat, dann pustest du ihn weg und bringst dich mit einem Hechtsprung in Sicherheit.*

Jakes Finger strаffte sich um den Abzug.

Bremsen kreischten. Der Wagen geriet ins Schleudern, schlingerte und kam dreißig Meter vor ihm zum Stehen.

Jake konnte es nicht fassen. »Lassen Sie mich Ihre Hände sehen!« brüllte er.

Der Fahrer, ein dünner und ängstlich aussehender Mann von etwa Dreißig, starrte ihn durch die Windschutzscheibe an.

»Ich will Ihre Hände sehen, *sofort*! Auf's Lenkrad, jetzt!«

Die Hände kamen in Sicht. Sie umklammerten die Spitze des Lenkrades.

»Nicht rühren!«

Jake hielt seinen Revolver auf das Gesicht des Mannes gerichtet, während er sich dem Wagen näherte. Der Kopf des Fahrers drehte sich; die Augen folgten ihm, als er zur Tür ging.

Niemand sonst war im Fahrzeug. Jake öffnete die Tür und trat zurück. Er ging leicht in die Knie und hatte den Mann so voll im Blick.

Der Mann trug ein blaues Strickhemd. Und Bermudashorts. Und machte nicht den Eindruck, verletzt zu sein.

»Was ist los, Officer?«

»Legen Sie Ihre Hände auf den Kopf und verschränken Sie die Finger ineinander.«

»Ja, aber ...«

»Tun Sie's!«

*Warum machst du das hier?* fragte sich Jake. *Das ist doch eine billige Show. Aber vielleicht auch nicht. Du weißt es noch nicht genau. Nicht sicher.*

Der Mann legte die Hände auf seinen Kopf.

»Gut. Steigen Sie jetzt aus.«

Als der Bursche der Anweisung nachkam, sah Jake ihn von hinten. Auch dort kein Blut und keine Anzeichen einer Verletzung.

»Drehen Sie sich langsam um.« Jake deutete eine kreisförmige Bewegung mit seinem linken Zeigefinger an. Der Mann wandte sich um. Jake suchte nach verdächtigen Ausbeulungen an seiner Kleidung. Das Strickhemd war hauteng. Die einzige nennenswerte Beule befand sich an der Hintertasche seiner Shorts – eine Geldbörse. Gut. Jake wollte ihn nicht filzen.

»Dürfte ich wissen, was das soll?«

Jake schob seine Waffe in das Holster zurück.

»Kann ich bitte Ihren Führerschein sehen?«

Der Mann holte seine Brieftasche hervor. Er war erfahren genug, um den Führerschein aus seiner Plastikhülle zu ziehen. Wahrscheinlich war er bereits des öfteren wegen Verkehrsdelikten angehalten worden.

Jake nahm den Ausweis entgegen. Seine Hand zitterte. Es erinnerte ihn an Celias bebenden Arm.

Er schaute sich den Führerschein an. Ronald Smeltzer. Das Foto stimmte mit dem Gesicht den Mannes vor ihm überein. Er wohnte in der Euclid Street, Santa Monica, Kalifornien.

»Vielen Dank, Mr. Smeltzer«, sagte Jake und gab den Führerschein zurück. »Es tut mir leid, daß ich Sie auf diese Weise anhalten mußte.«

»Ein Winken hätte genügt.«

»Ich habe Scherereien erwartet. Ich vermute, Sie sind der neue Besitzer des Oakwood?«

»Das ist richtig. Darf ich wissen, was hier vorgeht? Ich sehe ja ein, daß ich ein bißchen zu schnell gefahren bin, aber ...« Er zuckte mit den Schultern. Er war offensichtlich wütend, würde aber keinen Ärger machen.

Jake konnte ihn verstehen. »Ich war auf dem Weg, um mit Ihnen zu sprechen – um Sie zu warnen, genauer gesagt. Wir hatten eben einen Unfall drüben auf der Latham Road.«

»Wir haben uns schon gefragt, was los ist. Wir haben die Sirenen gehört.«

»Und jetzt wollten Sie nachsehen?«

»Nein. Um ehrlich zu sein, wir haben kein Eis. Meine Frau und ich. Wir haben den ganzen Tag gearbeitet. Wir versuchen, den Laden wieder auf Vordermann zu bringen. Bis jetzt gibt es da noch keinen Kühlschrank. Soll morgen geliefert werden. Wir dachten, wir könnten uns ein paar Cocktails gönnen, aber ...« Er zuckte die Achseln. Er wirkte, als komme er sich ein wenig töricht vor. »Kein Eis. Was soll ich sagen?«

»Ist Ihre Frau noch im Restaurant?«

Der Mann nickte. »Sie sagten etwas von einer Warnung. Wovor?«

»Ich glaube, Sie sollten Ihre Frau jetzt nicht allein lassen. Wir haben da ein Problem. Nehmen Sie mich mit zu Ihrem Restaurant, und ich werde es Ihnen erklären.«

Sie kletterten beide in den Wagen. Smeltzer wendete das Fahrzeug und fuhr mit gemäßigter Geschwindigkeit zurück.

»Geben Sie Gas!« forderte Jake ihn auf. »Ich weiß, daß Sie mehr draufhaben als das hier.«

Smeltzer trat aufs Gaspedal.

Während der Wagen auf das Restaurant zuraste, erzählte Jake Smeltzer von dem Versuch, Celia Jamerson zu überfahren, von dem Blut hinter dem Lieferwagen, von seiner Suche nach dem verletzten Mitfahrer. Smeltzer hörte zu und stellte keine Fragen, schüttelte jedoch ein paarmal den Kopf und murmelte immer wieder: »Oh, Mann.«

Der Wagen kam vor den Stufen zum Eingang des Lokals schlingernd zum Stehen.

Smeltzer öffnete die Autotür. Im selben Moment schwang am oberen Ende der Stufen eine Tür des Hauses weit auf.

Eine Frau stand dort im Schatten. Sie trat auf die Veranda heraus, als Smeltzer und Jake aus dem Wagen stiegen. Ihr irritierter Gesichtsausdruck verwandelte sich in ein beunruhigtes Stirnrunzeln – wohl weil ihr klar wurde, daß Jake Polizist war.

Sie zeigte klasse Beine. Sie trug rote Shorts. *Heute ist mein Tag für schöne Frauen in roten Shorts*, dachte Jake. Die Vorderseite ihres weiten grauen Sweat-Shirts wogte ansehnlich, als sie die Treppe herunterkam. Das Shirt war auf halber Höhe abgeschnitten worden. Noch ein Stückchen höher, dachte Jake, und er hätte einen Ausblick auf das bekommen, was das Wogen verursachte.

»Ron?« fragte sie und blieb vor dem Wagen stehen.

»Schatz, dies ist Officer ...« Er schaute Jake an.

»Jake Corey.«

»Ich bin auf dem Weg mit ihm zusammengestoßen. Beinahe wortwörtlich.« Er bedachte Jake mit einem verlegenen Blick.

»Gibt es Probleme?«

Jake ließ Smeltzer reden. Seine Frau nickte. Sie sagte nicht »Oh, Mann« nach jedem seiner Sätze. Sie sagte überhaupt nichts. Sie runzelte nur die Stirn und nickte und sah Jake an, als müsse er ihren Mann jeden Moment unterbrechen. »Ist das wahr?« fragte sie ihn schließlich.

»Er hat so ziemlich alles erklärt.«

»Sie glauben, hier könnte sich ein Mörder herumtreiben?«

»Er hat heute niemanden ermordet, aber nicht, weil er es nicht versucht hätte. Hat einer von Ihnen hier in der Nähe irgend jemanden gesehen?«

Sie schüttelte den Kopf.

»Aber wir haben auch drinnen gearbeitet«, sagte Smeltzer.

»Sie wohnen in der Stadt, nicht wahr?« fragte Jake. Er hatte irgendwo gehört, daß sie das Anderson-Haus gekauft hatten.

»Ich war auf dem Weg dahin«, sagte Smeltzer. »Wegen dem Eis.«

»Die Entscheidung liegt natürlich bei Ihnen, aber wenn ich Sie wäre, würde ich hier für heute Schluß machen und nach Hause fahren. Es gibt keinen Grund, sich einem unnötigen Risiko auszusetzen.«

Mann und Frau wechselten einen Blick.

»Ich weiß nicht«, sagte Smeltzer. »Was meinst du?«

»Wir müssen den Laden fertig haben, bevor sie die Möbel liefern.«

»Ich schätze, wir könnten morgen sehr früh wiederkommen.«

»Das mußt du entscheiden«, sagte seine Frau.

»Dieser Kerl scheint gefährlich zu sein.«

»Was immer du sagst, Ron. Es ist deine Entscheidung.«

»Du willst lieber hierbleiben?« fragte Ron.

»Habe ich das gesagt?«

»Ich glaube, es wäre besser zu fahren.«

»Okay. Dann wäre das geklärt.« Sie lächelte Jake an. Es war ein aufgesetztes Lächeln. *Zufrieden? Sie haben Ihren Willen bekommen.*

*Hey, Lady*, wollte er ihr sagen, *es tut mir leid. Ich dachte nur, Sie wären vielleicht daran interessiert, daß sich hier in der Gegend ein Irrer herumtreibt, und vielleicht sind Sie ja sein Typ. Entschuldigen Sie die Aufdringlichkeit.*

Smeltzer wandte sich an Jake. »Können wir Sie mitnehmen?«

»Ja, danke. Ich könnte eine Mitfahrgelegenheit zur Hauptstraße brauchen.«

»Okay. Dauert nur eine Minute. Wir müssen noch abschließen.«

Er und seine Frau stiegen die Verandatreppe hinauf.

Jakes Blick glitt über das Hinterteil der Frau. Er fand es nicht allzu interessant. Sie war ein gutaussehendes Ding, nett verpackt, aber Jake hatte so den Verdacht, daß ihm nicht gefallen würde, was sich dahinter verbarg. Soviel zum Thema sinnliche Begierde.

Sie blieben länger im Restaurant, als Jake erwartet hatte. Zunächst nahm er an, daß sie sich wahrscheinlich verspäteten, weil sie eine hitzige Diskussion darüber führten, ob sie tatsächlich früher als vorgesehen aufbrechen sollten. Dann begann er, sich Sorgen zu machen.

Wenn nun der Kerl aus dem Lieferwagen da drin war und sie in seine Gewalt gebracht hatte?

Nicht sehr wahrscheinlich.

Aber die Möglichkeit bestand. Im Geiste zählte Jake langsam bis dreißig.

Sie waren immer noch nicht draußen.

Er eilte zur Treppe, nahm drei Stufen auf einmal und griff nach der Klinke.

Die Tür öffnete sich vor ihm.

»Entschuldigen Sie, daß es so lange gedauert hat«, sagte Smeltzer. »Mußte mal aufs Klo.«

»Kein Problem.« Jake wandte sich ab, und versuchte nicht einmal, einen neuerlichen Blick auf die Frau zu erhaschen. Er trottete die Stufen hinunter.

Hinter ihm erklang ihre Stimme. »Das *ist* echt Schwachsinn.«

»Vorsicht ist die Mutter der Porzellankiste«, sagte Smeltzer.

»Ja sicher.«

# 3

Ein paar der Seminare waren noch nicht beendet, und Bennett Hall hatte eine hervorragende Akustik – es schien, als würde jedes Geräusch um ein Vielfaches verstärkt, vor allem im Treppenhaus. Daher kletterte Alison mit übertriebener Vorsicht in den zweiten Stock hoch. Sie hielt sich an dem hölzernen Geländer fest, um nicht das Gleichgewicht zu verlieren.

Sie wußte, daß sie zu früh dran war. Aber sie konnte nicht mehr abwarten.

Sie hatte versucht, bis vier wegzubleiben, aber ihr Seminar über Chaucer war um zwei zu Ende und dienstags und donnerstags hatte sie anschließend keine weiteren Seminare mehr. Es war gar nicht so einfach, zwei Stunden totzuschlagen. Der Nachhauseweg dauerte gerade mal zehn Minuten. Keine ihrer Mitbewohnerinnen war da. Schade. Bei einer Plauderei mit Celia oder Helen wäre die Zeit wenigstens vergangen.

Sie versuchte etwas zu lernen, aber sie konnte sich nicht konzentrieren. Auf jeden Fall nicht auf das Buch. Dafür aber auf die Uhr, deren Minutenzeiger für jeden Klick anscheinend zehn Minuten brauchte. Wenn sie doch nur ein Nickerchen machten könnte und bis kurz vor vier durchschlafen ... Sie stellte also den Wecker und streckte sich auf ihrem Bett aus. Schlafen, das war's. Sie schloß die Augen, faltete die Hände über dem Bauch und versuchte es wirklich angestrengt. Aber es war natürlich sinnlos. Sie vermochte nicht einmal still zu liegen, und noch viel weniger zu schlafen. Schließlich gab sie den Gedanken auf, stopfte ihre Serviererinnenuniform in ihre Schultertasche, legte ein Taschenbuch dazu und verließ das Haus.

Sie kam um zwanzig nach drei an der Bennett Hall an. Sogar für ihre Verhältnisse war das früh – eine ganze Viertelstunde früher als am Dienstag. Also setzte sie sich auf ihren Stammplatz auf einer Steinbank, die einen Kreis um eine riesige Eiche bildete, und versuchte zu lesen. Und sah zu, wie ein Eichhörnchen eine Nuß verspeiste. Und sah zu, wie eine Gruppe johlender Jüngelchen, wahrscheinlich Erstsemester, sich ein Frisbee zuwarfen. Sie sah Ethel Werweißwie, die auf die Bibliothek zuspazierte, Hand in Hand mit Brad Bailey.

Und sie versuchte zu lesen. Schließlich war es zehn vor vier. Sie konnte nicht länger warten. Außerdem, so redete sie sich ein, könnte es ja sein, daß das Seminar früher zu Ende gegangen war.

Also ging sie in das Gebäude und schlich sich so leise wie möglich in den zweiten Stock hoch.

Der Flur war leer. Sie hörte das gedämpfte Klappern einer Schreibmaschine aus einem der Büros, und ein paar leise Stimmen, die aus offenen Seminarräumen in den Flur hinaushallten.

Sie blieb vor der offenen Tür des letzten Klassenzimmers auf der linken Seite stehen. So sah sie die Studenten zwar nicht, aber Evan stand direkt in ihrem Blickfeld.

Sie hatte gerade erst die letzte Nacht mit ihm verbracht, aber sie fühlte sich, als sei das schon wieder viel zu lange her. Zu lange mit diesem hohlen Schmerz in der Brust. Der Schmerz wich auch jetzt nicht. Er schien anzuschwellen.

*Na los*, dachte Alison. *Mach Feierabend.*

Offenbar hatte Evan ihr Kommen nicht bemerkt. Er sah nach vorn, wahrscheinlich auf die Studentin, die ihn gerade nach der Mindestlänge für eine Semesterarbeit fragte.

»Sie sollte so sein wie der Rock eines jungen Mädchens – kurz genug, um das Interesse aufrechtzuerhalten und lang genug, um die wichtigen Dinge zu umschließen.«

Ein paar der Studenten kicherten.

»Aber wie lang soll sie denn jetzt sein?« insistierte die Stimme.

Evan hob eine Augenbraue. Alison lächelte. Er war so niedlich, wenn er sich pedantisch gab. »Mindestens fünfzehn Seiten.«

»Getippt?« fragte eine andere Stimme.

»Getippt! Schwarze Tinte. Weißes Papier, DIN A4. Doppelter Zeilenabstand. Zweieinhalb Zentimeter Rand auf beiden Seiten. Wenn möglich bitte kein beschichtetes Papier – das verschmiert die Finger.«

Sie waren Erstsemester. Wahrscheinlich schrieben sie jedes Wort mit.

Evan verschränkte die Arme. Er stand vor seinem Pult, lehnte mit seinem Hintern dagegen. Er nahm seine Brille mit dem Drahtgestell ab: »Noch irgendwelche Fragen?« Während er wartete, putzte er die Brille auf dem Aufschlag seines Cordjacketts. Ohne die Brille wirkte sein Gesicht nackt und kindlich. Er setzte die Brille wieder auf und war wieder der Gelehrte. »Nein? Dann lest ihr zum nächsten Mal Seite 496 bis 506 im Untermeyer und überrascht mich am Dienstag mit eurem Wissen über Mr. Thomas Technik und die Sperrigkeit seiner Kunst. Bis dann.«

Alison zog sich von der Tür zurück. Es gab kein Hetzen, um den Raum zu verlassen. Die Studenten ließen sich mit dem Gehen Zeit und kamen teils einzeln, teils zu zweit oder zu dritt heraus. Die Glocke klingelte. Noch mehr Studenten strömten heraus. Alison wartete ungeduldig, dann schielte sie um den Türrahmen.

Ein Mädchen in der vierten Reihe stapelte immer noch ihre Bücher auf den Tisch. Schließlich stand sie auf, balancierte den wackligen Stapel vor der Brust und kam nach vorne. »Ein schönes Wochenende, Mr. Forbes.«

Er grinste. »Ich werde das Wochenende auf der Suche nach nackten Frauen in nassen Mänteln verbringen.«

»Häh?«

»Schönes Wochenende, Dana, und einen schönen Freitag.«

Alison kam in den Raum. Das Mädchen machte einen Bogen um sie und huschte hinaus.

»Nackte Frauen in nassen Mänteln?«

Evan grinste. Es ließ ein Buch in seine Aktentasche gleiten. »Ein Zitat, das ich mir bei Mr. Thomas ausgeborgt habe.«

»Deine Freundin Dana wird dich für einen Klugscheißer halten.«

»Das erwartet man von Englischlehrern.«

Alison schloß die Tür und kam auf ihn zu. Er schloß seine Aktentasche, drehte sich zu ihr um und sah ihr in die Augen.

»Wie geht es dir?« flüsterte sie. Ihr Hals war wie zugeschnürt.

»Ich bin einsam.«

»Ich auch.« Sie lehnte sich an ihn, schob die Arme unter seine Jacke. Sie hielt ihren Kopf nach hinten geneigt, ihre Lippen erwarteten seinen Mund.

Er küßte sie. Er zog sie an sich und sie schmiegte sich an ihn. Das war es, was sie wollte, wonach sie sich seit der letzten Nacht gesehnt hatte – wieder mit ihm zusammen zu sein. Wenn es doch immer nur so weiter gehen könnte. Wenn sie nur von hier zu seiner Wohnung gehen und zusammen sein könnten, sich lieben, zu Abend essen, den Abend und die Nacht miteinander verbringen ... Aber das konnte nicht sein, und das Wissen darum war ein bedauernder Stich, der den Moment seiner Umarmung vergällte.

Alison beendete den Kuß. Sie preßte ihren Mund an seinen Hals, drückte sich hart an ihn und ließ dann ihre Arme sinken und die Hände in die Gesäßtaschen seiner Kordhose gleiten. »Das fühlt sich so gut an.«

»Mein Arsch?«

»Dich fest zu halten.«

»Die Kleidung ist im Weg.«

»Es ist trotzdem schön.«

»Schöner wäre es nackt auf dem Fußboden.«

»Zweifellos.«

»Na, wie wär's?« Seine Hand lag auf ihrem Hintern. Sie umklammerten ihr Gesäß durch den Rock und drückten zu.

»Niemals.«

»Nenn mir einen guten Grund dafür.«

»Die Tür läßt sich nicht abschließen.«

»Und?«

Sie lächelte ihn an. »Reicht das noch nicht?«

»So eine Lappalie.«

»Es ist dir Ernst, oder?«

»Es wäre das Risiko wert.«

»Vergiß es, Kumpel.«

»Ein Feigling stirbt viele Tode ...«

»Und Diskretion ist der bessere Teil der Tapferkeit.«

»Mich dünkt, die Dame ist nicht gewillt zu vögeln.«

Mit einem Lachen machte Alison sich von ihm los. »Bringst du mich zur Arbeit?«

»Nun, ich weiß nicht. Eine gute Tat erhält natürlich auch eine Gegenleistung, und ...« Er zuckte mit den Achseln.

»Das ist ein Witz, oder?«

»Hier kommt niemand herein.«

»Woher weißt du das?«

Evan streckte die Hand aus und öffnete den obersten Knopf ihrer Bluse. Dann griff er nach dem nächsten Knopf. Alison ergriff sein Handgelenk und schob die Hand weg. »Ich habe *nein* gesagt. Und das meinte ich auch so. Jetzt ist nicht die Zeit und nicht der Ort dafür.«

Er preßte seine Lippen fest aufeinander und der Atem entwich pfeifend aus seinen Nasenlöchern. »Wenn du meinst!«

Alison sah ihm in die Augen. Sein Blick, der vorher so tief und verstehend gewirkt hatte, war jetzt leer, als habe sich etwas in ihm verschlossen. Es war, als sehe er sie gar nicht mehr.

Er wandte sich ab. Er öffnete seine Aktentasche und nahm einen Ordner heraus.

»Evan ...«

»Ich glaube, ich werde noch eine Weile hier bleiben. Ich habe noch ein paar Arbeiten, die ich korrigieren muß. Außerdem will ich sehen, ob in der nächsten halben Stunde jemand hereinkommt. Reine Neugierde.«

Alison starrte ihn noch einen Augenblick an. Sie konnte nicht glauben, daß er ihr das antun würde. Dann ging sie zur Tür.

»Hey, komm, Alison, was soll der Streß?«

Sie antwortete nicht. Sie ging.

Auf dem Flur, und dann auf der Treppe, erwartete sie, daß Evan hinter ihr her gelaufen käme. Er würde sich entschuldigen. *Es tut mir leid, es war eine dumme Idee. Ich hätte es gar nicht erwähnen sollen.*

Als Alison den Haupteingang aufstieß, wußte sie, daß Evan nicht hinter ihr her laufen würde. Er hatte es ernst gemeint. Er blieb da. Und doch sah sie immer wieder zurück, als sie über den Rasen lief. Wie konnte er ihr das antun?

In den letzten zwei Wochen hatte Evan sie fast jeden Tag zur Arbeit gebracht. An einigen Tagen konnte er das nicht, weil er Konferenzen oder so etwas hatte. Aber das hier – das war pure Gemeinheit. Eine Bestrafung – weil sie nicht mit ihm ficken wollte.

Ficken. Was für eine ekelhafter Ausdruck.

Fick oder verschwinde!

Sie hatte sich den ganzen Tag darauf gefreut, ihn zu sehen. Eine Umarmung und ein Kuß im Klassenzimmer, und dann händchenhaltend zum Restaurant gehen. Sie hätten miteinander gesprochen, Späße gemacht, wären zusammen gewesen. Und nach der Arbeit hätten sie sich getroffen, wären in den Park gegangen oder zurück in seine Wohnung, und dann wäre er in ihr gewesen.

*Nicht heute, Leute.*

Der Bürgersteig verschwamm vor ihr. Sie wischte sich über die Augen, aber die füllten sich erneut mit Tränen. Wenn das für ihn so wichtig war, dann ... Es sollte nicht so wichtig sein. Was sollte der Streß? Nun, er machte jedenfalls eine Menge deswegen. Ich bin plötzlich der Buhmann, weil ich mich von ihm nicht auf dem Boden seines Klassenzimmers vögeln lasse.

*Und du hast gedacht, er liebt dich. Das war wohl nichts. Er hat dich schon irgendwie geliebt – er hat es geliebt, ihn dir reinzuschieben, das war es. Verfluchter Mistkerl.* Alison rieb sich wieder die Augen. Sie schniefte und putzte sich die Nase und blieb dann am Straßenrand stehen. Gabbys Restaurant war nur noch einen Häuserblock weit weg. Sie wollte da nicht heulend ankommen.

Sie wollte da gar nicht hin. Nicht heute. Am liebsten würde sie sich in ihrem Zimmer einschließen und da bleiben. Und schlafen. Und vergessen.

Aber als die Ampel auf Grün sprang, ging sie über die Straße und weiter zum Restaurant.

Vielleicht kommt er später bei Feierabend doch noch, so als sei gar nichts geschehen. Was dann?

Sie ging an den Schaufenstern des Restaurants vorbei. Nur ein paar Tische waren besetzt. Es war noch zu früh für den Andrang zum Abendessen. Sie hoffte, es würde voll werden, so voll, daß zum Nachdenken keine Zeit mehr blieb.

Der Eingang war um die Ecke. Sie zog einen der gläsernen Türflügel auf. Er schien ihr schwerer als sonst. Als sie drinnen war, gelang es ihr, Jean zuzulächeln, die ihr mit einem Tablett leerer Bierkrüge entgegenkam.

»Du bist früh dran heute«, sagte Jean.

Es gelang ihr gerade eben ein Nicken.

»Geht es dir gut?«

»Alles in Ordnung.« Jean kam näher. »Wenn du mit jemandem reden willst, sag einfach Bescheid. Ich habe drei Töchter großgezogen und das war nicht immer einfach, das kannst du mir glauben. Nenn mir nur ein Problem und du kannst deinen Arsch darauf verwetten, daß ich damit irgendwann schon mal fertig werden mußte.«

»Danke.«

»Und jetzt zieh dich um.« Jean bewegte den Kopf einen Millimeter zur Seite. Alison begriff und sah über Jeans linke Schulter. »Paß auf, sonst folgt unser Märchenprinz dir noch in den Waschraum.«

Der Märchenprinz saß allein am hintersten Tisch.

»Du willst mich wohl aufheitern, was?«

Jean zwinkerte und ging um sie herum.

Alison versuchte nicht zu dem Märchenprinzen hinzustarren, aber sie konnte es doch nicht unterdrücken, als sie in den Waschraum eilte. Er war an seinem Tisch zusammengesunken und zupfte und zerrte an einer langen, schmierigen Locke, die ihm vor die Augen hing. Fahle Haut lugte durch ein Loch in der Schulter seines Sweat-Shirts. Das Shirt selbst sah als, als habe er es seit Monaten nicht mehr gewechselt. Ein Teller Gemüsesuppe stand unter seiner Nase.

Die arme Jean hatte das zweifelhafte Vergnügen, ihn bedienen zu müssen.

Versuchte er, etwas aus seinem Haar in die Suppe zu wringen?

Alison wandte den Blick ab. Sie bekam eine Brise seines Geruchs in die Nase, als sie an ihm vorbeieilte. Gott sei Dank sah er nicht zu ihr auf.

Sie erreichte den Waschraum und verriegelte die Tür hinter sich.

Wenigstens war es dem Märchenprinzen gelungen, ihre Gedanken von Evan abzulenken.

Evan. Der Schmerz begann von neuem.

*Wenn ich mich schlecht fühlen will, dann sollte ich mit unserem Prinzen da draußen meine Probleme tauschen.*

Sie konnte nur hoffen, daß er verschwunden war, wenn sie sich umgezogen hatte.

Bedächtig legte sie ihr Make-up auf. Dann warf sie ihre Bluse und ihren Rock über die Tür der Toilettenkabine und öffnete ihre Tasche.

Die meisten der anderen Serviererinnen kamen in ihren Uniformen zur Arbeit. Alison mochte es aber nicht, ihre Uniform auf der Straße zu tragen, und ganz bestimmt nicht auf dem Campus. Der gelbe Taftrock war mehrere Zentimeter zu kurz und hatte eine süße kleine Schürze vorn aufgenäht. Auf der kurzärmeligen dazugehörigen Bluse war ihr Name über die rechte Brust gestickt. Der Stoff von beiden Kleidungsstücken war dünn genug, daß man hindurchsehen konnte, und war offenkundig von jemandem ausgesucht worden, der den männlichen Kunden ein zusätzliches Vergnügen gönnen wollte.

Alison zog einen kurzen Slip über, dann das Kostüm.

Sie legte ihre Alltagskleidung zusammen. Als sie die Tasche öffnete, um sie hineinzulegen, sah sie die Zahnbürste und das schwarze Negligé. Die Sachen für später. Für Evans Wohnung. Sie hätte sie auch zu Hause lassen können.

Sie klemmte sich die Unterlippe zwischen die Zähne, stopfte ihre Kleidung in die Tasche und zog den Reißverschluß zu.

Sie verließ den Waschraum. Der Märchenprinz war gegangen.

*Heut' ist mein Glückstag*, dachte sie.

# 4

In gewisser Weise ist es eine Erleichterung«, sagte Ron.

»Du wirst noch ganz anders tönen, mein Lieber, wenn wir morgen früh um fünf rausmüssen.« Peggy nippte an ihrem Wodka Gimlet und achtete sorgfältig darauf, keinen Tropfen zu verschütten. Zum Trinken war es eine schlechte Position, aber es fühlte sich einfach gut an, sich so ausgestreckt gegen das Sofakissen zu lehnen, mit den Füßen auf dem Wohnzimmertisch.

»Ich glaube, ganz so früh müssen wir gar nicht raus«, meinte Ron.

»Denk mal scharf nach. Die kommen um zehn mit den ganzen Geräten und bis dahin muß der Küchenboden geschliffen und gewachst sein.«

»Aber das dauert doch wohl keine fünf Stunden, oder?«

»Ach nein?«

»Du wirst schon wissen, was wir tun müssen.«

Peggy nickte. Ein eisiger Tropfen fiel vom Boden ihres Glases auf ihren nackten Bauch unterhalb der abgeschnittenen Kante ihres Sweat-Shirts. Sie zuckte kurz zusammen, dann wischte sie das Glas an ihren Shorts ab. Es hinterließ einen dunklen Streifen auf dem roten Stoff. Sie nahm noch einen Schluck.

»Wir hätten die Küche sofort nach dem Mittagessen machen sollen«, sagte Ron.

»Gott, wir hatten aber geplant, es nach dem Abendessen zu tun – wir konnten ja nicht wissen, daß der lange Arm des Gesetzes, oder wie das heißt, nach uns greifen und unsere Pläne über den Haufen werfen würde.«

»Er hat nur versucht, uns zu helfen.«

»Ich kann ohne diese Art Hilfe auskommen, vielen Dank auch.«

»Wir hätten ja nicht gehen müssen.«

»Du konntest es doch gar nicht abwarten, da rauszukommen, tu doch nicht so.«

»Ich glaube immer noch, daß es das Vernünftigste war. Warum sollten wir uns in eine möglicherweise lebensgefährliche Situation begeben, wenn sich das vermeiden läßt?«

»Ja, warum nur?« murmelte sie vor sich hin.

»Ich kann nicht sagen, daß mir dein Verhalten gefällt«, sagte Ron.

»Wie schade.« Sie nahm wieder einen Schluck.

»Verflucht, Peggy!« Ihre Hand zuckte. Die eisige Flüssigkeit schwappte über und lief ihr das Kinn hinunter. »Mist!« Sie setzte sich auf. Der Alkohol rann ihr den Hals hinunter. Mit ihrer linken Hand hob sie ihren Pullover und tupfte sich trocken. »Du hättest nicht so schreien müssen, Ron.« Sie hatte einen Kloß im Hals und ihre Augen brannten. »Jetzt bin ich völlig verklebt. Verdammt, Ron.«

»Tut mir leid.«

Sie zog die abgeschnittene Weste wieder hinunter, um ihre Brüste zu bedecken, nahm einen Schluck und stellte dann ihr Glas ab. »Entschuldige mich.«

Im Badezimmer wischte sie sich das Kinn und den Hals mit einem feuchten Waschlappen ab. Ron tauchte im Spiegel des Badezimmerschränkchens auf. Seine Hände streichelten ihren Bauch. »Es tut mir leid«, sagte er noch einmal.

»Mir auch«, sagte Peggy kleinlaut. »Ich habe mich so schrecklich aufgeführt. Es ist bloß – ich wollte heute abend noch fertig werden.«

Er zog den Pullover nach oben. Seine Hände schlossen sich um ihre Brüste.

»Ich habe mir Sorgen um dich gemacht«, sagte er. »Das war alles.«

»Ich weiß.«

»Wenn du hierbleiben willst, dann fahre ich heute nacht zurück und fange mit dem Fußboden an.«

»Alleine?«

»Ich kann das Gewehr mitnehmen.«

»Ich habe eine bessere Idee. Du nimmst das Gewehr mit und wir fahren beide.«

Jake Corey saß mit dem Rücken am Stamm eines Eukalyptusbaumes und beobachtete die Felder mit einem Feldstecher, den er von zu Hause mitgebracht hatte.

Es dämmerte. Wind war aufgekommen und das fühlte sich gut an; eine wirkliche Verbesserung gegenüber der Nachmittagshitze, die ihn den langen Weg über gequält hatte, seit er von seinem Streifenwagen losgestapft war.

Das waren bestimmt drei Kilometer gewesen, die er abgesucht hatte, kreuz und quer durch das Gestrüpp, bis er hier auf die Anhöhe gekommen war, um Wache zu halten.

»Verschwende nicht deine Zeit«, hatte Chuck beim Schichtende gesagt.

»Ich habe nichts Besseres zu tun.«

»Blödsinn. Du solltest ausgehen und einen draufmachen. Das würde dir gut tun.«

Jake war nicht zu dem aufgelegt, was Chuck meinte. Wenn er jetzt nicht das tat, was er sich vorgenommen hatte, würde er heute den Abend allein in seinem kleinen Haus verbringen und lesen, vielleicht auch ein bißchen fernsehen und früh zu Bett gehen. Und er würde sich schuldig fühlen, weil er den Überlebenden des Unfalls hatte entkommen lassen. So konnte er wenigstens dagegen etwas unternehmen. Auch wenn der Kerl jetzt schon Kilometer weit weg sein mochte. Er konnte aber auch immer noch in der Nähe sein. Die Felder waren noch nicht gepflügt. Er konnte sich eine Mulde gesucht haben, dort ausruhen und abwarten. Abwarten, bis er sich in Sicherheit wiegte, und dann wieder hervorkriechen. Und darauf zählte Jake.

Deswegen wartete er hier, gut versteckt zwischen dem Unkraut, mit dem Baum im Rücken, und beobachtete die Umgebung durch sein Fernglas.

Ganz besonders das Gebiet um das verlassene Restaurant.

*Dahin würdest du dich wenden*, dachte er. *Du bist verletzt. Du hast dich stundenlang im Gebüsch versteckt. Du hast Hunger und Durst. Du kommst nicht von hier; du kannst nicht wissen, daß das Restaurant schon seit Jahren geschlossen ist. Du weißt nur, daß es heute nicht geöffnet hat. Donnerstags ist also Ruhetag. Du hast Glück. Wenn du einen Weg hinein findest, kannst du dich satt essen. Und wenn du wieder verschwindest, kannst du genug mitnehmen, um dich ein paar Tage lang über Wasser zu halten.*

Von Jakes Position auf der Anhöhe aus konnte er das Restaurant gut überblicken. Zumindest die Vordertür und die Südseite. Von der anderen Seite und der Rückwand könnte sich eine Armee nähern und er würde es nie bemerken. Jedenfalls nicht von hier aus.

Vielleicht war der Kerl schon drinnen! Jake bedauerte, daß er das Gebäude nicht durchsucht hatte, bevor er seine Wache angetreten hatte. Jetzt widerstrebte es ihm, sein Versteck zu verlassen.

Er mußte warten, bis es dunkel wurde. Das würde nicht mehr lange dauern. Die Farben schwanden bereits langsam aus der Landschaft, das leuchtende Grün und das Gelb verblaßten, verschmolzen zu graduellen Grautönen.

Noch ein paar Minuten, und es würde stockfinster sein.

Es war wie in einem Autokino, wo man darauf wartete, daß der Film begann. Jake saß in seinem Mustang. Mit Barbara. Sein Fenster war heruntergekurbelt, der Lautsprecher auf die Kante geklemmt. Es war fast dunkel. Fast Zeit für den Film. Kleine Kinder spielten vor den Wagen und in dem Sandkasten unter der Leinwand.

Barbara. In einem weißen Strickkleid, weißen Shorts, Socken und Turnschuhen. Unverdorben und wunderschön. Ihre Haut schimmerte dunkel zwischen all dem Weiß.

Ein kurzer Gang zu dem Kiosk. Beim ersten Film mußte es immer Popcorn und Pepsi sein, dann gab es in der Pause noch einmal Eiscreme oder Lakritzschnecken. Meistens die Schnecken. Mit den Lakritzschnecken konnte man eine Menge Unsinn anstellen; sich damit hauen, kitzeln oder necken. Man konnte zu zweit je eines der Enden der abgerollten Schnecke in den Mund nehmen und sich bis zur Mitte vorkauen. Bis man auf Barbaras Mund traf. Ihren Mund, der nach Kirschen schmeckte.

Das Geräusch eines Automotors schreckte Jake wieder in die Gegenwart zurück. Er fühlte sich, als sei er gerade aus einem süßen Traum erwacht. Scheinwerfer tauchten auf der Straße zum Restaurant auf.

Der Wagen kam näher. Als er unter ihm durchfuhr, sah Jake, daß es sich um einen Geländewagen handelte.

Klasse. So viel zählte seine Warnung also. Und damit war dann auch sein Plan gestorben, das Restaurant zu durchsuchen.

Er sah zu, wie sich die roten Rücklichter mit den Schlaglöchern in der Straße hoben und senkten. Als die Bremslichter aufleuchteten, hob er das Fernglas. Eine Tür öffnete sich. Die Innenbeleuchtung des Wagens ging an.

Smeltzer und Smeltzer. Das umtriebige Duo.

Ron öffnete die Heckklappe. Er zog eine doppelläufige Schrotflinte heraus.

Die Tür schlug wieder zu. Jake senkte das Fernglas und sah, wie das Paar die Treppenstufen hinaufstieg. Sie verbrachten einige Sekunden auf der Veranda, mit Ron an der Tür. Dann gingen sie beide hinein. Kurz darauf flammten die Lichter im Inneren auf.

Was sollte das? Warum waren sie zurückgekommen? Hatten sie etwas vergessen? Wenn das der Fall war, dann würden sie in einer Minute wieder herauskommen. Wenn sie nicht vorher überfallen wurden.

Jake bemerkte, daß er vor Spannung den Atem angehalten hatte, in Erwartung eines Gewehrschusses. Oder eines Schreis.

Er rappelte sich auf und begann, den Abhang hinunterzuklettern. Er lauschte immer noch. Er hörte seinen eigenen Herzschlag, das Laub, das unter seinen Füßen raschelte, die üblichen Geräusche von Grillen und Vögeln.

*Vielleicht überfällt der Kerl sie auch gar nicht*, dachte Jake. *Vielleicht versteckt er sich nur.* Er hatte das Geräusch des Wagens hören müssen. In so einem alten Restaurant, da mußte es Unmengen an Verstecken geben.

Wenn er überhaupt da war. Er konnte genauso gut zwischen den Bäumen auf der anderen Seite des Restaurants stecken. Oder auch mehrere Kilometer weit weg. Er konnte überall sein. Verflucht, er konnte auch irgendwo zwischen den Büschen liegen, seinen Verletzungen erlegen sein. Oder aber er saß doch in einer dunklen Ecke im Oakwood Restaurant und wartete auf eine gute Gelegenheit zum Zuschlagen.

Von einem höheren Punkt der Straße aus konnte Jake den Wagen und das Restaurant sehen.

Aber nicht die Smeltzers. Diese Vollidioten hatten verdammt noch mal nichts vergessen. Sie waren zurückgekommen, um weiterzuarbeiten. Er hätte es sich denken können.

Jake beschleunigte seine Schritte. Es war überdeutlich gewesen, daß die Frau heute nachmittag eigentlich nicht gehen wollte. Ron war der, mit dem man reden konnte. Aber der war ein Schwächling. Die kleine Hexe mußte ihn bequatscht haben, daß man sich von so einer Lappalie wie einem Killer, der sich möglicherweise in der Gegend herumtrieb, nicht von der Arbeit abhalten lassen sollte. Angst? ›Wir haben doch die Schrotflinte. Du hältst Wache, während ich den Wollmäusen hinterherjage‹.

»Tolle Idee, Leute«, brummelte Jake vor sich hin. Er hoffte, daß sie wenigstens so schlau gewesen waren, die Türen und Fenster sorgfältig zu kontrollieren. Wenn man davon ausging, daß sie abgeschlossen hatten, bevor sie fuhren (und Jake erinnerte sich noch gut daran, wie lange sie gebraucht hatten, bevor sie fahren konnten), dann hatte der Kerl nicht eindringen können, ohne etwas zu beschädigen.

Wenn er nicht schon drin gewesen war, bevor sie abgeschlossen hatten. Gut versteckt.

*Was war, wenn sie ihn kannten?*

Der Gedanke war Jake bisher noch nicht gekommen. Er blieb stehen und starrte auf das Restaurant. Er ließ sich die Idee durch den Kopf gehen. Sie waren keine Geiseln – die Umstände schlossen das aus. Aber was war, wenn sie aus irgend einem Grund mit dem Kerl zusammenarbeiteten?

Wie konnte so ein Grund aussehen? Geld? Vielleicht hatte der Kerl massenhaft Kohle und hatte sie bestochen, damit sie ihm halfen. Rons Geschichte mit dem Eis war ihm die ganze Zeit schon komisch vorgekommen. Und sie hatten verdammt lange gebraucht, als sie eigentlich nur abschließen wollten. Vielleicht hatten sie die Situation mit ihrem neuen Freund diskutiert. Und dann beschlossen, mit mir zu gehen. Und wiederzukommen, wenn es dunkel war. Mit einem Schrotgewehr.

Einem Schrotgewehr für ihren Komplizen.

Jake setzte sich wieder in Bewegung und musterte dabei argwöhnisch das Restaurant.

*Was weißt du überhaupt von den Smeltzers?* fragte er sich. *So gut wie nichts.*

Gott, vielleicht war der Lieferwagen sogar auf dem Weg zum Restaurant gewesen, als plötzlich jemand auf die tolle Idee kam, Celia Jameson plattzufahren.

Das war nicht zufällig etwas weit hergeholt, oder?

Man mußte alle Eventualitäten einkalkulieren. Die Sache aus jedem möglichen Blickwinkel betrachten. Dann gab es keine unangenehmen Überraschungen.

*Glaubst du wirklich, daß die sich mit dem Kerl eingelassen haben?* Die Frau vielleicht. Ja, das konnte er sich vorstellen. Aber Ron?

Vielleicht war Ron ein hervorragender Schauspieler. Jake bezweifelte das. Sie mußten entweder beide in die Sache verwickelt sein, oder keiner von ihnen. Sie waren es also beide nicht. Wahrscheinlich nicht.

Als Jake sich dem Restaurant näherte, kam er zu dem Schluß, daß die beiden aller Wahrscheinlichkeit nach einfach beschlossen hatten, das Risiko zu ignorieren, statt dessen zum Schutz eine Waffe mitzubringen und ihre Arbeit fertig zu machen. Aber er konnte die andere Möglichkeit nicht ganz ausschließen, so unwahrscheinlich sie auch war. Lieber einmal zu oft nachgedacht als nie wieder.

Er beschloß, nicht an die Tür zu klopfen. Er stieg lautlos die Verandastufen hoch und spähte durch eines der Butzenfenster rechts neben dem Eingang. Er sah niemanden. Der Raum hinter dem Fenster mußte die Cocktailbar sein. Eine lange Edelholztheke mit einem Fußgeländer aus Messing zog sich durch den ganzen Raum. Es gab keine Barhocker, aber ein paar Klappstühle und ein Kartentisch standen davor, ungefähr in der Mitte des Raumes. Auf dem Tisch standen ein paar Flaschen und Cocktail-Gläser.

*Das spricht für deine Geschichte*, dachte Jake. Sie hatten tatsächlich vorgehabt, hier ein paar Drinks zu nehmen. Ron hatte wohl nicht gelogen, als er behauptete, er wolle Eis holen.

Jake schlich zur anderen Seite der Tür. Durch das Fenster dort konnte er den Speisesaal überblicken. Ohne Tische und Stühle wirkte er gewaltig. In der dunkel getäfelten Wand gegenüber befanden sich ein halbes Dutzend Fenster. Zwischen diesen Fenstern, den Fenstern an der Rückseite und der rechten Wand hingen Kerzenleuchter. In den schmiedeeisernen Lüstern steckten jeweils drei Kerzenimitate – weiße Stiele mit Glühbirnen an der Spitze. Offenbar war das den Smeltzers aber noch nicht hell genug. Eine Schreibtischlampe lag auf dem Fußboden und warf einen Lichtkegel über das schimmernde Paneel.

Neben der Lampe stand ein Staubsauger. Ein Besen lehnte an einer Stehleiter. Auf dem Boden standen ein offener Werkzeugkasten und einige Flaschen mit diversen Flüssigkeiten, die man zum Reinigen und Polieren braucht, und daneben lag ein Haufen Putzlappen.

Jake ging davon aus, daß die rechte Wand an den Küchenbereich grenzte. Ungefähr auf halber Höhe fiel Licht durch eine doppelseitige Schwingtür.

Jake stieg von der Veranda herunter. Er ging um die rechte Seite des Gebäudes herum und näherte sich einem der erleuchteten Fenster auf der Rückseite.

Leise Musik drang ihm entgegen, was darauf schließen ließ, daß das Fenster wohl offen stand. Er schlich vorsichtig darauf zu.

Das Fenster stand tatsächlich offen. Es war ziemlich hoch, das Fenstersims in Höhe von Jakes Schultern. Er stützte sich mit einer Hand an der Holzwand ab und lugte durch eine Ecke hinein. Er roch einen leichten Hauch von Ammoniak.

Hinten in der Ecke der Küche stand Ron über einen Eimer gebeugt und wrang Schmutzwasser aus einem Wischmop. Er arbeitete in Jeans und mit bloßem Oberkörper. Sein Hemd lag auf der Anrichte neben dem Radio.

Jake sah auch das Schrotgewehr. Es stand aufrecht mit dem Lauf gegen die Wand gelegt in einer Nische, die wohl für einen Herd oder eine Kühltruhe bestimmt war. Die Frau sah er nicht.

Geduckt bewegte er sich weiter an der Hauswand entlang. Er ging um die nächste Ecke und spähte dort durch das Fenster. Auf der anderen Seite der Küche hockte die Frau auf den Knien und schrubbte den Boden. Sie trug immer noch ihre roten Shorts, aber nichts anderes. Ihr Rücken war durchgebogen. Sie stützte sich mit einer Hand auf und schrubbte mit der anderen. Ihre Brüste wippten im Takt zu ihren Bewegungen.

Jake fühlte sich plötzlich wie ein Voyeur. Er zog sich von dem Fenster zurück, lehnte sich mit dem Rücken zur Wand und durchforschte das dunkle Feld und das Gehölz in der Nähe.

*So viel zu den Smeltzers*, dachte er. Es war offenkundig, daß die den Flüchtling nicht versteckt hatten.

Ob sie sicher waren, das war eine andere Sache. Aber sie hatten sich entschieden, das Risiko einzugehen, und sie hatten wenigstens die Vorsichtsmaßnahme ergriffen, ein Gewehr mitzubringen. Jake hatte seine Pflicht getan; er hatte sie gewarnt, und war sogar noch einmal zurückgeschlichen, um zu sehen, ob alles in Ordnung sei. Er konnte es nicht über sich bringen, jetzt an die Tür zu klopfen und sie noch einmal zu warnen. Vor allem nicht, nachdem er die halbnackte Frau gesehen hatte.

Er verspürte den Drang, noch einmal hinzusehen.

*Sei kein Spanner, Corey.*

Er ging davon.

»Hast du das gehört?« fragte Peggy.

»Was gehört?«

»Mach das verdammte Radio aus!«

Ron ließ den Mop hinter sich herschleifen und ging zum Tresen, um das Radio auszudrehen.

Peggy ließ ihre Bürste fallen. Sie stand auf, wischte ihre nassen Hände an den Shorts ab und starrte ihn an.

»Ich höre gar nichts«, flüsterte er. Er sah verängstigt aus. Seine Augen waren weit aufgerissen und sein Mund stand halb offen.

Ein Schweißtropfen rann an Peggys Arm herunter. Sie zog den Arm an ihrem Körper entlang und wischte ihn fort.

»Vielleicht hast du es dir nur eingebildet«, sagte Ron.

»Ich habe mir gar nichts eingebildet.«

Rons Kopf zuckte hin und her, seine Augen hüpften von Fenster zu Fenster.

»Nicht da draußen«, murmelte Peggy. Sie hob den Arm und deutete auf die geschlossene Kellertür.

Ron wurde blaß. »Mach keinen Scheiß ...«, stotterte er.

Ihr Flüstern hatte einen schrillen Unterton: »Ich habe etwas gehört, verdammt noch mal, und es kam von da.«

»Oh, verflucht.«

»Steh da nicht so rum, hol das Gewehr.«

Er sah zu der Schrotflinte hinüber, dann zurück auf Peggy. »Was für eine Art Geräusch war das denn?«

»Ein Klopfen, ein Platschen, was weiß ich. Verdammt, Ron ...«

»Ist ja schon gut.« Er ging auf Zehenspitzen durch die Küche, nahm das Gewehr hoch und hielt es so an seiner Hüfte, daß die Läufe auf die Kellertür zeigten.

Peggy sah zur Seite. Das zusammengefaltete Oberteil lag auf der Theke, gerade außerhalb ihrer Reichweite. So wie sie war,. nackt bis zur Taille, fühlte sie sich sehr verwundbar. Sie behielt die Kellertür im Auge und schob sich zentimeterweise auf den Knien zu dem Tresen hin. Sie bemerkte, daß sie es ängstlich vermied, sich schnell zu bewegen. Sie konnte ihre Augen nicht von der Tür abwenden. Sie griff hinauf und tastete auf der Thekenfläche, bis sie das Top berührte. Sie zog es herab. Sie behielt die Kellertür immer noch im Auge, während sie sich das Teil vor den Bauch hielt und mit den Fingern tastete, bis sie die Öffnungen fand. Sie ließ ihre Hände durch die Armlöcher gleiten und hob dann die Arme und ließ den Stoff hinabgleiten. Einen Moment lang bedeckte er ihre Augen. Sie zog den Stoff heftig über ihr Gesicht hinunter.

Sie stützte sich mit einer Hand auf der Theke ab und stand auf. »Laß uns von hier verschwinden.«

»Du willst gehen?« fragte Ron.

»*Ja.*«

»Das ist wohl ein Witz.« Der Klang seiner Stimme brach Peggys hypnotisches Starren auf die Kellertür. Sie sah ihn an. Er war immer noch bleich, aber um einem Mundwinkel zuckte es, so als würde er gerade noch ein Grinsen unterdrücken. »Wir sind mit den Fußboden noch nicht fertig.«

»Ron.«

»Ich glaube wirklich, wir sollten den Fußboden fertig machen, findest du nicht auch? Sonst müssen wir in aller Herrgottsfrühe wieder aufstehen und ...«

»Da ist jemand im Keller!« zischte sie.

»Na, wer hat denn jetzt Schiß?«

»Ich habe nie gesagt, daß du Schiß hattest.«

»Nein? Ich hatte den Eindruck, du hättest das gesagt. Vielleicht habe ich mir das aber auch nur eingebildet.«

»Jetzt ist keine Zeit, um ... Laß uns einfach hier verschwinden, okay?«

»Du läßt dich von so einem kleinen Geräusch ins Bockshorn jagen? Nachdem du mich wieder hier hin gezerrt hast?«

»Wenn du hier bleiben willst, bitte. Gib mir die Autoschlüssel.«

»Und was soll ich dann machen! Nach Hause laufen? Die Nacht über hier bleiben? Nee danke. Ich habe eine bessere Idee. Ich geh da runter und durchsuche den Keller, und wenn ich zurückkomme, entschuldigst du dich. Dann sprichst du mir nach: ›Ron ist kein Angsthase und kein Feigling‹.«

»Du bist kein Angsthase und kein Feigling. Jetzt laß uns gehen. Bitte!«

Er grinste sie an. Dann trat er kühn zur Kellertür, senkte die Schrotflinte und legte die linke Hand auf die Klinke.

»Du Vollidiot!« Peggy stürzte auf ihn zu, um ihn von dieser Dummheit abzuhalten, aber ihr nackter Fuß landete auf einer feuchten Stelle und rutschte weg. Sie landete hart auf ihrem Hintern.

Das Grinsen verschwand von Rons Gesicht: »Hast du dir weh getan?«

»Ich werd's überleben.«

»Hier.« Er wühlte in den Taschen seiner Jeans, kramte seinen Schlüsselbund hervor und warf ihn ihr zu. Er klapperte und klirrte und landete auf dem Boden direkt zwischen ihren Knien. »Geh schon mal vor und warte im Auto!« Er öffnete die Kellertür. »Ich komme nach, sobald ich das hier kontrolliert habe.«

»Geh nicht da runter. Ich weiß, daß du mich für verrückt haltst. Du glaubst, es war eine Maus oder eine Ratte oder so etwas, aber ...«

»Ja, das glaube ich.«

Er betätigte den Lichtschalter und begann den Abstieg. Peggy schnappte sich den Schlüsselbund. Sie umklammerte ihn fest, während sie Rons Schritten auf der Holztreppe lauschte. Langsam, leise, zog sie sich auf die Knie hoch.

Das Geräusch von Rons Schritten verstummte.

»Ron?« Er antwortete nicht.

Peggy stand auf. Sie schlich zu der Treppe und sah hinunter. Das Licht brannte im Keller, aber sie konnte nur einen kleinen Bereich am Fuß der Treppe sehen. Ron war nicht da. »Ron, alles in Ordnung?«

»Ja, kein Problem.«

Sie lehnte sich erleichtert gegen den Türrahmen. »Warum kommst du jetzt nicht wieder hoch?«

»Nur noch einen Augenblick. Ich war bisher noch nie hier unten. Das ist irgendwie – Scheiße.«

Bei seinem Ausbruch zuckte Peggy zusammen und das Herz blieb ihr fast stehen. Erstarrt sah sie die Treppe hinab. Ihr kam kurz der Gedanke, daß – wenn sie jetzt fliehen müßte – ihre Beine ihr einfach den Dienst versagen würden.

Sie versuchte nach ihm zu rufen. Die Stimme schien in ihrer Kehle erfroren. Oh mein Gott, was ist ihm nur passiert!

»Verfluchtes Mistding«, drang Rons Stimme zu ihr hoch.

Sie fühlte Erleichterung, aber der Effekt ließ auf sich warten. Ihre Stimme versagte immer noch den Dienst. Sie schnappte nach Luft.

Ron kam unten an der Treppe in Sicht. Er grinste sie an, als sei er mit sich zufrieden. »Du hättest das Ding sehen sollen. Kam einfach aus dem Nichts, direkt vor mir.« Er begann, die Stufen hochzuklettern. »Die verflucht größte Ratte, die ich je gesehen habe. Aber ehrlich gesagt – ich habe vorher auch noch nie eine Ratte gesehen.«

Peggy stolperte nach hinten. Weg von der Tür. Eine Hand hielt sie gegen die Brust gepreßt.

Sie hielt an, als ihr Hinterteil gegen die Theke stieß. Sie stützte sich mit der Hand daran ab, um das Gleichgewicht zu halten.

Ron kam oben auf der Treppe an. Er stutzte. »Ist was?«

Sie sog ein paarmal heftig die Luft ein. »Du ... du hast mich furchtbar erschreckt ... als du so losgebrüllt hast.«

»'Tschuldigung. Das Ding hat mich ganz schön aufgescheucht.«

»Eine Ratte.«

»Nur eine Ratte. Habe ich dir nicht gesagt, es gebe keinen Grund sich aufzuregen?« Ron lächelte und hob das Schrotgewehr.

»Hey, spiel damit nicht so ...«

Jake Corey ging mitten auf der Straße. Er hatte beschlossen, Feierabend zu machen und den einfachsten Weg zu seinem Auto zu nehmen.

Als er den Gewehrschuß hörte, wirbelte er herum und rannte.

*Mein Gott. Ich habe es gewußt! Verflucht, ich hätte es nicht zulassen dürfen, daß sie da blieben. Ich wußte es. Ich wußte, daß es verkehrt war. Ich wußte, daß er da war. Ich wußte es. Ich hätte sie zum Gehen zwingen sollen. Diese verdammten Idioten. Ich habe sie gewarnt. Was hätte ich denn noch tun können? Alles mögliche, das hätte ich tun können. Ich hätte dafür sorgen können, daß sie das Haus verließen. Sie wußten, was sie taten, sie wußten es gottverdammt noch mal. Aber sie dachten, so etwas könnte ihnen nicht passieren. Immer sind es die anderen. Na, vielleicht hat Ron den Scheißkerl ja zur Hölle gepustet und nicht andersherum. So eine Scheiße. Ich möchte fest wetten, daß einer von beiden jetzt mausetot ist, vielleicht sogar beide ...*

Das Restaurant lag direkt vor ihm und füllte sein Blickfeld, als er darauf losstürmte. An ihrem Wagen vorbei. Die Stufen hoch, immer drei auf einmal. Er klappte sein Halfter auf und zog seine .38. Mit voller Wucht rammte seine Schulter die Tür.

Holz splitterte und barst und die Tür flog auf.

Niemand.

Er hetzte zu den Flügeltüren.

Er hechtete durch die Tür, stolperte in die Küche, kam in der Hocke wieder hoch und zielte.

Er drückte nicht ab.

Er wußte nicht, was er da sah. Die Frau in den roten Shorts lag auf dem Boden, Gesicht nach oben.

Gesicht nach oben? Sie hatte kein Gesicht mehr. Höchstens noch ein bißchen Kinn.

Ron hockte über ihr, das Gesicht in ihrem Bauch vergraben.

Niemand sonst war in der Küche.

Die Kellertür stand offen.

»Ron? Ron, wo ist er hin?«

Ron hob den Kopf. Ein blutiger Fetzen vom Fleisch seiner Frau kam mit hoch, in seine Zähne verkeilt. Er zog sich straff und riß. Ron setzte sich gerade auf. Er starrte Jake an. Seine Augen waren ruhig. Er kaute gelassen. Dann griff er hinter sich nach der Schrotflinte.

Jake Coreys Kugeln durchsiebten ihn.

# 5

Alison füllte zwei Krüge mit Bier und brachte sie zu einem Tisch, an dem lauter Sigs saßen. Zwei von den Jungs standen kurz vor dem Abschluß: Bing Talbot und Rusty Sims. Sie war mit Bing ein paar Mal ausgegangen, in ihrem ersten Jahr. Sie hatte mit ihm und mit Rusty zusammen Seminare besucht, daher wußte sie, daß die beiden zur Sigma-Chi-Burschenschaft gehörten. Die anderen vier an dem Tisch waren zweifellos ebenfalls Burschenschaftler – sie sahen danach aus.

Sie hatten schon zwei Krüge geleert und sechs von Gabbys Burgern den Todesstoß versetzt. Sie kauten immer noch an ihren Kartoffelecken.

Alison stellte die beiden vollen Krüge auf den Tisch.

Einer von den jüngeren Sigs quatschte sie an. »Hey!« Er deutete auf den Namen, der über ihrer linken Brust auf die Bluse gestickt war. »Was steht da?«

»Alison.«

»Und wie heißt die andere?«

»Herbie«, konterte sie.

Er schüttete sich vor Lachen und klopfte johlend auf den Tisch.

Alison wollte sich schon wieder umdrehen, aber Bing hielt sie am Rock fest. Sie blieb stehen und lächelte auf ihn herab. »Willst du sie haben? Sie würden dir bestimmt gut stehen.«

»Warte mal«, sagte er, als habe er sie nicht gehört. Die anderen hatten sie aber zweifelsohne gehört. Sie amüsierten sich köstlich und grölten und johlten bei der Antwort.

»Warte«, sagte Bing noch einmal und ließ ihren Rock los. »Was sagte die Kellnerin, als sie auf Pinocchios Gesicht saß?«

»Lüg doch endlich!«

Bing setzte sich enttäuscht zurück. »Du kanntest den schon.«

»Warum setzt du dich nicht zu uns?« schlug ein magerer Junge vor, der zwischen zwei kräftigeren Burschenschaftlern eingezwängt war.

»Da ist kein Platz mehr.«

»Du kannst bei mir auf dem Schoß sitzen.«

»Nein, bei mir!«

»Bei mir.«

»Wir losen.«

»Ich darf nichts mit Burschen zu schaftlern haben.«

»Häh?«

»Burschen-schaftlern«, betonte Rusty.

»Ach, so ... Das ist gut.«

Alison trat schnell einen Schritt zurück, als Bing wieder nach ihrem Rock greifen wollte. »Amüsiert euch, Jungs«, sagte sie und drehte sich um.

»Was für eine zauberhafte Rückansicht.« Die Stimme klang anzüglich.

*Das war's wirklich*, dachte Alison. Und vor allem war es jetzt Zeit, diese Rückansicht dem Laden zuzukehren. Sie sah auf die Uhr hinter dem Tresen. Zwei Minuten vor zehn.

Eileen, die an der Kasse stand, sah auf, als Alison auf sie zukam. »Du machst Feierabend?«

»Ja.«

Eileen trug unter ihrer engen Uniform rote Unterwäsche. Sie sah zu den Burschenschaflern hinüber, dann auf Alison. Sie grinste: »Dann bekomme ich ja doch noch meine Chance an Tisch 6.«

»Viel Spaß.« Alison ging in die Küche, verabschiedete sich von Gabby und Thelma und holte ihre Tasche. Als sie wieder in den Schankraum trat, war Eileen bereits auf dem Weg zu Tisch 6.

Alison eilte zum Waschraum, um sich umzuziehen, aber die Tür war verschlossen. Mit einem Achselzucken ging sie so wie sie war. Es machte ihr nichts aus, in ihrer Servieruniform nach Hause zu gehen. Nachts schien ihr das nicht so schlimm.

Sie setzte sich in Bewegung, den Bürgersteig entlang. Die Münzen der Trinkgelder klimperten in der Schürzentasche. Nach ein paar Schritten hockte sie sich hin, öffnete die Umhängetasche und nahm ihre Geldbörse heraus. Sie transferierte das Kleingeld handvollweise in eine Seitentasche der Geldbörse. Sie war immer noch damit beschäftigt, als jemand auf sie zukam. Und direkt vor ihr stehenblieb.

Sie erkannte die mitgenommenen knöchelhohen Stiefel. Ihr Herzschlag beschleunigte sich.

Sie sah zu Evan auf: »Du bist also doch noch gekommen.«

»Ich habe nie gesagt, daß ich das nicht tun würde.«

»Nein, wohl nicht.« Sie kramte die letzten Münzen aus ihrer Schürze, zwängte den Verschluß der Geldbörse zu, verstaute sie in ihrer Umhängetasche und stand auf.

»Darf ich das für dich tragen?«

»Wenn du möchtest.«

Sie reichte ihm die Tasche. Evan gab vor, sie sei zu schwer für ihn, keuchte überrascht und stolperte zur Seite. »Wow! Trinkgelder en masse, richtig?«

Alison stellte fest, daß sie dabei nicht einmal lächeln konnte. »Einen harten Abend gehabt?« fragte er.

»Eher einen harten Nachmittag.«

»Oh.« Er nahm ihre Hand und sie setzten sich in Bewegung. »Es ist übrigens niemand in den Raum gekommen. Ich war bis nach fünf da.«

»Es wäre also vollkommen in Ordnung gewesen, meinst du das?«

»Ja, ich wußte, das es das war.«

»Wie schön für dich.«

»Hey, was soll das? Wir haben es ja nicht getan, also? Du hast gewonnen. Was soll dann noch der Streß?«

»Es gibt keinen Streß«, murmelte Alison.

Sie hielten an einer Kreuzung an, bis die Ampel umsprang, dann gingen sie hinüber.

»Bin ich jetzt eine Art Perversling, weil ich mit dir schlafen wollte?«

»So ist das nicht.«

»Hey, wir haben es auch schon im Park gemacht. Und das war auch nicht gerade mitten in der Nacht. War es vielleicht sogar an einem Sonntagnachmittag?«

Sie erinnerte sich an die Büsche, an das Sonnenlicht, an den Kontakt mit der Decke, an Evans Berührungen. Es schien so weit weg.

»Ich sehe einfach nicht den Unterschied«, sagte er. »Park, Klassenzimmer ...«

Sie erreichten den Bürgersteig und gingen auf den nächsten Block zu. Sie kamen an geschlossenen Läden vorbei, an einer Bar, in der Billiardkugeln klackerten und Jukebox-Musik aus der offenen Tür drang, dann wieder an geisterhaften Läden.

»Wo ist denn nun der Unterschied?« fragte Evan.

»Es gibt keinen großen Unterschied. Es hat damit nichts zu tun.«

»Verstehe ich nicht.«

»Es geht nicht um den Unterschied zwischen einem Park und einem Klassenzimmer.«

»Ich sehe immer noch nicht, worauf du hinauswillst.«

Sie sah ihn an. Er war verstimmt. »Es geht darum, daß du mich hast sitzen lassen.«

»Aha.«

»Es hat mir nichts ausgemacht, daß du Sex wolltest. Es geht um deine Reaktion, als ich nein gesagt habe.«

»Nur weil ich dich nicht zum Restaurant bringen wollte?« Seinem Tonfall nach war das ein ziemlich dummer Grund, sich aufzuregen.

»So ungefähr«, sagte Alison.

Sie kamen an die Kreuzung, an der die Summer Street auf die Central

Avenue traf. Evans Wohnung war vier Block weiter rechts, direkt hinter der Summer Street. Das Haus, in dem Alison wohnte, war direkt geradeaus, zwei Blocks hinter dem Campus, in einer Nebenstraße zur Central Avenue. Wie sie vermutete hatte, steuerte Evan nach rechts.

Sie leistete keinen Widerstand. Ihr Herz klopfte schneller. Sie hatte schon früher beschlossen, heute nacht nicht mit ihm in seine Wohung zu gehen. Sie hatte gar nicht daran geglaubt, daß er sie nach der Arbeit abholen würde, aber jetzt würde sie eben nein sagen.

Sie stellte fest, daß sich so eine Entscheidung leicht treffen ließ, wenn Evan nicht da war und die Auseinandersetzung noch vage in der Zukunft lag. Es war nicht so einfach, sich daran zu halten, wenn es an der Zeit war, das in die Tat umzusetzen. Und mit jedem Schritt würde es schwieriger werden. Noch ein paar Minuten, und sie wären in seiner Wohnung.

»Halt«, sagte sie. Sie blieb stehen und entzog ihm ihre Hand.

Evan sah sie an.

»Das wäre nicht gut«, sagte sie.

»Was wäre nicht gut?«

»Nicht heute.«

Im schwachen Licht der Straßenlaterne sah sie, wie seine Stirn sich furchte. »Das meinst du nicht ernst.«

»Das meine ich sehr ernst.«

Seine Lippe zuckte. Er wirkte überrascht, verärgert, angewidert – so als sei er gerade in einen Hundehaufen getreten. »Was ist nur los mit dir?«

»Es gefällt mir nicht, was da passiert ist, das ist alles.«

»Ach Gott«, murmelte er.

»Es hat die Dinge verändert. Es hat mich zum Nachdenken gebracht. Ich habe mich gefragt, ob alles, worauf es dir wirklich ankommt, nur der Sex ist.«

»Das ist doch irre.«

»Ich weiß nicht, ist es das wirklich?«

»Natürlich.«

»Dann würde es dir also nichts ausmachen, wenn wir ... wenn wir es nicht tun?«

»Du willst heute nacht nicht mit mir schlafen«, sagte er langsam, so als müsse er sich die Situation erst einmal klar machen.

»Es geht nicht darum, daß ich das nicht *will.*«

»Aber?«

»Aber ich werde es nicht tun.«

»Ich habe dich nicht zur Arbeit begleitet, und jetzt bestrafst du mich dafür, indem du dich mir verweigerst.«

»Das ist nicht der Grund.«

»Nein? So klingt es aber.«

»Ich ›verweigere mich dir‹, wenn du es denn so nennen willst, weil ich herausfinden muß, was da zwischen uns ist – was da außer dem Sex ist. Ich meine ...« Ihre Kehle zog sich zusammen. »Verläßt du mich jetzt, oder was?«

»Alison.«

»Tust du es?«

Evan wirkte verwirrt und gekränkt. Er streckte eine Hand aus und strich ihr sanft über das Haar. »Du weißt, daß ich das nicht tue.«

»Ich wünschte, ich wüßte das wirklich.«

»Ich liebe dich.«

»Auch ohne Sex?«

»Natürlich. Jetzt komm, laß uns zu mir gehen, und du wirst sehen, daß ich ein Musterbeispiel an Zurückhaltung sein kann.« Er nahm ihre Hand.

»Nein, nicht zu dir. Wir wissen beide, was dann passieren würde.«

»Wir würden nur dasitzen und reden. Bei meiner Ehre.« Er lächelte. »Es sei denn, natürlich, daß du deine Meinung änderst. In diesem Fall ....«

»Ich gehe zurück zu meiner Wohnung«, sagte Alison. »Kommst du mit?«

»Du wohnst nicht allein!«

Sie griff mit der freien Hand nach ihrer Umhängetasche.

»Na egal. Ich komme mit. Ich kann dich ja nicht allein mitten in der Nacht durch die Straßen laufen lassen – nicht mit diesen Geldsummen.«

Sie gingen bis zur Kreuzung zurück und überquerten die Summer Street.

»Da ist noch etwas«, sagte Alison.

»Noch mehr?«

»Das gilt nicht nur für heute abend.«

»Dieser Zölibats-Trip?«

»Es würde nichts bedeuten, wenn es nur für heute nacht gelten würde.«

»Hey, mir bedeutet das eine ganze Menge.«

»Das sieht man.«

»Hey, komm, das war ein Witz.«

Sie gingen schweigend eine Weile nebeneinander her. Schließlich fragte Evan: »Und wie lange soll das dauern?«

»Ich weiß es nicht.«

»Eine Woche, einen Monat, sechzig Jahre?«

»Es hängt davon ab, wie sich die Dinge entwickeln.«

»Was willst du eigentlich mit diesem kleinen Manöver erreichen?«

»Ich dachte, das hätte ich dir bereits erklärt.«

»Du willst also herausfinden, was für eine Art Beziehung wir ohne Sex haben?«

»So ungefähr.«

Evan schüttelte ungläubig den Kopf: »Habe ich da kein Mitspracherecht?« Alison war ermutigt durch seinen lockeren Ton: »Es muß ja nicht so schlimm sein. Wir werden uns ja immer noch sehen. Oder? Du hast gesagt ...«

»Wir werden uns immer noch sehen.«

»Wir werden andere Dinge finden, die wir tun können, wenn wir zusammen sind.«

»Nicht mehr die Idiotenkiste – sorry, das sollte kein Wortspiel sein.«

»Wie bitte?«

»Irgendwann in der Oberschule kamen meine Eltern auf die glorreiche Idee, daß ich zu viel Zeit vor der Idiotenkiste verbringe – vor dem Fernseher. Sie waren der Meinung, es gebe mehr im Leben als nur Fernsehen. Also haben sie es mir verboten. Ich sollte meinen Horizont erweitern und den Fernseher vergessen.«

»Und, hat es funktioniert?«

»Gewissermaßen. Ich habe einen Haufen Bücher gelesen. Ich habe Karten gespielt – Patiencen. Ich habe mich mehr um meine Hausaufgaben gekümmert. Meine Zensuren wurden besser. Ich habe alles mögliche gemacht.«

Alison lächelte: »Wir können uns gegenseitig vorlesen, zusammen lernen, Kartenspielen, ...«

»Strip Poker?« Er drückte ihr die Hand. »Es gab da einen Nebeneffekt, den ich noch nicht erwähnt habe. Ich entwickelte eine Obsession, was das Fernsehen anging. Wann immer ich die Möglichkeit hatte, schlich ich mich zu meinen Freunden hinüber, um dort fernzusehen. Manchmal habe ich mich sogar wieder nach unten geschlichen, wenn meine Eltern eingeschlafen waren. Ich habe dann den Fernseher im Wohnzimmer angestellt und im Dunkeln ein paar Zentimeter vor der Bildröhre gesessen, mit dem Ton so leise, daß man die Stimmen kaum über dem Summen hören konnte, das der Fernseher so schon von sich gibt. Irgendwie war das schon Klasse. Wie ein Verhungernder bei einem Festmahl.«

»Verbotene Früchte.«

»Genau.«

»Und du meinst, wenn du plötzlich keinen Sex mehr hast, wird das den gleichen Effekt haben?«

»Wahrscheinlich.«

»Und was tust du dann dagegen?«

»Du läßt mir ja nicht viele Alternativen. Ich werde wohl über deinen Fotos im Uni-Jahrbuch wichsen müssen.«

»Evan!« Lachend stieß sie ihm den Ellbogen in die Rippen. Er stolperte von Bürgersteig auf die Straße.

»Hast du eine bessere Idee?« fragte er.

»Wie wäre es mit kalt duschen?«

»Ich hasse es, kalt zu duschen.« Er nahm wieder ihre Hand. »Es ist doch okay, wenn ich wenigstens deine Hand halte, oder?«

»Sei nicht albern.«

»Und wie steht es mit Küssen?«

»Wir werden sehen.«

»Ach, was müssen wir doch für unsere taktischen Fehler büßen.«

Am Südende des Campus mußten sie warten, bis ein Auto aus der Spring Street vorbeigefahren war.

Nachdem es in die Central Avenue eingebogen war, überquerten sie die Straße. Sie kamen an dem Getränke-Kiosk vorbei, an dem Alison Evan das erste Mal getroffen hatte.

Sie erinnerte sich an den regnerischen Abend, an dem sie am Tresen gestanden und auf ihre Bestellung gewartet hatte, als plötzlich eine Stimme hinter ihr erklang: »She walks in Beauty like the Night.«

Ein kurzer Blick zurück. Evan Forbes lächelte sie an.

»Selbstgespräche sind ein Symptom für Wahnsinn«, klärte sie ihn auf.

»Ach, ich habe aber mit dir gesprochen. Ist das auch ein Zeichen von Wahnsinn?«

»Schon möglich.«

Sie hatte Evan vorher auf dem Campus gesehen, und wußte, daß er zu den wenigen gehörte, die Englisch im Hauptfach studierten. Sie hatte auch bemerkt, wie er sie am Abend zuvor angesehen hatte, als sie ihn bei Gabby bedient hatte.

Sie hatte ihren Hamburger, die Pommes und das Bier entgegengenommen.

»Hast du etwas dagegen, wenn ich dir Gesellschaft leiste?«

»Nein, ist in Ordnung.«

Evan war ihr zu einem Tisch gefolgt.

»Bestellst du denn gar nichts?«

Er hatte den Kopf geschüttelt, sich ihr gegenübergesetzt und eine von ihren Pommes Frites genommen. »Ich esse deine.«

»Aha.«

Er hatte die Pommes hinuntergeschluckt.

»Wenn du es genau wissen willst, ich habe schon gegessen. Ich habe gesehen, wie du aus der Bibliothek gekommen bist, und habe dich bis hierhin verfolgt.«

Sie hatte gefühlt, daß sie rot wurde. »Ein ganz schöner Aufwand, um sich eine Pommes Frites zu stibitzen.«

Bei der Erinnerung mußte Alison lächeln: »Du hast damals alle meine Pommes aufgegessen.«

»Das waren die Nerven. Wenn ich nicht auf den Pommes Frites herumgekaut hätte, hätte ich auf meinen Fingernägeln gekaut.«

»Geschmacklich war das wohl die bessere Alternative.«

Sie überquerten die Eisenbahnschienen, kamen an dem Waschsalon vorbei, in dem Alison einmal in der Woche ihre Wäsche erledigte, und bogen in die Apple Lane ein. Das Haus von Professor Teal war das dritte nach der Kreuzung. Das Licht auf der Veranda war an, aber die Fenster im Untergeschoß waren dunkel. Die Vorderfenster im ersten Stock waren jedoch erleuchtet, daher nahm Alison an, daß wenigstens eine ihrer Mitbewohnerinnen zu Hause war. Wahrscheinlich Helen. Celia war wohl immer noch in Wallys Kneipe, wo sie den Jungs den Kopf verdrehte und sich mit Bier zulaufen ließ.

Eine hölzerne Treppe führte an der Hauswand bis zu der oberen Tür hoch. Das Licht über der Tür war aus.

Evan ging neben ihr auf dem Fußweg durch den Vorgarten und blieb auch dann an ihrer Seite, als sie den Platten um die Hausecke folgte, obwohl er so durch das feuchte Gras gehen mußte. Zusammen stiegen sie die Treppe hoch. Oben angekommen, setzte er ihre Umhängetasche ab. »Möchtest du mich hineinbitten?«

»Besser nicht.«

Der leise, sanfte Klang eines Lionel-Ritchie-Songs drang zu ihnen hinaus.

»Eine deiner Mitbewohnerinnen ist da, um deine Unschuld zu beschützen.«

Alison drückte seine Hand. »Ich bin müde. Ich will nur noch ins Bett.«

»Sans Evan.«

»Sehen wir uns morgen?«

Er nickte. »Und jetzt? Ist es gestattet, dir einen Gutenachtkuß zu geben?«

»Ich glaube, das geht in Ordnung.«

Im Mondlicht sah sie sein Lächeln. Er hob ihre Hand an seinen Mund und küßte sie auf den Handrücken. »Dann bis morgen.« Er gab ihre Hand frei und drehte sich um.

»Evan.«

Er blickte über die Schulter zurück. »Ja?«

»Benimm dich nicht so«, flüsterte sie.

»Gehabe dich wohl, holde Jungfer.«

Alison lehnte gegen den Türrahmen und sah zu, wie er die Treppe hinabstieg. Die Bohlen knarzten unter seinem Gewicht. Unten angekommen, ging er nicht über die Steinplatten zurück, sondern direkt über den Rasen zum Bürgersteig.

»Du Mistkerl«, rief Alison ihm nach. Dann war er verschwunden.

Sie schloß die Tür auf. Als sie in den Flur trat, lugte Helen aus ihrer Schlafzimmertür. »Du kannst rauskommen«, sagte Alison. »Die Luft ist rein.«

»Was ist passiert?« Offenbar hatte Helen den letzten Teil der Verabschiedung mitbekommen.

»Eine kleine Unstimmigkeit.«

»Klein?« Mit einem Glas Cola in der Hand und einer Tüte Chips, die sie sich unter den Arm geklemmt hatte, steuerte Helen auf das Sofa zu und ließ sich nieder. Sie trug ihren Bademantel und dicke rote Socken. »Ich habe gehört, wie ihr die Treppe heraufgekommen seid, deswegen hatte ich mich verdünnisiert. Ich hatte erwartet, du würdest ihn mit hereinbringen.«

»Nein.« Alison stellte ihre Tasche auf dem Tisch ab. Sie setzte sich auf das Sofa, kickte ihre Schuhe von sich und schwang ihre Beine in die Kissen. Es war großartig, sich einfach nur hinzusetzen. Sie seufzte.

»Möchtest du eine Cola oder sowas?«

»Nein danke.«

»Chips?« Sie hielt die Tüte hoch. »Sauerrahm und Zwiebeln.«

»Ich bin zu wütend, um etwas zu essen.«

»Gerade dann sollte man etwas essen. Das stopft das Loch in einem.«

»Wenn ich jedesmal etwas essen wollte, wenn ich mich über etwas geärgert habe ...«

»Dann wärst du so eine Tonne wie ich«, beendete Helen den Satz und stopfte sich einen Kartoffelchip in den Mund.

Alison schüttelte ihren Kopf: »So fett bist du auch wieder nicht.«

»Ich bestehe nicht gerade aus Haut und Knochen.«

Alison dachte, man hätte Helen als »angenehm mollig« beschreiben können, wenn sie das dazu passende Gesicht hätte. Aber nicht einmal das konnte man ihr zugute halten. Ganz im Gegenteil. Sie hatte teigige Haut, eine hohe Stirn, hervorquellende Augen hinter dicken runden Brillengläsern, eine hochgebogene Nase, die einen tiefen Blick direkt in ihre Nasenlöcher ermöglichte, wulstige Lippen und einen massigen Hals, der alles verdeckte, was sie an Kinn haben mochte.

»Möchtest du mit mir darüber reden?« fragte Helen beim Kauen.

»Evan ist sauer auf mich, weil ich ihn nicht an mich rangelassen habe.«

»Macht Sinn. Er ist ein Mann. Ein Mann ist nichts weiter als ein wandelnder Schwanz auf der Suche nach einem engen Loch.«

»Wie nett von dir, Helen.«

»Es ist aber wahr. Du kannst es mir glauben.«

»Du hast nur ein paar schlechte Erfahrungen gemacht.«

»Du meinst also, daß ich unrecht habe?«

»Ich hätte wirklich Mühe, dich zu widerlegen, so wie ich mich im Augenblick fühle.«

»Ich bin noch nie in meinem Leben mit einem Jungen ausgegangen, der etwas anderes vorhatte, als mir in den Slip zu gehen. Noch nie. Und das heißt einiges. Sieh mich doch nur an. Man sollte meinen, daß die mich nicht mit spitzen Fingern anfassen würden. Mit dem da unten, das ist was anderes.« Sie lachte bellend auf und prustete dabei ein paar Chipskrümel von sich.

Alison hatte das alles schon gehört, und noch einiges mehr, während vielerlei Gelegenheiten, seit sie mit Helen zusammenwohnte. Die junge Frau war verbittert, und sie hatte allen Grund dazu. Sie war von vielen Männern ge- und mißbraucht worden, unter anderem von ihrem Stiefvater.

Bevor Alison Helen kennengelernt hatte, hatte sie gedacht, Männer würden um jemanden, der so aussah, einen großen Bogen machen. Weit gefehlt.

Falls Helen wußte, warum sie so oft von Männern angemacht wurde, dann sprach sie nicht darüber. Aber sie verabredete sich nur noch selten, also war sie vielleicht zu dem gleichen Schluß gekommen wie Alison. Die Männer sahen in ihr ein leichtes Opfer – sie gingen davon aus, daß jede, die so ein Gesicht und so einen Körper hatte wie Helen, einfach ausgehungert sein mußte – und daß sie freudig die Beine breit machen würde und dafür dann auch noch dankbar wäre.

»Ich nehme das zurück«, sagte Helen, nachdem sie einen Mundvoll Chips mit Cola hinuntergespült hatte. »Ich bin schon mal mit einem Jungen ausgegangen, der nicht versucht hat, mich flachzulegen. Es stellte sich dann heraus, daß er schwul war.«

»Ich will einen Mann, mit dem ich befreundet sein kann«, verriet Alison.

»Dann solltest du dir einen Schwulen suchen.«

»Aber ich will auch Sex.«

»Und was ist dann dein Problem mit Evan?«

»Das hat sich einfach aufgeschaukelt. Ich will nicht, daß der Sex das Einzige ist. Vielleicht sollte es nicht einmal das Wichtigste sein.«

»Ja, da geht es dir wie mir. Früher habe ich gedacht, wenn ich doch nur einen Typen finden könnte, der aussieht, als habe man ihm eins mit der Schaufel übergezogen. Aber das hat auch nicht funktioniert. Die Häßlichen sind genauso verdreht wie die Gutaussehenden – vielleicht sogar noch schlimmer.«

»Die sind das Letzte«, murmelte Alison.

»Du und Evan, habt ihr euch jetzt getrennt, oder was?«

»Nicht so richtig. Ich habe ihm nur gesagt, daß wir eine Zeitlang auf platonischer Basis miteinander umgehen werden und sehen, wie das funktioniert.«

»Oh Gott.«

»Oh Gott?«

»Ich wette, er war von der Idee nicht begeistert.«

»Er hat es wirklich nicht sehr erfreut aufgenommen.«

»Was für eine Überraschung.«

»Wenn er mich wegen so etwas sitzen läßt, dann bin ich ohne ihn besser dran.«

»Keine Angst, er wird dich nicht sitzen lassen.«

»Ich weiß es nicht. Er hat sich irgendwie ... mies verhalten.«

»Und wie lange willst du das durchziehen?«

»Gerade lange genug, um zu sehen, was passiert.«

»Weißt du, was ich denke?« Helen fegte ein paar Krümel von ihrem Bademantel.

»Was denn?«

»Ich glaube, du hattest einen schlechten Tag, und morgen kommst du wieder zu Verstand und besorgst es dem Typ von selbst.«

»Bist du etwa auf seiner Seite?«

»Ich kenne dich. Im Augenblick bist du wütend auf ihn, aber die Wut verliert sich ziemlich schnell wieder, gerade bei dir. Bevor du es merkst, tut er dir leid – und du fühlst dich schuldig, weil du ihm das angetan hast. Und dann tust du das, was notwendig ist, um ihn wieder aufzuheitern. Morgen um diese Zeit bist du schon wieder mit ihm in der Kiste.«

»Bestimmt nicht.«

»Du wirst schon sehen.«

Alison hörte schwache, schlurfende Fußtritte. Irgend jemand stieg draußen die Treppe hoch. Ganz langsam. Helen hörte auf zu kauen und hob ihre dicken Augenbrauen.

Alisons Herz schlug heftig. »Vielleicht ist es Celia«, flüsterte sie.

Helen schüttelte den Kopf. »Wohl nicht. Bei Wally machen die nicht vor zwei zu.«

»Oh Gott, das muß doch jetzt nicht sein.«

»Soll ich ihm sagen, daß du unter der Dusche bist, oder so was?«

Die Fußtritte stockten auf dem Absatz vor der Tür. »Nein, ich sollte wohl ...«

Ein Schlüssel fuhr in das Schloß. Alisons schreckstarrer Körper entspannte sich und sank in die Polster. Mit der Erleichterung fühlte sie auch eine gewisse Enttäuschung.

Dann kam Celia herein und Alison fuhr wieder zusammen.

Celias rechter Arm wurde mit einer Schlinge vor ihrer Brust gehalten. Ein Verband bedeckte die rechte Seite ihres Kopfes von der Augenbraue bis zum Haaransatz.

»Wow!« sagte Helen.

»Was ist mit dir passiert?« fragte Alison.

»Ich bin umgefahren worden, das ist passiert.« Mit ihrer linken Hand ließ Celia ihre Jacke von den Schultern gleiten. Sie ließ sie zusammen mit der

Handtasche auf den Fußboden fallen. »Irgendein Arschloch hat versucht, mich in den Straßenbelag einzuarbeiten.«

Sie hinkte ein wenig benommen zu dem Sofa, offenbar nicht nur verletzt, sondern auch angetrunken. Nachdem sie sich langsam neben Alison niedergelassen hatte, legte sie vorsichtig ihre Beine auf den Tisch und stöhnte.

»Du und dein dämliches Rad«, sagte Helen. »Ich habe dir doch gesagt, das gibt ein Unglück.«

»Mach mal halblang.«

»Du warst mit dem Rad unterwegs und ein Wagen hat dich angefahren. Habe ich recht oder nicht?«

»Wie wäre es, wenn du mir was zu Trinken besorgst?«

»Hast du nicht schon genug gehabt?«

»Das betäubt die Schmerzen.«

»Ich hole dir was«, bot sich Alison an. »Was möchtest du haben?«

»Irgendwas, nur kein Bier. Ich kann kein Bier mehr sehen. Whisky. Bring mir die ganze Flasche, okay?«

Alison lief in die Küche. Sie schnappte sich die Flasche Bushnells aus dem Regal, holte ein Glas und kam wieder ins Wohnzimmer zurück. Sie füllte das Glas zur Hälfte und reichte es Celia. »Du bist ein Schatz«, bedankte die sich.

»Wie ist das passiert?« fragte Alison und setzte sich wieder.

»Irgendein Arschloch hat versucht, mich umzufahren. Das war da hinten auf der Latham Road. Auf dem Rückweg von den Four Corners. Und dann kam dieser Lieferwagen auf mich zu. Der Kerl hatte massenhaft Platz, aber der ist direkt auf mich zugefahren. Der wollte mich ummangeln. Irgendein Irrer. Auf jeden Fall habe ich versucht, ihm auszuweichen, und dann ist das Rad weggeschmiert. Dabei habe ich mir das hier geholt.« Sie setzte sich wieder ein wenig auf, zuckte zusammen und nippte an ihrem Whisky. Dann ließ sie sich wieder zurücksinken. Sie stellte das Glas auf dem Schoß ihrer Radlerhose ab.

»Er hat versucht, dich umzufahren?« Helen klang skeptisch.

»Da kannst du deinen Arsch drauf verwetten.«

»Warum sollte jemand ...?« begann Alison.

»Weil es ein Irrer war, deswegen. Und nein, ich habe ihm nicht den Finger gezeigt. Ich habe gar nichts gemacht.«

»Wer's glaubt«, meinte Helen.

Celia fauchte sie an: »Wo ist dein Problem? Ist dir dein Vibrator durchgeschmort?«

»Was das angeht ...«

»He, Helen«, beschwichtigte Alison, »laß das. Sie ist verletzt, verdammt noch mal.«

»Ich bin völlig im Eimer.« Celia nahm noch einen Schluck.

»Ist irgendwas gebrochen?« fragte Alison.

»Keine Knochen. Was ich habe, sind Prellungen, Zerrungen, Blutergüsse, Abschürfungen und Scheißschmerzen von Kopf bis Fuß. Ich war so ungefähr zwei Stunden lang in der Notaufnahme. Aber wenigstens war der Doktor ein klasse Typ. Einer, dem sein Job wirklich Spaß machte. Er hat mich sogar da untersucht, wo mir gar nichts fehlte.«

»Jedes Unglück hat auch seine gute Seite«, meinte Helen.

»Ja. Der meldet sich bestimmt noch mal bei mir.« Sie hob ihr Glas, hielt es sich direkt vor die Augen und starrte in die bernsteinfarbene Flüssigkeit. »Wollt ihr das Beste an der ganzen Geschichte hören?« fragte sie. So wie ihre Stimme klang, schien ihr dieses ›Beste‹ nicht sonderlich zu gefallen. Helen runzelte die Stirn. Celia starrte weiter in den Whisky. Ihr Kiefer bewegte sich sachte von einer Seite zur anderen, und rieb ihre Unterlippe über ihre Zähne. »Der Typ, der mir das angetan hat ... der hat ‘n Abgang gemacht.«

»Was?« meinte Alison. »Willst du damit sagen ...?«

»Er hat ins Gras gebissen, in den Sack gehauen, den Löffel abgegeben. Sein Laster kam von der Straße ab, nachdem er versucht hat, mich umzubringen, und ist dann voll in die Mauer einer Brücke geknallt. Das hat ihn geschafft. Und dann ist sein Arsch verbrutzelt.«

»Mein Gott«, murmelte Helen.

»Ist dem Scheißkerl recht geschehen«, sagte Celia und trank ihr Glas aus. »Ich kannte den Kerl nicht mal. Was soll also der Scheiß, warum wollte der mich umfahren? Häh? Ich kann nicht mal mehr draußen auf meinem Rad herumfahren, ohne daß irgendein Irrer versucht, mich umzubringen. Ist ihm recht geschehen. Er kannte mich doch gar nicht. Aber er hat auf jeden Fall dafür bezahlt. Das hat er. Ich wünschte, ich hätte sein Gesicht sehen können, als er vor die Mauer geknallt ist. Ich wette, da hat er blöd geguckt.« Sie lächelte und ihr Kinn zitterte und sie begann zu weinen. Sie ließ das Glas in ihren Schoß sinken. Ein paar Tropfen Whisky tröpfelten auf ihre Radlerhose. Sie preßte ihre Augen zusammen, ließ den Kopf auf das Sofakissen zurücksinken und schluchzte.

Alison legte eine Hand auf ihren Schenkel. »Es ist alles in Ordnung«, flüsterte sie. »Alles in Ordnung.«

»Verdammt.« Celia schnüffelte. »Der ist verbrutzelt.«

# 6

Das Schrillen seines Weckers riß Jake aus dem Schlaf. Er stellte den Lärm ab und schob sich auf einen Ellbogen hoch. Zehn Uhr. Also hatte er sieben Stunden Schlaf gehabt. Wieso fühlte er sich dann wie ausgekotzt?

Wegen gestern.

Stöhnend schwang er seine Beine aus dem Bett, setzte sich auf und rieb sich das Gesicht.

Gestern. Ein verkohlter Mann, der in der Windschutzscheibe hing. Eine Frau, von der Teile des Schädels und des Gehirns an der Wand klebten oder stückchenweise über den Küchentresen verteilt waren. Ein Mann, der auf ihrem Fleisch herumkaute.

Bei der Erinnerung wurde ihm übel.

Das Gefühl der Übelkeit wich dem der Furcht, als in seiner Erinnerung Smeltzer in Zeitlupe nach seiner Schrotflinte langte. Der Hautfetzen zwischen Smeltzers Zähnen flappte blutig durch die Luft, als er sich umdrehte und nach dem Gewehr griff. Jake dachte: *Er versucht es!* und dann, *Jetzt!* Er feuerte und fühlte, wie sich der Revolver aufbäumte, fühlte die Druckwellen der Detonationen in seinem Trommelfell, roch den stechenden Rauch, sah wie Smeltzer jedesmal zuckte, wenn eine der Kugeln in ihn einschlug. Er sah wieder, wie eine der Kugeln ihm die Kehle aufriß und wie er zurückgeschleudert wurde, wobei er Jake mit Blut besprühte. Der Hautfetzen stak immer noch zwischen seinen Zähnen. Dann seine spastischen Zuckungen, als er auf dem Boden lag und die Blutfontainen wieder auf ihn herunterregneten.

Jake holte tief und zittrig Luft, dann rappelte er sich auf.

*Ich mußte das tun. Ich wäre jetzt tot, wenn ich ihn nicht erschossen hätte.*

Das war keine laue Entschuldigung, das war die Wahrheit. Und er hatte sich seit letzter Nacht so oft an diese Wahrheit erinnert, daß es ihm reichte.

Er ging ins Badezimmer und stellte die Dusche an.

Gestern abend war das Wasser in der Duschwanne rosa gewesen. Smeltzers Blut. Er hatte so lange unter der Dusche gestanden, bis das heiße Wasser aufgebraucht war. Dann hatte er eine halbe Stunde gewartet und noch einmal geduscht. Dies jetzt war das dritte Mal.

Er stieg unter den heißen Wasserstrahl und seifte sich ein und sah dabei Smeltzer zu sich aufblicken, der gerade Fleisch aus dem Bauch seiner Frau herausriß. Der Streifen Fleisch riß ab und Smeltzer begann sich umzudrehen. *Er versucht es!*

»Es reicht!« fauchte er. »Ich kenne das mittlerweile, ich habe das schon hundert Mal gesehen, es reicht. Was soll das sein? Der Kabel-Kanal?«

Genauso war das hier, dachte er. Wie oft hatten die doch die Filme gezeigt, als Hinckley auf Reagan geschossen hatte, oder die Challenger, wie sie sich majestätisch in die Luft erhob und dann explodierte. Und jedes Mal, wenn sie das wieder zeigen, hofft man, daß es diesmal anders ausgeht, daß sie das Drehbuch geändert haben, und daß Hinckley winkt, statt zu schießen, und daß die Challenger es ins All schafft, und daß du in die Küche stürmst und Smeltzer und seine Frau wienern fleißig den Fußboden und sehen dich an, als seist du übergeschnappt. Aber das Drehbuch ändert sich nie. Jede Wiederholung ist mit der letzten identisch, wie sehr man auch wünschen mag, daß sie das nicht sei.

Sie wienern nicht das Parkett. Sie liegt auf dem Boden und ihr Kopf endet am Kinn und Smeltzer nagt an ihr. *Mein Gott, was tut er nur! Ich brauche das hier nicht, absolut nicht. Das ist mein freier Tag, warum können sich meine Erinnerungen dann nicht auch frei nehmen? Ich soll Kimmy in ungefähr einer Stunde abholen. Das wird helfen. Verdammt viel helfen. Aber zuerst muß ich Applegate anrufen und mich erkundigen, wann er mit der Autopsie von den Smeltzers anfängt – der Typ muß vollkommen stoned gewesen sein, wahrscheinlich Angel Dust, was so ungefähr die einzige Erklärung für das sein kann, was er da getan hat. Er hat sie gegessen! Gott! Das muß Angel Dust gewesen sein.*

Aber wie paßten Angel Dust und der Lieferwagen zusammen? Irgendwie mußte es eine Verbindung zwischen den beiden Vorkommnissen geben. Oder nicht?

Nach dem Duschen zog Jake sich an und brühte sich eine Tasse Nescafé. Dann rief er in der Leichenhalle an. »Betty? Hier ist Jake.«

»Oh, wie geht es dir, Kumpel?«

»Es geht so.«

»Ich habe von gestern abend gehört. Muß ganz schön hart gewesen sein.«

»Ich hatte schon bessere Zeiten.«

»Ich habe heute nacht frei, falls du ein wenig Liebe brauchst.«

»Danke für das Angebot.« Bettys Idee von einem bißchen Liebe war verdammt harte Arbeit. Sie war eine zweiundzwanzigjährige blonde Schönheit. Sie war Vorturnerin in der Schule gewesen und jetzt beschränkten sich ihre gymnastischen Übungen auf das Schlafzimmer. Sie war wirklich ein Hammer. Die paar Zusammentreffen, die Jake mit ihr gehabt hatte, waren interessant gewesen; interessant, aber anstrengend, und hinterher hatte er immer irgendwie die Zeit bereut, die er mit ihr verbracht hatte.

Jetzt war er froh, daß er eine ehrliche Ausrede hatte, um Betty zu entgehen.

»Ich befürchte, daß ich heute einfach nicht kann. Ich habe Kimmy am Wochenende.«

»Na ja, ruf mich einfach an.«

»Ganz bestimmt. Ist Steve da?«

»Er ist heute außer Haus.«

»Du machst Witze.«

»Aber doch nicht mit dir. Er hat heute morgen ganz früh einen Anruf von Doktor Willis bekommen – dem Leichenbeschauer drüben in Marlowe. Der wollte, daß er sich mal eine Leiche ansieht, die sie da gefunden haben.«

»Wir haben unsere eigenen Leichen.«

»Willis und Steve sind alte Kumpel. Und bei Willis hinter dem Haus ist ein Golfclub. Ich glaube, das war nicht nur eine berufliche Konsultation. Steve hat jedenfalls seine Golfschläger mitgenommen.«

»Toll. Und morgen haben wir Samstag.«

»Er hat mir gesagt, daß du anrufen würdest. Ich soll dir ausrichten, daß er auf jeden Fall morgen da sein wird und deinen Kerl da als ersten drannimmt.«

»Okay.«

»Bist du dir sicher wegen heute nacht? Wann geht denn deine Kleine schlafen?«

»Mit mir wäre sowieso nicht viel anzufangen.«

»Dafür würde ich schon sorgen. Aber was soll's, es ist deine Entscheidung.«

»Ich melde mich«, sagte er. »Mach's gut.«

»Du auch, Jake.«

Er legte auf.

Eine Viertelstunde später ließ er seinen Wagen in der geschwungenen Auffahrt ausrollen und parkte hinter einem roten Porsche mit dem albernen Nummernschild BBS TOY.

Jake dachte, daß BBs Spielzeug wohl dann am Besten aussähe, wenn es um einem Baum gewickelt wäre. Danach hatte er ein schlechtes Gewissen. Schließlich war sie Kimmys Mutter. Kimmy liebte sie. Das war zwar eine schlechte Wahl in Kimmys Fall, aber man liebt nun mal die Mutter, die man hat, selbst wenn sie eine Schlampe ist.

Er hatte ein Ziehen in der Brust und einen trockenen Mund, als er vor der Tür stand und auf die Klingel drückte. Drinnen erklangen die leisen Töne eines Glockenspiels; die ersten Takte von Beethovens Fünfter.

Harold Standish öffnete die Tür, trat einen Schritt zurück, hob seine Hände in die Höhe und sagte: »Bitte nicht schießen.«

Jake musterte ihn finster. Diese Show war noch lustig gewesen, als er sie das erste Mal gebracht hatte, vor über einem Jahr. Aber mit jedem Mal wurde es weniger komisch. An diesem Morgen fühlte sich Jake versucht, Harold seinen sauber rasierten Schnurrbart aus dem Gesicht zu reißen.

»Das war nur ein Witz, Jako. Komm rein. Die Lady macht Kimmy gerade fertig für ihren großen Tag.«

Jake trat in das marmorgeflieste Foyer.

Harold steuerte auf das Wohnzimmer zu, wobei er seitwärts ging und lächelte, es aber nicht wagte, Jake aus den Augen zu lassen – offenbar hatte er Angst, ihm den Rücken zuzudrehen. Jake hatte den Mann nie angeschnauzt und ihn ganz gewiß auch nie bedroht oder angegriffen. Aber Harold wußte, was er getan hatte. Und augenscheinlich war ihm auch klar, was er verdiente.

Harold konnte ja nicht wissen, daß Jake ihn nie für die Sache verantwortlich gemacht hatte. Es wäre etwas anderes gewesen, wenn er Barbara mit seinem Aussehen und seinem Charme becirct hätte, aber Harold war ein Knirps mit schütterem Haar, einer Nase wie einem Truthahnschnabel und dem Charme einer Feldmaus. Er war ein Nichts. Ein Nichts, das einen Haufe Kohle machte, indem es Zahnlöcher stopfte. Und Barbara, nicht Harold, war die Verführerin gewesen.

Sie hatte Jake nicht wegen eines Mannes verlassen. Sie hatte ihn sitzenlassen wegen eines dicken Bankkontos und kleinen Plastikkarten mit schwindelerregendem Kreditrahmen. Harold war ein überflüssiges Extra, daß man bei dem Paket in Kauf nehmen mußte.

Wenn es nicht Harold gewesen wäre, dann irgend jemand anderes.

Barbara war diejenige, die es verdiente ...

»Möchtest du vielleicht einen Kaffee? Oder ein Croissant?« bot Harold an.

»Nein, danke.«

Harold saß in einem Sessel, ließ sich aber nicht zurücksinken. Er blieb auf der Kante sitzen, so als sei er auf dem Sprung, und hatte die Hände auf die Knie gelegt. »So«, sagte er.

Jake ließ sich auf dem Sofa nieder.

»Wie laufen die Dinge bei der Verbrechensbekämpfung? All die Kriminellen in Gewahrsam?«

»Wir geben uns Mühe.« Offenbar hatte Harold noch nichts von den Ereignissen der letzten Nacht gehört. Jake war das sehr recht.

Harold nickte, als überlege er sich eine Antwort. Er starrte auf den Fußboden. Das Schweigen machte ihn anscheinend nervös. Befürchtete er, daß Jake ein unangenehmes Thema aufs Tapet bringen könnte? Zum Beispiel Ehebruch?

Ah, jetzt mußte er sich etwas überlegt haben. Er hob seine Augenbrauen und sah Jake an. »Was hältst du von der Schußwaffen-Initiative?«

»Ich bin dagegen.«

»Man sollte doch meinen, daß jemand in deinem Beruf, der immer wieder sieht, was für Tragödien der Privatbesitz von Schußwaffen ...«

»Letzten Monat hatten wir eine zweiundsiebzigjährige Witwe, die aufwachte und vor ihrem Bett einen fremden Mann fand, der in der einen Hand ein Messer und in der anderen seine Erektion hielt. Sie hat ihm vier Kugeln verpaßt, mit der Pistole, die sie auf ihrem Nachtschränkchen hatte. Was mich angeht, ich bin froh, daß sie die Pistole hatte.«

»Aber die Statistiken zeigen ...«

»Spar dir die Mühe, Harold. Wenn du willst, daß die bösen Jungs gewinnen, dann ist das deine Sache.«

Harold versuchte ein versöhnliches Lächeln. Mit einem Kopfschütteln stand er auf. »Ich sehe mal nach, was die Damen aufhält«, sagte er und trat den Rückzug aus dem Wohnzimmer an.

Er war gerade weg, als Barbara hereinkam.

Jake war übel. Ihm war jedesmal übel, wenn er sie sah, aber heute war es noch schlimmer als sonst, wegen der Sachen, die sie trug.

»Kimmy ist fast fertig«, sagte sie.

»Fein«, murmelte er und fragte sich, was zum Teufel sie vorhatte.

Sie trug einen blauen Seidenkimono. Die Vorderseite war offen und zeigte ein langes V blanker Haut bis zu dem Gürtel um ihre Taille. Der samtige Stoff schimmerte bei der Bewegung ihrer Brüste. Sie wandte sich von Jake ab und durchquerte das Wohnzimmer. Der Kimono war sehr kurz. An den Gardinen streckte sie den Arm hoch, um an der Kordel zu ziehen und das Kleidungsstück hob sich mit ihrer Schulter und entblößte ihren bleichen Hintern. Die Gardinen glitten auseinander. Ihr Arm senkte sich und der Stoff glitt wieder nach unten.

»Wirklich beeindruckend«, bemerkte Jake.

Sie fuhr herum und starrte ihn wütend an.

Jake lächelte. Sein Mund war wie erstarrt. Seine Brust schmerzte.

»Hast du ein Problem?« fragte sie.

Sein Lächeln erstarb: »Du bist schon ein Früchtchen.«

»Da kannst du dich drauf verlassen.«

»Was versuchst du hier abzuziehen?«

»Ich ziehe nichts ab, Liebling. Willst du damit etwa andeuten, daß dir mein Aufzug nicht gefällt? Das ist ein vorgezogenes Geburtstagsgeschenk von Harold. Ist das nicht himmlisch? Und es fühlt sich so erregend an.« Sie hielt Jakes Blick stand, lächelte träge und schloß halb die Augen. Ihre Hände begannen oben und glitten langsam hinunter, streichelten den Kimono. Sie bildeten kleine Kreise und rieben den Stoff gegen ihre Brüste. »Erregend«, wisperte sie.

»Wenn Harold dich doch jetzt sehen könnte.«

»Und was wäre dann?« Sie wiegte sich sacht, während sie weiter ihre Brüste rieb. Ihre Bewegungen hatten den Gürtel des Kimonos ein wenig gelockert und die Öffnung vergrößert. Er war jetzt bis unten hin offen.

»Verdammt noch mal!« zischte Jake sie an.

Sie grinste: »Mache ich dich an?«

»Es macht mich mehr an, wenn ich mir Hundescheiße von den Schuhen kratzen muß.«

Ihre Augen weiteten sich. Ihr Gesicht bekam hektische Flecken, ihr Rücken versteifte sich. Sie zog den Kimono wieder zusammen. »Du Mistkerl.« Ihre Stimme schwankte, als sie das sagte. Ihr Kinn zitterte.

Erstaunt bemerkte Jake, daß sie kurz davor war, in Tränen auszubrechen.

Sie drehte ihm den Rücken zu. »Kimmy!« rief sie. »Beweg deinen Arsch hier runter!«

»Barbara!« fauchte Jake sie an.

»Verpiß dich!« Sie rannte aus dem Raum.

Jake blieb auf dem Sofa sitzen, geschockt und wütend und entgeistert. Was zum Teufel war hier gerade passiert?

Wenn er kam, um Kimmy abzuholen, benahm sich Barbara meistens so, als sei ein er hergelaufener Landstreicher: hochmütig, sarkastisch, auf jede Gelegenheit erpicht, ihm zu beweisen, was für einen tollen Tausch sie gemacht hatte, als sie ihn für Harold hatte sitzenlassen.

Und was sollte das jetzt? Sich so zu benehmen, wo Harold und Kimmy im Haus waren. Harold mußte doch wissen, daß sie so herumlief. Was wollte sie damit beweisen?

*Na ja, das liegt ja wohl auf der Hand*, dachte er. *Sie wollte beweisen, daß sie mich anmachen kann. Wie ist sie doch zusammengeklappt, als ich sie zurückgewiesen habe. Die Frau hat ein gewaltiges Problem. Sie ist am Ende, oder sie würde so etwas nicht versuchen. Hat sie Probleme mit Harold?*

*Ach, was täte mir das doch leid! Oh wirklich, wie bedauerlich. Es bricht mir das Herz, du Schlampe.* Bei diesen boshaften Gedanken fühlte Jake sich schon in gewisser Weise schuldig. Er versuchte sich selbst davon zu überzeugen, daß er sie einmal geliebt hatte, und daß es falsch sei, ihr jetzt die Pest an den Hals zu wünschen.

Was war mit Kimmy? Wenn Barbara und Harold Probleme miteinander hatten, dann war sie auf jeden Fall auch betroffen. Das wollte er nicht. Wenn Kimmy bei ihrer Mutter leben mußte – und dazu gab es eigentlich keine Alternative, so lange Jake unverheiratet blieb –, dann wollte er, daß sie ein Heim hatte, in dem Liebe und Harmonie herrschten.

Die Situation war aber nur so lange tragbar, wie er auch sicher sein konnte, daß Barbara sich gut um sie kümmerte. Wenn man jetzt aber diesen Morgen als Maßstab nahm, dann hatte Barbara sich nicht mehr unter Kontrolle.

Vielleicht bedeutet es aber auch gar nichts, sagte er sich. Vielleicht ist nur ein kurzfristiger Ausrutscher. Morgen hat Barbara Geburtstag. Sie wird zwar erst siebenundzwanzig, aber er konnte sich daran erinnern, daß sie gesagt hatte, nach ihrem 21. Geburtstag sei es mit ihr immer nur bergab gegangen. Anscheinend glaubte sie das wirklich. Sie hatte jedes Jahr um ihren Geburtstag herum schreckliche Depressionen bekommen. Er kam zu dem Schluß, daß das der Grund sein mußte.

Sie präsentierte sich so vor ihrem Ex-Mann, um zu zeigen, daß sie noch etwas zu präsentieren hat.

Und der läßt sie dann abblitzen. Scheiße. Zumindest war es beruhigend zu wissen, daß ihr schräges Verhalten nur die übliche Geburtstags-Depression war.

Wenn es das war.

»Hallo, Papa!«

Er stand auf und fühlte sich plötzlich wieder gut, als Kimmy strahlend auf ihn zu stürzte. Wie immer, wenn er sie einige Tage nicht gesehen hatte, war er fassungslos, wie wunderschön sie war. Ein bezauberndes vier Jahre altes Mädchen mit riesigen blauen Augen und einem strahlenden Lächeln. Sie konnte nirgendwo hingehen, ohne daß ihr die Blicke der Leute folgten.

Harold stand in der Tür und trug die Tasche mit ihren Übernachtungsutensilien. Kimmy hielt Clew, ihre kleine Spielzeugkatze, fest in einer Hand. Sie breitete die Arme aus und Jake hob sie hoch und küßte sie. »Und wie geht es meinem Baby?«

»Ich bin kein Baby, ich bin ein kleines Mädchen.«

»Oh, ich bitte vielmals um Entschuldigung.«

Sie lehnte sich grinsend zurück und stieß mit dem Finger auf einen von Jakes Knöpfen. »Du hast dich bekleckert, Papa!«

»Habe ich das?« Er sah an sich hinunter.

Kimmy schoß mit ihrem Finger hoch und piekste ihn in die Nase.

»Au! Du hast mich erwischt!«

Lachend nuckelte sie an ihrem Zeigefinger. In ihren Augen spielte der Schalk. Ein Ohrwurm stand bevor.

»Nein, das tust du nicht«, sagte Jake und schob sie weg, bevor sie ihm den nassen Finger ins Ohr stecken konnte. Sie kicherte und versuchte sich festzuhalten, aber er befreite sich und setzte sie ab.

*Nicht vor Harold*, dachte er.

Und dann fragte er sich mit einem Stich von Eifersucht, ob sie Harold jemals Ohrwürmer verpaßte.

»Dann laß uns mal abdampfen«, sagte er und reichte ihr seine Hand. Kimmy nahm seinen Zeigefinger in einen festen Griff und ging voran.

»Macht euch eine schöne Zeit«, sagte Harold, als sie auf ihn zukamen. Er reichte Jake die Tasche. Sein Lächeln wirkte gezwungen. »Du bringst sie morgen zurück?«

Jake nickte.

Sie gingen. Es war gut, aus dem Haus herauszukommen. Er lächelte auf Kimmy hinunter.

Ihr Lächeln war ihr abhanden gekommen. »Darf ich morgen nicht bei dir bleiben?«

»Diesmal nicht. Morgen hat Mammy Geburtstag.«

»Das weiß ich.« Sie warf ihm einen verstimmten Blick zu. Sie mochte es überhaupt nicht, wenn man ihr etwas sagte, was sie schon wußte. Das war demütigend.

»Nun, du willst doch bei ihrer Party dabeisein, oder?«

»Na ja.«

»Das wird bestimmt lustig.«

Er öffnete Kimmy die Beifahrertür, und hob sie in den Kindersitz. Als er sie anschnallte, stopfte sie Clew oben in ihren Parka, so daß der winzige graue Kopf herausguckte wie ein Känguruhbaby aus dem Beutel seiner Mutter.

Sie steckte sich ihren Zeigefinger in den Mund.

»Oh nein, das wirst du nicht tun.«

»Doch, das tue ich!«

Jake griff mach ihrem Handgelenk, aber er ließ sich überwältigen. Die feuchte Fingerspitze bohrte sich in sein Ohr und drehte sich. »Argh! Du hast mich erwischt!« Bevor sie ihn erneut attackieren konnte, duckte er sich aus dem Auto heraus.

Er lief um den Wagen herum und kletterte hinter das Lenkrad. Kimmy wollte ihm noch einen Ohrwurm verpassen. Sie streckte sich, aber es reichte nicht.

»Durch den Kindersitz gerettet«, meinte er.

»Komm her.«

»Keine Chance. Glaubst du, ich bin blöd?«

»Hmmm«, sagte sie nickend.

»Witzbold.« Er setzte auf die Straße zurück. »Und was möchtest du heute unternehmen?«

»Ins Kino.«

»Okay, Kino also. Irgendwas Bestimmtes, was du sehen möchtest?«

Sie machte ein erwartungsvolles Gesicht, indem sie die Augen weit aufriß und ihre Augenbrauen hob. »Peter Pan.«

»Wir haben Peter Pan doch schon letzte Woche gesehen.«

»Ich will Peter Pan aber noch einmal sehen.«

»Na ja, warum nicht. Vielleicht frißt das Krokodil ja diesmal Kapitän Hook ...«

Fressen. Ronald Smeltzer. Eigentlich hatte er den ganzen Tag nicht mehr daran denken wollen.

»Können wir bei McDonalds essen?«

»Nein.«

»Papa!« Sie drohte ihm mit der Faust, grinste aber über den winzigen Knöcheln.

»Na ja, wenn es denn sein muß.«

»Papa, kann ich mit dir reden?«

»Sicher. Tun wir das nicht schon?«

Sie stemmte ihren Ellbogen auf die gepolsterte Armlehne und lehnte sich zu ihm hinüber. »Es gibt doch keine Krokodile, oder?«

»Wie kommst du darauf?«

»Na ja, das ist doch nur ein Film.«

»Aber das heißt nicht, daß es die nicht gibt.«

»Dracula und Werwölfe und die Mumie gibt es doch auch nicht, das hast du selbst gesagt, dann sind Krokodile doch auch nicht wirklich, oder?«

»Hast du etwa Angst bekommen?«

»Das ist nicht komisch.«

»Krokodile sind wirklich, aber du brauchst keine Angst vor ihnen zu haben.«

»Ich will nicht gefressen werden.«

Jake fühlte sich, als habe er einen Schlag in den Magen erhalten. »Na ja, du mußt nur die Augen offen halten. Wenn du ein Krokodil sieht, das auf dich zuwatschelt, dann wirfst du ihm ein Fruchtgummi hin und rennst weg. Das Krokodil frißt viel lieber Fruchtgummi als dich.«

»Da bin ich mir aber nicht so sicher.«

# 7

Mit einer frischen Tasse Kaffee kam Dana Norris wieder zu ihrem Tisch in der Ecke der Cafeteria zurück. Sie las das Gedicht noch einmal, rümpfte die Nase und seufzte. Warum konnte dieser Kerl nicht irgend etwas schreiben, das einen Sinn ergab?

»Salute.«

Sie sah hoch und Roland stand vor dem Tisch.

Roland der Spinner.

Roland war eigentlich ganz intelligent, aber das würde niemand vermuten, der ihn das erste Mal sah. Sein schwarzes, öliges Haar war in der Mitte gescheitelt wie bei Alfalfa aus ›die kleinen Strolche‹. Diese Aufmachung war, wie er immer wieder betonte, sein Tribut an Zacherle, der früher mal eine Horrorshow im Spätprogramm moderiert hatte.

Heute trug er ein schreiend buntes Sportsakko und eines von seinen vielen Splatter-Shirts. Das hautfarbene T-Shirt zeigte eine Schnittwunde quer über den Bauch, aus der Blut und Eingeweide herausquollen.

»Darf ich dir Gesellschaft leisten?« fragte er.

»Ich versuche, zu lernen.«

Nickend zog er sich einen orangenen Plastikstuhl heran und setzte sich ihr gegenüber.

Dana sah auf ihr Buch hinab. »Was soll das denn? ›... *sie sprengt der Bäume Wurzeln, ist mein Zerstörer* ...?«

»Hört sich für mich nach einer üblen Dämonin an.«

»Du bist eine große Hilfe.«

Roland lehnte sich vor, mit den Ellbogen auf dem Tisch. »Hast du gehört, was im Oakwood Restaurant passiert ist?«

»Warum gehst du nicht und holst dir was zu essen. Du siehst aus ...«

»... wie ein Kadaver?« schlug er vor.

»Ja genau.«

»Danke für das Kompliment.« Er grinste. Seine riesigen schiefen Zähne ähnelten einem dieser Gebisse, die man in einem Scherzartikelladen kurz vor Halloween kaufen kann.

Dana war es unverständlich, wie Jason mit diesem Kerl zusammenwohnen, geschweige denn mit ihm befreundet sein konnte.

»Hmmm«, sagte er. »Du hast es also gehört.«

»Was gehört?«

»Das von dem Massaker.«

»Aha. Ein Massaker. Das erklärt das Funkeln in deinen Augen.«

»Es ist direkt vor der Stadt passiert. Da ist dieses alte Restaurant, das Oakwood Inn. So ein Ehepaar kam aus L. A. hierher und wollte den Laden wieder aufmachen. Der Schuppen ist seit Jahren geschlossen – offenbar wurde der Laden dicht gemacht, nachdem ein paar der Gäste ins Gras gebissen hatten. Lebensmittelvergiftung.« Er wedelte mit seinen schwarzen Augenbrauen. Er sah völlig verzückt aus. »Also waren die da gestern abend, um den Laden wieder aufzumöbeln, und dann ist der Ehemann völlig ausgerastet und hat seiner Frau den Kopf mit einem Schrotgewehr weggeblasen. Und dann ist da ein Bulle aufgetaucht und hat den Ehemann ausgeknipst.«

»Das muß dich ja so richtig antörnen.«

»Geil, nicht?«

»Zu schade, daß du nicht dabei warst, um es so richtig auszukosten.«

»Na ja, so ist nun mal das Leben. Ich bin heute morgen rausgefahren, aber die Bullen hatten alles abgesperrt.« Er zuckte mit den Achseln. »Die Leichen hatten sie da wahrscheinlich sowieso schon abgeholt.«

»Anzunehmen.«

»Aber ich hätte schon gern mal einen Blick hineingeworfen. Ich meine, vielleicht war ja noch nicht alles sauber gemacht. Kannst du dir die Sauerei vorstellen, die das gemacht haben muß, 'ne Tusse, die 'ne Schrotladung in die Fresse kriegt? Teile von ihrem Hirn und ihrem Schädel müssen an den Wänden geklebt ...«

»Du bist zum Kotzen.«

»Na ja, ich habe mir überlegt, daß ich später noch mal hinfahre. Vielleicht sind die Cops dann weg. Kannst du mir deine Polaroid leihen?«

Dana starrte ihn an. Sie fühlte, wie sie rot wurde. »Wie kommst du darauf, daß ich eine Polaroid habe?«

»Ich weiß es eben. Na und?«

»Dieses Arschloch. Er hat dir die Bilder gezeigt, nicht?«

»Sicher. Wir wohnen zusammen.«

Ihr Mund war trocken. Sie hob ihren Kaffeepott mit zitternder Hand und nahm einen Schluck. Sie hätte wissen müssen, daß Jason sein Wort nicht halten würde. Wem hatte er die Bilder sonst noch gezeigt? Jedem im Wohnheim? Sie hatte die Dinger verbrennen wollen, aber Jason hatte versprochen, er würde sie verstecken und sie nie jemand anderem zeigen.

Sie konnte sich lebhaft vorstellen, wie Roland der Spinner sich an ihnen aufgeilte.

»Was ist jetzt?« fragte er. »Kann ich mir die Kamera ausleihen?«

»Ich bringe diesen Schweinehund um.«

Roland kicherte. »Wenn du das tust, möchte ich zusehen.«

Bei näherem Hinsehen hatte sich Roland an den Bildern wohl doch nicht aufgegeilt – er hatte sie wohl nicht einmal sonderlich interessant gefunden, weil da keine Eingeweide oder abgehackten Gliedmaßen zu sehen waren. Vielleicht hatte er das in seiner kranken Phantasie aber auch hinzugefügt. Das war mehr als wahrscheinlich.

»Hast du über sein Problem schon mal mit einem Psychiater geredet?« fragte Dana.

»Psychiater? Weißt du eigentlich, daß die meisten Psychiater eigentlich selbst verhinderte Massenmörder sind? Statistisch gesehen rasten überproportional viele Psychiater aus und begehen besonders blutige Gewalttaten. Da war dieser ...«

»Halt dein Maul.«

Rolands Mund klappte zu.

»Was ist nur mit dir los? Ich weiß, daß du Jasons Mitbewohner und sein Freund bist, und daß ich nett zu dir sein und dich wie ein menschliches Wesen behandeln soll, aber er ist zur Zeit nicht da, also vergessen wir diesen Schmus jetzt mal. Also was ist los mit dir, häh? Ich will das wissen. Entweder du bist völlig plem-plem, was ich bezweifle, oder diese ganze Sache mit dem Blut und den Eingeweiden ist irgendeine Show. Wenn es eine Show ist, dann ist es etwas, aus dem du vor mindestens fünf Jahren hättest rauswachsen sollen.«

Während ihres Ausbruchs hatte Roland seine Ellbogen vom Tisch genommen und war in seinem Stuhl zurückgewichen. Er wirkte eingeschüchtert. Seine kleinen Augen waren weit aufgerissen und sein Mund stand offen.

»Willst du wissen, warum du so bist?« fuhr Dana fort. »Nun, ich habe da so eine Idee. Es läuft auf das hinaus – du hast Angst.«

Roland sah über seine Schulter zurück, offenbar wollte er sich vergewissern, ob jemand in Hörweite sei. Niemand saß an den umliegenden Tischen.

»Du hast Angst, daß niemand von deiner Existenz Notiz nehmen könnte, wenn du nicht herumläufst und dich wie ein Bekloppter benimmst. Auf die Art nehmen die Leute dich wahr. Sie mögen das nicht, was sie da sehen, aber sie registrieren deine Existenz. Das ist der erste Grund. Nummer zwei ist der, daß du dich an diese Sache mit dem Blut und den Eingeweiden geklammert hast, weil es einen Witz aus dem macht, was du mehr als alles andere fürchtest – den Tod. Du machst dich über Schmerzen und Tod lustig, damit es nicht mehr real erscheint, weil du vor der Realität Angst hast.«

Dana hielt inne. Sie lehnte sich in ihrem Stuhl zurück, verschränkte die Arme unter ihren Brüsten und starrte ihn giftig an.

»Du bist verrückt«, stotterte er.

»Da sind letzte Nacht wirklich Leute in diesem Restaurant ermordet worden«, sagte sie, und zwang sich dabei zu einer ruhigen Stimme. »Das war real – wenn das, was du mir erzählt hast, wahr ist.«

»Ja, ist es ...«

»Real, Roland. Nicht einer von diesen Splatterfilmen, auf die du so stehst. Und es hat dir eine Heidenangst eingejagt, darum mußt du deine schwächliche Psyche schützen, indem du es ins Lächerliche ziehst.«

»Du bist ja ein richtiger Sigmund Freud.«

»Die Wahrheit ist, daß du wahrscheinlich da rausgefahren bist, weil du genau wußtest, daß die Polizisten dich nicht dahin lassen würden. Du wußtest, daß du die Leichen gar nicht zu Gesicht bekommen würdest – und auch kein Gehirn, das an der Wand klebt. Der einzige Grund dafür, daß du da rausgefahren bist, ist, daß du damit prahlen wolltest. Da baust es in deine Bekloppten-Show ein und bekommst damit Aufmerksamkeit, und dann ist es nicht mehr real und du mußt keine Angst mehr davor haben.«

»Das stimmt nicht.«

»Du Waschlappen, du fürchtest dich vor deinem eigenen Schatten.«

»Nein, tue ich nicht. Ich wollte die Leichen sehen. Es ist doch nicht meine Schuld, daß ...«

»Ein Feigling, Roland. Du bist ein Feigling.«

»Ich wäre ja gegangen, wenn ...«

»Sicher. Wenn die Bullen dich nicht verscheucht hätten. Ich wette, daß du das getan hättest. Ja, das tu ich wirklich. Ich wette mit dir. Ein Hunderter. Stell dir nur die netten T-Shirts und Masken vor, die du dir mit hundert Dollar kaufen kannst.«

Einer von Rolands Mundwinkeln verzog sich abschätzig: »Du willst um hundert Dollar mit mir wetten, daß ich nicht in das Restaurant gehe?«

»Sicher.«

»Du bist verrückt.«

»Hast du hundert Dollar, um sie gegen meine zu setzen?«

Roland zögerte.

»Habe ich mir gedacht.«

»Das ist eine Menge Holz.«

»Ich mach dir einen Vorschlag. Wenn du verlierst, mußt du mir nicht einen Cent bezahlen. Du läßt diesen ganzen Splatterkram einfach sein. Du hörst auf, diese albernen T-Shirts zu tragen und benimmst dich wie ein menschliches Wesen.«

Er grummelte: »Ich weiß nicht. Das ist ...«

»Willst du dich drücken?«

»Nein.«

»Na, also?«

»Alles was ich tun muß, um die Wette zu gewinnen – ich muß in das Restaurant gehen?«

»Nachts«, fügte Dana hinzu.

»Kein Problem.«

»Du gehst heute nacht da rein, und du bleibst die ganze Nacht. Allein.«

Sein Lächeln verschwand.

»Was meine Kamera angeht, die darfst du mitnehmen.«

»Woher willst du wissen, daß ich die ganze Nacht dagewesen bin? Ich meine, ich könnte mich rausschleichen. Ich würde das zwar nicht tun, aber ...«

»Ich werde draußen sein, in meinem Auto. Und wer weiß, vielleicht komme ich auch von Zeit zu Zeit herein, nur um sicher zu gehen, daß du immer noch da bist.«

»Okay, einverstanden.«

»Ich hole dich um neun vor dem Wohnheim ab.«

# 8

Vielleicht habe ich mich ja geirrt«, meinte Helen.

»Häh?« fragte Alison.

»Du hast schon seit einer halben Stunde nicht mehr in deinen King Lear hineingesehen, sondern immer nur auf das Telefon gestarrt.«

»Ich hatte gedacht, er würde vielleicht anrufen.«

»Ich auch. Möglicherweise haben wir ihn falsch eingeschätzt. Ich hätte vermutet, er würde jetzt ein großes Trara um dich machen, aber ...«

»Ich glaube, seine Art von Trara besteht darin, daß er mich ignoriert.«

Celia, die auf dem Sofa lag, nahm den Kopfhörer ab und fragte: »Habe ich irgend etwas verpaßt?«

»Alison wird kribbelig.«

»Ruf den Jungen an«, riet sie.

»Das kann ich nicht machen.«

»Das kann sie nicht machen«, wiederholte Helen. »Sie hat die Regeln festgesetzt. Evan muß den nächsten Schritt tun.«

Stöhnend hob Celia die Füße von dem Sofa und richtete sich auf. »Du willst doch wohl nicht den ganzen Tag herumsitzen und darauf warten, daß er dich anruft? Du brauchst etwas, was dich auf andere Gedanken bringt. Ich muß auch mal wieder unter Leute.«

»Wie wäre es, wenn du zu deiner Vorlesung um zwei gehst?« frotzelte Helen.

»Das Seminar ist Scheiße. Außerdem habe ich schon seit drei Wochen nicht mehr geschwänzt. Ich muß mal Abstand gewinnen. Besonders nach gestern.«

»Wir haben dich gewarnt«, meinte Helen. »Man belegt keine Seminare am Freitagnachmittag.«

»Laß mich in Ruhe.« Sie sah Alison an. »Wie wär´s, wenn wir rüber in´s Einkaufscenter gingen?«

Alison gefiel die Idee. »Bist du dafür schon wieder fit genug?«

»Spazierengehen wird mir gut tun, dann bekomme ich ein bißchen Bewegung.«

»Was ist mit dir, Helen?« fragte Alison. »Kommst du mit?«

»Nee.«

»Na komm«, drängte Alison. »Du wirst noch zu einer Einsiedlerin.«

»Ich hatte heute morgen drei verdammte Seminare. Wie soll ich da zu einer

Einsiedlerin werden?« Sie stand auf und ging zum Fenster hinüber. »Außerdem fängt es gleich an zu regnen.«

»Und, was macht schon so ein bißchen Regen?«

»Außerdem muß ich mich dann ja noch umziehen.«

»Ach, geh doch so, wie du bist«, meinte Celia.

Helen sah an sich hinunter, als würde sie Celias Vorschlag erwägen. Sie trug einen Jogginganzug, der aussah wie ein altes Tischtuch – inklusive der Speiseflecken. Sie zog einen Reißverschluß zu, der zwischen ihren schweren Brüsten aufgegangen war. »Na ja, wenn ich meinen Regenmantel anlasse ...«

»Das ist nicht dein Ernst«, sagte Celia.

»Ich bleib einfach hier.«

»Nein, du kommst mit«, widersprach Alison. »Ich will nicht, daß du den ganzen Nachmittag hier im Haus verbringst. Wenn du einen Regenmantel trägst, wird ja keiner wissen, was du darunter anhast. So schlimm ist dieser Anzug ja auch nicht.«

Helen sah zu Celia hinüber. »Ist mir doch egal. Trag, was du willst. Hauptsache, wir kommen langsam in die Gänge.«

»Ich brauche nur eine Minute«, sagte Alison.

Als sie in den Flur ging, hörte sie Celia sagen: »Um Himmels willen, zieh dir wenigstens noch Unterwäsche an. Wenn du dich auf den Arsch legst, gibt das eine Mordsgaudi.«

Helens Antwort, wenn sie denn eine gab, kam ohne Worte aus.

Grinsend stieg Alison die Stufen zu ihrer Mansarde hoch. Auf der Treppe war kaum genug Licht, um die Stufen zu sehen, daher hatte sie eine Hand auf dem Geländer, während sie nach oben hastete. In ihrem Zimmer war es nicht viel heller als auf der Treppe. Sie machte sich aber nicht die Mühe, das Licht anzuschalten, sondern ging zu dem einzigen Fenster und sah hinaus.

Es war wirklich ziemlich bewölkt. Es stand deutlich Regen bevor, aber sie hoffte, daß der sich noch eine Weile Zeit lassen werde.

*Es schüttet wahrscheinlich genau dann, wenn ich auf dem Weg zu Gabby bin.*

Sie könnte sich von Evan im Wagen abholen lassen. Er wäre bestimmt gern bereit ...

Dann fiel es ihr ein. Das schmerzhafte Gefühl der Leere war sofort wieder da.

Was habe ich nur getan?

Das ist schon okay, sagte sie sich. Alles in Ordnung. Wenn er mit mir wegen so einer Sache Schluß macht, dann sei´s drum.

Sie ging zu ihrem Kleiderschrank hinüber und zog ihren blauen Overall heraus. Dieses einteilige Velour-Kleidungsstück war warm und weich, ideal bei diesem Wetter. Nur das Anziehen war ein Problem. Sie hatte die Heizung ausgestellt, bevor sie heute morgen zu ihren Seminaren gegangen war, und im Raum war es jetzt eisig.

So schnell sie konnte, zog sie sich ihr Sweat-Shirt über der Kopf, streifte ihre Jeans die Beine hinunter, kickte sie davon, stieg in den Overall und zog ihn hoch. Fröstelnd schob sie ihre Arme in die Ärmel. Sie zog den Reißverschluß bis zum Hals zu und seufzte erleichtert, als die Kälte ausgesperrt wurde.

Schnell zog sie noch ein Paar Wollsocken über und stieg in ihre Nikes. Dann schnappte sie sich ihre Windjacke von der Garderobe, angelte nach dem Tragegriff ihrer Schultertasche und eilte nach unten.

Helen wartete in Regenmantel und Gummistiefeln und sah aus, als würde sie in einen Schneesturm hinausgescheucht.

»Ahoi«, sagte Alison.

»Celia, wir warten auf dich!« Helens Ruf drang irgendwo aus dieser Allwetterbekleidung.

»Ein bißchen Geduld, bitte«, rief Celia aus ihrem Zimmer zurück. »Ich bin gehandicapt, falls ihr euch vielleicht erinnert.« Kurz darauf kam sie heraus und hatte eine Baseballkappe zwischen den Zähnen, während sie ihre Schlinge zurechtrückte. Sie hatte sich einen weiten Shetland-Pullover angezogen, den sie sich während eines Urlaubs in Irland gekauft hatte. Die Aufschläge ihrer weiten Cordhose mit den riesigen Taschen hatte sie in ihre Schlangenlederstiefel gestopft.

»Du siehst umwerfend aus«, sagte Alison.

»Umgeworfen trifft es wohl eher«, sagte sie, nahm die Kappe aus dem Mund und setzte sie in einem kecken Winkel auf den Kopf.

»Wo ist dein Regenmantel?« fragte Helen.

»Ich habe nur einen Poncho und damit gehe ich jetzt nicht raus.«

»Du wirst klatschnaß.«

»Wenn es regnet, was ich noch bezweifle, dann bist du gut genug eingepackt für uns drei zusammen.«

Ein kalter Wind schlug Alison entgegen, als sie die Tür öffnete. Sie schloß die Klettverschlüsse ihrer Jacke.

Als sie auf der Hälfte der Treppe war, sah sie sich um. Celia versuchte, mit ihrer gesunden Hand die Kappe auf ihrem Kopf zu halten. »Bist du auch warm genug angezogen?«

»Soll das ein Witz sein? Das ist ein Aran-Pullover.«

»Wie du meinst.«

Helen, die noch über ihr auf den Stufen stand, klappte die Krempe ihrer Regenkapuze zurück. Ihr Gesicht wurde wieder sichtbar und sie lächelte, als sei sie angenehm überrascht, sich in der Gesellschaft von anderen zu finden.

Drei Stufen vor dem Ende der Treppe sprang Alison. Ihre Knie gaben ein wenig nach, um den Aufprall abzufangen.

»Hey, warte auf mich«, reif Celia ihr hinterher.

Grinsend ging Alison rückwärts. »So ein Wetter ist gesund«, meinte sie. »Erfri...«

»Paß auf.«

Etwas piekste sie in den Rücken.

Celia begann zu lachen.

Als sie sich umdrehte, stand Alison vor einem knotigen Krückstock, der auf ihren Bauch zielte. Am anderen Ende der Krücke stand Dr. Teal mit einer Einkaufstasche in der Hand. Er schwang den Stock zurück, so daß er auf seiner Schulter lag. Als er auf die drei blickte, hoben sich seine Augenbrauen und warfen seine Stirn in Falten. »Auf dem Abmarsch, wie ich sehe. Netter Tag für einen Ausflug.«

»Kann ich Ihnen mit den Einkäufen helfen?« bot Alison an.

»Danke für das Angebot, aber ich sollte euch nicht von eurem Ausflug abhalten. Abmarsch!« Er trat von den Steinplatten zur Seite in das ungemähte Gras und wedelte elegant mit seinem Krückstock.

Alison ging an ihm vorbei und drehte sich um. Celia zog vor dem Professor ihre Kappe.

»Meine Liebe, du hast schon besser ausgesehen.«

»Ich bin ein bißchen unter die Räder gekommen.«

»Es tut mir leid, daß zu hören.«

»Sie müßten den anderen Kerl erst einmal sehen.«

Kopfschüttelnd tätschelte der alte Professor sie an der Schulter, als sie an ihm vorbeiging.

»Hi hi«, sagte Helen, als sie an ihm vorbeiging.

»Hi hi«, gab er zurück und lehnte sich zu ihr hinüber und sagte etwas, daß Alison nicht verstehen konnte. Dann ging er um die Treppe herum, blieb an seiner Küchentür stehen und lehnte den Spazierstock an die Wand.

Alison ging noch ein paar Schritte, dann wartete sie, damit die anderen aufholen konnten. »Was hat er gesagt?« fragte sie Helen.

»Ich weiß es nicht, irgendeinen Unsinn. Der Kerl wird jedesmal komischer, wenn ich ihn sehe.«

»Aber was hat er denn nun gesagt?«

»›Laß den Albatros am Leben‹. Was auch immer das heißen mag.«

»Ich vermute, das bezog sich auf deinen Aufzug.«

Als sie auf den Bürgersteig traten, erkannten sie einen Häuserblock weiter einen Mann. Er stemmte sich gegen den Wind und hatte sich in seine hellbraune Jacke verkrochen. Er hatte dunkelblondes Haar wie Evan. Alison fühlte, wie ihr Herz schneller schlug. Sie kniff die Augen zusammen, um ihn besser sehen zu können.

*Er ist zu mir zurückgekommen. Trotz allem.*

Sie hatte die Hoffnung fast aufgegeben, aber Evan mußte beschlossen haben, der neuen Situation wenigstens eine Chance zu geben.

Sie war froh, daß sie den Overall trug. Das war dasjenige ihrer Kleidungsstücke, das Evan am meisten anmachte. Der Reißverschluß an der Vorderseite, der ganz bis nach unten ging, machte ihn kirre.

Als sie auf ihn zuging, öffnete sie ihre Jacke und zog den Reißverschluß ein paar Zentimeter weiter auf.

Sie konnte mit ihm ins Haus zurückgehen. Da war es warm und gemütlich und sie hätten die Wohnung ganz für sich, bis Celia und Helen zurückkamen.

Das wäre keine so gute Idee, ermahnte sie sich. Das würde nur Probleme heraufbeschwören. Andererseits wäre es auch ein guter Test. Wenn Evan der Versuchung unter diesen Umständen widerstehen konnte ...

Er war jetzt näher herangekommen. Und sah gar nicht mehr so wie Evan aus. Er bog um die Ecke und das Profil paßte überhaupt nicht – seine Nase war zu lang, das Kinn zu schwach.

»Der Kerl sah fast so aus wie Evan«, sagte Celia.

Alison zuckte mit den Schultern. Sie fühlte sich verraten und verloren. »Evan kann mir gestohlen bleiben.«

Die Wärme in der überdachten Einkaufspassage war eine angenehme Abwechslung. Alisons Windjacke war leicht und es machte ihr nicht viel aus, die anzubehalten, aber Helen tat ihr leid. Das arme Mädchen mußte in dem schweren Regenmantel fast ersticken.

*Sie sollte dir nicht leid tun*, dachte Alison. *Sie hätte sich ja auch vernünftig anziehen können, wenn sie nicht so faul wäre.*

Die drei schlenderten durch die Arkade, an der linken Seite vorbei. Während Celia und Helen sich die Auslagen der Läden ansahen, beobachtete Alison die anderen Kunden. Viele von ihnen waren Studenten. Vielleicht war Evan auch dabei.

Vor *Contempos Angeboten* blieb Celia stehen und sah sich die Schaufensterpuppen an. »Ich will mir das mal näher ansehen«, sagte sie und die drei gingen hinein.

Helen nahm ihren breitkrempigen Hut ab. Ihr Gesicht darunter war erhitzt und schweißfeucht. Sie öffnete den obersten Knopf ihres Mantels.

»Das läßt du besser sein«, warnte Celia. »Ansonsten kriegst du noch eine Anzeige wegen Erregung öffentlichen Ärgernisses.«

»Laß mich in Ruhe«, giftete Helen. Aber sie ließ die anderen Knöpfe geschlossen.

Sie folgten Celia in den rückwärtigen Teil des Ladens, wo sie sich die Negligés ansah.

»Du willst doch nicht *noch* eines«, stöhnte Helen.

»Warum nicht?«

»Na, wieviele hast du denn schon, so um die zwanzig? Bei dem Tempo, mit dem du die Jungs verschleißt, bekommt sowieso keiner mehr als eines davon zu sehen.«

»Eifersüchtig?« Helen schüttelte nur den Kopf.

Celia nahm sich Zeit mit der Auswahl. Sie nahm verschiedene Negligés mit ihren Bügeln hoch, sah sie sich genau an, überlegte hin und her und hängte sie zurück. Sie machte das alles mit einer Hand, daher half Alison ihr nach kurzer Zeit, indem sie die ausgemusterten Stücke wieder an ihren Platz hängte. Schließlich fand sie eines, das ihr offenbar gefiel. Sie wandte sich an Alison und hielt es hoch. »Was hältst du davon?«

Es war ein sehr kurzes rückenfreies Nachthemd in strahlendem Königsblau. Es hatte Spaghettiträger, um es hinten im Nacken zu verknoten, und ein offenes, weit ausgeschnittenes Vorderteil. Die Cups bestanden aus durchsichtiger blauer Gaze.

»Es war zu erwarten, daß du dir so etwas aussuchen würdest«, meinte Helen.

»Ich finde, es sieht gut aus.« Alison fragte sich, ob da noch so eines wäre. Wenn Evan sie in so etwas sehen würde ...

*Vergiß Evan!*

»Ich würde es mit nicht kaufen«, sagte Helen.

»Natürlich würdest *du* das nicht.«

Helen zog eine Schnute und wedelte mit der Gaze herum. »Du willst das gar nicht. Und das hat nichts mit Schamhaftigkeit zu tun. Ich weiß, daß du so etwas gar nicht kennst.«

»Also? Was soll das?«

»Bei der Farbe, da sehen deine Titten doch krank aus. Willst du aussehen, als hättest du einen blauen Busen und lila Brustwarzen?«

Celia hob ihre Augenbrauen. Sie sah Alison an.

»Auf den Gedanken bin ich gar nicht gekommen.«

»Versuch doch, das gleiche Teil in Schwarz zu finden«, schlug Helen vor.

»Gute Idee«, Celia lächelte. »Danke.«

»Aber wenn du mich fragst, dann solltest du dein Geld besser in Chips investieren.«

Alison hielt das blaue Nachthemd, bis Celia den Kleiderständer abgesucht und ein Schwarzes im gleichen Schnitt gefunden hatte. »Klasse«, sagte Celia. »Perfekt.«

Alison hängte den Bügel an den Ständer, dann nahm sie ihn wieder herunter und sah sich das Teil noch einmal an. Das Blau war strahlend, glänzend und kräftig. Sie streichelte über den Stoff. Er war glatt und schmiegte sich an ihre Hand. Sie fragte sich, wie er sich an ihrem nackten Körper anfühlen und wie das Stück an ihr aussehen würde. Sie hatte noch nie so etwas besessen. Sie hob ihre Augen. Celia und Helen starrten sie beide an. Sie grinste.

»Blaue Titten«, warnte Helen.

»Damit kann ich leben.«

Celia lächelte: »Ein kleines Etwas für den Fall, daß Evan sich wieder einkriegt?«

»Und was ist aus deinem Zölibatsschwur geworden?« fragte Helen.

»Das hier hat damit nichts zu tun«, meinte Alison.

»Nein?«

Als sie mit ihren Einkäufen den Laden verließen, bot Alison an, Celias Tasche zu tragen.

»Ja«, frotzelte Helen. »Nimm ihr diese Last nur ab. So etwas wiegt ja eine Tonne.«

»Vielleicht hättest du dir auch eines kaufen sollen.«

»Können wir jetzt gehen?« Helen zog es vor, Celias Bemerkung zu überhören.

»Wir sind doch gerade erst gekommen.«

Hellen verzog den Mund. Darüber hatten sich Schweißtropfen angesammelt. Alison war klar, daß sie in diesem schweren Regenmantel Höllenqualen ausstehen mußte.

»Vielleicht sollten wir wirklich gehen«, sagte sie.

»Ich wollte bloß, daß ihr auch zu eurem Recht kommt«, erklärte Celia. »Die arme Helen muß doch noch den Viechern in der Zoohandlung schöne Augen machen und bei den Süßigkeiten vorbei, und du willst doch bestimmt noch in den Buchladen, oder?«

»Das ist doch egal«, sagte Alison. »Ich glaube, jemandem von uns bekommt die Hitze nicht.«

»Mit geht´s gut«, versicherte Helen, obwohl das offensichtlich nicht der Fall war.

Celia grinste: »Das bringt dich auf andere Gedanken, was? Doughnuts, Müsliriegel, Bärentatzen, Schokoladentörtchen ...«

»Ich könnte schon eine Cola vertragen«, meinte Helen.

Sie steuerten auf die Ecke der Arkade zu, wo die Essensstände untergebracht waren.

»Salute«, sagte jemand hinter ihnen. Sie drehten sich um. Alison sah, daß es dieser komische Typ war. Obwohl sie seinen Namen nicht kannte, und auch noch nie mit ihm gesprochen hatte, hatte sie ihn schon oft auf dem Campus gesehen. Man konnte ihn unmöglich übersehen, bei den seltsamen Klamotten, die er trug und der komischen Art, wie sein Haar in der Mitte gescheitelt war. Zur Zeit trug er ein schreiend buntes Sportsakko und ein T-Shirt mit einer aufgemalten Wunde, aus der Blut und Eingeweide quollen. Er umklammerte eine Plastiktüte aus Spartans Sportgeschäft.

»Du bist doch Celia Jamerson, oder?« fragte er. »Ich habe dich in *Die Glasmenagerie* gesehen. Du warst klasse.«

»Danke«, sagte Celia.

»Du erinnerst du wohl nicht mehr an mich.«

»Du bist der Freund von Jason, oder?«

Er grinste und dabei entblößten seine dünnen Lippen schiefe Zähne. »Wir wohnen zusammen. Ich bin Roland. Ich habe mich nur gefragt, ob mit dir alles in Ordnung ist. Was ist passiert? Hattest du einen Unfall?«

»Ein kleines Mißgeschick mit meinem Fahrrad.«

»Oh, das tut mir leid.« Sein Blick fiel auf Alison, glitt an ihrem Körper hinab und kehrte dann zu Celia zurück. »Ich hoffe, es war nichts Ernstes.«

»Ach, ist schon okay. Ich werde es überleben. Wie geht es Jason?«

»Oh, dem geht es gut. Er will sich für das Theaterstück in Frühjahr bewerben. Er hofft, daß du auch wieder mitspielst.«

»Ich weiß noch nicht. Die Vorauswahl ist nächste Woche. Und zur Zeit bin ich ziemlich angeschlagen.«

»Das ist ja schrecklich.« Er sah Alison wieder an. Sie fühlte den Drang, sich tiefer in ihren Overall zu verkriechen. »Na ja, ich sollte zusehen, daß ich weiterkomme. Gute Besserung.«

»Danke«, sagte Celia. »Wir sehen uns.«

Er drehte sich um und ging.

Alison bemerkte, daß sie den Atem angehalten hatte, so als habe sie Angst, sich von dem Kerl etwas Ansteckendes zu holen.

»Was für ein Spinner«, meinte Helen.

»Ein perverser Spinner«, murmelte Alison. »Ich würde jetzt am liebsten Duschen gehen.«

»Der hat uns ja angestarrt. Furchtbar!«

Alison war nicht aufgefallen, daß er Helen angestarrt hatte, aber sie hielt den Mund.

Celia war das egal. »Es war doch nett von ihm, daß er sich Gedanken um mich gemacht hat.«

»Wenn du deine Karten richtig ausspielst«, erklärte Helen sardonisch,

»dann fragt er vielleicht sogar, ob du mit ihm ausgehen willst. Was hältst du davon, ihm dein neues Nachthemd vorzuführen?«

»Mach dich nicht lächerlich.«

Mit Helen als Speerspitze steuerten sie auf den Gastronomiebereich zu. Alison fühlte sich immer noch ein bißchen unwohl. Obwohl sie äußerlich nichts gemein hatten, erinnerte Roland sie irgendwie an den Märchenprinzen, den verrückten, heruntergekommenen Mann, den sie gestern bei Gabby gesehen hatte.

Sie hielten bei einem der Stände an. Helen bestellte sich eine Cola und ein Hot Dog. Alison und Celia wollten beide nur eine Cola. Sie fanden einen leeren Tisch mitten in der Arkade und setzten sich.

Als sie den Strohhalm durch den Plastikdeckel ihrer Cola stach, stand es Alison noch lebhaft vor Augen, wie gierig Roland sie angestarrt hatte. »Was für ein Widerling«, murmelte sie.

»Leute wie er geben dem Ausdruck ›dreckiger kleiner Scheißkerl‹ eine neue Dimension«, sagte Helen.

Celia grinste. »Ja, aber dafür ist sein Mitbewohner erste Sahne.«

»Ist das der Kerl, der den Liebhaber gespielt hat?« fragte Alison.

»Genau der.«

»Wenn er so toll ist«, fragte Helen und quetschte sich einen dicken Streifen Senf auf den Hot Dog, »warum hast du ihn dann noch nicht deinen Eroberungen hinzugefügt?«

»Um Himmels willen, der ist doch noch Frischfleisch.«

»Seit wann hält dich so etwas ab?«

»Soll das ein Witz sein? Was macht denn das für einen Eindruck, wenn es sich herumspricht, daß ich mit Erstsemestern ausgehe. Außerdem ist er schon mit einem Mädchen liiert.«

»Aha«, meinte Helen, »es geht also nicht darum, daß er zu jung für dich ist, sondern nur darum, daß jemand anders schon ihre Krallen in ihn geschlagen hat.«

»Ach hör doch auf. Er würde sie wie eine heiße Kartoffel fallen lassen, wenn ich nur mit der Wimper zuckte.«

Helen biß ein großes Stück aus ihrem Hot Dog. Senf rann an ihrem Kinn herunter. Sie wischte sich die gelbe Paste mit dem Handrücken ab und sagte kauend zu Alison: »Müssen wir nicht stolz darauf sein, die personifizierte Demut zu unseren Bekannten zählen zu dürfen?«

»Hey, wahrscheinlich hat sie sogar recht.«

»Was nicht heißt, daß ich mit der Wimper zucken will«, schränkte Celia ein. »Wie schon gesagt, er ist Frischfleisch.«

Helen leckte den Senf von ihrem Handrücken. »Du könntest dich ja inkognito mit ihm treffen. Dich als Groucho verkleiden und zu ihm hinschleichen.«

»Der muß aber doch eine Schraube locker haben«, meinte Alison, »wenn er sich mit diesem Freak abgibt.«

Celia grinste: »Man darf die Leute nicht nach ihren Mitbewohnern beurteilen. Sieh dir doch mal meine an.«

# 9

Roland mußte allein warten. Es wäre ihm lieber gewesen, wenn Jason dagewesen wäre, aber der war nach Weston zur Hochzeit seiner Schwester gefahren. Sie hätten über die Wette reden und sich darüber lustig machen können, wenn er dagewesen wäre. Dann wäre es nicht mehr ganz so schlimm.

Wenn Jason da wäre, dann wäre das alles gar nicht passiert. Dana hätte ihn nicht so auflaufen lassen. Dieses Miststück. Sie hatte ihn noch nie ausstehen können, das hatte er schon immer gewußt. Aber sie hatte das noch nie so offen gezeigt wie heute.

Wahrscheinlich war sie sauer, weil Jason ohne sie in Weston war. An den Freitagabenden waren sie immer ins Kino gefahren und hatten dann irgendwo angehalten und gevögelt.

Aber nicht heute. Und weil sie heute mit Jason nicht auf ihre Kosten kam, ließ sie das an Roland aus.

Er ging zum Fenster hinüber.

Draußen regnete es in Strömen. Ein Wagen kam aus der Spring Street auf den Parkplatz. Die Scheinwerfer zogen glänzende Streifen über den Asphalt. Rolands Magen verkrampfte sich. Als sich der Wagen dem Hintereingang des Wohnheims näherte, sah er jedoch, daß es kein VW war.

Auf der Uhr auf seinem Tisch war es Viertel vor Neun. Wenn Dana pünktlich kam, dann würde sie erst in einer Viertelstunde auftauchen.

Er hatte immer noch einen Kloß im Magen. Warum tut dieses Miststück mir das an? Hatte es etwas mit den Fotos zu tun? Sie war ausgeflippt, als sie schnallte, daß er die Fotos gesehen hatte.

Roland hockte sich vor Jasons Schreibtisch und zog die unterste Schublade auf. Unter einem Stapel von *Penthouse-* und *Hustler*-Heften zog er den Umschlag hervor. Er nahm ihn mit zu seinem Schreibtisch, setzte sich und knipste die Schreibtischlampe an. Er nahm die zehn Fotos aus dem Umschlag und breitete sie auf der Tischplatte aus.

Zwei davon waren überbelichtet. Ein anderes, eine wirkliche Nahaufnahme, die zwischen ihren Knien gemacht worden sein mußte, hatte die falsche Brennweite. Jason mußte so erregt gewesen sein, daß er vergessen hatte, den Entfernungspegel einzustellen. Aber er hatte es dann noch einmal versucht und da hatte es geklappt.

*Ja, Dana war wohl wirklich nicht begeistert, daß ich die Bilder zu sehen gekriegt habe.*

Roland öffnete das Futteral an seinem Gürtel und zog sein zusammenklappbares Jagdmesser heraus. Er zog die Klinge auf. Berührte mit der Spitze den schimmernden Punkt zwischen ihren Schenkeln.

»Na, wie gefällt dir das?« flüsterte er mit zittriger Stimme. Er fühlte sich versucht, das Messer hineinzustoßen, aber das wagte er nicht. Jason würde sofort wissen, daß nur er das gewesen sein konnte.

Roland preßte die Rückseite der Klinge gegen sein Kinn und starrte auf die Fotos. Was wäre, wenn ich ihr die Fotos wiedergeben würde? Vielleicht ließe sie die Sache dann fallen.

*Wenn ich das versuche, weiß sie, daß ich Angst habe. Ich werde die Nacht in diesem beschissenen Restaurant verbringen und damit hundert Eier verdienen. Ein Kinderspiel. Könnte sogar ganz lustig sein.*

Lustig – was für eine Scheiße. Aber er hatte gar keine Wahl. Wenn er jetzt einen Rückzieher machte, würde Dana jedem erzählen, er sei ein Feigling und ein Angeber.

*Vielleicht kann ich es ihr irgendwie heimzahlen.*

Er ließ die Fotos in dem Umschlag verschwinden.

Bei dem schwachen Blöken einer Autohupe zuckte er zusammen. Er stand auf, sah nur sein Spiegelbild im Fenster und schaltete das Licht aus. Draußen in der Dunkelheit stand er ein VW Käfer in der Einfahrt. Es war unzweifelhaft Danas Wagen. Dieser Wimpel flatterte an der Antenne.

Roland schob die Glastür auf und lief zu dem Wagen. Er beugte sich tief vornüber, als sei der Regen eine schwere Last. Seine Schuhe platschten durch das Wasser auf dem Asphalt.

Er trug eine dunkle Wollmütze und hatte eine Windjacke angezogen. Vor der Brust hielt er einen Schlafsack.

Dana lehnte sich über den Beifahrersitz, um ihm die Tür zu öffnen.

Nachdem er eingestiegen war, ließ er den Schlafsack vor sich auf den Boden fallen, schloß die Tür und streifte sich einen kleinen Rucksack vom Rücken.

»Du hast dir ja eine schöne Nacht für dein Abenteuer ausgesucht«, sagte Dana.

»Ja. Nur schade, daß es nicht blitzt und donnert.« Er gluckste. Es klang nervös.

Dana fuhr los und überquerte den Parkplatz. »Du mußt mir sagen, wo es hingeht.«

»Fahr rechts auf die Spring Street. Ich sage dir dann, wann wir abbiegen müssen.«

Sie hielt an der Ausfahrt des Parkplatzes, ließ ein paar Autos vorbeifahren und zog dann auf die Spring Street hinaus.

Der Regen trommelte unaufhörlich. Sie lehnte sich vor, um besser sehen zu können. Roland war schweigsam. Normalerweise redete er ohne Unterlaß.

»Na, Angst?« fragte Dana.

»Ja, ich habe Angst. Deine Scheibenwischer sind für die Tonne.«

»Das weiß ich selbst«, grummelte Dana. Statt das Wasser zur Seite zu schieben, verschmierten sie es nur und hinterließen Streifen auf der Windschutzscheibe.

»Ich habe heute nacht nicht mein warmes Zimmer verlassen, um bei einem Autounfall zu sterben.«

»Ich weiß. Du bist gekommen, um in einem spukigen Restaurant ermordet zu werden.«

»Spukig? Was für ein Witz.«

»Glaubst du nicht daran? Warst du das nicht, der Jason und mir erklärt hat, daß Geister dadurch entstehen, daß Menschen zu schnell sterben?«

»Kann sein.«

»Ganz sicher. Wir waren auf dem Rückweg aus der Mitternachtsvorstellung von *Der ungebetene Gast*, und du hast behauptet, ein Geist entstehe dann, wenn jemand nicht weiß, daß er schon tot ist. Seine Seele, oder was immer das sein mag, glaubt, er sei immer noch am Leben. Hast du das nicht so erklärt?«

»Na ja, in der Theorie ist das jedenfalls so.«

»Diese beiden Leute sind gestern nacht abgeknallt worden. Viel schneller geht's ja wohl nicht. Also müssen ihre Geister da sein, oder?«

Keine Antwort.

»Meine Kamera liegt auf dem Rücksitz. Vielleicht kannst du ja ein paar Fotos von ihnen machen.

»An der Ampel links«, stammelte er.

Dana schaute in den Rückspiegel. Die Straße hinter ihr war dunkel, daher fuhr sie langsamer. Ein Pickup kam von vorn. Sie mußte blinzeln, weil die Scheinwerfer sie blendeten. Er fuhr an ihr vorbei, und das hochgeschleuderte Wasser spritzte gegen die Tür und über das Fenster ihres Wagens. Sie bog um die Kurve und holte dann tief Luft. Die Fahrbahn vor ihr war dunkel, abgesehen von ein paar vereinzelten Straßenlaternen. Auf beiden Seiten der Straße standen Häuser. Sie wußte, daß die Straße aus der Stadt herausführte, konnte sich aber nicht daran erinnern, daß da irgendwo ein Restaurant war.

»Du glaubst nicht an Geister«, konstatierte Roland.

»Nein, aber du. Oder gehört das auch zu deiner Show?«

»Ich habe keine Angst vor ihnen.«

»Hast du je einen gesehen?«

»Nein.«

»Jedenfalls bisher noch nicht, ja?«

»Wenn es Geister gibt, dann sind sie harmlos. Sie können dir nichts tun.«

»Dir also nicht die Kehle durchschneiden oder so?« Dana sah ihn bei der Frage an und grinste.

»Sie wären gar nicht in der Lage, ein Messer festzuhalten. Oder irgendetwas anderes. Sie sind substanzlos. Alles was sie können, ist erscheinen.«

»Und dich in ein schlotterndes Nervenbündel verwandeln.«

»Nur wenn man Angst vor ihnen hat.«

»Was du ja nicht hast.«

»Es gibt keinen Grund dafür.«

»Wen von uns willst du davon überzeugen?«

Roland sagte nichts.

»Der Frau haben sie den Schädel weggepustet, nicht? Bedeutet das dann, daß ihr Geist auch keinen Kopf mehr hat?«

»Das weiß ich nicht.«

»Ich dachte, du wärst ein Experte auf diesem Gebiet.«

Die letzten Häuser blieben hinter ihnen zurück. Auf beiden Seiten der Straße lagen kahle Felder, nur hier und da unterbrochen von einsamen Bäumen. »Wo fahren wir überhaupt hin?«

»Wir sind schon fast da.«

»Ganz schön komische Gegend für ein Restaurant, so weit außerhalb.«

»Die Einfahrt ist hinter der nächsten Kurve. Du mußt dich rechts halten.«

»Ich verstehe ja nicht viel von diesen Dingen«, sagte Dana, »aber ich wette, dem Geist der Frau fehlt der Kopf. Ist natürlich nur eine Vermutung.«

»Du solltest besser nicht so schnell fahren.«

Weit vor ihnen auf der Kuppe eines Hügels kamen ihnen Scheinwerfer entgegen. Hinter ihnen war alles dunkel. Dana trat langsam auf die Bremse, konnte aber keine Abzweigung entdecken. »Wo?«

Roland zeigte ihr den Weg. Es war nur ein schmaler Streifen, der eher nach einem Feldweg als einer Straße aussah.

Dana ließ den Wagen fast ganz ausrollen. Als sie einbog, glitten ihre Scheinwerfer über ein ausladendes Holzschild. Sie versuchte, die eingebrannten Worte zu lesen, aber bei dem Wasser auf ihrer Windschutzscheibe verschwammen die Buchstaben. Die hin und her schwenkenden Wischerblätter waren auch keine Hilfe, sie irritierten nur noch mehr. Die Scheinwerferkegel streiften über das Schild hinweg. Blinzelnd sah Dana den fallenden Regen, die glänzenden Spuren, die die Scheinwerfer auf dem nassen Asphalt hinterließen und Felder, die sich zu beiden Seiten der Straße erstreckten.

»Hast du das Geld?« fragte Roland.

»In meinem Portemonnaie.« Sie grinste ihn an. »Obwohl du es ja nicht kriegst.«

»Ich werde es kriegen.«

»Es würde mich wundern, wenn du es länger als zehn Minuten aushältst.«

»Du kommst bei Tagesanbruch hinein, klar?«

»Falsch. Wir werden noch vor Mitternacht beide wieder friedlich in unseren Betten in der Stadt liegen.«

»Ich meine, nur einmal angenommen, daß ich nicht kneife. Was ich nicht werde. Dann kommst du bei Tagesnbruch hinein?«

»Es reicht, wenn du herauskommst.«

»Du willst nicht wissen, wie es da drin aussieht?«

»Nein.«

»Na ja, komm trotzdem rein.«

»Bestimmt nicht.«

Die Felder neben der Straße waren verschwunden und Dana erkannte, daß sie jetzt auf den Parkplatz gefahren waren.

Sie fuhr weiter geradeaus. Zuerst konnte sie das Restaurant nicht sehen. Dann fanden die tastenden Scheinwerfer die Treppe, die Veranda und die Tür. Das blasse Band einer Polizeiabsperrung wand sich um die Verandapfosten oben an der Treppe. Die Tür war über Kreuz mit dem Band zugeklebt.

Dana hielt direkt vor der Treppe an und schaltete das Licht aus. »Ups«, sagte sie, »wo ist es jetzt bloß hin?«

»Wie soll ich da reinkommen?«

Dana beugte sich vornüber, mit dem Kopf gegen das Lenkrad und griff zwischen ihre Knie. Ihre Fingerspitzen streiften über die dreckige Fußmatte, bis sie das Radeisen fand. Sie nahm es auf und reichte es Roland.

»Du hast ja wirklich an alles gedacht.«

Dana zwängte sich halb nach hinten, nahm die Kamera und drückte sie ihm ebenfalls in die Hand. »Mach ein paar gute Bilder«, sagte sie. »Vor allem von der Frau. So ohne Kopf. Muß ein klasse Anblick sein.«

Roland schob die Kamera in seinen Rucksack, dann lehnte er sich nach vorn, schob sich den Rucksack auf den Rücken und zwängte die Arme durch die Schulterriemen. Er schob den Schlafsack unter den Arm und nahm das Radeisen auf. »Könntest du das Licht wieder anmachen, bis ich drin bin?«

»Warum nicht?« Die Scheinwerferstrahlen bohrten sich in die Dunkelheit. »Viel Spaß.«

»Du holst mich bei Tagesanbruch ab.« Das war keine Bitte.

»Ich gehe da nicht rein.«

»Ich glaube doch.« Er öffnete die Tür und stieg aus. Er stand im strömenden Regen und beugte sich noch einmal hinein. »Ich habe die Fotos bei mir.«

»Gib sie her«, fauchte Dana ihn an.

»Du kannst sie morgen früh haben. Wenn du mich nicht abholst, dann siehst du sie nie wieder. Dafür aber jeder andere.«

»Du Scheißkerl.«

Er schlug die Tür zu.

Als er sich vor dem Wagen befand, drückte Dana auf die Hupe und er zuckte zusammen. Er drehte sich um und warf ihr einen wütenden Blick zu. Dann preßte er die Lippen zwischen seine schiefen Zähne und stapfte die Stufen hoch. Oben auf der Treppe zerriß er das Absperrband und stellte sich vor die Tür. Er begann, die Bretter loszubrechen.

Dana sah ihm wuterfüllt zu. Das Herz hämmerte gegen ihre Brust, ihr Atem ging schnell und pfeifend. Sie stellte sich vor, wie sie hinter Roland die Stufen hochhechtete und seinen Kopf gegen die Tür hämmerte, bis er bewußtlos war. Dann würde sie ihn durchsuchen und sich die Fotos holen.

Aber sie blieb im Wagen. Bei ihrem Glück hörte der Spinner sie wahrscheinlich kommen.

In ihrer Vorstellung sah sie auch, wie Roland herumwirbelte und ihr mit dem Radeisen den Schädel einschlug. Das wäre ihm zuzutrauen.

*Er ist ein beschissener Feigling*, dachte sie, *aber er hat auch nicht alle Tassen im Schrank*.

Vor ihrem inneren Auge sah sie, wie er ihren leblosen Körper in das Restaurant schleppte. Die Gedanken machten ihr langsam Angst.

Roland gelang es, die Tür zu öffnen. Er hob seinen Schlafsack auf, warf noch einen Blick auf Dana und ging dann hinein. Die Tür schloß sich hinter ihm.

Dana schaltete das Licht wieder aus.

Schnell streckte sie sich durch den Wagen und verriegelte die Beifahrertür. Sie griff nach dem Zündschlüssel, um den Motor auszumachen. Aber dann überlegte sie es sich anders, legte den Rückwärtsangang ein und fuhr ein paar Meter zurück. Sie dachte kurz daran, nach Hause zu fahren. Es würde dem Scheißkerl recht geschehen, wenn sie ihn hier sitzen ließe. Aber wenn er feststellte, daß sie nicht mehr da war, würde er vielleicht in seinem Schlafsack auf der Veranda übernachten. Er mußte die Nacht drinnen verbringen. So lautete die Wette. Das war seine Strafe, der Preis, den er dafür zu zahlen hatte, daß er so ein Arschloch war.

Und dafür, daß er sich die Fotos angesehen hatte.

Er hatte sie bei sich.

Dana wurde plötzlich klar, daß sie gefährlich nahe am Rand des Parkplatzes sein mußte, und trat hart auf die Bremse. Der Wagen hielt ruckartig. Sie zog die Handbremse an und stellte den Motor ab.

Als sich ihre Augen an die Dunkelheit gewöhnt hatten, konnte sie auch das Restaurant sehen. Es lag ungefähr fünfzig Meter vor ihr, ein flaches, langgezogenes Gebäude, das sich über die ganze Länge des Parkplatzes hinzog. Unter der überdachten Veranda war es stockfinster. Es sah bedrohlich aus.

Und Roland war da drinnen.

Dana lächelte. »Da wirst du *ganz bestimmt* deinen Spaß haben.«

Nachdem Roland die Eingangstür hinter sich geschlossen hatte, stand er bewegungslos da und versuchte, sich in der Dunkelheit zu orientieren. Er konnte nichts erkennen. Er hörte nur sein Herzklopfen, seinen flachen Atem und das Trommeln des Regens.

*Es gibt nichts, wovor ich Angst haben müßte*, versicherte er sich. Aber sein Körper schien davon nicht überzeugt.

Er wußte, was er tun wollte. Er wollte den Schlafsack fallen lassen, den Rucksack abnehmen und die Taschenlampe anknipsen. Aber er konnte sich nicht bewegen.

*Na los, mach schon.*

Er wußte, daß da nichts war, aber ein Teil von ihm wußte genauso sicher, daß irgend etwas geräuschlos in der Nähe kauerte. Wußte, daß er da war. Es wartete. Und wenn er nur die geringste Bewegung machte, würde es ihn anfallen.

Das leise Motorenwimmern von Danas Käfer durchbrach seine Angst. Er drehte sich um und öffnete die Tür. Der VW setzte zurück.

Fährt sie weg?

Der Gedanke versetzte ihn zuerst in Panik, aber dann setzte die Erleichterung ein. Wenn sie tatsächlich wegfuhr, brauchte er nicht drinnen zu bleiben. Dann konnte er die Nacht auf der Veranda verbringen. Er mußte nur ein Auge offenhalten und wieder hineingehen, wenn sie zurückkam.

*Falls* sie zurückkam.

Und falls sie nicht zurückkam, waren es auch nur ein paar Kilometer bis in die Stadt und er hatte die Wette trotzdem gewonnen.

Aber der Wagen wendete nicht. Kurz vor dem Ende des Parkplatzes gingen die Bremslichter an. Der Wagen blieb stehen. Der Motor erstarb.

Rolands Hoffnungen schwanden. Dana fuhr doch nicht weg, sondern brachte nur eine gewisse Entfernung zwischen sich und das Restaurant. Sie war wohl nervös geworden, so nahe davor.

Er beobachtete sie noch eine Weile, aber der Wagen rührte sich nicht mehr.

Roland ließ die Tür offen, um einen Fluchtweg frei zu haben, und ließ seinen Schlafsack auf den Boden fallen. Er nahm den Rucksack ab und die Taschenlampe heraus. Mit dem Rücken zum Eingang ließ er die Lampe aufflammen. Der starke Strahl erhellte die Umgebung. Er ließ das Licht von rechts nach links wandern. Schatten hüpften und zuckten über die Wände, aber keine Schreckensgestalt sprang ihn an.

Roland atmete wieder aus. Wenn sein Herz doch nur nicht so heftig schlagen würde. Es fühlte sich an wie eine Faust, die im Inneren seiner Brust hämmerte. Er schloß die Tür und lehnte sich leicht dagegen. Er verschränkte die Knie, damit sie nicht unter ihm wegsackten. Seine Kniescheiben begannen zu zucken, eine wilder, unkontrollierter Tanz, so als wollten sie davonspringen. Er versuchte, das zu ignorieren.

Er richtete den Strahl der Lampe geradeaus und machte ein paar Schritte, bis er um die Ecke der Wand sehen konnte. Die Wand bildete den rechten Abschluß des Speisesaals. Irgend etwas direkt hinter der Ecke sprang ihm ins Auge. Er hielt den Atem an, bis er sich klar gemacht hatte, daß es sich dabei um eine Trittleiter, eine Lampe und einen Staubsauger handelte. Daneben auf dem Boden lagen ein Werkzeugkoffer, ein paar Dosen und Flaschen und ein Haufen Putzlappen. Er ließ den Strahl weiterwandern.

Eine helle Scheibe am Ende des Raumes erschreckte Roland, aber es war nur sein eigenes Licht, das von einem Fenster reflektiert wurde. Er zuckte schon nicht mehr zusammen, als der Lichtstrahl über die anderen Fenster wanderte.

Bis auf die paar Gegenstände an der rechten Wand war der Raum leer. Er ließ den Lichtkegel noch einmal zurückwandern, an der Wand vor ihm und rechts daneben entlang. Ein paar Meter weiter war die Kante eines L-förmigen Tresens. Die Regale hinter der Theke waren leer. Davor standen auch keine Stühle. Eine Fußstütze aus Messing zog sich an der ganzen Länge entlang.

Indem er sich halb umdrehte, ließ Roland den Lichtstrahl über das Areal zwischen dem Tresen und der vorderen Wand des Restaurants gleiten. Ein Kartentisch stand vor der Wand. Flaschen und ein paar Gläser schimmerten im Licht. Vor dem Tisch standen zwei Klappstühle.

Er bückte sich und leuchtete unter den Tisch.

Er stand wieder auf. Hinter dem Tisch, am hinteren Ende des Raumes, war ein kleiner Flur. Ein Schild über dem Durchgang verriet: ›Toiletten‹.

Roland bewegte sich vorsichtig vorwärts, bis er mit der Lampe hinter den Tresen leuchten konnte. Nichts.

Er ging zu seinem Rucksack zurück und nahm zwei von den Kerzen heraus, die er nachmittags gekauft hatte, lief zu dem Tisch hinüber und zündete sie dort an. Dann ließ er das Wachs auf den Tisch tropfen und stellte die Kerzen aufrecht in die winzigen Wachspfützen.

Er trat einen Schritt zurück. Die zwei Flammen sprendeten erstaunlich viel Licht und ihr Schein beleuchtete den größten Teil der Cocktailbar.

Ein wenig von dem Licht beruhigt ging Roland an dem Tisch vorbei. Er bemerkte zwei Flügeltüren hinter der Theke, die wohl dem Barkeeper den Durchgang in die Küche ermöglichen sollten.

Die Küche. Dort waren die Morde passiert.

Das Areal hinter den halbhohen Türen war dunkel. Er leuchtete mit der Lampe auch nicht hinein. Statt dessen betrat er den kurzen Flur zu den Toiletten. Auf einem Metallschild vor ihm stand ›Damen‹. Die Tür für ›Herren‹ war rechts.

Er mußte in beide hineinsehen, aber schon der Gedanke daran ließ seine Knie wieder zucken und sein Herz schneller schlagen. Er wollte diese Türen nicht öffnen, wollte dem nicht gegenüberstehen, was darin sein mochte.

Er redete sich gut zu. Nicht nachsehen machte es nur noch schlimmer. Das mochte später ein böses Erwachen geben.

Er nahm die Taschenlampe in die linke Hand, wischte sich den Schweiß von der rechten und ergriff die Klinke zur Damentoilette. Sie ließ sich nicht öffnen. Er versuchte es mit der anderen. Auch die war verschlossen.

Einen Moment lang war er erleichtert. Er mußte sie nicht öffnen. Ein Stein fiel ihm vom Herzen.

Dann wurde ihm aber bewußt, daß verschlossene Türen nicht bedeuten mußten, daß ihm von da nichts passieren konnte. Vielleicht ließen sie sich von innen öffnen.

Er leuchtete mit dem Lichtstrahl auf das Schloß der Herrentoilette. Es hatte ein Schlüsselloch. Ein paar Mal in der Vergangenheit hatte er Toilettentüren einfach dadurch geöffnet, daß er ein längliches Objekt in das Schlüsselloch gesteckt und gedreht hatte. Er zog an der Ledersicherung von dem Futteral seines Messers.

Der Verschluß sprang auf. Gott, war das laut!

Wer auch immer hinter der Tür stehen mochte ...

Ganz ruhig!

... hatte das gehört.

*Da ist niemand in dem verdammten Klo.*

Roland starrte auf die Tür.

Er bildete sich ein plötzliches Schaben auf der anderen Seite ein. Eine Gänsehaut lief ihm über den Rücken.

Er ließ das Messer in seinem Futteral und trat den Rückzug an. Das Kerzenlicht beruhigte ihn wieder.

Er nahm die beiden Klappstühle einen nach dem anderen und trug sie in den Flur vor den Toiletten. Rücken an Rücken bildeten sie eine Barriere, über die man hinüberklettern oder die man aus dem Weg stoßen mußte. Auf jeden der beiden Sitze stellte er ein Cocktailglas, nah an den Rand. Wenn die Stühle sich bewegten, würden die Gläser herunterfallen.

Zufrieden mit seiner Konstruktion kam Roland an den Tisch zurück. Er hob eine der Flaschen hoch. Sie war fast voll. Mit der Kerze im Hintergrund sah er, daß es sich um eine farblose Flüssigkeit handelte. Er drehte die Flasche, bis er im flackernden Licht das Etikett lesen konnte: Gilby's Wodka.

Hervorragend.

Er drehte den Plastikverschluß auf, hob die Flasche und ließ sich den Mund vollaufen. Er schluckte langsam. Der Wodka brannte in der Kehle und ließ seinen Magen auflodern. Als sein Mund leer war, holte er tief Luft und seufzte.

Wenn er genug davon trank, wäre ihm die ganze Situation egal.

Aber dann wäre er umso verwundbarer.

Noch einen Schluck, dann verschloß Roland die Flasche wieder. Er beugte sich über seinen Rucksack und nahm Danas Kamera heraus. Er machte sie bereit. Das Blitzlicht war schon aufgeschraubt.

Er richtete sich wieder auf und holte erneut tief Luft. Es fühlte sich gut an, wenn er seine Lungen bis zum Bersten füllte. Der Druck auf der Brust war verschwunden. Er bemerkte, daß auch das Zittern nachgelassen hatte. Er fühlte sich leicht benebelt. Kam das vom Wodka?

Er legte die Kamera auf den Tisch und nahm noch einen Schluck. Und dann noch einen.

Er hob die Kamera wieder auf und ging ans Ende des Tresens, öffnete die Verschlußklappe in ihrem Scharnier und klappte sie zurück, so daß sie offen blieb. Dann ging er durch die Öffnung. Er blieb vor den Flügeltüren stehen. Dahinter war nur Dunkelheit. Die Küche.

»Ist da ...« Er wollte auch noch »jemand?« sagen, aber das Wort erfror in seiner Kehle. Wenn er doch nur ruhig geblieben wäre. Mit dem Klang seiner Stimme war auch seine Angst wieder aufgeflackert. Ein enges Band umspannte seine Brust.

Er hob die Lampe über die Türflügel. Ihr Strahl tastete sich zitternd über den Küchenboden. Er roch das Blut, bevor er es sehen konnte. Er kannte den Geruch sehr gut, weil er etwas von seinem eigenen in einem Mayonaise-Glas gesammelt und es sich zu Halloween über das Gesicht geschmiert hatte, um die Jungs im Wohnheim zu erschrecken. Sein Blut hatte genauso gerochen – metallisch, ein bißchen so wie Eisenbahnschienen.

Der Lichtstrahl fand das Blut. Es waren riesige Flecken, die sich durch die halbe Küche erstreckten. Es sah braun aus. Helle Klebestreifen deuteten die Umrisse der Körper an.

*Jetzt wird es ernst,* dachte er. *Scheiße. Das ist jetzt verdammt ernst.*

Er hatte einen großen Fehler gemacht. Er hatte hier nichts zu suchen. Er war ein Naseweis, ein Junge, der sich an einem Ort herumtrieb, an dem er nichts verloren hatte.

Er ließ die Taschenlampe sinken. Ging rückwärts. Irgend etwas schlich sich hinter ihm an und er wirbelte herum. Da war niemand. Er machte, daß er wieder auf die andere Seite der Theke kam.

*Das muß ich mir nicht antun. Ich muß nichts beweisen. Ich brauche Danas Geld nicht.*

Vor der Tür sank er auf die Knie und stopfte die Kamera in den Rucksack. *Bilder machen. So ein Scheiß.*

Er stand auf, hielt den Rucksack an einem Träger fest und klemmte die Schlaufe seines Schlafsacks an einen Finger derselben Hand.

Scheiße. Die Kerzen.

Mit den Bündeln an einer Seite lief er zu dem Tisch zurück. Als er eine der Kerzen ausblies, fiel sein Blick auf die beiden Stühle, die er in den Flur gestellt hatte. Sollten sie doch da bleiben. Was kümmerte es ihn.

Er pustete die andere Kerze aus. Dann folgte er dem Schein seiner Taschenlampe bis zur Tür und öffnete sie. Die Nachtluft und der Geruch des Regens strömten ihm entgegen.

Er starrte durch das Unwetter auf Danas Wagen hinaus – ein kleines dunkles Objekt am fernen Ende des Parkplatzes. Der Plastikwimpel an der Antenne flatterte im Wind.

*Es würde mich wundern, wenn du es zehn Minuten aushältst.*

*Diese Schlampe. Sie wird mir das immer wieder aufs Butterbrot schmieren. Sie wird es überall herumerzählen. Jeder wird sich über mich totlachen.*

Roland warf die Tür mit einem Tritt wieder zu. »Zum Teufel! Ich bleibe!«

Vor der Bar breitete er seinen Schlafsack aus. Dann nahm er seine Mütze ab, zog die Jacke aus und setzte sich auf das Polster aus weichen Daunen.

*Das hätte ich schon von Anfang an machen sollen. Und nicht erst hier herumschnüffeln. Ich hätte alles so machen sollen, wie ich mir das zurechtgelegt hatte.*

Er griff tief in seinen Rucksack hinein, schob die Kerzen und die Kamera zur Seite und traf auf Stahl.

Die Handschellen klapperten, als er sie herauszog.

Er ließ eines der Ovale um sein Handgelenk zuschnappen, das andere um die Messingfußstütze an der Theke.

Mit der Taschenlampe unter den linken Arm geklemmt, zielte er auf den Kartentisch und warf den Schlüssel. Er klapperte gegen eine der Flaschen und blieb auf dem Tisch liegen.

Außerhalb seiner Reichweite.

*Wollen wir doch mal sehen, wer da kneift*, dachte er. *Und wer die Nacht hier durchsteht.*

# 10

Es war fast Feierabend, aber der Regen vor Gabbys Kneipe machte nicht den Eindruck, als werde er nachlassen. Alison trat vom Fester zurück. Glücklicherweise hatte sie sich Helens Regenmantel geliehen; sie wäre klatschnaß geworden, wenn sie ihre Windjacke auf dem Weg zur Arbeit getragen hätte.

*Nicht, wenn Evan mich abgeholt hätte.*

Hatte er aber nicht. Na ja, vielleicht überraschte er sie ja noch. Schließlich war er auch gestern noch gekommen, obwohl sie gar nicht damit gerechnet hatte.

Alison ging zu einem Tisch herüber, der gerade frei geworden war. Sie stopfte das Trinkgeld in die Tasche ihrer Schürze und begann, das dreckige Geschirr und die Gläser abzuräumen.

*Wenn ihm irgend etwas an mir liegt, dann holt er mich ab*, dachte sie. *Er weiß, daß es draußen schüttet, und daß ich in dem Regen nach Hause laufen muß, wenn er mich nicht abholt. Wenn er mir jetzt zu Hilfe kommt, dann ist er einen guten Schritt weiter, wieder in meine Gunst zu gelangen. Das sollte er wissen.*

Nachdem sie die Tischplatte abgewischt hatte, nahm sie das schwere Tablett auf und trug es in die Küche.

*Vielleicht kommt er ja noch. Und wenn er das tut, habe ich da möglicherweise etwas für ihn, was ihn umhauen wird.*

Bevor sie am Nachmittag das Haus verlassen hatte, hatte sie ihre Zahnbürste und ihr neues Nachthemd unten in die Tasche gepackt. Dann hatte sie sie wieder herausgenommen. Sie würde sie doch nicht brauchen, selbst wenn Evan sie abholte. Schließlich hatte sie ihre Meinung nicht geändert. Sie wollte nicht mit ihm schlafen. Es war albern, wenn man Vorkehrungen für etwas traf, was einfach nicht passieren würde.

Aber sie dachte an letzten Freitag. Er war in Gabbys Laden gekommen, nachdem der Film im Imperial zuende gewesen war, hatte ein Bier getrunken und darauf gewartet, daß sie Feierabend hatte, und dann waren sie zu ihm nach Hause zurückgelaufen. Sie hatte nicht die Absicht gehabt, die Nacht dort zu verbringen. Aber es war so wunderschön gewesen, sie hatte einfach nicht gehen können und sie hatten sich bis in die frühen Morgenstunden geliebt. Das war die erste Nacht, die sie ganz mit ihm verbracht hatte.

Wenn sie doch nur noch so eine Nacht haben könnten ...

*Werden wir aber nicht.* Sie holte sich auf den Boden der Tatsachen zurück. *Es hat sich zu viel geändert.*

Aber sie hatte ihre Zahnbürste und das Nachthemd doch wieder in die Tasche gepackt. Man konnte nie wissen. Vielleicht würde sich irgendwie doch wieder alles einrenken. Sie wünschte es sich so sehr.

Als sie das dreckige Geschirr in Gabbys Spülmaschine stapelte, stellte sie sich vor, wie Evan zu ihr zurückkam. »Ich konnte einfach nicht länger von dir wegbleiben«, würde er sagen. »Ich habe es versucht, um dich zu strafen, aber ich konnte es nicht. Alison, ich habe lange darüber nachgedacht. Natürlich will ich mit dir schlafen. Es gibt nichts, was ich mehr will, weil wir dann ein Teil des anderen werden, so als ob wir für eine kurze Zeit eine einzige Person wären. Aber ich kann ohne das leben, wenn es sein muß. Die Hauptsache ist es doch, mit dir zusammen zu sein. Es würde mich glücklich machen, wenn ich dir nur in die Augen sehen kann, nur dein Lachen hören kann, nur deine Hand halten.«

Und dann würde sie vielleicht doch mit in seine Wohnung kommen. Und während er auf dem Sofa wartete, würde sie sich in sein Schlafzimmer schleichen und in das Negligé schlüpfen ...

»Alison!«

Aufgeschreckt drehte sie sich um. Gabby, der vor dem Grill stand, blickte sie über seine Schulter an. »Sieh zu, daß du nach Hause kommt. Schönes Wochenende!«

»Danke«, sagte sie. »Du ebenfalls.«

Hinten in der Küche sammelte sie ihre Trinkgelder aus der Schürze und steckte sie in ihre Tasche. Dann schnürte sie sich in Helens Regenmantel ein, setzte den komischen Hut auf und hängte sich die Tasche über die Schulter. »Wir sehen uns Montag«, rief sie zurück und schob sich durch die Schwingtüren.

Der Tisch, den sie gerade abgeräumt hatte, war nicht mehr frei.

Evan saß dort. Er hatte den Arm um Tracy Morgan gelegt.

Titten-Tracy, die auch als Abschlepp-Tracy bekannt war. Alison hatte nie wissen wollen, warum man sie so nannte.

Alles in ihr verkrampfte sich.

Als habe er ihre Anwesenheit gespürt, drehte sich Evan zu ihr um. Auf seinen Brillengläsern waren Regentropfen. Einer seiner Mundwinkel zuckte leicht nach oben.

Alison stürzte zur Tür, warf sie auf und stürmte in den Regen hinaus.

Sie warf noch einen Blick durch das Fenster.

Hinter dem hell erleuchteten Fenster beobachtete Evan sie und streichelte langsam über Tracys langes, kastanienbraunes Haar.

# 11

Roland hatte die Handschellen nachmittags in Spartans Sportgeschäft für $24,50 gekauft. Er hatte die Dinger schon vor ein paar Wochen haben wollen, als er sie das erste Mal gesehen hatte. Während er durch die Vitrine auf die schimmernden Stahlbänder gestarrt hatte, war er von der Vorstellung, was er damit tun könnte, erregt woren. Er würde natürlich nichts davon wirklich tun. Aber nur das Gefühl, sie zu besitzen, war schon etwas Besonderes, so wie es auch etwas Besonderes war, einige Messer zu besitzen, auch wenn er gar nicht vorhatte, in der Stadt herumzulaufen und Frauen aufzuschlitzen. Darum hatte er sich auch das Jagdmesser gekauft. Der Kauf des Messers war nicht peinlich, weil Leute sich Messer zum Campen kauften, zum Jagen oder zum Fischen. Aber wenn man nicht gerade Polizist ist, wofür brauchte man dann Handschellen? Was würde der Verkäufer denken? Das war so, als würde man eine Packung Kondome kaufen.

Roland hatte noch nie Kondome gekauft, obwohl er schon welche haben wollte. Und er hatte sich damals auch die Handschellen nicht gekauft.

Erst heute.

Als Dana ihn herausgefordert hatte, die Nacht in dem Restaurant zu verbringen, waren ihm sofort die Handschellen eingefallen und er wußte, wie er die Wette gewinnen konnte. Die Handschellen würden das garantieren. Sein Mut, oder der Mangel desselben, spielten keine Rolle mehr, wenn er sich erst einmal an etwas im Restaurant festgekettet hatte. Dann konnte passieren, was wollte, er mußte die Wette gewinnen.

Mit dem Bewußtsein, daß einhundert Dollar und sein Ruf von dieser Wette abhingen, war er in den Laden zurückgegangen. Er fühlte, wie er rot wurde, als er durch das Glas auf dem Tresen schielte.

»Kann ich Ihnen helfen?« fragte der Verkäufer.

Roland hielt seinen Blick gesenkt. »Zeigen Sie mir doch bitte die Handschellen.«

»In schwarz oder vernickelt?«

»Vernickelt.«

Der Mann bückte sich, zog die Rückseite des Tresens auf und langte hinein. Er war korpulent und trug sein braunes Haar an den Seiten länger, als ob er damit das wieder wett machen könne, was ihm in der Mitte fehlte. Er legte die Handschellen auf den Tresen. Roland hob sie hoch. Sie waren schwer. »Spezialgehärteter Stahl. Die Kettenglieder halten bis zu einer Zugkraft von 1200 Pfund.«

Nickend zog Roland die Armreifen auseinander. Die Kette dazwischen spannte sich. »Okay. Was macht das?«

»Vierundzwanzig fünfzig. Brauchen Sie eine Schachtel?«

»Nein, ich glaube nicht.«

»Kann ich sonst noch etwas für Sie tun? Wir haben gerade das Navy MK3 Nahkampfmesser im Angebot. Kostet normalerweise neunundvierzig fünfundneunzig. Ein wirklich schönes Stück. Möchten Sie es sehen?«

Roland schüttelte den Kopf. »Nein, das war´s.«

»Bar oder Kreditkarte?«

Das war es schon. Keine peinlichen Fragen, keine spitzen Bemerkungen. Erleichtert verließ Roland den Laden mit seinem Neuerwerb.

Und sah Celia. Das war nun wirklich ein Mädchen, bei dem er die Handschellen gern ausprobieren würde. Und die andere auch, die in dem Overall. Wenn er sie so ansah, konnte er sich gut vorstellen, wie er ihr die Hände auf den Rücken fesselte, und ihr dann den Reißverschluß langsam bis ganz nach unten aufzog. Oh ja. Eine von den beiden. Sie zuerst fesseln, damit sie ihm ausgeliefert waren ...

Aber er hatte die Handschellen nicht dafür gekauft. Er würde dazu auch nie den Mut aufbringen. *Ich bin ja nicht bescheuert*, hatte er sich selbst gesagt.

Er hatte die Handschellen nur der Wette wegen gekauft. Wenn er sie hatte, konnte ihn nichts davon abhalten, sie zu gewinnen ... wenn es in dem Restaurant irgend etwas gab, an dem er sie festmachen konnte. Und das gab es bestimmt. Einen Türgriff. Oder ein Rohr. Oder etwas Ähnliches.

Was für eine brillante Idee.

Wie er jetzt so an die Fußleiste angekettet in der Dunkelheit saß, war Roland sich nicht mehr so sicher, ob diese Idee wirklich so brillant gewesen war. Was war, wenn irgend etwas passierte und er hier raus mußte?

Zum Beispiel ein Feuer.

Wenigstens hatte er die Kerzen ausgepustet. *Das Haus wird nicht abbrennen. Nur keine Angst.*

Er hatte trotzdem Angst. Was wäre, wenn Dana das Haus anzündete, um ihn herauszutreiben, damit er seine Wette verlor? Nein. So verrückt war sie nicht. Ein bißchen durchgeknallt schon. Einmal, als er im Kino nach der Popcorntüte bei Jason gegriffen hatte, hatte er versehentlich mit seinem Arm ihre Brust gestreift und sie hatte ihm ihre Cola in den Schoß geschüttet. Ein andermal, als sie ins Drive-In Kino wollten, hatte sie ihn überredet, sich im Kofferraum von Jasons Wagen zu verstecken, um den Eintritt zu sparen, und dann hatte sie Jason über eine Stunde lang daran gehindert, ihn wieder herauszulassen.

*Sie kann mich wirklich nicht ausstehen,* dachte Roland. Aber sie würde diesen Schuppen nicht niederbrennen. Das war selbst für Dana zu durchgeknallt.

*Hoffentlich. Aber sie könnte wegfahren. Nein, sie will die Fotos. Deswegen wird sie kommen. Doch das heißt nicht, daß sie mir auch den Schlüssel geben wird. Wenn sie mich hier angekettet findet, dann nimmt sie vielleicht einfach die Fotos und läßt mich hier.*

Roland bekam einen trockenen Mund. Eine kalte Hand schien nach seinem Magen zu greifen. *Ich werde ihr ausgeliefert sein.*

*Scheiße, was wird sie mir nur antun?* Es war gar keine Frage, ob Dana ihm etwas antun würde – die Frage war nur, was?

*Du hast die ganze Nacht, um dir das auszumalen.*

*Warum habe ich mir das nicht überlegt, bevor ich mich hier angekettet habe?*

Er ruckelte an seiner linken Hand. Der Stahl klapperte und die Ränder der Schelle pressten sich schmerzhaft in sein Handgelenk.

Zwölfhundert Pfund Zug. Der Verkäufer hatte gesagt, soviel würde man brauchen, um die Kette zu sprengen.

Roland tastete neben sich über den Boden. Er fühlte die Taschenlampe, nahm sie auf und leuchtete zu dem Tisch hinüber. Die Flaschen glitzerten in dem Licht. Der Schlüssel war da oben, außer Sicht.

Der Tisch war zweieinhalb, vielleicht auch drei Meter entfernt.

Mit seiner angeketteten Hand versuchte er, die Fessel an der Leiste entlangzuziehen. Es gab ein metallisch-kreischendes Geräusch, bei dem ihm ein Schauder über den Rücken fuhr, aber sie bewegte sich. Wenn er sie weiterzog, konnte er sich seitlich fortbewegen und so näher an den Tisch herankommen. Vielleicht konnte er dann mit dem Fuß den Tisch zu sich heranziehen und so den Schlüssel erreichen? Es war wenigstens einen Versuch wert.

Und was war mit der Wette?

Kein Problem. Roland grinste. *Wenn ich erst mal die Handschelle los bin, dann bleibe ich auch. Das ist ein Klacks.*

Ein Klacks, weil ihm plötzlich klar war, daß das Restaurant ihn gar nicht mehr so schreckte. Was ihn viel mehr schreckte, war der Gedanke, daß Dana bei Tagesanbruch hereinkommen und ihn angekettet finden würde.

*Ich kriege diesen verdammten Schlüssel,* schwor er sich.

Er schob sich seitwärts von seinem Schlafsack herunter. Sein Rücken stemmte sich gegen das glatte Holz der Theke und seine linke Hand kratzte langsam an dem Messingrohr entlang und erzeugte dabei dieses grauenhaft schabende Geräusch. Ein Geräusch, das Zahnschmerzen erzeugte. Ein Geräusch, daß so schlimm war wie ein Fingernagel, der über eine Schiefertafel kratzte.

Er machte eine Pause. Der Stille war eine Wohltat. Nur noch ein bißchen, und dann ... Roland hörte etwas.

Es war ein weiches Klatschen wie von einem Seil, das auf Parkettboden fällt.

Es kam – woher?

Von rechts.

Rolands Taschenlampe war auf den Tisch gerichtet. Der helle Mittelpunkt des Strahls zitterte.

Was konnte so ein Geräusch verursachen?

Eine Schlange? Eine Schlange, die von der Theke heruntergefallen war?

Er hatte plötzlich überall eine Gänsehaut.

Wie sollte eine Schlange hier hereinkommen?

Scheiße, dieser Schuppen hatte jahrelang leer gestanden. Vielleicht hatte sie sich hier gemütlich niedergelassen. Oder Dana hatte sie hereingelassen. Das wäre ihr zuzutrauen. Vielleicht hatte sie eine in einer Zoohandlung gekauft.

Das Miststück.

Dana hatte eine Schlange gekauft, um ihn herauszuscheuchen, und Roland hatte sich Handschellen gekauft, um sich einzusperren.

Abr wenn sie die Schlange gekauft hat, dann ist sie harmlos. Die verkaufen doch keine Giftschlangen, oder?

Roland mußte sie wenigstens sehen – er mußte wissen, was da war.

*Vielleicht verscheucht das Licht sie auch*, dachte er.

Er ließ den Strahl rechts zur Seite gleiten, über den Boden. Er lenkte ihn vor sich vorbei und war schon weiter, als ihm klar wurde, daß er etwas zwischen seinen Beinen gesehen hatte. Der Strahl sprang wieder darauf zurück.

Roland schreckte zurück. Sein Hinterkopf knallte hart gegen die Theke. Urin spritzte gegen seinen Schenkel und sammelte sich in seiner Jeans, als er die Beine anzog.

Das Ding war schnell. Es schlängelte sich wie eine Natter auf seinen rechten Fuß zu.

Aber es war keine Natter. Es war gar keine Schlange.

Roland hob seinen rechten Fuß hoch, weg von dem Kopf des Dings und versuchte, es mit dem linken Fuß wegzukicken. Er erwischte es mit der Ferse und es flog zuckend und sich überschlagend davon. Es kam sofort wieder zurück.

Es hatte schleimiges gelbes Fleisch, durch das sich rote und blaue Adern zogen. Seine Augen hatten eine trübe, eitrige Farbe. Sein Kopf – oder das Maul – gab nasse, saugende Geräusche von sich, als er sich zuerst verflachte, und dann weit öffnete.

Roland hob beide Beine, so weit er nur konnte. Er urinierte immer noch;

es lief ihm über die Genitalien und an seinem Hintern entlang. Er trat hart mit seiner rechten Ferse zu, aber er verfehlte das Ding und zog das Bein sofort wieder hoch.

Es versuchte nicht, nach seinem hochgestreckten Fuß zu schnappen. Statt dessen warf es sich nach vorn und biß ihn hinten ins Bein, in den Oberschenkel.

Rolands Kehle zog sich zusammen und wollte einen Schrei aus Schmerz und Todesschrecken hervorstoßen.

Aber der Schmerz blieb aus. Er fühlte nur einen heißen, prickelnden Druck, der seinen Körper entzückt aufschauern ließ.

Er griff nach dem Ding, aber er versuchte nicht, es loszureißen. Statt dessen hielt er es sanft zwischen den Fingern. Es fühlte sich warm und kräftig an. Nach kurzer Zeit war es verschwunden und hinterließ ein kreisrundes Loch in seiner Jeans.

Und in seinem Bein.

Roland störte die Verletzung nicht. Er öffnete seinen Hosenknopf, öffnete den Reißverschluß und rollte sich auf die Seite. Er ließ die Hand hinten in seine Jeans gleiten. Er trug keine Unterhose. Der Stoff klebte feucht auf seinem Handrücken, und sein Hintern war naß.

Das Wesen bewegte sich in ihm, direkt unter der Haut. Wenn er eine Hand gegen die Erhebung preßte, die es hinterließ, konnte er fühlen, wie es sich voranschob. Seine Haut sank wieder zurück, wenn es vorbeigeglitten war. Er fühlte, wie es auf sein Rückgrat zusteuerte. Er streckte seinen Arm soweit wie möglich nach hinten, und streichelte es durch seine Haut, bis es zu hoch war, um es noch zu erreichen.

Er hob die Hand und griff in seinen Nacken. Gerade schnell genug, um zu fühlen, wie die Haut sich unter seiner Handfläche hob. Ein paar Augenblicke später bewegte sich das Ding nicht mehr.

Ein plötzlicher Schauder durchfuhr Roland – ein so intensives Entzücken, daß er sich krümmte und vor Lust stöhnte.

## 12

In Wallys Kneipe hängte Alison ihren tropfnassen Regenmantel an die Garderobe. Zum Glück waren die Waschräume direkt neben dem Eingang. Sie mußte also nicht mit ihrem Kellnerinnenkostüm durch den ganzen Laden.

In einer von den Toilettenkabinen zog sie ihre Uniform aus. Sie schälte sich auch aus ihrem Slip und dem BH. Dann hockte sie sich hin und nahm den Overall aus ihrer Tasche. Darunter lag das Negligé. Beim Anblick des tiefblauen Gewebes verkrampfte sich alles in Alison. Ihr war, als würde sie von Kopf bis Fuß zusammengedrückt und ausgewrungen.

*Dieser Scheißkerl. Dieses Schwein.*

*Scheiß drauf. Wer braucht den schon?*

Sie stieg in den Overall und zog den weichen Stoff an ihren Beinen hoch, dann schob sie ihre Arme durch die Ärmel und zog den Reißverschluß zu. Sie stopfte den BH, den Slip und das Servierkostüm in die Tasche und verließ die Kabine.

Sie musterte sich in einem der Spiegel. Ihr kurzes Haar war durch den Regen ein wenig plattgedrückt. Sie ließ ihre Finger hindurchgleiten, schüttelte einmal den Kopf und es sah okay aus. Ihre Augen war immer noch ein wenig gerötet, weil sie geweint hatte, als sie bei Gabby gegangen war. Aber bei dem Weg durch den Regen hatten auch ihre Wangen einen rosigen Schimmer bekommen.

Der Overall schmiegte sich an ihre Brüste. Ihre Brustwarzen drückten sich durch den Stoff. Sie überlegte, ob sie den BH wieder anziehen sollte. Wollte sie wirklich so in die Kneipe gehen?

Verdammt, warum nicht? Sollten die Kerle doch was zu starren haben. Außerdem fühlte sich der warme, weiche Stoff gut auf ihren bloßen Brüsten an.

Sie zitterte, als sie den Reißverschluß weiter öffnete. Im Spiegel sah sie, wie die bleiche Haut über ihrem Brustbein unter ihrem Herzschlag pochte.

Sie starrte sich selbst in die Augen. *Willst du das wirklich tun?* fragte sie sich.

*Ganz bestimmt. Dieses Spiel kann man auch zu zweit spielen.*

*Das ist doch albern.*

*Nein, ist es nicht. Evan will mich nicht, aber bestimmt jemand anderes. Ich werde es dem Scheißkerl schon zeigen.*

Aber der Reißverschluß war so nun wirklich zu weit offen. Wenn sie sich vorbeugen mußte, könnte jeder in der Runde alles sehen. Sie zog ihn ein paar Zentimeter höher und verließ dann den Waschraum. Die Schultertasche baumelte an ihrer Seite.

Wie üblich war es bei Wally voll und laut. Hier trieben sich die meisten Studenten herum; sie kannte fast alle zumindest vom Sehen. Sie begrüßte einige Freunde auf ihrem Weg zur Bar. Ein paar fragten, wo Evan sei, und sie antwortete: »Beschäftigt.« Was ja wohl auch die Wahrheit war.

Sie mußte ausweichen, als Johanna Penson mit einem vollen Bierkrug von der Theke zurückkam. Johanna sah sie und grinste: »Hi. Na, wie geht´s?«

»Beschissen.«

»Wo ist deine bessere Hälfte?«

»Die hat Angst, vom Regen aufgeweicht zu werden. Hast du Celia gesehen?«

»Ist gerade weg. Sie ging mit Danny Gard und noch jemandem. Bis später.« Johanna quetschte sich an Alison vorbei.

Alison blieb hinter einem Jungen stehen, der noch auf seine Bestellung wartete. Ihr wurde klar, daß sie hier eigentlich Celia treffen wollte. Es wäre gut, jetzt jemanden zu haben, der einem beistehen konnte. Andererseits konnte sie sich genau vorstellen, wie Celia reagieren würde: »Das willst du eigentlich gar nicht, Al. Das passt nicht zu dir. Du bist gekränkt, aber es ändert jetzt gar nichts, wenn du mit dem Erstbesten in die Kiste gehst, der dich auch nur ansieht. Glaub´s mir, du wirst es bereuen!«

*Na und? Und wenn ich es dann bereue?*

*Du willst ihm nur eins auswischen*, dachte sie. *Du bist kein bißchen besser als er.*

*Vielleicht trinke ich nur ein oder zwei Bier und gehe dann nach Hause.*

*Wem willst du etwas vormachen?*

Der junge Mann vor Alison trat einen Schritt zur Seite und Alison rückte zur Bar vor. »Ein Bier. Nein, gib mir einen Krug.«

Sie setzte ihre Tasche auf der Theke ab und suchte nach ihrem Portemonnaie, während der Kerl hinter der Bar ihre Bestellung fertig machte. Nachdem sie gezahlt hatte, streifte sie sich den Schultergurt über den Kopf, um die Hände frei zu haben, nahm den Krug und ihr Glas und drehte sich um.

Sich durch den Laden zu bewegen, war eine Tortur. Alison nickte, lächelte und sagte »Hallo« zu Leuten, die sie kannte, oder »Entschuldigung« bei Leuten, die sie nicht kannte, und versuchte, sich dazwischen durchzuzwängen, ohne ihr Bier zu verschütten. Sie fand schließlich einen leeren Tisch in der Nähe der Tür. Es war ein kleiner runder Tisch mit zwei Stühlen. Sie stellte ihre Last ab und setzte sich so, daß sie alles beobachten konnte.

Sie hatte gerade ihr Glas gefüllt und einen Schluck genommen, als ein Mann mit einem nervösen Lächeln auf sie zu trat.

*Das hat ja nun wirklich nicht lange gedauert,* dachte sie. Ihr Herz schlug schneller, als er auf sie zukam. Sie hatte ihn schon auf dem Campus gesehen, aber sie wußte nicht, wie er hieß. Er war groß und schlank, mit einem rundlichen Gesicht und dem schwachen Anflug eines Schnurrbartes.

Sie wollte ihn nicht erwartungsvoll ansehen, daher senkte sie den Blick in ihr Glas.

*Ich weiß nicht, ob ich das wirklich will.*

»Entschuldigung?« begann er.

Sie sah auf und lächelte ihn an: »Oh, hallo.«

Er klopfte auf den freien Stuhl. »Sitzt hier jemand?«

Sie schüttelte den Kopf.

»Hast du etwas dagegen, wenn ich ihn mir ausleihe?«

Sie kam sich dumm vor und schüttelte wieder den Kopf.

»Danke«, sagte er.

Alison sah zu, wie er den Stuhl an einen anderen Tisch hinübertrug, wo er sich zu seinen Freunden setzte. Sie hätte vor Verlegenheit im Boden versinken können.

»Toll«, murmelte sie. *Er wollte nur den verdammten Stuhl.*

*Und jetzt habe ich keinen mehr, falls jetzt also doch noch jemand kommt, dann hat er nichts mehr, um sich zu setzen.*

*Ich sollte zusehen, daß ich nach Hause komme.*

*Ich kann das ganze Bier nicht stehen lassen.*

*Schenk den Krug doch jemandem. Schütt ihn diesem Trottel über den Kopf.*

Statt dessen trank sie ihr Glas aus, füllte es erneut und ermahnte sich selbst, nicht zu schnell zu trinken. *Die ganze Sache ist schon so peinlich genug,* dachte sie, *da muß ich nicht auch noch besoffen sein. Langsam angehen lassen.*

Sie trank schlückchenweise.

Auf der anderen Seite des Raumes, hinter der Tanzfläche, hing ein gewaltiger Fernseher von der Decke. Er zeigte Videoclips und die Musik war so laut, daß einem neben den Lautsprechern das Trommelfell platzen konnte.

Der Krach hatte Evan anscheinend nie gestört. Er war Alison stets auf die Nerven gegangen, aber sie hatte es immer wieder ertragen, um ihn bei Laune zu halten. Es gefiel ihm, ihr beim Tanzen zuzusehen – er sah jedesmal so aus, als wolle er ihr jeden Augenblick die Kleider vom Leib reißen.

*Wieso denke ich schon wieder an diesen Scheißkerl?*

*Was, wenn er jetzt hereinkommt?*

Sie sah zum Eingang. *Was ist, wenn er jetzt mit Titten-Tracy hereinkommt und ich sitze hier wie ein gottverdammtes Mauerblümchen?* Das fehlte noch.

*Noch ein Grund, schnell den Abflug zu machen.*

Sie füllte ihr Glas wieder. *Bloß ruhig bleiben.*

Alison sah wieder auf die Mattscheibe. Da wand und schlängelte sich eine kahlköpfige Frau in einem Lendenschurz und einem winzigen Oberteil aus Leopardenfell zu den Musik. Sie hatte glänzend blaue Haut (das ist die gleiche Farbe wie mein Nachthemd – das in dem Evan, das Arschloch, mich jetzt nie sehen wird). Eine Schlange war um das Bein der sich windenden Frau geringelt. Der Kopf verschwand hinter einem Oberschenkel und kam vor dem Schoß der Frau wieder zum Vorschein. Die Schlange glitt höher, auf die Hüfte zu. Ihr massiger Körper rieb über den Lendenschurz und die Frau warf sich in offensichtlicher Extase hin- und her.

*Gott*, dachte Alison.

Sie nahm einen Schluck Bier, aber ihre Augen waren durch das Video gefesselt.

Die Schlange wand sich um den nackten Körper der Frau, höher und höher. Ihr Kopf schob sich unter einer Achselhöhle hindurch. Er züngelte langsam über die Brüste. Der Schwanz klopfte immer noch zuckend auf die linke Brust der Frau, als der Kopf schon wieder im Nacken erschien. Die Frau, die sich immer noch ekstatisch die Brüste und die Hüften rieb (anstelle der Stellen, dachte Alison, wo sie sich eigentlich streicheln würde, wenn die Produzenten dann nicht doch vor diesem letzten Schritt zurückgezuckt wären), wandte ihr Gesicht dem Kopf der Schlange zu und schürzte ihre vollen, glänzenden Lippen.

»Entschuldigung?«

Alison zuckte zusammen.

Ein junger Mann stand vor ihr, gerade so, daß er ihr nicht den Blick verdeckte. Sie war überrascht, daß sie sein Kommen nicht bemerkt hatte.

»Es tut mir leid, wenn ich dich erschreckt habe«, sagte er.

»Schon gut.«

»Interessantes Video, was?«

Sie fühlte, wie sie rot wurde. Ihre Kehle war trocken. Sie nahm einen Schluck Bier. »Ganz schön aufreizend.«

»Bist du mit jemandem hier?«

»Äh, nein.«

»Darf ich mich zu dir setzen?«

Alison kannte ihn nicht. Er schien ein wenig älter als die meisten Studenten, und war mit seiner Anzughose und dem weißen Rollkragenpullover auch besser gekleidet. Sein schwarzes Haar war sorgfältig frisiert. In der Hand hielt er kein Bier, sondern einen Cocktail – wahrscheinlich einen Martini. Vermutlich ein Jura-Student.

»Irgend jemand hat sich mit dem anderen Stuhl davongemacht«, sagte sie.

»Kein Problem.« Er verschwand. Kurz darauf kam er mit einem Stuhl zurück und setzte sich ihr gegenüber. »Nick Winston.« Er hielt ihr seine Hand hin.

»Alison Sanders.« Sie schüttelte die angebotene Hand. »Jura-Student?«

»Wie kommst du darauf?«

»Du wirkst so.«

»So alt, meinst du?« Er grinste.

*Ich stehe auf ältere Männer*, dachte sie. Aber sie sprach es nicht aus. »Ein wenig reifer als die meisten von uns?« sagte sie statt dessen.

»Hauptfach Psychologie?«

»Wie kommst du darauf?«

»Du wirkst so.«

»So neurotisch?«

»So tiefsinnig.«

»Das ist kein Tiefsinn, das ist nur eine Depression.«

»Und was, wenn ich so fragen darf, kann eine schöne, offenbar intelligente junge Frau wie dich in eine Depression stürzen?«

» *... ich sehe mich tot im Regen ...*«

»Ah, Hauptfach Englisch.«

Sie lächelte. »Stimmt.«

»Und, tust du es wirklich?«

»Was?«

»Siehst du dich tot im Regen?«

»Nein. Mir war nur gerade nach Hemingway.«

»Findest du nicht, daß seine Ansichten ziemlich unreif sind?«

Ihr Eindruck von Nick Winston erhielt einen Dämpfer. »Was meinst du mit unreif?«

»Na ja, die Art, wie er seine weiblichen Protagonisten beschreibt. Das sind doch die Phantasien eines Halbstarken. Guck dir doch nur Maria an.«

»Mir gefällt die Szene im Schlafsack.«

Nick hob eine Augenbraue: »Also bitte.«

Alison bemerkte, wie sie wieder rot wurde. »Na ja, das ist sehr romantisch.«

»Romantisch, meinetwegen, aber auch stark idealisiert. Hast du jemals Sex in einem Schlafsack versucht?«

»Vielleicht.«

»Ach, wir sind schamhaft.« Alison zuckte mit den Achseln und nahm einen Schluck. Als sie Nick wieder ansah, blickte er ihr direkt in die Augen. *Ganz schönes Tempo*, dachte sie. *Wo soll das noch hinführen?*

»Wenn du *es getan hast,* dann hast du bestimmt auch bemerkt, wie eng das ist und wie hart der Boden ist. Alles in allem ist die ganze Sache alles andere als bequem.«

*Das war es nun wirklich nicht*, dachte sie. *Aber das geht dich nichts an, Nick.* »Meiner Meinung nach ist ein vernünftiges Bett immer noch die beste Spielwiese für solche Begegnungen, findest du nicht auch?«

»Ich dachte, wir reden über Hemingway.«

»Aber das tun wir doch. Ich war gerade dabei, zu erklären, daß ich die Schlafsackszene in *Wem die Stunde schlägt* für eine unrealistische, idealisierte Sichtweise der ...«

»Ich mag sie.«

Nicks Mundwinkel zog sich spöttisch nach oben. »Ich glaube nicht, daß das in einem Gewitter so angenehm wäre.«

»Wenn man ein Zelt hat ...«

»Bedauerlicherweise besitze ich weder ein Zelt noch einen Schlafsack. Ich habe jedoch einen TransAm, der uns in aller Bequemlichkeit zu meiner Wohnung bringen könnte.«

»Wo du zweifellos auch ein vernünftiges Bett hast.«

Er hob sein Glas, nahm einen Schluck und starrte Alison über den Rand hinweg an. Sie hatte das Gefühl, daß er diesen Blick lange geübt hatte. Er setzte seinen Drink ab und beugte sich vor. Er faltete seine Arme auf dem Tisch und sah Alison tief in die Augen. »Was das angeht, ja, ich habe ein vernünftiges Bett. Ob wir das benutzen oder nicht, bleibt selbstverständlich dir überlassen.«

»Danke verbindlichst.«

»Es ist mir natürlich klar, daß wir uns gerade erst begegnet sind, und ich könnte verstehen, wenn du zögern würdest, sofort zu den – Intimitäten überzugehen. Ich würde es ganz bestimmt nicht wollen, daß du dich von mir in irgendeiner Weise unter Druck gesetzt fühlst.«

»Ich weiß nicht, Nick.«

*Du weißt nicht?* fragte sie sich. *Ist das nicht genau das, was du wolltest?*

*Vielleicht, vielleicht aber auch nicht.*

»Wir fahren in meine Wohnung, trinken da etwas, um uns ein wenig aufzuwärmen und hören etwas Musik. Das ist alles, es sei denn, du entscheidest dich dazu, das wir uns anderen Aktivitäten widmen.«

»Ich verstehe. Du wirst ein vollendeter Gentleman sein.«

Er zuckte vielsagend mit den Achseln. »Falls du natürlich nicht willst ...«

»Das habe ich nicht gesagt.«

»Aha, aber du hast noch deine Zweifel.«

»Es gehört nicht zu meinen üblichen Gepflogenheiten, einem Herrn in seine Wohnung zu folgen, den ich noch nicht einmal fünf Minuten kenne.«

»Es gehört auch nicht zu meinen üblichen Gepflogenheiten, eine Dame nach nicht einmal fünf Minuten zu fragen.« Er nippte wieder an seinem

Cocktail. Dann stellte er ihn ab. Er sah ihr in die Augen. »Um ehrlich zu sein, Alison, da ist etwas ... du hast etwas Besonderes. Ich habe das in dem Moment gespürt, als ich dich hier sitzen sah ...«

» ... wo ich mit offenem Mund ein erotisches Video begaffte«, beendete sie seinen Satz.

»Das war nicht der Grund. Es war nur – als ich dich gesehen habe, hatte ich nicht den Eindruck, daß wir uns noch nie begegnet sind; es war, als würden wir uns schon seit langer Zeit kennen.«

*Das bezweifle ich doch stark*, dachte sie.

Der Spruch wäre vielleicht sogar gut gewesen, wenn er nur nicht so abgedroschen geklungen hätte.

Abgedroschen oder nicht – vielleicht meinte er es ja tatsächlich so.

»Ich will dich erst näher kennen lernen«, sagte sie.

»Das ist nicht meine übliche ...«

»Ein paar Drinks, dabei bleibt es. Wir hören Musik, wir reden miteinander. Wir lernen uns kennen. Was hast du schon zu verlieren?«

*Ja, was?*

»Falls du Angst hast, daß ich über dich herfallen könnte, oder so ...« Er schüttelte den Kopf und mußte bei dieser lächerlichen Idee grinsen.

»Darum geht es nicht.«

»Worum dann?«

»Ich weiß es nicht.«

»Dann versuchen wir es doch einfach. Das ist das mindeste.«

»Gib mir ein wenig Bedenkzeit. Ich muß sowieso aufs Klo. Ich bin gleich wieder da.«

*Oder auch nicht*, dachte sie.

Sie stand auf und nahm ihre Tasche mit. Bedauerlicherweise mußte sie jedoch wirklich auf die Toilette. Für den Weg nach Hause brauchte sie ungefähr eine Viertelstunde. Bis dahin konnte sie es nicht mehr aushalten.

Sie hastete in die Toilette. Ihr Overall machte die Sache kompliziert, aber schließlich war sie fertig und verließ die Kabine.

Sie bleib vor einem der Waschbecken stehen. Langsam wusch sie sich die Hände.

*Du könntest mit ihm gehen*, dachte sie. *Deswegen bist du schließlich heute abend hier her gekommen.*

Ihr Herz schlug so heftig, daß ihre Brust schmerzte.

*Vergiß es. Schnapp dir den Regenmantel und sieh zu, daß du wegkommst.*

Im Spiegel über dem Waschbecken blickten ihre Augen gehetzt und panisch.

Sie trocknete sich die Hände mit einem Papiertaschentuch ab, dann öffnete sie die Toilettentür. Nick stand vor der Garderobe und trug einen durchsichtigen Plastikregenmantel und eine Schirmmütze. Er lächelte, als er sie sah: »Fertig?«

*Oh Gott.*

Sie nickte und nahm Helens Regenmantel vom Haken. Nick half ihr in den schweren Mantel. Sie setzte den Hut auf. Nick stieß die Tür auf und sie verließen die Kneipe. Es goß immer noch.

Nick nahm ihre Hand.

Sie gingen über den Parkplatz, wobei Nick sie um die Pfützen herum lotste. An der Beifahrertür seines Wagens ließ er ihre Hand los und beugte sich vor, um die Tür zu öffnen.

»Nick«, sagte sie.

»Ja.« Er drehte sich nicht um.

»Ich glaube, ich will nicht.«

»Was?« Er ließ die Tür Tür sein. Er drehte sich um und starrte sie wütend an. »Was hast du gesagt?« fragte er und übertönte den Lärm des Unwetters.

»Ich werde nicht mit zu dir gehen. Nicht heute. Trotzdem danke, daß du mich gefragt hast. Es tut mir leid.«

»Hast du einen Wagen?«

»Was?«

»Einen Wagen. Bist du mit dem Auto gekommen?«

»Nein.«

»Dann steig ein. Ich fahre ich.«

»Ich sagte gerade ...«

»Ist okay. Ich habe verstanden. Ich bringe dich nach Hause. Bei diesem Regen willst du ja wohl nicht laufen.« Er drehte sich wieder um und schloß die Tür auf. Er hielt sie ihr auf.

Alison zögerte.

»Steig ein oder laß es. Du mußt dich entscheiden.«

»Na gut. Okay. Danke.« Sie stieg ein und Nick schloß die Tür. Sie nahm ihren Hut ab und öffnete den Mantel.

*Und nun?*

Nick kletterte hinter das Lenkrad und ließ den Wagen an. Er blickte im Dunkeln zu ihr herüber. »Es ist schon lange her, daß mir jemand einen Korb gegeben hat.« Seine Stimme klang nicht wütend, eher belustigt.

»Es tut mir leid. Ich hatte einen schlechten Tag.«

»Mein Fehler«, meinte er. »Ich habe dich trotz deines Zauderns bedrängt und habe versucht, dich herumzukriegen. Ich hätte das sein lassen sollen. Das ist mir jetzt klar.« Er schaltete die Scheinwerfer und die Scheibenwischer an und setzte aus der Parklücke heraus. »Ich glaube, ich kann die Schuld zum

Teil auf das gesellschaftliche Umfeld schieben. Frauen machen so oft eine Show daraus. Sie tun so, als ob sie irgend etwas gar nicht wollen, während sie es eigentlich sehr wohl wollen.« Er fuhr langsam in Richtung Straße. »Offenbar gibt es ihnen eine merkwürdige Befriedigung, wenn sie zusehen, wie Männer versuchen, ihre Zustimmung zu gewinnen.«

»Das mag sein«, räumte Alison ein. »Ich vermute, das habe ich selbst schon gemacht. Aber es ist nicht immer ein Spiel. Manchmal weiß man einfach nicht, was man will. Es könnte so oder so ausgehen.«

Nick sah sie an. »War das bei dir heute abend so?«

»So in etwa.«

Er hielt an der Parkplatzausfahrt an. »Wohin?«

»Rechts.«

Er ließ einen Wagen vorbeifahren, dann lenkte er auf die Straße hinaus. »Falls ich es mit einer anderen Tour versucht hätte, hätte ich also vielleicht Erfolg gehabt?«

Alison lächelte. »Vielleicht.«

»Ich hätte den harten Typen markieren sollen.«

»Vielleicht.«

»Verdammt. Wie man's macht, macht man's verkehrt.«

Er gefiel ihr plötzlich wieder besser. Wenn er sich nicht so cool gab, war er ein ganz netter Kerl. »Vielleicht hast du beim nächsten Mal im entscheidenden Augenblick mehr Glück.«

Er seufzte.

»Die Nächste links.«

Er nickte. Nach der Kreuzung meinte er. »Na ja, es freut mich jedenfalls, daß wir uns kennengelernt haben. Auch wenn ich es versiebt habe.«

»Das war nicht deine Schuld. Es war mein Problem.«

»Nein, du bist klasse. Verdammt, so wie ich mich verhalten habe, wäre ich wahrscheinlich mit mir selbst nicht mitgegangen.«

»Du kannst mich hier herauslassen.«

Er ließ den Wagen vor die Auffahrt rollen, bremste und zog die Handbremse an. Er beugte sich vor und blinzelte aus dem Fenster. »Da wohnst du?«

»Oben. Mit ein paar Freundinnen. Danke für die Heimfahrt.«

»Kein Problem. Ich bin froh, daß – daß wir uns so unterhalten konnten. Ich weiß nicht warum, aber irgendwie fühle ich mich jetzt besser.«

»Ich mich auch.« Sie beugte sich vor und ließ ihre Finger hinter seinen Kopf gleiten. Sein Kopf war ein blasser Schemen in der Dunkelheit, der näher kam. Sie preßte ihren Mund sanft auf den seinen und wandte sich dann ab. »Wir sehen uns«, sagte sie. »Einverstanden?«

»Einverstanden.«

»Stehst du im Telefonverzeichnis der Studentenschaft?«

»Ja.«

»Ich auch. Rufst du mich an?«

»Ganz bestimmt.«

Dann war Alison aus dem Wagen heraus und lief durch den Regen. Sie wußte, sie wäre beinahe geblieben. Sie war froh, daß sie es nicht getan hatte. Sie fühlte sich einsam und verletzt, aber stark. Sie hatte Evan verloren. Vielleicht hatte sie heute einen neuen Freund gefunden, aber das spielte keine Rolle, weil sie wußte, daß sie sich selbst besiegt hatte.

Sie freute sich, ins Haus zu kommen, wo es warm und trocken war.

# 13

Dana, die zusammengequetscht auf der Rückbank des Käfers lag, wachte wieder auf. Diesmal war ihr rechter Arm eingeschlafen. Davor war es ein Bein gewesen, dann eine Hand, dann ein Fuß. Egal, wie sie sich drehte, irgendeinem Teil ihres Körpers wurde immer die Blutzufuhr abgeschnürt.

Zur Zeit lag sie mit angewinkelten Knien auf der Seite und benutzte ihren rechten Arm als Kissen. Der Arm war völlig taub. Sie rappelte sich mühsam auf. Sie schüttelte den Arm und verzog ärgerlich das Gesicht, als aus der Taubheit ein schmerzhaftes Stechen wurde. Es fühlte sich an wie tausend pieksende Nadeln. Aber nach kurzer Zeit verging das und der Arm fühlte sich fast wieder normal an.

Sie griff auf den Boden und nahm ihren Reisewecker in die Hand. Als sie auf den Knopf drückte, leuchtete das Zifferblatt auf. Nach der Digitalanzeige war es 2:46.

Sie hatte den Wecker auf 3:00 gestellt. Sie würde ihn aber gar nicht brauchen.

Als sie den Wecker gestellt hatte, hatte sie nicht gewußt, daß sie alle paar Minuten aufwachen würde. Sie legte den Hebel an der Seite um, der den Weckmechanismus ausschaltete, und stellte den Wecker wieder weg.

Der Regen hielt unvermindert an und prasselte in einem ständigen Trommeln auf den Wagen. Offenbar würde es in nächster Zeit auch nicht aufhören.

*Ich kann es auch genausogut jetzt hinter mich bringen*, dachte sie.

Sie begann zu zittern. *Das wird eine Show*, schwor sie sich.

Sie wollte nicht hinaus in den Regen. Aber sie konnte sich die Gelegenheit einfach nicht entgehen lassen, und sie hatte jetzt schon so viel Mühe investiert. Was machte das bißchen Regen da schon aus?

*Ich werde klatschnass. Aber ich werde Roland einen Heidenschreck versetzen.*

Außerdem war er schon verdammt lange da drin. Wenn sie nichts unternahm, würde er vielleicht sogar noch bis zum Tagesanbruch durchhalten.

Dana wollte die Wette nicht verlieren.

Auf das Geld kam es ihr nicht an, aber sie hatte das alles inszeniert, um Roland zu demütigen und klein zu kriegen. Wenn er nicht von selbst in panischer Angst aus dem Restaurant gelaufen kam ...

*... dann sorge ich eben dafür.*

Sie quälte sich in ihren Plastik-Umhang, klappte die Kapuze auf, um ihren Kopf zu bedecken und verließ den Wagen. Sie schloß die Tür lautlos.

Der Regen klatschte auf ihren Poncho, als sie um den Wagen herumging und den Kofferraum öffnete. Sie ließ den Schraubenzieher und die Wollmütze in ihre Tasche gleiten und hielt sich den 2,5 kg Sack vor den Bauch, damit er nicht naß wurde. Dann schloß sie den Kofferraum und steuerte auf das Restaurant zu.

*Wenn Roland mich durch eines der Fenster beobachtet, bin ich erledigt.*

Aber das war unwahrscheinlich. Wenn er zu dieser Zeit noch wach war, hatte er sich wahrscheinlich in irgendeinem Schrank versteckt – und bibberte vor Angst. Aber das war noch nichts im Vergleich zu der Angst, die er in ein paar Minuten haben würde.

Dana lief quer über den Parkplatz.

Sie war mit sich zufrieden. Sie hatte ziemlich überzeugend vorgegeben, sie habe Angst vor dem Restaurant, daher würde Roland mit so etwas bestimmt nicht rechnen.

Am Rand des Parkplatzes schlich sie durch das hohe Gras bis zur Wand des Gebäudes. Das Gras war naß und die Feuchtigkeit zog in ihre Sportschuhe und in die Aufschläge ihrer Jeans.

Sie schob sich an der Wand entlang. Sie war auf dem Weg zur Rückseite und duckte sich, wenn sie an Fenstern vorbeikam.

Auf dieser Seite gab es keine Türen. Aber auf der Rückseite war eine. In der oberen Hälfte waren vier kleine Glasscheiben eingelassen.

Dana schlich die Holzstufen hoch und spähte durch eine der Scheiben. Im Inneren war es dunkel. Viel dunkler als draußen, aber trotzdem konnte man dort, wo etwas Licht durch die Fenster hineindrang, auf der Theke und dem Fußboden, schwache graue Umrisse sehen.

Sie wußte, daß sie in die Küche blickte. Hier hatten die Morde angeblich stattgefunden.

Roland war nicht zu sehen. Er würde die Nacht bestimmt nicht in der Küche verbringen. Überall sonst, aber nicht da.

Dana setzte den Sack vor ihren Füßen ab. Sie drückte den Türknauf. Als der sich nicht drehte, begann sie mit dem Schraubenzieher, den Spalt in der Tür zwischen dem Rahmen und dem Knauf zu bearbeiten.

Sie erweiterte den Spalt. Holzsplitter brachen heraus. Sie stocherte und schnitzte weiter. Schließlich glitt der Schloßbolzen zurück und sie öffnete vorsichtig die Tür.

Sie hob den Sack und betrat die Küche. Das Geräusch des Sturmes wurde schwächer, als sie die Tür hinter sich schloß. Auch die frische Luft verschwand damit. Drinnen herrschte ein süßlicher, unangenehmer Gestank.

Sie blieb bewegungslos stehen und lauschte. Da war nur das Wasser, das aus ihrem Poncho tropfte, sonst nichts. Das und ihr Herzschlag.

Roland würde das nicht hören.

Offenkundig war er nicht in der Küche. Der Regen, der auf das Dach trommelte, übertönte alle Geräusche, die Dana machte. Jedenfalls solange sie vorsichtig war.

Ganz langsam zog sie sich den Poncho über den Kopf. Das Plastik gab leise raschelnde Geräusche von sich. Sie ließ es zu Boden gleiten.

Und lauschte.

Dann balancierte sie jeweils auf einem Fuß, während sie ihre Schuhe und Socken auszog.

Es wurde ihr bewußt, daß sie mit den Zähnen knirschte und zitterte.

Das war die Vorfreude, nicht die Angst.

Der arme Roland, er würde einen Herzinfarkt bekommen. Was tat ihr das doch leid!

Dana öffnete den Gürtel ihrer Jeans und zog den Reißverschluß herunter. Sie verschränkte ihre Daumen hinter dem elastischen Gummi ihres Slips und zog beide Kleidungsstücke mit einer Bewegung herunter. Dann zog sie sich ihr Sweat-Shirt über den Kopf.

Sie holte tief, aber zittrig Luft.

*Hey Roland, das wird eine Show, wie du sie dir immer erträumt hast. Du wolltest mich nackt sehen. Jetzt kannst du es haben. Und zwar live und nicht bloß ein paar Schnappschüsse. Mal sehen, ob du deinen Spaß damit hast.*

Sie hockte sich hin und öffnete den Sack. Sie nahm eine Handvoll Mehl heraus. In der Dunkelheit schien es richtig zu leuchten. Sie verteilte den Puder von Schulter zu Schulter auf ihrer Haut. Kleine Rinnsale stäubten auf ihre Brüste hinunter. Als sie es auf ihren linken Arm rieb, bemerkte sie, daß der ganze Arm von einer Gänsehaut übrzogen war. Sie nahm eine Handvoll mit der anderen Hand und rieb es auf ihren rechten Arm. Dann nahm sie das Mehl mit beiden Händen auf und verteilte es über ihre Brüste und ihren Bauch. Ihre Brustwarzen waren hart. Die Berührung ließ warme Schauer durch ihren Körper rieseln. Sie rieb sich den Puder auf ihre Schenkel. Ihre streichenden Händen ertasteten die Gänsehaut unter der dünnen Schicht des Puders, fühlten die Feuchtigkeit, als sie das Mehl zwischen ihren Beinen verteilte. Sie füllte erneute ihre Hände und rieb die Füße, Knöchel und Schienbeine ein.

Dann stand sie auf. Von den Schultern bis zu den Füßen war sie weiß. Ausnahmen bildeten nur ein paar dunklere Flächen, wo das Mehl sich durch das Hinhocken abgerieben hatte. Sie nahm noch mehr Mehl aus dem Sack, verteilte es großzügig über ihre Schenkel, ihre Hüften und ihren Bauch und dann leerte sie ihre Hände, indem sie den letzten Rest des Mehls über den Brüsten abklopfte.

Sie sah wieder an sich herunter. Als Geist machte sie sich wirklich gut! Roland würde zwischen einer Erektion und einer Herzattacke schwanken.

Der Boden um ihre Füße herum war weiß von Mehl.

Dana rieb ihre Hände gegeneinander, um das Mehl loszuwerden. Das half nicht, die Hände blieben weiß. Sie griff nach hinten und rieb sie an ihrem Hintern. Damit bekam sie das meiste ab.

Sie drehte sich zu ihrem Kleiderstapel um und beugte sich vorsichtig aus der Hüfte heraus vor, um das Mehl nicht zu verschmieren. Sie zog die Wollmütze aus der Tasche ihrer Jeans. Sie war dunkelblau, aber in der Dunkelheit wirkte sie schwarz. Sie hielt die Mütze weit von sich, um sie nicht zu beschmieren, und tastete in der Dunkelheit nach den Augenschlitzen, die sie am Nachmittag hineingeschnitten hatte. Als sie sie fand, zog sie sich die Mütze über den Kopf, zog sie bis zum Kinn hinunter und stopfte ihr herabhängendes Haar hinten hinein.

Dana hätte sich liebend gern davon überzeugt, ob das wirklich den gewünschten Anblick erzeugte. Vielleicht würde sie das morgen machen. Die ganze Sache noch einmal inszenieren, dann aber in Jasons Zimmer. Er hatte einen mannshohen Spiegel. Vielleicht durfte er dann auch das Mehl auf ihr verteilen. Und sie würde das Gleiche mit ihm machen. Und dann würden sie vögeln. Es gab da nur ein Problem. Jason würde vielleicht nicht begeistert davon sein, daß sie splitterfasernackt vor Roland herumstolziert war.

Aber der sollte sich nur beschweren, der Mistkerl. Er hatte Roland schließlich die Bilder gezeigt.

Dana atmete stoßweise durch die Wollmütze. Es war an der Zeit, Roland den Schreck seines Lebens zu versetzen.

Sie setzte sich in Bewegung.

Nach ein paar Schritten landete ihr Fuß in etwas Klebrigem. Es fühlte sich an wie halb getrocknete Farbe.

Sie kräuselte die Nase.

Hatte die Polizei die Schweinerei der letzten Nacht nicht beseitigt?

Sie trat einen Schritt zur Seite und damit herunter von dem Zeug, aber ihr Fuß gab jetzt jedesmal ein leise schmatzendes Geräusch von sich, wenn sie ihn von dem Linoleum hob.

So wie sie jetzt war, mit dem Rücken zu den Küchenfenstern, konnte sie so gut wie nichts sehen. *Wir spielen Blinde Kuh.*

Mit ausgestreckten Händen berührte sie schließlich eine Wand. Sie schob sich langsam daran entlang und kam zu einer Tür. Als sie die Tür öffnete, wehte ihr ein kalter Luftzug entgegen. Da stimmte etwas nicht. Sie hielt sich am Türrahmen fest, streckte ihren rechten Fuß vor und fühlte, wie der Fußboden endete.

Treppenstufen?

Vielleicht war das eine Treppe, die in einen Weinkeller oder so etwas hinunterführte. Möglicherweise war Roland da unten?

*Bestimmt nicht.*

Dana schloß die Tür und folgte weiter der Wand. Nach kurzer Zeit ertastete sie einen weiteren Türrahmen. Sie tastete weiter und fühlte Holz. Holzlamellen. Eine Schwingtür oder so etwas.

Sie stellte sich direkt davor und drückte sanft. Die Scharniere quietschten leise.

*Das ist in Ordnung. Soll Roland es doch hören. Dann hat er etwas, das ihm Angst machen wird.*

Sie hielt die Tür auf und ging hindurch. Mit der Hüfte stieß sie an etwas, das quietschte und plötzlich nicht mehr da war, dann traf es sie wieder vom Ellbogen bis zur Hüfte. Auch wenn sie nichts sehen konnte, wußte sie sofort, was passiert sein mußte: Das hier war eine doppelte Schwingtür, und sie hatte nur eine Seite geöffnet, als sie hindurchgegangen war.

Roland mußte das gehört haben.

Sollte sie ihm noch ein bißchen mehr Show liefern? Sie überlegte, wie ein gequälter Geist zu stöhnen. Aber vielleicht stöhnen Geister gar nicht. Vielleicht würde sie ihm dadurch nur verraten, wer sie war.

Dana ging durch die Tür hindurch, ließ sie langsam wieder zugleiten und blieb bewegungslos stehen.

Der Raum war sehr groß.

Roland könnte hier sein. Vielleicht sah er sie gerade jetzt an. Schreckensstarr. Das wollte sie ja. Ihr Herz schlug heftig. Sie schauderte vor Erregung. Schweißtropfen rannen an ihr herunter und kitzelten.

Durch mehrere Fenster in drei der vier Wänden drang diffuses graues Licht herein, aber große Teile des Raumes blieben trotzdem im Dunkeln.

Dana sah durch die fasrigen Löcher in ihrer Maske an sich herunter. Das Mehl verlieh ihrer Haut einen trüben, bleichen Farbton, nicht den Schimmer, den sie erhofft hatte. Aber es reichte aus. Vielleicht war es sogar besser. Es war hell genug, um gesehen zu werden, aber nur vage.

Und das, was man nicht richtig sehen kann, ist dann umso schrecklicher.

Wie geht denn ein Geist? fragte sie sich. Wahrscheinlich gar nicht. In Filmen schweben sie meistens durch die Luft. Aber Zombies, die stolpern irgendwie so herum, mit ausgestreckten Armen.

Dana hob die Arme, als wolle sie nach ihrem nächsten Opfer greifen, und ging mit weiten, steifen Schritten auf die Mitte des Raumes zu.

*Mist, so gehen keine Zombies. Das stammt aus Frankenstein.*

*Frankenstein ist der Wissenschaftler, du Dumpfbacke, nicht das Monster.*

*Ja, Roland.*

Sie wechselte den Gang und verfiel in ein ausladendes, stolperndes Schlurfen. Das war perfekt.

*So Roland, und wo bist du jetzt? Wenn du schon zu viel Schiß hast, um zu schreien, könntest du doch wenigstens ein bißchen keuchen oder wimmern.*

*Hast du dich in eine Ecke verkrochen und dir in die Hosen gemacht?*

Dana drehte sich langsam um und hielt Ausschau nach seiner zusammengekauerten Gestalt in den grauen Flächen bei den Fenstern. Sie versuchte, auch die schwarzen Stellen zu überblicken.

Sie kam zu dem Schluß, daß er nicht hier war. *Auch wenn ich ihn nicht sehen kann, so hätte er mich jetzt auf jeden Fall gesehen. Er würde irgend etwas tun – entweder schreien oder davonrennen.*

Dana wandte sich jetzt dem vorderen Teil des Restaurants zu. Sie senkte die Arme für einen Moment, um sich den Schweiß abzuwischen, der an ihr herunterlief, dann hob sie sie wieder und schlurfte voran.

Zur linken Seite hin erweiterte sich der Raum. Dana sah eine verschwommene Silhouette, die eine Bartheke sein mochte. Wahrscheinlich versteckte er sich dahinter.

Sie ging ein paar Schritte weiter in diese Richtung und ein freudiger Schauer ließ sie anhalten. Rolands Schlafsack. Ein dunkles, zerknülltes Ende war schwach im Dämmerlicht eines Fensters zu sehen.

*Ich kann ihn nicht sehen, aber er mich. Wenn er in meine Richtung sieht. Falls er nicht schläft.*

Ein paar Sekunden lang konnte Dana sich nicht bewegen. Sie stand nur da, zitternd und atemlos. Sie fühlte sich, als würde ihre Knie jeden Moment nachgeben. *Das wird klasse*, dachte sie. *Damit krieg ich ihn. Der Mistkerl wird sich wünschen, er sei nie geboren worden.*

*Na los doch*, feuerte sie sich an. Sie stürzte sich auf den Schlafsack. Sie hatte Pudding in den Beinen, aber sie hielt durch. Ihrer Kehle entrang sich ein hohles Stöhnen. Darauf mußte er reagieren.

Als ihr Stöhnen verklang, konnte sie ihn hören. Er atmete in kurzen, flachen Stößen. Er war also wach.

Sie stand über ihm, nicht mehr als einen Meter von ihm entfernt, und starrte auf ihr herunter. In dem Dunkel konnte sie ihn aber noch immer nicht sehen. Vielleicht war das da sein Gesicht – dieser ovale Schatten. Wenn es das war, dann saß Roland aufrecht.

Sie beugte sich herab und griff nach ihm.

Ein Schrei gellte ihr in den Ohren.

Jeder Muskel Danas schien zu zucken, riß sie hoch, warf sie zurück. Sie wedelte mit den Armen, versuchte das Gleichgewicht zu halten, und fiel. Sie landete auf dem Hintern.

Ein Lichtstrahl blendete sie.

Sie schirmte ihre Augen mit einem Arm ab. »Nimm das Licht weg.« Der Strahl senkte sich. Sie zog sich die Maske vom Kopf. Das Licht leuchtete auf ihre Brust, wanderte von einer zur anderen. Es fuhr weiter hinunter, spielte auf ihrem Bauch und leuchtete zwischen ihre Beine. Sie riß die Knie zusammen und blockte den Strahl ab. Das Licht kehrte zu ihren Brüsten zurück. Sie bedeckte sie mit einem Arm und benutzte den anderen, um sich hochzustemmen. Ihre Brust hob sich, als sie nach Luft rang.

»Na«, keuchte sie. »Hab ich dich jetzt erschreckt?«

Das Licht antwortete ihr, indem der Strahl nach unten fuhr. Roland saß mit ausgestreckten Beinen auf seinem Schlafsack. Der Schoß seiner ausgeblichenen Jeans hatte einen dunklen Fleck.

Dana grinste. »Du hast dir in die Hose gemacht.«

»Ich will hier weg«, sagte Roland mit zittriger Stimme.

»Du bist ganz schön fertig!«

»Du hast gewonnen, in Ordnung? Du hast gewonnen. Laß mich gehen.« Er zeigte mit der Taschenlampe auf einen Kartentisch, der neben ihnen stand. »Der Schlüssel ist da oben.«

»Der Schlüssel?«

Der Lichtstrahl wanderte wieder, diesmal zu seiner linken Hand. Sie war an ein Metallrohr gekettet, das am Fuß der Bar entlanglief.

»Du Spinner«, murmelte Dana.

»Das war meine Versicherung. Damit mußte ich gewinnen.«

»Du hast dich selbst angekettet?«

»Gib mir den Schlüssel, okay?«

Deswegen wollte Roland also, daß sie bei Tagesanbruch kam, um ihn abzuholen – damit sie die Handschellen aufschließen konnte.

»Wo sind die Fotos?« fragte sie.

»In meinem Rucksack.«

»Gib mir die Taschenlampe.«

Roland versuchte gar nicht, ihr zu widersprechen. Er legte die Lampe auf den Boden und gab ihr einen Stoß. Sie rollte vor Danas Füße. Dana setzte sich auf, beugte sich nach vorn und hob sie auf.

Sie setzte sich auf die Knie und senkte den Strahl auf Roland. Sein ausgezehrtes Gesicht war so blaß, daß es noch leichenhafter schien als sonst. Er blinzelte in dem Licht.

Sie zielte mit dem Lichtkegel auf seinen Schoß.

»Da hat er sich doch in die Hose gemacht. Hast du wirklich geglaubt, ich sei ein Geist?«

»Ich weiß nicht«, murmelte er.

Dana gluckste. Dann kroch sie zu seinem Rucksack hinüber, durchsuchte ihn und fand einen Umschlag. Darin steckten die Fotos. Sie blätterte sie durch und zählte. Es waren alle zehn. Sie legte den Umschlag auf den Boden und zog die Kamera aus dem Rucksack.

»Was hast du vor?«, fragte Roland.

»Ich halte diesen Moment für die Nachwelt fest.« Sie stand auf, sah ihn an und klemmte sich die Lampe zwischen die Schenkel. Sie richtete sie so aus, daß Rolands nasse Hosen aufs Bild kommen mußten. Sie hob die Kamera vor die Augen. »Wo ist das Vögelchen?« Sie machte drei Bilder. »Und jetzt zieh die Hose aus.«

Er schüttelte den Kopf.

»Soll ich dich hier sitzen lassen?«

Mit der freien Hand öffnete Roland die Jeans und zog sie bis zu den Knien hinunter.

»Du hältst wohl nichts von Unterhosen?«

Dana drückte dreimal auf den Auslöser, dann hob sie ihre Fotos auf, die sie auf dem Boden hatte liegen lassen. Sie steckte sie in den Umschlag zurück und stopfte den Umschlag und die Kamera in den Rucksack. Sie schob auch ihre Strumpfmaske mit hinein, dann schwang sie sich den Rucksack auf den Rücken und schob die Arme durch die Halter.

Sie richtete den Lichtstrahl auf Roland, der sich gerade seine Hose wieder hochzog und den Reißverschluß schloß. »Adios.«

»Mach mich los«, forderte er und blinzelte in das Licht.

»Hältst du mich für bescheuert?«

»Ich habe gemacht, was du wolltest. Du hast es versprochen. Jetzt mußt du es auch halten.« Er bettelte nicht. Seine Stimme war ruhig.

Dana dachte darüber nach. Sie hatte wirklich die Absicht, ihn hier zu lassen. Aber dann müßte sie morgen noch einmal zurückkommen, oder Jason schicken, um ihn zu befreien. Außerdem hätte er dann die Wette gewonnen. Das wären hundert Mäuse für die Katz.

»Die Bilder sind mir egal«, sagte er. »Du kannst sie behalten.«

»Wie großzügig. Ich möchte mal sehen, wie du sie mir wegnehmen willst.«

»Was hast du dann noch für ein Problem? Gib mir den Schlüssel.«

»Vielleicht. Bleib hier, während ich mich anziehe.«

»Sehr komisch.«

Sie ließ ihn, wo er war. Mit Hilfe der Taschenlampe war der Rückweg in die Küche einfach. Ihr Fuß hatte Blutflecke auf dem Linoleum hinterlassen. Sie rümpfte die Nase beim Anblick der Sauerei, in die sie hineingetreten war. Sie benutzte die Wollmütze, um sich das Mehl vom Körper zu wischen.

Ihr Plan hatte hervorragend funktioniert. Sie hatte Roland einen Höllenschreck eingejagt. Er hatte sich vor Angst in die Hose gemacht. Komisch, daß er nicht versucht hatte, das zu vertuschen. Er hatte einfach mit der Taschenlampe dahin gezeigt, damit sie sehen konnte, was passiert war, so als sei das gar nichts. Und er war auch verdammt ruhig gewesen, als sie die Bilder gemacht hatte. Er hatte nicht einmal protestiert, als er die Hose herunterlassen sollte. Nachdem er gesehen hattte, wie ein kopfloser Geist auf ihn zukam, konnte ihn alles andere wohl nicht mehr schrecken. Vielleicht stand er noch unter Schock, oder so.

*Wahrscheinlich. Und schließlich hat er auch eine Scheißangst, daß ich wegfahren und ihn hierlassen könnte. Er weiß genau, daß er auf mich angewiesen ist. Ohne den Schlüssel sitzt er hier fest und das weiß er auch.*

Dana leuchtete mit der Taschenlampe an sich hinunter. Der größte Teil des Mehls war zwar abgegangen, aber ihre Haut war immer noch weiß angehaucht. Sie würde sofort duschen, sobald sie zu Hause war.

Nachdem sie wieder angezogen war, schob sie sich den Umschlag mit den Bildern in die Gesäßtasche ihrer Jeans, zog sich ihren Poncho über den Kopf und hob Rolands Rucksack wieder auf.

Den offenen Mehlsack ließ sie auf dem Boden stehen. Sie hatte keine Küche in ihrem Wohnheimzimmer, also hatte sie auch keine Verwendung für das Mehl. Sie ließ es, wo es war, und kehrte in die Cocktailbar zurück.

Roland saß immer noch mit ausgestreckten Beinen da, mit dem Rücken zur Bar.

Allem Anschein nach hatte er sich nicht bewegt, während sie weg gewesen war.

»Okay«, sagte Dana. »Ich vermute, du möchtest jetzt gehen.«

Er nickte.

»Ich will deine Pisse nicht auf meinem Autositz.«

»Ich setze mich auf meinen Schlafsack.«

»Ich habe eine bessere Idee. Was hältst du davon, wenn du zurück läufst?«

»Es regnet.«

»Ja, die Dusche wird dir gut tun.«

»Gib mir einfach nur den Schlüssel.«

Dana ging zu dem Tisch hinüber. »Ich wußte, daß du die Nacht nicht durchstehen würdest«, sagte sie. Der kleine Schlüssel für die Handschellen glitzerte. Sie hob ihn auf. »Obwohl die Handschellen wirklich keine schlechte Idee waren. Du hättest gewonnen, wenn ich dir nicht in die Quere gekommen wäre. Aber jetzt hast du trotzdem verloren. Ich habe immer gewußt, daß du ein Waschlappen bist. So wie es aussieht, hast du das auch gewußt, sonst hättest du dich ja nicht angekettet, oder? Du hast gewußt, daß du nicht genug Mumm hast, um die Nacht hier durchzustehen.«

Sie schraubte den Deckel einer Flasche Wodka ab. Der Schlüssel war klein genug, er paßte durch den Flaschenhals. Sie ließ ihn fallen. Es gab ein leises Platschen. Einen Augenblick später klickte der Schlüssel gegen den Boden der Flasche. Sie schraubte den Deckel wieder auf die Flasche und drehte ihn mit all ihrer Kraft zu.

»Tu dir selbst einen Gefallen und trink dich bis zu dem Schlüssel hinunter. Dann ist der Rückweg nicht mehr so anstrengend.«

Dana warf ihm die Flasche in den Schoß.

An der Tür lächelte sie zu ihm zurück: »Prost.«

Die Tür fiel ins Schloß. In der Dunkelheit klemmte sich Roland die Flasche zwischen die Beine und drehte den Verschluß auf. Er rollte sein T-Shirt hoch und goß den Wodka über sich aus, bis der Schlüssel ihm auf den nackten Bauch fiel. Dann warf er die Flasche weg, nahm den Schlüssel und öffnete die Kette an seinem Handgelenk.

Dana ging mit schnellen Schritten durch den Regen und war nur noch ein paar Meter von ihrem Auto entfernt. Mittlerweile sollte Roland es geschafft haben, sich von den Handschellen zu befreien. Aber er würde noch ein paar Sekunden brauchen, bis er seinen Schlafsack zusammengeklaubt hatte. Sie sah sich trotzdem um.

*Roland!*

Wie er so auf sie zu rannte, mit zurückgeworfenem Kopf und aufgerissenem Mund, die Arme wie Dreschflegel wirbelnd, als versuche er zu schwimmen und nicht zu laufen, wirkte er wie ein Wahnsinniger.

In der rechten Hand hielt er ein Messer.

Dana rannte zum Auto. *Das war aber verdammt schnell. Und – was will er mit dem Messer? Wo sind meine Schlüssel? Im Zündschloß. Gut, dann geht es schneller.*

Sie griff nach dem Türgriff und zog. Sie zog so heftig, daß ihre Finger von der Tür abglitten, als diese nicht nachgab. Dann fiel ihr ein, daß sie auf der Beifahrerseite ausgestiegen war.

Sie wirbelte herum.

Roland hatte sie fast erreicht.

»Okay, ist ja gut, ich nehme dich ja mit!«

Er hielt an. Seine Lippe kräuselte sich.

»Hey Roland, laß das.« Er griff sich die Vorderseite ihres Ponchos, riß sie zu sich hinüber und rammte ihr das Messer in den Bauch.

Roland zog das Messer wieder heraus. Er schob Dana hintenüber, hielt aber ihren Poncho weiter fest, und drückte sie so auf den Asphalt. Sie saß da, stöhnte und hielt sich den Bauch.

Roland setzte sich auf ihre Beine, versetzte ihr einen Schlag ins Gesicht und ihr Kopf ruckte nach hinten. Ihr Hinterkopf prallte auf dem Boden auf. Sie verlor nicht das Bewußtsein, aber sie wehrte sich auch nicht. Regen tropfte ihr ins Gesicht. Sie blinzelte und keuchte nach Luft.

Jetzt zog er ihren Poncho hoch, stieß sein Messer hindurch und schlitzte ihn bis zu ihrer Kehle auf.

»Bitte ...«

Er schlitzte auch das Vorderteil ihres Sweat-Shirts auf und klappte es auseinander.

Der Regen spülte das Blut aus ihrer Bauchwunde weg, aber neues wallte sofort wieder hoch. Ihr Brust hob und senkte sich mit ihrem Keuchen. Roland starrte ihre Brüste an. Dann nahm er das Messer weg.

Er beugte sich zu ihr herunter und streckte seine Arme aus. Er griff nach ihren Brüsten. Sie waren naß und schlüpfrig, warm unter der Nässe.

Er küßte den Schnitt in ihrem Bauch.

Und saugte Blut heraus.

Dana schrie und zuckte hoch, als er zubiss.

Sie lebte noch lange Zeit. Das gab der Sache die rechte Würze. Ihr Herz schlug noch, als Roland es ihr aus dem Brustkorb riß. Er war bereits satt, daher aß er davon nur noch wenig. Das was übrig war, stopfte er wieder in ihre Brust zurück. Dann kroch er zu ihrem Kopf.

Er skalpierte sie, schlug ihr mit dem Radeisen den Schädel ein, und schaufelte das warme, tropfende Hirn heraus. Das war das Beste.

# 14

Die Sonne war gerade aufgegangen, als Roland zum Campus zurückkehrte. Er ließ Danas Wagen auf dem Parkplatz hinter dem Wohnheim stehen und flitzte in den Flur. Er gelangte ohne gesehen zu werden nach oben, den ausgestorbenen Flur entlang in sein Zimmer – zum Glück, denn er war nackt bis auf seine Windjacke.

Er ließ den Rucksack auf den Boden fallen, zog die Jacke aus und suchte nach Blutspuren. Er war damit sehr vorsichtig gewesen, weil er wußte, daß er die Jacke auf dem Rückweg ins Wohnheim tragen mußte, nachdem er seine anderen Kleidungsstücke beseitigt hatte.

Sie waren bei Dana, in seinen Schlafsack gestopft und in irgendwelchen Büschen versteckt, ungefähr 20 km südlich von dem Restaurant.

Die Windjacke schien makellos – innen wie außen. Er ließ sie auf den Rucksack fallen und inspizierte dann sich selbst. Der Regen hatte das meiste abgewaschen. Unter seinen Fingernägeln war zwar noch getrocknetes Blut, aber ansonsten schien alles in Ordnung.

Roland zog einen Bademantel über, sammelte seine Duschutensilien ein, steckte den Zimmerschlüssel in die Tasche und eilte den Korridor hinunter.

In den Waschräumen war es still. Er überzeugte sich davon, daß die Toilettenkabinen alle leer waren, dann legte er seine Duschsachen auf einer Bank in der Umkleidekabine ab und stellte sich vor das Waschbecken. Darüber hing ein Spiegel. Er zog sich den Bademantel aus und sah über seine Schulter. Hinten in seinem Bein war eine kreisförmige Kruste aus getrocknetem Blut, wo das Ding sich in ihn hineingefressen hatte. Von da erstreckte sich ein Bluterguß nach oben, über seine rechte Gesäßhälfte zu seinem Rückgrat und von da direkt nach oben bis zu den Nachenwirbeln. Sein strähniges schwarzes Haar war lang genug, um den Nacken zu verdecken, wenn er angezogen war.

Er trat näher heran und erzitterte, als der kalte Rand des Waschbeckens seine Beine berührte. Er stellte sich auf die Seite und drehte den Kopf. In seinem Nacken sah er eine leichte Beule. Sie reichte bis ungefähr zur Hälfte seines Rückens herunter.

Roland befingerte die beiseitegeschobene Haut unter seinem Nacken. Der Wulst fühlte sich viel größer an, als er aussah. Er streichelte ihn. Das Ding schob sich ein wenig hin und her und gab ihm einen schwachen erregenden

Impuls – gerade mal einen Hauch der Ekstase, die es verströmt hatte, als er es gefüttert hatte.

In leichter Sorge, daß jemand hereinkommen konnte, zog Roland den Bademantel wieder über und ging in den Umkleideraum zurück. Er ließ den Bademantel auf die Bank fallen, nahm Waschlappen, Seife, Shampoo und Zahnbürste und ging unter die Dusche.

Der heiße Sprühregen war wunderbar auf seiner ausgekühlten Haut. Er seifte sich ein und schrubbte, wusch sich die Haare. Nachdem er sich abgespült hatte, stellte er fest, daß der größte Teil des Blutes unter seinen Fingernägeln verschwunden war. Aber nicht alles. Er benutzte seine Zahnbürste, um den Rest abzuschrubben.

Als er wieder in seinem Zimmer war, stand Roland vor dem Einbauschrank und kämmte sein Haar nach vorn, wie er es immer tat, bevor er es in der Mitte scheitelte. Diesmal zog er den Scheitel links. Das war weniger auffällig. Gut. Er wollte nicht mehr die Aufmerksamkeit erregen, indem er komisch aussah. Er wollte so aussehen wie all die anderen Studenten. Jedenfalls solange, bis er einen anderen Wagen gefunden und sich davongemacht hatte.

Nein. Dafür war es noch zu früh.

*Du erregst mehr Aufmerksamkeit, wenn du dich plötzlich veränderst. Zunächst mußt du alles so machen, wie du es immer tust.*

Roland nickte und setzte den Scheitel wieder in die Mitte, wo er hingehörte.

Er zog sich eine saubere Jeans und Socken an, dazu ein gelbes T-Shirt mit blutigen Einschußlöchern, als sei er von einem Maschinengewehr durchsiebt worden. Aber bei dem T-Shirt sah man zuviel – er wechselte zu einem schwarzen Rollkragenpullover, um seinen Nacken zu verdecken.

Roland gähnte. Er war hundemüde. Aber dazu war später noch Zeit. Jetzt mußte er erst ... Er nahm die Handschellen und den Schlüssel aus dem Rucksack und versteckte die Utensilien unter den Socken hinten in der Schublade. Dann nahm er den Umschlag mit den Fotos heraus. Auf dem Umschlag waren überall blutige Fingerabdrücke.

»Nicht sehr clever, Roland«, wisperte er.

Er öffnete ihn. Die Fotos waren nicht besudelt. Er sortierte sie, packte die von Dana in einen neuen Umschlag und steckte den wieder in Jasons Schublade.

Er sah sich die restlichen Fotos an und grinste. Dana wäre begeistert gewesen, wie gut sie geworden waren. Roland in seinen zugepißten Jeans. Roland mit heruntergelassener Hose. Sie hätte ihren Spaß damit gehabt und sie dazu benutzt, um Roland zu demütigen.

Roland?

*Mich.*

Er war irritiert, weil er an sich in der dritten Person gedacht hatte. Nachdem er die Fotos und den Umschlag in kleine Stücke zerrissen hatte, ging er in den Waschraum zurück und spülte sie die Toilette hinunter.

Als er wieder in seinem Zimmer war, streckte er sich auf dem Bett aus und schlief.

Er wurde geweckt, als die Tür ins Schloß fiel. Er setzte sich auf und rieb sich die Augen, während Jason seine Reisetasche auf das andere Bett warf und seinen Mantel aufhängte.

»Wie war die Hochzeit?«

»Ganz nett. Der Bräutigam ist ein ziemlicher Trottel, aber das ist nicht mein Problem. Mann, habe ich mir die Kante gegeben.« Er setzte sich auf das Bett und verzog das Gesicht. »Und was ist hier los?«

»Häh?«

»Ich habe Danas Wagen unten auf dem Parkplatz gesehen.«

»Ja.«

»Wo ist sie?« Jason senkte ein wenig den Kopf. »Versteckt sie sich unter dem Bett? Hast du es gerade mit ihr getrieben?«

»Sicher.«

»Was macht ihr Auto dann da unten?«

»Das ist eine lange Geschichte.«

»Aha? Laß hören.« Jason öffnete seine Tasche, zog einen Flachmann heraus und nahm einen Schluck. »Was für eine Brühe«, brummelte er.

»Es wird ihr wohl gut gehen«, meinte Roland.

»Ach? Was meinst du mit ›wird ihr wohl‹?«

Roland stand auf. Er fand den Zeitungsbericht über die Morde im Oakwood Restaurant und reichte ihn Jason. »Lies das.«

Während er wartete, sah Roland auf die Uhr. Es war fast Mittag. Er hatte beinahe sechs Stunden geschlafen. Er fühlte sich frisch.

Jason sah auf. »Und? Was hat das hier mit Dana zu tun?«

»Wir waren letzte Nacht da. In dem Restaurant.«

»Ihr habt da gegessen?« Jason sah in die Zeitung. »Wer hat denn da aufgemacht?«

»Nein, es war nicht offen. Es war leer und abgesperrt.«

»Was hattet ihr dann da zu suchen?«

»Dana hatte es sich in den Kopf gesetzt, daß ich keinen Mumm habe. Sie hat mit mir gewettet, daß ich es nicht wagen würde, die Nacht in dem Restaurant zu verbringen. Sie hat um hundert Dollar mit mir gewettet.«

Ein Grinsen breitete sich auf Jasons Gesicht aus. »Ja, das hört sich nach

Dana an. Ich war nicht da, und da hat sie sich gedacht, sie könnte es dir mal so richtig zeigen.«

»Man könnte meinen, sie mag mich nicht.«

»Quatsch. Es macht ihr nur Spaß, dich ein wenig zu ärgern, das ist alles.«

»Na ja, egal. Jedenfalls habe ich ihr gesagt, daß ich die Nacht da verbringen würde und daß ich mehr Mumm hätte als sie.«

»Das war der falsche Weg, Kumpel.«

»Wir sind also beide da raus gefahren. Es war ganz einfach: Wer zuerst Schiß kriegt und abhaut, hat die Wette verloren.«

Jason schüttelte langsam den Kopf. »Gott, und ich habe das alles verpasst. Was ist denn jetzt passiert, hast du den Schwanz eingeklemmt und bist mit ihrem Wagen zurückgekommen, während sie geblieben ist?«

»Ganz so war es nicht.«

Jason nahm noch einen Schluck aus seiner Flasche.

»Gegen Mitternacht haben wir ein Geräusch gehört. So ein Poltern. Hat mir einen Höllenschreck eingejagt.«

»Jede Wette.«

»Ich wollte schon abhauen, und Dana sagte, ich solle mich doch verpissen und die hundert Dollar in den Wind schießen lassen. Also bin ich geblieben. Und sie ging los, um herauszufinden, was dieses Geräusch gemacht hat.«

Jason sah jetzt ein wenig beunruhigt aus: »Du hast sie allein gehen lassen?«

»Ich habe ihr gesagt, sie solle das bleiben lassen.«

»Du hättest auch mitgehen können.«

»Na ja, jedenfalls – sie ist nicht zurückgekommen. Ich bin bei der Vordertür geblieben, an der Bar. Nach 'ner Weile hat sie gerufen und gesagt, sie hätte den Weinkeller gefunden. Ich vermute, da ist sie dann hinuntergegangen. Ich habe lange gewartet, Jason, aber sie ist nicht zurückgekommen.«

»Dann bist du also abgehauen und hast sie da gelassen?«

»Nein. Da jedenfalls noch nicht. Ich bin in die Küche gegangen. Da ist es passiert – da sind die beiden Leute umgebracht worden. Da war Blut. Massenweise.«

»Du mußt dich doch wie zu Hause gefühlt haben«, grummelte Jason. Seine Stimme klang nicht amüsiert. Eher ärgerlich und besorgt.

»Es war ziemlich ekelhaft. Aber jedenfalls fand ich da eine offene Tür mit einer Treppe, die in den Keller hinunterführte. Ich habe mit meiner Taschenlampe hinuntergeleuchtet, aber ich konnte sie nicht sehen. Dann habe ich ein paarmal ihren Namen gerufen. Sie hat nicht geantwortet. Schließlich bin ich hinuntergestiegen. Ich hatte verdammte Angst, aber ich hatte mir in den Kopf gesetzt, daß ich sie finden mußte. Ich war gerade ein paar Schritte hinuntergestiegen, als ich ein Lachen hörte. Es war so ein richtig leises, fieses

Lachen. Und da habe ich dann zugesehen, daß ich die Beine in die Hand nahm.«

Jasons Mund stand offen. Er starrte Roland mit weit aufgerissenen, blutunterlaufenen Augen an.

»Ich rannte hinaus und in das Auto. Sie hatte die Schlüssel stecken lassen. Ich wollte zuerst zur Polizei gehen, aber dann wurde mir klar, daß das Dana gewesen sein mußte, die da so gelacht hatte.«

»Hat es sich angehört wie Dana?«

»Woher soll ich das wissen? Als ich es gehört habe, habe ich gedacht, es sei ein Mann. Aber dann habe ich darüber nachgedacht, und bin zu der Überzeugung gekommen, daß es Dana gewesen sein muß. Sie hat versucht, mir Angst einzujagen. Weißt du, um die Wette zu gewinnen. Also saß ich jetzt in dem Wagen und sie hatte die hundert Mäuse gewonnen, weil sie diese Show abgezogen und mir Angst gemacht hatte. Ich war verdammt sauer und dachte, daß es ihr nur recht geschieht, das ich den Wagen nehme und sie einfach da sitzen lasse. Und das habe ich dann auch getan.«

»Mein Gott.«

Roland zuckte die Achseln. »Es sind nur ein paar Kilometer. Die kann sie gut mal zu Fuß gehen. Wahrscheinlich ist sie jetzt schon wieder in ihrem Wohnheim.«

Jason stand ohne ein weiteres Wort auf und verließ das Zimmer. Roland ging zur Tür und sah, wie er den Korridor hinunterrannte – zu den Telefonzellen neben der Eingangstür.

Roland saß auf dem Bett und wartete. Seiner Meinung nach war die Geschichte ziemlich glaubhaft. Er verbiß sich das Lächeln und saß bei Jasons Rückkehr mit ernster Miene da.

»Ich habe mit Kerry gesprochen. Dana ist noch nicht wieder da. Kerry schien ziemlich in Sorge.«

»Vielleicht ist Dana erst später losgegangen. Und ein paar Kilometer sind das schon. Wenn du willst, können wir rausfahren und sie aufsammeln.«

»Na los.«

Jasons Wagen hatte nicht mehr genug Benzin, also nahmen sie Danas VW. Jason befahl Roland zu fahren. Dann setzte er sich auf den Beifahrersitz und schloß die Augen. »Sag mir Bescheid, wenn wir da sind«, sagte er.

Wenn er sich doch gestern mit dem Alkohol ein wenig mehr zurückgehalten hätte. Erst der Champagner bei dem Empfang, dann das Abendessen mit der ganzen Familie – Cocktails, noch mehr Champagner und zum Schluß dann Brandy. Gestern war das wirklich nett gewesen, aber jetzt hatte er Kopfschmerzen und in seinem Magen rumorte es, als hätte er etwas Falsches gegessen. Sein ganzer Körper schien in Aufruhr.

*Ich hätte das alles ausfallen lassen sollen*, sagte er sich. *Ich hätte genausogut hier bleiben können und mich mit Dana amüsieren. Dann wäre das alles nicht passiert.*

Was war den beiden nur eingefallen, so mitten in der Nacht zu irgendeinem verdammten verlassenen Restaurant rauszufahren?

Man konnte es leicht nachvollziehen. Dana wollte Roland eine Lektion erteilen. Sie konnte den Kerl noch nie ausstehen. Und was Roland anging, so machte der sich wahrscheinlich irgendwelche schrägen Hoffnungen, bei ihr landen zu können. *Da kannst du aber lange warten, Kumpel. Selbst wenn du der letzte Mann auf Erden wärst, hättest du bei ihr keine Schnitte. Sie kann dich einfach nicht ausstehen.*

Und was, wenn er es versucht und sie ihm genau das gesagt hatte? Wenn er dann ausgeflippt war und sie vergewaltigt hatte?

Das Dröhnen in Jasons Kopf wurde bei diesen Gedanken nur noch schlimmer.

*Roland ist zwar ein wenig seltsam*, beruhigte er sich, *aber er würde so etwas nicht abziehen. Er würde es vielleicht wollen, aber er hätte nicht den Mumm, das durchzuziehen. Und ganz bestimmt nicht mit Dana.*

Aber so etwas kann ja auch mit einer kleinen Meinungsverschiedenheit anfangen. Dana konnte gemein geworden sein und ihm das eine oder andere gesagt haben. Und bevor man sich versieht, schlug Roland dann zu, ja?

*Wenn er ihr etwas getan hat, bringe ich ihn um.*

Jason rieb sich die Schläfen. Er erinnerte sich an ein Gespräch mit Roland, eines Abends in er Dunkelheit, als sie beide nicht einschlafen konnten. Ein Teil der Konversation erklang jetzt wieder vor seinem inneren Ohr:

Jason: »Wenn du irgendein Mädchen hier auf dem Campus vögeln könntest, wen würdest du da wählen? Natürlich mit Ausnahme von Dana.«

Roland: »Ich will Dana nicht vögeln.«

Jason: »Ach, tatsächlich?«

Roland: »Ich weiß es nicht.«

Jason: »Nur eine. Na welche?«

Roland: »Mademoiselle LaRue.« Seine Französischlehrerin.

Jason: »Du machst Witze. Die ist ein Drachen.«

Roland: »Die ist ein Klasseweib.«

Jason: »Sie ist 'ne Hexe. Was bist du, ein Masochist?«

Roland: »Zuerst würde ich sie festbinden. Ich würde ein Seil über einen Balken oder so etwas werfen, und dann hängt sie da. Und dann würde ich mein Messer nehmen und ihr die Kleider vom Leib schneiden. Und wenn sie nackt ist, dann schnitze ich an ihr herum.«

Jason: »Du bist pervers. Ich hatte ›vögeln‹ gesagt, nicht ›foltern‹.«

Roland: »Oh, das würde ich auch machen. Ganz zum Schluß. Aber zuerst will ich ein wenig Spaß mit ihr haben.«

Jason: »Spaß? Du hast einen Knall, Jason. Du bist völlig pervers.«

Das war nur eine Phantasievorstellung gewesen, dachte Jason jetzt. Der Kerl ist ein Angsthase. Er würde es niemals wagen, so etwas zu tun, weder mit Mademoiselle LaRue noch mit Dana noch mit irgend jemand sonst. Das ist alles nur Gerede.

*Hoffen wir es für ihn.*

Er öffnete die Augen und sah Roland an.

»Wir sind fast da«, sagte der. »Ich habe Ausschau gehalten. Es wundert mich, daß wir ihr nicht begegnet sind. Aber vielleicht ist sie gerade nach Hause gekommen, als wir losgefahren sind. Vielleicht haben wir sie gerade verpaßt.«

*Oder vielleicht ist sie auch in dem Restaurant, gefesselt und an einem Balken aufgehängt, ausgezogen und aufgeschlitzt ...*

»Du solltest dir besser wünschen, daß ihr nichts passiert ist«, knurrte Jason.

»Gott, das hoffe ich doch. Ich denke die ganze Zeit über dieses Lachen nach, das ich in dem Keller gehört habe. Ich meine, wenn es nun nicht Dana war?« Seine Lippen preßten sich zu einem schmalen Strich zusammen. Er sah aus, als habe er Schmerzen. »Wenn ihr etwas passiert ist, dann ist das alles meine Schuld. Ich hätte da hinuntergehen sollen. Ich hätte es wirklich tun sollen.«

Vor ihnen, auf der rechten Seite, war ein Wegweiser zum Oakwood Inn. Roland bremste und bog in einen schmalen Weg vor dem Schild ein.

»Was ist, wenn da unten jemand war? Irgendein Perverser oder so etwas, und der hat sie jetzt erwischt? Vielleicht lauert der da und wartet nur auf Leute, die vorbeikommen ...«

»Du hast zu viele von diesen Splatterfilmen gesehen.«

»Aber solche Sachen passieren wirklich. Im richtigen Leben. Sieh dir *Psycho* oder *Das Texas Kettensägen Massaker* an. Die basieren beide auf einem richtigen Fall, diesem Ed Gein aus Wisconsin. Weißt du, was der gemacht hat? Der hat sich die Haut seiner Opfer angezogen – hat sich daraus Kleider genäht.«

»Es reicht. Ich will das nicht hören.«

»Ich will damit nur sagen, so etwas kommt nicht nur im Kino vor. Perverse gibt es nun mal.«

Roland hielt vor dem Restaurant. Er stellte den Motor ab und sah Jason zweifelnd an. »Wenn ich doch nur mein Messer mitgebracht hätte. Da ist ja wohl hoffentlich niemand drin, aber ...«

»Du kannst im Wagen bleiben, wenn du Angst hast.« Jason öffnete seine

Tür und stieg aus. Er ging direkt auf die Verandastufen zu und nahm sie jeweils zwei auf einmal.

Das war so schon schlimm genug, dachte er. Er brauchte keinen Roland, der solchen Mist erzählte und sich benahm, als habe er Angst, daß ein Irrer sich in dem Restaurant verstecken könnte.

Vor der Tür zögerte Jason. *Da ist niemand*, sagte er sich. *Außer vielleicht Dana. Sie wird mitten im Raum stehen, die Hände in die Hüften gestemmt und grinsen.* »Da ist mein Taxi ja endlich. Ihr habt euch verdammt viel Zeit gelassen. Wenn ihr gedacht habt, ich würde zurücklaufen, dann habt ihr einen Sprung in der Schüssel.«

*Sie wird nicht da sein.*

*Vielleicht ihre Leiche. Aufgehängt, ausgezogen und aufgeschlitzt.*

*Sie ist wahrscheinlich schon wieder auf dem Campus.*

*Sie wird sich totlachen, wenn sie das hier hört. Unsere Rettungsaktion.*

*Es hat sich ausgelacht. Sie ist tot.*

Jason blickte über seine Schulter zurück. Roland kam hinter ihm her, also wartete er. Er rieb sich die verschwitzten Hände an den Jeans ab und versuchte, tief Luft zu holen, aber da war ein dicker Klumpen unter seinen Lungenflügeln, der es verhinderte, daß sie sich weiteten.

Roland kletterte die Veranda hoch. Er bückte sich und nahm ein Brett auf, bei dem an beiden Enden Nägel herausragten. Davon lagen mehrere herum. Offenbar war die Tür damit zugenagelt gewesen. »Warum schnappst du dir nicht auch eines?« flüsterte Roland.

Jason schüttelte den Kopf. Er brauchte keine Waffe, weil er ja nicht glaubte, daß da drin eine Gefahr lauere.

Er drückte gegen die Tür. Sie schwang auf. Von drinnen drang ihm kühle Luft entgegen und erzeugte eine Gänsehaut. Er machte einen Schritt nach vorn.

Es kam genügend Licht durch den Eingang und die Fenster, um die Cocktailbar zu Jasons Rechten und den großen Speisesaal zur Linken überblicken zu können. Er wandte sich dem Speisesaal zu. Der war leer bis auf eine Stehleiter, einen offenen Werkzeugkasten, einige Dosen und Gläser, einen Staubsauger und einen Besen, die alle an der rechten Wand zusammengeschoben waren. Nichts regte sich.

»Dana!« rief er. Seine Stimme klang hohl, als habe er ihren Namen in eine Höhle hineingerufen.

Keine Antwort.

Er fragte sich, ob er wirklich eine Antwort erwartet hatte.

Er sah nach rechts. Auf dem Boden vor der langen Bar lag eine leere Wodkaflasche.

Hatten Dana und Roland die ausgetrunken? Vielleicht hatten sie sich beide betrunken. War das der Auslöser gewesen?

Er konnte Roland fragen, was es mit der Flasche auf sich hatte. Aber er wollte seine Stimme einfach nicht mehr hören – wenn es nach ihm ginge, würde niemand diese Stimme je wieder hören müssen.

Mit Roland an seiner Seite ging er in den Speisesaal. In der Wand hinter der Leiter war eine doppelseitige Schwingtür – so wie sie die Saloons in den Western immer haben. Er schob sich hindurch und ging in die Küche.

Auf dem Linoleumfußboden waren Fußspuren, vielleicht ein Dutzend, rostfarbene Flecken, die von einem nackten linken Fuß hinterlassen worden waren. Einem kleinen Fuß. Danas Fuß? Die Spuren begannen in einer eingetrockneten Blutpfütze auf der anderen Seite der Küche und wurden schwächer, als sie auf die Stelle zuliefen, wo Jason stand.

Neben der Blutlache stand ein Sack Mehl. Der Boden daneben war mit dem weißen Puder bedeckt.

»Was ist das hier?« flüsterte Jason.

»Das Blut stammt von den beiden, die hier Donnerstag nacht umgebracht worden sind.«

*Gott*, dachte er, *macht die Polizei so was denn nicht sauber? Und wenn die das nicht tun, wer tut es dann?*

»Und was soll das Mehl?«

»Das war schon hier, als wir kamen.« Rolands Stimme war genauso leise wie die von Jason.

»Und die Fußspuren?«

»Keine Ahnung.«

»Waren die auch hier?«

»Ich glaube nicht.«

»Hatte Dana Schuhe an?«

»Natürlich. Jedenfalls trug sie Schuhe, als ich sie das letzte Mal gesehen habe.« Roland deutete mit seinem Brett auf eine offene Tür. »Da geht es zum Keller.«

Jason schritt bedächtig darauf zu und rollte die Fersen ganz langsam ab, um kein Geräusch zu verursachen, obwohl er doch wußte, daß jeder, der da unter war – und noch lebte – gehört haben mußte, wie er Danas Namen gerufen hatte und vielleicht sogar die geflüsterte Unterhaltung in der Küche.

Er schielte die steile Holztreppe hinunter. Stockfinster da unten.

Er betete, daß es in dem Restaurant elektrischen Strom gab, dann fiel ihm ein, daß bei der Leiter in dem anderen Raum auch eine Lampe und ein Staubsauger gestanden hatten. Er legte einen Schalter an der Wand hinter der Tür um. Unten ging ein Licht an.

»Soll ich hier oben bleiben und Wache halten?« zischelte Roland.

»Wache wofür? Na los.«

Er begann, die Stufen hinunterzusteigen. Die Stufen knarrten unter seinem Gewicht. Er stellte sich vor, wie eine der Stufen unter seinem Gewicht nachgab und er nach unten fiel. Und schlimmer noch – er stellte sich jemanden vor, der sich unter der Treppe versteckte und zwischen den Stufen hindurch nach seinen Knöcheln griff.

Auf halber Höhe blieb er stehen und beugte sich vor, bis er unter der Decke durchsehen konnte. So war es ihm möglich, den größten Teil des Kellers zu überblicken. Direkt vor ihm standen mehrere leere Regale, einige für Weinflaschen, andere offenkundig für andere Dinge, die man in Restaurants so brauchte. Zur Linken war ein großes Areal, wo sich Rohre unter der Decke hinzogen. Am hinteren Ende stand ein großer Heizkessel.

Dana war nicht zu sehen. Und auch sonst niemand. Jedenfalls nicht da, wo er es sehen konnte.

Er stürmte die Treppe hinunter, weg von der Treppe und sah sich um. Auch dahinter war niemand.

Seine Anspannung ließ ein wenig nach. Auch wenn es immer noch eine Menge Orte hier im Keller geben mochte, wo sich jemand verstecken konnte, so bezweifelte er doch, daß irgendwer – lebendig oder tot – sich hier aufhielt.

*Nur ich*, dachte er. *Und Roland.*

Trotzdem begann er zu suchen. Roland blieb hinter ihm, als er die Gänge zwischen den Regalen abschritt.

Roland. Hinter ihm. Und das Brett mit den Nägeln in seinen Händen.

*Und ich bin wahrscheinlich der einzige, der weiß, daß er letzte Nacht mit Dana hier war. Falls Roland ...*

Er konnte fast fühlen, wie sich die Nägel in seinen Schädel bohrten.

Er drehte sich um. Roland, das Brett auf die Schulter gelegt, sah ihn fragend an. »Möchtest du vorgehen?« wisperte Jason.

Roland zog eine Grimasse. »Nein, danke.«

»Wenn ich vorgehe, sollte ich die Waffe haben.«

»Du hättest dir ja selbst eines holen können.«

»Mach keine Sperenzchen.«

»Und was soll ich dann nehmen?«

»Darüber solltest du dir keine Gedanken machen. Wenn etwas passiert, dann ist es wohl besser, ich habe das Ding, als du.«

Rolands Augen verengten sich. Einen Moment lang rechnete Jason fast damit, daß Roland zuschlagen würde. *Das würde er nicht wagen. Nicht von Angesicht zu Angesicht. Er weiß, daß er keine Chance hätte. Ich bin größer, stärker, schneller. Und zwar erheblich.*

»Du hast wohl recht«, meinte Roland und reichte ihm die Planke. Sie setzten ihre Suche fort. Jetzt, wo er die Waffe hatte, fragte sich Jason, was in ihn gefahren war. Es war doch eine alberne Idee, zu glauben, Roland wolle ihn umbringen. *Der Junge hat mehr Angst als ich hier unten. Er hat Dana kein Haar gekrümmt. In seinem exzentrischen Hirn hat sich der Gedanke festgesetzt, daß irgendein Psycho aus einem von seinen Splatterfilmen gestern hier unten gewesen ist, und daß der Dana kalt gemacht hat.*

*Und was, wenn er recht hat?*

*Nein, bitte nicht. Niemand hat ihr etwas getan. Sie war allein hier unten, sie hat das inszeniert, um Roland einen Schrecken einzujagen, und wahrscheinlich ist sie jetzt schon längst wieder im Wohnheim.*

*Sie ist tot*, flüsterte eine Stimme in Jasons Hinterkopf.

Aber er fand ihre Leiche nicht in dem Keller. Er fand auch keine Blutlache. Er fand keine Spur von ihren Kleidern. Er fand keine Anzeichen eines Kampfes. Er fand gar nichts, was darauf hindeutete, daß Dana in dem Keller gewesen, geschweige denn dort ermordet worden war.

Er war froh, wieder aus dem Keller herauszukommen. Er schloß die Tür und lehnte sich dagegen.

»Was jetzt?« fragte Roland.

»Ich weiß nicht.«

»Warum machen wir nicht, daß wir hier wegkommen?« Ohne auf eine Antwort zu warten, ging Roland zur Hintertür der Küche und riß sie auf. Er blieb stehen. »Hallo.«

»Was ist los?«

»Sieh dir das hier mal an.« Jason hastete zu ihm hinüber. Roland fühlte über die Türkante. Das Holz an der Außenseite, rund um den Riegel, war eingedellt und gesplittert. »Da ist jemand eingebrochen«, sagte Jason.

»Wir waren das nicht. Dana und ich sind vorne hereingekommen.«

»Verdammt.«

Roland flüsterte: »Da war also doch noch jemand hier.«

Jason warf das Brett weg und ging nach draußen. Hinter der Rückseite des Restaurants erstreckte sich eine wildwuchernde Wildnis bis zum Rand eines Waldes.

Er stieg von der Veranda herunter. Er stapfte durch das hohe Gras und das Unkraut, das ursprünglich mal ein Rasen gewesen war. Der Rasen ging nahtlos in die Wiese über. Der einzige Unterschied bestand darin, daß der Rasen flach war, während die Wiese von einer kleinen Erdaufschüttung umgeben war. Er kletterte darauf.

Roland kam hinter ihm her und stellte sich neben ihn, während Jason seine Augen gegen das Sonnenlicht abschirmte und die Gegend musterte.

»Was machen wir jetzt?« fragte Roland. »Durchsuchen wir das ganze Unkraut?«

»Ich weiß nicht.« Das war ein riesiges Areal, und dahinter kam dann der Wald. Dana da zu suchen, war aussichtsloser als eine Nadel im Heuhaufen.

*Falls sie in dem Unkraut liegt*, dachte er, *ist sie tot.*

»Vielleicht hat der Kerl einen Unterschlupf in den Wäldern«, sagte Roland. »Eine Hütte oder so etwas. Dieser Ed Gein, von dem ich dir erzählt habe ...«

»Wir werden sie nie finden«, sagte Jason.

»Vielleicht ...« Roland führte seinen Gedanken nicht aus.

Jason sah ihn an. »Vielleicht was?«

Roland zuckte die Achseln: »Wahrscheinlich ist es nur eine blöde Idee. Aber wenn wir jetzt zum Campus zurückfahren und sie ist dann immer noch nicht da, und wir dann davon ausgehen müssen, daß sie vielleicht tatsächlich von einem Irren entführt worden ist ...«

»Dann gehen wir zur Polizei.«

»Hey, warte mal, die glauben dann doch, ich hätte was damit zu tun. Mann, ich war der Letzte, der sie gestern nacht gesehen hat. Die geben mir die Schuld, und dann finden wir den Kerl nie, der das getan hat. Ich meine, vielleicht ist sie immer noch am Leben. Wenn irgendein Irrer sie erwischt hat, vielleicht läßt er sie am Leben. Vielleicht will er sie nicht umbringen bis er – bis er mit dem fertig ist, was er tun will. Du weißt schon!«

»Der Kerl scheint viel Ähnlichkeit mit dir zu haben«, sagte Jason.

Roland stieß ein nervöses Lachen aus. »Ja. Man braucht ´nen Psycho, um zu wissen, wie ein Psycho tickt. Aber, verflucht, ich würde so etwas nie tun. Ich stelle mir das nur vor, kapierst du das? Aber damit haben wir einen Vorteil, oder? Ich kann mir vorstellen, was er vielleicht tun könnte. Und das hat mich auf diese Idee gebracht.«

»Was für eine Idee?«

»Wie wir ihn kriegen können. Und wie wir Dana wiederbekommen.«

»Ach ja? Laß hören.«

# 15

Wie geht´s dir, Kumpel?«

»Bestens«, erzählte Jake dem Telefonhörer. Er fühlte sich alles andere als bestens, er fühlte sich beschissen. Sobald er den Hörer aufgelegt hatte, würde er Kimmy zu ihrer Mutter zurückbringen. »Ist Steve wieder da?«

»Aber sicher. Er will mit dir reden. Warte einen Moment.«

Einige Sekunden später war Steve Applegate am Apparat. »Jake? Ich bin mit Smeltzer fertig. Ich will, daß du hier hin kommst.«

»Hast du etwas Interessantes gefunden?«

»Interessant? Ja, so könnte man auch sagen. Wie schnell kannst du hier sein?«

»Eine Viertelstunde. Vielleicht zwanzig Minuten.«

»Higgins sollte auch dabei sein.«

»Der Polizeichef? Worum geht es?«

»Na, hab' ich dich neugierig gemacht? Du setzt dich besser in Bewegung. Ich rufe Higgins an.« Er legte auf, ohne etwas hinzuzufügen.

Jake tat das gleiche.

Kimmy hatte sich in eine Ecke des Sofas gekuschelt und sah fern. Dick und Doof. Stan piekste Oliver mit dem Finger ins Ohr. Kimmy quietschte.

»Kleines«, sagte Jake. »Wir müssen uns auf den Weg machen.«

»Müssen wir das wirklich?«

»Du wagst es, Widerworte zu geben? Na warte!« Er stürmte auf Kimmy zu. Mit weit aufgerissenen Augen baute sie mit den Armen einen Schutzwall um sich auf. Jake bohrte seine Finger darunter und piekste ihr in die Rippen. Sie lachte und krümmte sich. »Dir werd' ich's zeigen, mir gegenüber unartig zu sein.« Sie rollte sich auf den Rücken und trat nach ihm. Die Sohle ihres Lackschuhs traf ihn am Oberschenkel. »Autsch!« Er unklammerte sein Bein, stolperte zurück und fiel auf den Fußboden.

Kimmy grinste vom Sofa aus auf ihn herab. »Das kommt davon, wenn du dich mit She-Ra anlegst.«

»Oh ja, jetzt habe ich das gemerkt. Du hast mich abgemurkselt.«

Sie hielt ihm die geballte Faust entgegen. »Na, willst du noch mehr?«

»Nein, bitte nicht.« Jake stand auf. »Und wir müssen wirklich los.«

Das Lächeln verschwand von ihrem Gesicht. »Müssen wir wirklich?«

»Ich befürchte, ja, Liebling. Mama wartet auf dich und ich muß arbeiten.«

»Ich gehe mit dir zur Arbeit, ja?«

»Ich glaube nicht, daß das geht.«

»Ich lasse die Sirene im Auto auch nicht heulen«, versprach sie, und sah dabei zerknirscht und hoffnungsvoll aus. »Das tue ich bestimmt nicht. Darf ich nicht doch mitkommen?«

»Es tut mir leid, Kleines. Nicht heute. Und außerdem werde ich die Sirene gar nicht benutzen.«

»Ich will aber trotzdem mit dir mitkommen.«

»Du würdest aber nicht dahin gehen wollen, wo ich hin muß. Ich muß mir jemanden ansehen, der in der Leichenhalle liegt.«

»Oh, Mist. Wirklich?«

»Ja.«

Jake dachte, daß sie dieses Gesicht vielleicht auch ziehen würde, wenn jemand ihr einen Teller rote Beete vorsetzte. »Na ja, faß ihn besser nicht an«, riet sie ihm.

Jake parkte hinter BBs Spielzeugladen, stieg aus und öffnete Kimmy die Beifahrertür. Sie sah ihn mit ernsten Augen an. Als die Kindersicherung losgeschnallt war, streifte sie sich nicht die Riemen von den Schultern, um aus dem Wagen zu stürmen. Sie blieb einfach sitzen.

»Na komm, lächle mal«, ermunterte Jake sie. »Mama hat heute Geburtstag. Sie will bestimmt dein Gesicht strahlen sehen.«

»Mir geht es nicht gut.«

»Ist dir schlecht?«

»Ich bin nicht glücklich.«

»Warum nicht?«

»Du schickst mich weg.«

»Es tut mir leid.«

»Tut es nicht.«

Jake hob sie aus dem Kindersitz. Sie klammerte ihre Arme und Beine um ihn. »Du läßt es dir heute gut gehen«, sagte sie, als er sie zum Haus trug.

»Nein, werde ich nicht. – Und ich bin am Freitag wieder da und dann haben wir zwei ganze Tage für uns, so wie das sein soll.«

Kimmy preßte sich noch fester an ihn. Er konnte fühlen, wie sie bebte und wußte, daß sie weinte. Sie heulte nicht, sie weinte nur leise. Ihr Atem erzeugte kleine schniefende Geräusche an seinem Ohr.

»Ach Liebling«, wisperte er. Und kämpfte selbst mit den Tränen.

Jake fuhr auf den Parkplatz neben die Leichenhalle von Applegate. Die Stadt Clinton war nicht groß genug, um eine eigene Leichenhalle zu haben, aber Steve, dessen Bruder ein Beerdigungsinstitut leitete, hatte zwölf Jahre als Pathologe bei der Gerichtsmedizin in Los Angeles gearbeitet, bevor er beleidigt kündigte, als man seinen Boss wegen Unfähigkeit entlassen hatte. Danach war er hierhin zurückgekommen, um in seiner Heimatstadt zu praktizieren.

Autopsien waren nicht unbedingt ein lohnendes Gewerbe in Clinton, aber offenbar gab es noch genügend, um Steve zufriedenzustellen. Eine Autopsie wurde bei jedem Todesfall durchgeführt, der wahrscheinlich auf Unfall, Selbstmord oder Mord zurückzuführen war, oder auf irgend etwas, das von dem behandelnden Arzt nicht zu diesem Zeitpunkt erwartet worden war. Eine Autopsie wurde auch bei allen Leichen durchgeführt, die feuerbestattet wurden. Mit so vielen Möglichkeiten bot auch eine friedliche kleine Stadt wie Clinton genügend Gelegenheiten für Steve, seinem Beruf nachzugehen.

Das waren allein drei neue Kunden am Donnerstag, dachte Jake, als er aus dem Wagen stieg. Steve mußte sich vorkommen, als sei er wieder in L.A.

Er trat durch eine Hintertür ein, die in Brendas Büro führte.

Sie sah vom Tippen auf, lächelte bei seinem Anblick und ließ ihren Stuhl kreisen.

»Lange nicht gesehen, Jake.«

Sie lehnte sich in ihren Stuhl zurück und faltete die Hände hinter dem Kopf – eine Geste, die offenkundig dazu angetan war, Jakes Aufmerksamkeit auf ihre Brüste zu lenken. Zu Brendas Aufgaben gehörten keine Kundenkontakte, daher galt für sie auch keine Kleiderordnung. Sie trug ein T-Shirt mit dem Aufdruck »Make My Day«. Es spannte sich über ihre ausladenden Brüste. Ihre Brustwarzen drückten sich durch den Stoff.

»Du siehst gut aus«, sagte sie.

»Du ebenfalls.« Sie starrte ihm auf den Schritt. Er sah nicht an sich herunter, aber er konnte ein deutliches Anschwellen fühlen.

»Na ja«, sagte er. »Steve wartet.«

»Keine Eile. Higgins ist noch nicht hier.« Sie sah ihm ins Gesicht. Ihre Augen musterten ihn fragend: »Also, was ist los?«

»Wieso?«

»Hast du eine neue Freundin?«

Jake schüttelte den Kopf.

»Hast du ein Keuschheitsgelübde abgelegt?«

»Ich habe nur viel zu tun, das ist alles.«

Ein Lächeln spielte um ihren Mund. »Na ja, wenn du mal wieder weniger zu tun hast – ich habe mir gerade eine Gummiauflage für mein Bett gekauft und ich habe eine richtig große Flasche mit rutschig-feuchtem Öl, mit dem wir uns einreiben können. Du müßtet mal sehen, wie das im Kerzenschein auf mir aussieht.«

Jake konnte es sich vorstellen. Er leckte sich über die trockenen Lippen und atmete schwer aus. »Ich werde es mir merken«, versprach er.

»Nur für den Fall, daß du mal nichts zu tun hast.«

»Ja.«

Sie nickte. Ihr Blick fiel wieder auf seinen Schritt. »Ich könnte mich ja mal eben um das da kümmern, wenn du willst. Wir haben genügend freie Räume hier. Na, wie wär's?«

»Du machst Witze.« Er wußte, daß sie es ernst meinte. »Wir sind in einer Leichenhalle.«

»Das ist der Ort, an dem man sich um Steife kümmert, und ich habe da eben noch einen mehr entdeckt.« Sie ließ ihren Stuhl zurückrollen und stand auf. Sie trug einen kurzen Minirock aus Leder. Ihre nackten Beine waren schlank und sanft gebräunt.

»Das ist Wahnsinn«, murmelte Jake. Er fühlte sich wacklig auf den Beinen. Wollte er das jetzt wirklich mit ihr machen?

Da öffnete sich die Hintertür und Barney Higgins kam herein, der Polizeichef von Clinton. Betty rollte die Augen nach oben. Sie drehte sich zu Higgins um. »Hallo, Barney.«

»Hi Betts.« Der kleine drahtige Mann blinzelte sie an und schnalzte mit der Zunge. »Was hast du da in deinem Shirt?«

»Ich glaube, das weißt du so gut wie ich.«

»Wo hast du die nur her? Ich würde gern ein Paar für meine Frau bestellen.« Er lachte und klopfte Jake auf die Schulter. »Laß uns zusehen, daß wir hier fertig werden. Zu Hause wartet eine Pokerpartie auf mich.« Er wandte sich an Betty. »Und wo ist unser Apple? Unten an seiner Schlachtbank?«

»In B-1«, sagte sie. »Amüsiert euch, Jungs.«

Sie verließen das Büro durch eine Seitentür, von der eine Treppe hinunter in den Keller führte. »Hast du dir die Kleine mal richtig angesehen?« meinte Barney.

»Aber sicher.«

»Allererste Sahne. Wow? Was würdest du davon halten, das alte Rein-raus-Spiel mit einem Sahneschnittchen wie der zu spielen? Das ist doch was.«

»Sie ist schon Spitze, ganz bestimmt!«

Am Fuß der Treppe zog Jake eine Feuerschutztür auf. Direkt am anderen Ende des Korridors war B-1, der Autopsieraum. Jakes Magen hob sich, als er hinüberging und die Tür öffnete. Aus dem Raum drang ihm ein schrilles Pfeifen entgegen, wie der Klang eines Zahnarztbohrers.

Steve Applegate, mit einem Zigarrenstummel zwischen den Zähnen, blinzelte durch den Rauch auf das, was er gerade tat. Was es auch war, es hatte mit dem Kopf einer nackten Frau zu tun, die auf einem seiner Tische ausgestreckt lag. Und es hatte etwas mit der kleinen Kreissäge zu tun, die diesen Lärm verursachte.

Jake zog es vor, seine Schuhe zu beobachten, als er über den Linoleumboden ging.

Der Klang der Säge verstummte.

»Wen hast du da?« fragte Barney.

»Mary Beth Harker. Wahrscheinlich ein Zerebral-Aneurisma.«

»Die Kleine von Joe Harker?«

»Ja, richtig.«

»Scheiße. Wann ist das passiert?«

»Gestern nacht.«

»So eine Scheiße. Die war doch erst – achtzehn, neunzehn?«

»Neunzehn.«

»Verflucht. Und sie war seine einzige Tochter.«

Jake fühlte einen kalten Hauch durch sich hindurchziehen. Kimmy, Gott, wenn das jetzt Kimmy wäre? Wie konnte man weiterleben, wenn so etwas mit seinem Kind passierte?

Er drehte sich um und ging zu einem der anderen Tische. Der Körper war mit einem blauen Tuch bedeckt. »Ist das hier Smeltzer?« fragte er ohne sich umzusehen.

»Das ist Smeltzer, Ronald. Um Smeltzer, Peggy, kümmere ich mich später.«

*Ich habe diesen Kerl umgebracht.* Er wollte sich schuldig fühlen, wollte, daß die Schuld den Gedanken an eine tote Kimmy verdrängte. *Ich habe ihn umgebracht. Er ist tot, weil ich dafür gesorgt habe.* In seiner Erinnerung lief die Wiederholung erneut ab. Na also. Smeltzer, wie er den Kopf hob und dabei einen Hautfetzen aus dem Bauch seiner Frau riß, wie er sich in Zeitlupe umdrehte, um nach dem Schrotgewehr zu greifen.

»Ich habe so etwas noch nie gesehen«, sagte Steve und riß Jake aus seinen Erinnerungen. Er schlug das Tuch zurück.

Smeltzer lag auf dem Bauch. Jakes Kugeln hatten fünf Austrittslöcher auf dem Rücken hinterlassen und ihm den Hals aufgerissen.

»Saubere Arbeit«, meinte Barney.

Jake starrte auf den Schnitt, der sich von Smeltzers Haaransatz das Rückgrat hinunter über die rechte Gesäßbacke, das rechte Bein entlang bis zu der Außenseite des Knöchels hinzog. Um dem blanken, blutleeren Schnitt herum war die Haut auf ungefähr einen Zentimeter blaugrau verfärbt.

»Was ist das?« fragte Jake.

»Wenn ich das wüßte«, meinte Steve. Mit der Spitze seiner Zigarre deutete er auf die kreisrunde Wunde am Knöchel. »Weißt du etwas darüber?« fragte er Jake.

Der schüttelte den Kopf.

»Als ich ihn heute morgen ausgezogen habe, ist mir das zusammen mit dem Hämatom aufgefallen – mit der Verfärbung, die ihr da seht. Ehrlich gesagt, weiß ich nicht, was ich davon halten soll. Ein Bluterguß wird normalerweise von einem stumpfen Schlag erzeugt, der die Kapillargefäße in der Haut platzen läßt. Ich habe mich also gefragt, was einen Mann so treffen kann, daß es sich seinem Körper so genau anpaßt.«

»Etwas Elastisches«, meinte Jake.

»Eine Peitsche«, schlug Barney vor. »Vielleicht auch ein Schlauch.«

»Das habe ich auch gedacht. Das Dumme ist nur, die Epidermis zeigt keine Anzeichen einer Verletzung, wie sie eigentlich da sein müßte, wenn der Mann von so etwas getroffen worden wäre. Und die Knöchelwunde hat mir zu denken gegeben. Ich habe also einen Einschnitt an der Wunde gemacht und bin der Spur des Hämatoms bis zum Nacken gefolgt. Dabei habe ich eine zwei Zentimeter breite Trennung zwischen der Epidermis und ...«

»Geht es auch allgemeinverständlich?« fragte Barney.

»Über die ganze Länge des Blutergusses ist die Haut von dem darunterliegenden Muskelgewebe getrennt worden. Es ist so, als sei eine zirka zwei Zentimeter breite Hautpartie von innen gewaltsam angehoben worden.«

»Was bedeutet das?« fragte Barney.

»Irgend etwas ist durch die Wunde am Knöchel in den Körper des Mannes eingedrungen und hat sich bis zum Nacken hochgearbeitet.«

»Du meinst, irgend etwas Lebendiges?«

»Genau das meine ich.«

»Verdammt.«

Steve klopfte die Asche vom Ende seiner Zigarre ab. Sie fiel in einen Ausguß am Ende seines Tisches. »Ich habe schwerwiegende Verletzungen an den hinteren Hirnlappen festgestellt. Anscheinend hat sich dort etwas hineingefressen.«

Jake starrte die Leiche an. »Irgend etwas hat sich durch seinen Körper gefressen und sich im Gehirn festgebissen?«

»So sieht es aus.«

»Gott.«

»Okay«, meinte Barney. »Und wo ist es jetzt, dieses Ding?«

»Weg.«

»Wohin?«

»Nachdem dieser Mann verstorben ist, hat es sich durch die Rückwand seiner Speiseröhre gebohrt, ist von da in den Magen gelangt, hat sich durch die

Magenwand gefressen und hat da eine Abkürzung zum Dickdarm genommen. Von da hat es den Körper durch den Anus verlassen.«

»Das soll wohl ein Witz sein.«

Steve drückte seine Zigarre auf dem Metallrost des Abflusses aus. Dann bückte er sich und hob Boxershorts auf, die von innen nach außen gekehrt waren. Der Sitz war mit Exkrement und Blut verschmiert.

Barney kräuselte die Nase.

Dann hob Steve eine Jeans hoch, die ebenfalls von innen nach außen gekehrt war. Am rechten Bein entlang war eine schmale Spur zu sehen, die schwächer wurde, als sie sich dem Saum näherte. »Ein Witz?«

Barney schüttelte ganz langsam den Kopf.

»Was könnte so etwas tun?« fragte Jake.

Steve zuckte mit den Achseln.

Sein Mundwinkel zuckte ebenfalls. »Eine Schlange, die sich verbessern wollte?«

»Ich lach´ mich gleich tot«, brummte Barney.

»Ich habe nicht die leiseste Ahnung, was das gewesen sein könnte, aber es scheint zumindest etwas gewesen zu sein, das in etwa die Gestalt einer Schlange hatte.«

»Ich habe noch nie von Schlangen gehört, die so etwas machen.«

»Das hat wohl keiner«, meinte Steve.

»Smeltzer war am Leben, als das Ding in ihn eingedrungen ist?« fragte Jake.

»Definitiv.«

»Wie kannst du das mit solcher Bestimmtheit sagen?«

»Die Stärke der subduralen Blutung und die Menge Blut auf dem rechten Socken. Ich würde sagen, wenn man sich die Blutgerinnung bei der Knöchelwunde so ansieht, dann müßte das Ding ein paar Minuten vor seinem Tod in ihn eingedrungen sein.«

»Und es hat seinen Körper nach seinem Tod verlassen? Woher weißt du das?«

»Wieder durch die Menge des Blutes. Da ist nur sehr wenig an den Stellen, durch die es sich auf seinem Weg nach draußen durchgefressen hat.«

»Sind wir denn in der verdammten *Twilight Zone*?« fluchte Barney.

»Was schließt du also aus all dem?« fragte Jake.

»Ich weiß es nicht.«

»Wir reden hier«, gab Jake zu bedenken, »von einem Kerl, der seiner Frau den Schädel weggepustet hat und dann anfing, sie aufzufressen. Und du sagst, daß ein paar Minuten, bevor er das getan hat, ein schlangenähnliches Ding sich durch sein Bein gebuddelt und ihn ins Gehirn gebissen hat?«

»So sieht es wohl aus.«

»Und nachdem ich ihn ... erschossen habe, hat es sich wieder davongemacht.«

»Du hast es nicht gesehen, oder?« fragte Barney.

»Ich bin nicht lange da geblieben. Ich habe kurz das ganze Restaurant überprüft, um sicher zu gehen, daß da nicht noch eine dritte Person war. Dann bin ich zum Wagen zurückgelaufen, um die Zentrale zu informieren. Ich war also ungefähr eine Viertelstunde weg. Das war wohl genug Zeit für das Ding, um rauszukommen.«

»Per Furztunnel«, meinte Barney.

»Es könnte immer noch in dem Restaurant sein«, überlegte Jake.

»Ich habe hier schon überall nachgesehen«, erklärte Steve. »Auch in dem Laster, der ihn hierher gefahren hat. Ich wollte sichergehen, daß das Ding sich nicht an mich ranschleichen konnte.«

Barney trat einen Schritt zur Seite, ergriff den Stoff von Steves Hose und hob ihn an. »Auch das habe ich schon selbst überprüft«, sagte Steve. Er zog beide Aufschläge bis über die Socken hoch.

Barney bückte sich, um genauer hinzusehen, dann drehte er sich zu Jake um. »Was ist mit dir?«

»Ich habe drei Mal geduscht nach ...«

»Du bist also ein hygienebewußter Kerl. Und jetzt heb deine Hose.«

Jake zog sie hoch bis zu den Knien. Barney hockte sich neben ihm auf den Boden, sah sich das genau an und schob sogar noch Jakes Socken auf die Knöchel hinunter.

»Gut, jetzt weiß ich, daß ihr beiden nicht über mich herfallen werdet, um mich zu verspeisen.«

Jake nickte. »Ich bin also nicht der einzige, der glaubt, daß dieses Ding Smeltzer ausflippen ließ.«

»Es ergibt zwar eigentlich keinen Sinn, aber irgendwie gibt es schon einen.«

»Ich befürchte, ich muß dem zustimmen«, sagte Steve. »Es hört sich irre an, aber die Möglichkeit besteht definitiv ... eine Lebensform, die durch eine symbiotische Beziehung zu einem menschlichen Wirtskörper existiert. Ein Parasit. Der aber nicht nur seine Nährstoffe aus seinem Wirtskörper zieht, sondern irgendwie auch dessen Eßgewohnheiten beeinflußt.«

Barney grinste: »Falls Smeltzer es sich nicht zur Gewohnheit gemacht hatte, seine Ehefrauen zu verspeisen.«

»Wir reden hier also«, faßte Jake zusammen, »von einer schlangenähnlichen Kreatur, die in eine Person eindringt, ihren Verstand übernimmt, und diese Person dazu bringt, Menschenfleisch zu essen. Darüber reden wir doch, oder?«

»Das kann nicht sein«, meinte Barney. »Das letzte Mal, als ich nachgesehen habe, war ich noch ganz bei Trost.«

»Wenn dir eine andere Möglichkeit einfällt, mit der man die Situation erklären kann«, sagte Steve, »höre ich mit Freuden zu.«

»Ja. Ihr beiden kommt in einem meiner beschissenen Alpträume vor.«

»Ich vermute mal, keiner von euch hat je von einer ähnlichen Situation gehört?«

»Ganz sicher nicht.«

»Ich habe schon von Fällen von Kannibalismus gehört«, sagte Jake, »aber noch nie von einer Schlange oder so etwas, das sich in einen hineinbohrt und einen zu einem Kannibalen macht.«

»Gentlemen, ich glaube, wir haben ein Problem.« Steve zog eine frische Zigarre aus der Brusttasche seines weißen Kittels, streifte die Banderole ab und biß das Ende ab. Den Klumpen Tabakblätter spuckte er in den Abfluß des Tisches. Er leckte einmal an der ganzen Zigarre entlang, dann steckte er sie in den Mund und zündete sie an.

»Ich bin gestern nach Marlowe rübergefahren, auf die Bitte von einem Kollegen hin, Herman Willis. Donnerstag nachmittag hat man da die nackte Leiche einer zweiundzwanzigjährigen Frau gefunden. Sie war in einem Feld im Osten von Marlowe verbuddelt worden. Vielleicht wäre sie nie gefunden worden, wenn da nicht ein Junge just an dem Tag mit seinem Hund auf dem Feld gespielt hätte. Der Hund hat das Grab gefunden. Der Junge rannte nach Hause und holte sich eine Schaufel, weil er dachte, er hätte einen verborgenen Schatz entdeckt. Er grub ein bißchen, und rannte dann wieder nach Hause – diesmal schreiend.«

»Der dürfte den Schreck seines Lebens bekommen haben.«

»Und jetzt kommt der interessante Teil: Die Leiche war angefressen. Ein großer Teil der Haut war abgezogen worden, ein Teil des Muskelgewebes angekaut ...« Die Zigarre in Steves Händen zitterte. »Sie hatte Bißspuren überall am Körper. Einige waren gerade tief genug, um die Haut zu ritzen, andere hatten ganze Stücke aus ihr herausgerissen. Ihr Leib war aufgeschlitzt worden. Das Herz war herausgerissen und teilweise gegessen. Ihr Kopf ... sie war skalpiert ... Der Schädel war mit einem stumpfen Gegenstand eingeschlagen worden, möglicherweise mit einem Stein. Das Gehirn fehlte.«

»Gottverdammter Mist«, fluchte Barney.

»Willis hatte so etwas noch nie gesehen. Ich glaube, er hat mich vor allem deswegen angerufen, weil er moralische Unterstützung brauchte und nicht unbedingt meine professionelle Meinung. Auf jeden Fall deuten die Bißspuren und die Speichelproben, die wir genommen haben, auf einen menschlichen Täter hin.«

»Du willst also sagen, sie war ein Opfer von diesem Ding.«

»Von jemandem, der als Wirt für dieses Ding fungierte.«

»Wann ist die Frau ermordet worden?« fragte Jake.

»Mittwoch, gegen Mitternacht. Willis war in der Lage, anhand ihres Mageninhaltes den Todeszeitpunkt ziemlich genau zu bestimmen. Sie war gesehen worden, als sie um acht in einer Pizzeria in der Stadt gegessen hatte. Und so, wie die Pizza verdaut war ...«

Barney klopfte mit der Rückseite seiner Hand gegen die Hüfte der Leiche, die vor ihm lag. »Wo war Ronald Smeltzer also Mittwoch nacht?«

»Ich glaube nicht, daß es Smeltzer gewesen ist«, sagte Jake. Sein Herz schlug ihm bis zum Hals. »Der Lieferwagen, der, der versucht hat, Celia Jamerson zu überfahren, kam aus der Richtung von Marlowe. Am Donnerstag nachmittag. Irgendwer, oder irgendwas, ist lebend aus dem Wagen herausgekommen. Da war Blut auf der Straße hinter der Hecktür. Ich bin den Spuren bis in ein Feld gefolgt, konnte aber nicht ...« Er schüttelte den Kopf. »Der Unfall war nur ein paar hundert Meter vom Oakwood Restaurant entfernt. Nehmen wir einmal an, das, was ich verfolgt habe, war dieses Schlangen-Dings, und es hat seinen Weg in das Restaurant gefunden und ist in der Nacht in Smeltzer eingedrungen?« Jake wandte sich an Steve. »Hast du den Unbekannten aus dem Lieferwagen auch hier?«

»Hier entlang.«

Sie folgten Steve aus dem Autopsieraum heraus, den Korridor entlang und in einen Raum mit einem Dutzend Tiefkühlfächern. Er konsultierte die Schilder an den Fächern, dann ließ er eines aufgleiten. Der Körper, der ihnen entgegenrollte, war mit einem Laken bedeckt. Jake war dankbar für den Gestank von Steves Zigarre, obwohl auch der nicht ausreichte, um den Geruch von verbranntem Fleisch und verschmorten Haaren ganz zu übertünchen.

»Wenn ihr es vorzieht, nicht hinzusehen ...« bemerkte Steve taktvoll, »ich glaube, ich weiß jetzt, wonach ich suchen muß.«

Jake, der den verkohlten Leichnam gesehen hatte, als der noch aus der Windschutzscheibe heraushing, war nicht scharf auf eine nähere Bekanntschaft. Aber er wollte vor Barney auch nicht zimperlich erscheinen, daher sagte er nichts.

»Sehen wir ihn uns an«, sagte Barney.

Steve schlug das Laken zurück. Jake starrte auf die Kante des Aluminiumschubfachs. Obwohl er die Leiche nicht direkt fixierte, sah er sie doch. Es war ein schwarzes Ding, das vage menschliche Formen besaß.

»Ich werde ihn umdrehen müssen«, sagte Steve.

»Schaffst du das allein?« fragte Barney. Er schien nicht sonderlich erpicht darauf, zu helfen.

»Kein Problem.«

Jake hob seinen Blick auf Steve und sah, daß er Einmalhandschuhe trug.

Steve beugte sich über den Körper. Jake hörte papierähnliches Rascheln. Und er hörte sich selbst stöhnen.

»Der Kerl ist ja richtig angegammelt«, meinte Barney. »Der knirscht ja schon.«

Steve grinste starr mit der Zigarre zwischen den Zähnen. Hebend und ziehend wuchtete er den schwarzen Klumpen auf den Bauch. Als er damit fertig war, sah das Vorderteil seines weißen Kittels aus, als sei es mit Holzkohle eingerieben worden.

»Jake, du hattest recht.«

Jakes Augen folgten Steves weisendem Finger zu den grauen Knorpeln der Wirbelsäule, die vom Halsansatz der Leiche bis zur Mitte des Rückens freigelegt waren.

»Es sieht so als, als sei das Ding hier genauso positioniert gewesen wie bei Smeltzer«, sagte Steve.

»Es hat sich hier aber nicht gerade einen dezenten Ausgang gesucht«, meinte Barney.

»Bei all den Verletzungen ist es schwer, genau zu sagen, was passiert ist, aber es scheint, als habe das Ding einen Not-Abgang gemacht, indem es die Haut über das ganze Stück hinweg aufgesprengt hat.«

»Es muß verdammt stark sein«, meinte Jake, »um das zu tun.«

»Ja«, sagte Barney grimmig. »Und dann noch die Hecktür des Lieferwagens zu öffnen.«

»Wahrscheinlich ist die Tür durch den Aufprall aufgeflogen«, gab Jake zu bedenken.

»Ja, vielleicht.«

»Ich werde einen Abdruck von den Zähnen dieses Mannes machen, eine Blutprobe nehmen und dann nach Marlowe rüberfahren«, sagte Steve. »Ich rufe von da aus an und lasse euch wissen, ob die Sachen übereinstimmen, aber ich möchte fast darauf wetten.«

»Ruf mich zu Hause an«, sagte Barney. »Bei mir wartet eine Poker-Runde.«

»Wenn das hier der Mann ist, der die Frau in Marlowe getötet hat«, überlegte Jake, »dann bestätigt das wohl unsere Theorie.«

»Ich glaube, wir können sie als bestätigt ansehen.«

»Ja«, stimmte Barney zu. »Wir haben hier also eine Schlange, die in Leute hineinschlüpft und sie in Kannibalen verwandelt.Und das glaubt ihr?«

Jake ging von der Leiche weg. Er lehnte sich gegen die Wand mit den Schubfächern, rutschte ein wenig zur Seite, um einem schmerzhaft drückenden Türgriff auszuweichen, und verschränkte die Arme.

»Das Ding hat am Mittwoch gemordet. Es hat Donnerstag nachmittag versucht, Celia Jamerson umzubringen, und dann hat es bei Peggy Smeltzer

Donnerstag abend Erfolg gehabt. Das sieht so aus, als wolle es sich täglich ein neues Opfer holen.«

»Unsere tägliche Tusse gib uns heute«, meinte Barney.

»Heute ist Samstag. Ich frage mich, ob es gestern jemanden erwischt hat.«

»Es kann das nicht von sich aus machen«, sagte Barney, »sonst würde es nicht in Kerle hineinkriechen.«

»Wir sollten uns darum kümmern, wer gestern in dem Restaurant gewesen ist und wer Kontakt mit Smeltzers Leiche hatte.«

»Da hast du ja was zu tun. Kümmere dich darum. Versuch das alles allein zu machen, und wir sehen, was dabei herauskommt. Außer uns dreien weiß keiner davon, und dabei belassen wir es besser auch. Wenn sich das herumspricht, flippen die Leute aus. Du bist unser Sonderkommando, Jake. Kümmere dich um nichts anderes, bis wir das Ding erwischt haben. Und berichte mir, sobald du etwas hast.«

»Was ist mit Chuck?«

»Ich gebe ihm eine andere Aufgabe, bis du damit fertig bist. Ich will, daß du alleine arbeitest. Nur so können wir das unter dem Teppich halten.«

»Bist du sicher, daß wir das geheim halten sollten?« fragte Steve. »Wenn die Leute sich der Gefahr bewußt sind, können sie Vorsichtsmaßnahmen ergreifen.«

»Sie geraten in Panik. Oder sie behaupten, bei uns seien ein paar Schrauben locker. Vielleicht auch beides.«

»Ich bin mir dessen bewußt, aber ...«

»Ganz ruhig bleiben, Apple. Wenn wir das Ding nicht in ein oder zwei Tagen erwischen, erzählen wir die Sache der ganzen gottverdammten Welt. Okay? Du kannst dann eine Pressekonferenz abhalten. Aber laßt uns wenigstens versuchen, die Sache so zu erledigen, bevor wir den Leuten verraten, daß sie auf der Speisekarte stehen.«

# 16

Alison wußte nicht, warum sie hier war. Sie hattte das Haus nach dem Mittagessen verlassen und war losgegangen, ohne sich Gedanken darüber zu machen, wohin sie lief. Sic wollte nur allein und an der frischen Luft sein.

Ihre ziellose Wanderung hatte sie die Summer Street hinuntergeführt, in Sichtweite von Evans Apartment vorbei. Sie war mit ihm fertig, aber sie starrte über die Straße auf seine Wohnung, als wolle sie sich selbst bestrafen. Sie sah die zwei Zimmer im zweiten Stock, die zu seinem Apartment gehörten. Die Gardinen waren zurückgezogen. War er zu Hause? War Tracy Morgan bei ihm? War er allein und sah er sie vorbeigehen und würde er hinter ihr herkommen?

Er kam nicht hinter ihr her.

Alison war weitergegangen. Sie fühlte sich ausgebrannt.

Sie wußte nicht warum, aber es hatte sie hierher verschlagen – in den Wald über dem Clinton Creek. Der Bach hatte Hochwasser und war reißend. Er wirbelte um Felsblöcke herum. Er führte auch den einen oder anderen Ast mit sich, Überbleibsel des Sturms der letzten Nacht.

Alison suchte sich vorsichtig ihren Weg am steilen Ufer entlang. Direkt am Ufer bemerkte sie einen wohlbekannten flachen Felsen. Während ihrer Jahre in Clinton, vor allem in dem ersten, als es ihr so schlecht ging, hatte sie viel Zeit auf genau diesem Felsen verbracht. Sie hatte sich auf ihn gestellt, hatte darauf gesessen, manchmal auch mit den bloßen Füßen im Wasser. Für sie war es der *Felsen der Einsamkeit.* Hier kam sie immer hin, wenn sie Kummer hatte.

Sie hatte ihn zwischenzeitlich vergessen. Sie war zwar in den letzten Monaten ein paar Mal hiergewesen, hatte ihren *Felsen der Einsamkeit* vielleicht sogar gesehen und auch darauf gestanden, ohne sich daran zu erinnern, daß er etwas Besonderes war.

Jetzt erinnerte sie sich daran. Sie kletterte hinauf und setzte sich, zog die Knie an und preßte sie an den Körper.

*Das ist schön hier*, dachte sie. *Kein Wunder, daß ich immer wieder hierher gekommen bin.*

Sie hörte ein Auto auf der Brücke, ein Geräusch, das fast im Strömen des Wassers unterging. Sie schaute zur Brücke hinüber, aber die lag hinter einer

Krümmung des Baches und war von Bäumen verdeckt. Sie blickte in die andere Richtung und sah nur Wasser, das um eine felsige Kurve geschossen kam. Die Böschung auf beiden Seiten war dicht mit Büschen und Bäumen bewachsen. Sie sah niemanden, fragte sich aber, ob da an lauschigen Plätzchen zwischen den Bäumen oder Felsen Pärchen sein mochten, die sich liebten.

Genau hinter dieser Biegung hatten sie und Evan ...

Es war ein abgeschotteter, sonnenbeschienener Ort mit hüfthohen Felsen auf beiden Seiten und dem Bach an einem Ende. Die vierte Seite bildete ein dichtes Gebüsch und schirmte sie vor den Blicken derjenigen ab, die vom Abhang herübersehen mochten. Man hätte sie vom anderen Ufer des Gewässers aus sehen können, aber da war nie jemand. Sie saßen auf der Decke, die Evan immer im Kofferraum seines Wagens hatte. Sie aßen Cheddar auf Cräckern und tranken Weißwein aus Alisons Weinschlauch, quetschten den Schlauch, um sich den Wein in die Kehle zu spritzen und lachten, wenn sie den Mund verfehlten. Als ihre Bluse durchnäßt war, zog sie sie aus und legte sich zurück auf die Decke. Evan, der zwischen ihren Beinen kniete, spritzte den kühlen Wein auf ihren Hals und ihre Brüste. Die Flüssigkeit tröpfelte an der Haut herunter und kitzelte. Das Gelächter war verstummt. Er zielte auf ihre Brustwarzen. Der schmale Strom traf zuerst die eine, dann die andere. Dann leckte er sie ab. Er ließ eine kleine Lache sich in ihrem Bauchnabel sammeln, und als er die ausschleckte, öffnete er ihre Jeans.

Das war Sonntag nachmittag gewesen. Morgen war es eine Woche her.

Wie konnten die Dinge nur so schnell aus dem Ruder geraten?

*Mach es nicht besser, als es war*, ermahnte sie sich. Es war toll gewesen – erst lustig und aufregend, dann unbeschreiblich. Aber es war nicht ganz so, wie es sein sollte. Geplant war nur ein Pickick am Bach. *Du wolltest es gar nicht mit ihm machen, und ganz bestimmt nicht da, wo jeder vorbeikommen und Zeuge werden konnte. Aber als er dann deine Bluse mit Wein übergossen hatte, da wußtest du, was er wollte, und du hast mitgemacht. Evan zu Gefallen, nicht deinetwegen. Weil du ihn nicht enttäuschen wolltest. Und das ist nicht der beste aller möglichen Gründe.*

*Verflixt*, dachte sie, *damals hat es dich aber nicht sehr gekümmert.*

*Aber kurz darauf schon.*

Wenn man etwas bedauert, dann tut man es sofort, bevor man noch seine Kleidung wieder angezogen hat. Wenn es nichts zu bedauern gibt, dann weiß man auch das sofort. Es hatte Zeiten gegeben, an denen Alison sich hinterher gut fühlte. Aber nicht in der letzten Zeit. Nicht mit Evan. Vielleicht nicht mehr seit Jimmy in dem Sommer, als sie die High School beendet hatte.

Jimmy. Daß sie ihn so vermißte, war der Hauptgrund, warum sie den Felsen der Einsamkeit während ihres ersten Uni-Jahrs so oft aufgesucht hatte. Vor allem nach diesem Brief, der folgendermaßen begann: »Ich werde die Erinnerungen an das, was wir gemeinsam erlebt haben, nie verdrängen, aber ...« Aber sie war mehr als 1000 km weit weg und er hatte sich in Cynthia Younger aus seinem Erdkundeseminar verliebt.

Wenn sie auf dem Felsen der Einsamkeit saß mit den warmen Strahlen der Sonne auf ihrem Kopf und ihrem Nacken, fühlte sie den Verlust Jimmys nicht mehr. Sie hatte den Schmerz und die Bitterkeit vor langer Zeit begraben. Statt dessen hatte sie ihre Erinnerungen an Jimmy analysiert und die Richtung, die ihr Leben seitdem genommen hatte.

Die Jungens, mit denen sie ausgegangen war. Die Jungens, bei denen es ihr ernst gewesen war. Die Jungens, mit denen sie geschlafen hatte.

Insgesamt vier, dachte sie, aber eigentlich nur drei, wenn man Tom nicht mitrechnete, und Tom zählte nicht, weil das nur einmal gewesen war, und da waren sie beide betrunken. Es waren also drei nach Jimmy – Dave, Larry und Evan. Und mit keinem von ihnen war es richtig gewesen. Gut, aber nicht richtig. Nicht wundervoll. Nicht ohne dieses Bedauern im nachhinein.

Sie fragte sich, wie sie sich mit Nick Winston fühlen würden, dem Jungen, den sie gestern abend bei Wally getroffen hatte. Als sie an Nick dachte, verspürte sie keinen Drang, ihn wiederzusehen. Er war wohl ein netter Kerl, aber ...

Ihr Hintern begann zu schmerzen. Sie veränderte ihre Haltung, senkte die Beine und überkreuzte sie. Sie lehnte sich zurück, preßte ihre Handflächen gegen den Felsen und stemmte sich hoch. Sie streckte ihr Gesicht dem Sonnenlicht entgegen. Die Wärme war wundervoll und sie stellte sich vor, jetzt zu dem versteckten Plätzchen zu gehen, wo sie mit Evan gewesen war, ihre Kleider abzulegen, und die Sonne überall auf ihrem Körper zu fühlen.

*Auf keinen Fall.*

Aber sie beugte sich vornüber und zog ihren Rock die Schenkel hinauf. Sie knöpfte ihre Bluse auf, hob die Enden und knotete sie über ihren Rippen zusammen. Dann lehnte sie sich wieder zurück, auf ihre ausgestreckten Arme gestützt. Das war besser – so konnte sie die Sonne auf ihrer Brust, ihrem Bauch und ihren Beinen fühlen. Die Sonne, und den leichten Windhauch.

*Und – dann ist es mit ein paar Männern eben schiefgelaufen. Davon geht die Welt nicht unter. Ich bin einundzwanzig und sehe gar nicht schlecht aus. Es gibt keinen Grund, warum mich das hier fertig machen sollte. Ich bin ohne Evan besser dran; es ist besser, allein zu sein als an einem Mann zu kleben, der nicht der Richtige ist. Ich sollte auf denjenigen warten, der einfach der Richtige ist und sollte mir nicht in die Tasche lügen, wenn es jemand nicht ist. Das ist das wichtigste.*

Als Alison zurückging, wählte sie ihren Heimweg nicht über die Summer

Street. Sie fühlte sich ausgeglichen und wollte das nicht aufs Spiel setzen, indem sie wieder vor Evans Wohnung vorbeiging. Sie ging durch den bewaldeten Park. Sie begegnete einigen Paaren beim Spazierengehen und sie sah ein Liebespaar, das in den Schatten an einem Baum gelehnt stand, und sie fühlte nur einen kurzen Stich der Trauer.

Zu Hause traf sie Celia, die mit ihren Kopfhörern über den Ohren auf dem Sofa eingeschlafen war. Aus Helens Zimmer drang das leise Klappern der Schreibmaschine. Sie ging zu der Tür und klopfte. »Ja«, rief Helen.

Sie öffnete. Helen schob ihren Stuhl zurück, drehte sich um und sah Alison unter einer durchsichtigen grünen Baseballkappe hinweg an.

»Ist irgendwas Wichtiges passiert, während ich weg war?«

»Nur Celia, die ihre Wehwehchen beklagt. Obwohl ich das nicht unbedingt als wichtig bezeichnen würde.«

»Hat jemand angerufen?« Sie sprach es laut aus und schalt sich gleichzeitig: *Was kümmert es mich? Gar nicht.* Aber sie war trotzdem enttäuscht, als Helen den Kopf schüttelte.

»Niemand. Deine Bewunderer müssen alle anderweitig beschäftigt sein.«

»Auch gut.«

»Ich dachte, du wärst fertig mit Evan?«

»Bin ich auch. Ich war nur neugierig, sonst nichts.«

»Celia hat einen Anruf von Danny Gard erhalten, der mit ihr heute abend einen draufmachen wollte. Du hättest hören sollen, wie sie gejammert und gestöhnt hat.« Helen verzog das Gesicht. »Nein, ich kann nicht. Nein, ich hatte keine gute Nacht, es war höllisch. Vielleicht nächste Woche. Vielleicht auch erst nächsten Monat. Nein, das liegt nicht an dir, es ist wegen mir. Mir tut alles weh. Ich kann mich kaum bewegen«.

»Celia würde doch nie an einem Samstag abend zu Hause bleiben«, meinte Alison.

»Nein. Sie wartet nur auf ein besseres Angebot. Ich glaube, sie hat sich gestern abend mit ihm nicht besonders amüsiert.«

»Er ist ekelhaft. Als ich ihn das letzte Mal gesehen habe, hat er sich bei Wally gerade auf einen Rülpswettstreit mit Lisa Ball eingelassen.«

»Er ist einer von den Burschenschaftlern«, sagte Helen, als erkläre das alles.

Alison nickte. »Er ist einer von denen, die es lustig finden, wenn sie Melodien furzen können.«

Helen grinste: »Weißt du das aus eigener Erfahrung?«

»Ich habe gehört, wie er einen Vortrag darüber ...« Das Klingeln des Telefons unterbrach sie. Sie merkte, wie sie sich plötzlich verspannte.

»Ich geh schon«, murmelte sie und eilte ins Wohnzimmer. *Bitte nicht Evan*, dachte sie. Ihre Hand zitterte, als sie den Hörer abnahm. »Hallo?«

»Celia?«

*Gott sei Dank.*

»Einen Moment, bitte.« Celia auf dem Sofa hatte ihre Augen immer noch geschlossen. Die Musik in den Kopfhörern hatte wahrscheinlich das Klingeln des Telefons übertönt. Alison fragte sich, ob sie schlief.

Helen erschien in der Tür ihres Zimmers. Sie hob ihre buschigen Augenbrauen.

Alison bedeckte den Hörer mit der Hand. »Es ist für Celia.«

»Ein Mann?«

»Ja.«

»Finde raus, wer das ist.«

»Was soll ich ihr sagen, wer da ist?« fragte Alison den Anrufer.

»Hier ist Jason Banning.«

»Danke. Einen Moment.« Sie bedeckte den Hörer wieder. »Jason, der Schauspieler, der Mitbewohner von diesem Freak.«

»Das Frischfleisch.«

Nickend legte Alison den Hörer ab und lief zum Sofa hinüber. Sie stieß Celias Schulter an. Das Mädchen grunzte und murmelte etwas Unverständliches und behielt die Augen geschlossen. Alison hob einen der gepolsterten Lautsprecher von ihrem Ohr. »Hey Schlafmütze, da ist ein Weckanruf.«

»Häh?«

»Da ist ein Verehrer am Telefon.«

Ein einzelnes Augenlid hob sich. »Häh? Wer ...?«

»Jason.«

Sie öffnete auch das andere Auge. Ihr Blick glitt zur Seite und musterte Alison.

»Jason? Jason Banning?«

»Genau der.«

»Verdammt«, murmelte sie.

»Soll ich ihm sagen, daß du nicht zum Telefon kommen kannst?«

»Du kannst mich mal.« Sie nahm die Kopfhörer ab und setzte sich langsam auf, wobei sie theatralisch stöhnte. »Gott, ich fühle mich wie ausgekotzt.«

Alison brachte ihr das Telefon entgegen. Sie stellte es auf dem Tisch ab und reichte Celia den Hörer.

»Hi, Jason.« Celia klang fröhlich und freundlich und in bester Verfassung.

Alison sah Helen an. Helen schüttelte den Kopf und grinste.

»Ja, so´n Mistkerl hat mich umgefahren ... Nein, nicht so schlimm. Ich sehe nicht gerade toll aus, aber ... Ach, das sagst du jetzt nur, weil du mich nicht gesehen hast ... Ah? Ja, ich hätte auch nichts dagegen, mich mit dir zu treffen ... Heute? ... Nein, ich habe keine Verabredungen, die sich nicht absagen lassen ...«

Helen schüttelte immer noch den Kopf. Jetzt rollte sie auch die Augen gen Himmel.

»Das wäre toll. Wann? ... Okay. Klasse ... Ich freue mich. Bis dann.« Sie streckte den Hörer von sich und Alison legte für sie auf.

»Bist du dir sicher, daß du ausgehen willst?«

»Er hat mich ins Lobster Shanty eingeladen. Das schaffe ich.«

»Nobel«, meinte Alison. Das Lobster Shanty war das beste Restaurant in Clinton.

»Das ist doch mal was anderes«, stichelte Helen. »Frischfleisch.«

»Aber Frischfleisch allererster Qualität«, schränkte Celia ein.

»Direkt von der Mutterbrust.«

»Frisch aus der Wiege.« Sie legte sich wieder auf das Sofa und überkreuzte die Knöchel. »Er ist einundzwanzig, so wie wir.«

»Sicher.«

»Ist er.«

»Was hat er gemacht, ist er dreimal sitzengeblieben?«

»Nach der High School ist er arbeiten gegangen. Als Model in Werbespots, und so ....«

»Was ist mit seiner Freundin?« fragte Alison. »Hast du nicht gesagt, er sei mit einem Mädchen zusammen?«

»Ja, war er. Er hat wohl eingesehen, was für einen Fehler er da macht.«

»Vielleicht steht er auf Krüppel«, meinte Helen.

»Vielleicht will er sich von da hocharbeiten«, stichelte Alison.

»Reinarbeiten«, verbesserte Helen.

»Wie komisch ihr beiden doch seid.«

»Wir sind nur eifersüchtig«, sagte Helen. »Wir möchten auch gern von einem Erstsemester ins Lobster Shanty eingeladen werden.«

»Ich kann ihn ja noch einmal anrufen«, sagte Celia. »Vielleicht kann er für eine von euch ein Rendezvous mit Roland arrangieren.«

»Ich will nicht egoistisch sein, ich überlasse ihn Alison.«

Celia drehte ihren Kopf auf dem Kissen und lächelte Alison an. »Wir könnten ein Viererdate arrangieren, so wie in der Highschool.«

»Bitte entschuldige mich, ich muß mich übergeben.«

»Ich gebe ja zu, daß Roland vielleicht nicht so attraktiv und so weltmännisch ist wie Evan, aber, hey, schließlich ist es Samstag abend. Du willst doch nicht alleine an einem Samstag abend herumsitzen und Trübsal blasen, oder?«

»Außerdem«, meinte Helen, »steht Roland erwiesenermaßen auf dich.«

»Du meinst, bei ihr steht es ihm«, meinte Celia.

»So wie er dich gestern angesehen hat ...«

»Mit den Augen ausgezogen ...«

Bei dem Gerede wurde es Alison mulmig. »Ich würde ja wirklich gern mitkommen, Celia, aber leider weiß ich, daß Roland schon andere Pläne hat. Er hat da dieses ménage à trois heute abend.«

Helen schnaufte.

»Ha ha«, grunzte Celia.

Alison sah Helen an. »Sie glaubt, ich mache Witze. Findest du es nicht ein wenig seltsam, daß Jason, der vorher noch nie mit Celia ausgehen wollte – trotz ihrer Schönheit und ihrem gewinnenden Wesen –, daß er sie zum Essen einlädt, direkt nach ihrer zufälligen Supermarkt-Begegnung mit seinem Mitbewohner Roland?«

Helen rieb sich ihre wulstige Unterlippe und nickte: »Es erscheint einem seltsam.«

Celia grinste. »Ich verspreche euch etwas. Wenn Roland zum Abendessen erscheint, gebe ich ihm meine Haustürschlüssel und erzähle ihm, daß ich zwei mannstolle Mitbewohnerinnen habe, die sich nach seinem besten Stück verzehren.« Und mit einem Seitenhieb auf Helen. »Ich gebe ihm auch den Rat, Chips mitzubringen.«

»Na, was hältst du davon?« fragte Celia.

Alison auf dem Sofa legte ihren gelben Textmarker in den Chaucer-Text, mit dem sie sich die letzten zwei Stunden abgeplagt hatte und sah auf. »Nicht schlecht.«

Der Verband um Celias Stirn war verschwunden.

Sie hatte sich einen blauen Seidenschal um den Kopf gebunden, der die Abschürfung verdeckte. Der Schal war über dem linken Ohr zusammengeknotet und die Enden hingen ihr fast bis auf die Schulter. Sie trug gewaltige runde Ohrringe.

»Du siehst aus wie Long John Silver.«

»Clever, nicht?«

»Um ehrlich zu sein, du siehst klasse aus.«

»Man würde nie auf den Gedanken kommen, daß ich einen Unfall hatte, oder?«

»Nur dann, wenn man deinen Ruf kennt«, meinte Helen, die gerade mit einem Krug Bier und einer Dose voller gerösteter Erdnüsse aus der Küche kam. Sie bot Celia die Dose an.

»Nein danke, nicht vor dem Essen.«

»Wo ist deine Schlinge?«

»Ich gehe doch nicht in das Lobster Shanty mit einem Arm in der Schlinge.« Sie hob steif den Arm. »Ich habe mir eine elastische Binde um den Arm gewickelt. Und um beide Knie.«

»Es wundert mich, daß du etwas anzuziehen hast, das diese Stellen bedeckt«, sagte Helen.

»Das war alles, was ich tun konnte.«

Das blaue Kleid hatte lange Ärmel, und der Saum reichte über die Knie. Er bedeckte die Bandagen, verbarg sie aber nicht vollständig. Man konnte sie sehen, weil der seidige Stoff sich an jeden Zentimeter ihres Körpers schmiegte.

So wie es aussah, trug sie drei Bandagen unter ihrem Kleid und nichts weiter.

Celia sah an sich herunter: »Ich hätte ja lieber etwas gehabt, bei dem vorne ein wenig mehr zu sehen gewesen wäre«, sagte sie und fingerte an dem Kragen um ihren Hals herum.

»Du solltest es mal mit Cellophan probieren. Das ist das einzige, bei dem man vielleicht noch mehr erkennen könnte«, meinte Helen und ließ sich auf das Sofa fallen. »Eine Erdnuß?« Sie warf Alison eine zu. Alison fing sie aus der Luft und warf sie sich in den Mund.

»Da ist ein Problem«, sagte Celia, »aber ich weiß wirklich nicht, was ich dagegen machen könnte.« Sie drehte sich zur Seite und machte einen Schritt. Ihr rechtes Bein, bis zur Hüfte bloß, streckte sich aus einem Schlitz in dem Kleid. Das Knie war durch eine braune Mullbandage gestützt. »Ich habe versucht, die Bandage wegzulassen, aber ohne tut das Knie wirklich verdammt weh.«

»Du könntest es mit einer Strumpfhose versuchen«, schlug Alison vor.

»Das will ich sehen«, spottete Helen.

»Es ist doch so«, sagte Alison. »Er weiß, daß du verletzt bist. Es ist also nichts dabei, wenn er deine Bandagen zu sehen bekommt.«

»Er wird sie sowieso sehen«, meinte Helen, »sobald du das Kleid fallen läßt.«

»Sie wird das Kleid nicht fallen lassen«, korrigierte Alison sie. »Roland wird es ihr vom Leib reißen.«

»Sehr komisch. Wie spät ist es?«

Helen sah auf ihre Armbanduhr: »Zwanzig nach sechs.«

»Gut. Er holt mich um zehn vor sieben ab. Ich glaube, ich habe noch Zeit für einen kleinen ...«

»Ich würde mich auch betrinken«, sagte Helen, »wenn ich so unter Leute gehen müßte.«

»Wenn du so unter die Leute gehen würdest«, konterte Celia, »würden die sich betrinken.« Sie grinste Alison an. »Kann ich dir etwas mitbringen?«

»Danke. Das gleiche wie du.«

Celia ging in die Küche.

»Gott, sie sieht phantastisch aus«, wisperte Helen. »Wenn ich auch nur ein bißchen so aussehen würde ...« Sie schüttelte den Kopf und seufzte. »Das Leben ist hart, und dann ist man tot.«

»Laß uns eine Pizza bestellen, sobald sie weg ist.«

Helens Laune besserte sich sofort wieder. »Vielleicht ist das Leben doch nicht so hart.«

Ein paar Minuten später kam Celia zurück und trug ein Tablett in der linken Hand. Zwei Whiskygläser standen auf dem Tablett. »Doppelte Wodka Gimlets«, verkündete sie, als Alison eines der Gläser nahm.

»Du hast schon einen sitzen, bevor er überhaupt da ist«, verkündete Helen.

»Nur ein kleines Anästhetikum. Außerdem muß *er* ja fahren.« Sie setzte das Tablett vorsichtig auf dem Tisch ab, dann ließ sie sich auf das Sofa gleiten und hob ihr Glas.

Alison nahm einen Schluck. Die Mischung war sehr stark. Sie sah Celia fragend an: »Bist du dir sicher, daß du heute abend ausgehen willst?«

Celia starrte in ihr Glas und zuckte mit einer Schulter. »Ich werde hier nicht versauern, nur weil so ein Mistkerl mich umgefahren hat.«

»Vielleicht solltest du dir ein wenig Zeit lassen.«

»Indem ich rumsitze und darüber nachdenke?«

»Ich glaube, er hat dich ganz schön hart erwischt.«

»Wem sagst du das?«

»Psychisch, meine ich.«

»Alison hat recht«, sagte Helen. »Du kannst nicht einfach so tun, als sei es nicht passiert. Du bist fast getötet worden und der Kerl ist tot. Das nimmt einen mit.«

»Ich komme damit klar, okay? Was habt ihr vor, wollt ihr mir den Appetit verderben?« Sie nahm noch einen Schluck. »Mir geht es gut. Und mir wird es noch viel besser gehen, wenn ich ein paar Drinks gehabt habe, bei einem Hummer-Essen mit einem netten Kerl, der mich mag, und der verdammt gut aussieht, auch wenn er noch ein Erstsemester ist. Ich weiß eure Sorge zu schätzen, aber laßt es sein, ja? Mir geht es gut.«

»Das ist ein hervorragender Drink.« sagte Alison. »In ein paar Minuten wird es uns beiden gut gehen.«

»Ja, aber ich bin dann mit einem phantastischen Mann unterwegs und du sitzt hier mit Helen. Überleg mal, wem es dann besser geht.«

»Hey«, sagte Alison. »du verdirbst mir die Laune.«

Eine Erdnuß prallte von ihrer Stirn ab und fiel in ihren Drink. Sie schwamm auf dem Wodka. Alison fischte sie heraus und steckte sie sich grinsend in den Mund. Sie fischte einen Eiswürfel aus ihrem Glas und betrachtete ihn.

»Nein, bitte«, flehte Helen. »Du könntest jemanden damit verletzen.«

»Du hast recht. Wie konnte ich nur zögern?« Sie warf den Eiswürfel nach Helen.

Helen quiekte, krümmte ihre Schultern zusammen und wand sich auf dem Stuhl. Sie wich zurück, als der Eiswürfel in ihrem Schoß landete. Ihre Hand zuckte. Eine schaumige Bierzunge schoß aus dem Krug und landete auf ihrer Brust. »Iiiitsch.«

»Hoppla!« sagte Alison.

»Wow!« sagte Celia. »Vielleicht sollte ich Jason sofort anrufen und für heute abend absagen. Anscheinend wird es hier heute abend noch richtig lustig.«

Helen klemmte sich die Erdnußdose zwischen die Beine. Mißbilligend zupfte sie sich den nassen Stoff von der Haut. Sie trug das gleiche verblichene, speckige und zerknitterte Kleid, das sie gestern getragen hatte, als sie im Einkaufscenter waren. Vielleicht auch ein anderes, das genauso aussah. Sie hatte mehrere davon. Man konnte sie schwer auseinanderhalten.

Sie roch an dem zusammengeknüllten Stoff. »Auf jeden Fall eine Verbesserung.«

»Sie sind weg«, rief Alison aus ihrem Sessel.

Helens Schlafzimmertür öffnete sich und sie sah sich prüfend um, so, als müsse sie sich vergewissern, daß die Luft auch rein war, bevor sie herauskommen konnte. Als sie sich davon überzeugt hatte, kam sie auf Alison zu: »Und, wie war er?«

»Er sieht aus, als käme er direkt aus einem After Shave Werbespot.«

»Wow.« Helen streifte sich mit dem Handrücken über die Nase. »Wahrscheinlich ist er ein Trottel. Jeder Typ, mit dem sie ausgeht, ist ein Trottel, ist dir das schon aufgefallen?«

»Ich weiß nicht.«

»Ganz bestimmt. Eines Tages wird es ihr leid tun.«

»Ich hoffe nicht.«

»Wenn du mit genügend Hohlköpfen ausgehst, dann wird es dir früher oder später ...«

»Was für eine Pizza wollen wir uns bestellen? Salami, Schinken?«

»Ich habe ein paar Speisekarten in der Schublade.«

»Her damit.«

# 17

Jake zitterte immer noch, als er aus seinem Wagen stieg. Er hatte die Taschenlampe in der linken Hand und die Machete unter den Arm geklemmt, als er zum Kofferraum ging. Er verfehlte mit dem Schlüssel ein paar Mal das Schloß, bevor er das Schlüsselloch traf. Er drehte den Schlüssel um. Der Kofferraum öffnete sich. Er legte die Machete und den Scheinwerfer hinein, neben den Benzinkanister, dann schlug er die Klappe zu.

Auf der Veranda seines Hauses umklammerte er seine rechte Hand mit der Linken, um das Zittern in den Griff zu bekommen und den Schlüssel ins Haustürschloß zu bugsieren. Als er drin war, schloß er sich ein. Er legte die Sicherheitskette vor. Obwohl das Abendlicht immer noch durch die Fenster schien, machte er die Runde durch das Wohnzimmer und knipste jede Lampe an. Dabei bemerkte er, daß er darauf achtete, ob jedes Fenster geschlossen war, und daß er hinter jedes Möbelstück sah.

»Nerven wie Drahtseile«, murmelte er.

In der Küche betätigte er den Lichtschalter. Er kontrollierte, ob die Fenster und die Tür in den Garten auch wirklich geschlossen waren. Er beugte sich hinunter, weil seine Lederhose zu eng war, um sich damit hinzuhocken, und nahm aus einer Schublade eine Flasche Bourbon. Ein Schweißtropfen fiel von seinem Kinn herunter und traf die Spitze seines Stiefels.

Er ging zum Spülbecken und riß einen langen Streifen von der Küchenrolle ab. Damit wischte er sich über das Gesicht und durch das strähnige Haar. Anschließend füllte er ein Glas mit Bourbon, nahm ein paar Schluck und seufzte, als die Hitze sich in ihm ausbreitete.

Er nahm das Glas mit durch den Flur, knipste dabei die Lampen an, an denen er vorbeikam, und ging in sein Schlafzimmer. Dort knipste er seine Nachttischlampe an. Und sah sich um. Die Vorhänge waren zugezogen. Der Kleiderschrank stand offen, so wie er ihn bei seiner Abfahrt zurückgelassen hatte. Er nahm noch einen Schluck, trat davor und sah hinein. Dann ging er zu der anderen Seite des Bettes. Er fühlte den Drang, sich auf Hände und Knie zu begeben und unter das Bett zu sehen.

*Sei kein Idiot*, dachte er. *Du bist zuhause. Das ist nicht das gottverdammte Oakwood Restaurant, das hier ist dein Zuhause und da ist nichts unter dem Bett außer vielleicht ein paar Wollmäusen.*

Nachdem er noch einen Schluck Bourbon genommen hatte, setzte Jake das Glas auf dem Nachttisch ab. Er öffnete den Reißverschluß seiner Lederjacke und zog sie aus. Sein blaues Hemd war schweißdurchtränkt und klebte an ihm. Er versuchte, die Knöpfe zu öffnen, aber seine Finger zitterten so stark, daß er es nach dem obersten Knopf aufgab und es sich über den Kopf zog.

Er schnallte sein Revolverholster los, hielt ihn über das Bett und ließ ihn fallen. Der Revolver hüpfte auf und ab, als er auf die Matratze traf. Stumm starrte er ihn an, während er seine Hose öffnete und sie auf die Knie hinunterzog. Er setzte sich auf das Bett, öffnete die Schnalle, ließ den Revolver aus dem Holster gleiten und legte ihn neben sein rechtes Bein. Er beugte sich vor und zog die Stiefel aus. Seine Socken klebten, als seien sie angeschweißt. Er streifte sie ab. Dann zog er sich die enge Lederhose über die Knöchel und kickte sie davon.

Im Licht der Lampe glänzten seine Beine vor Schweiß. Die Haare klebten am Körper. Er rieb sich die taube Haut an den Schienbeinen, dann drehte er die Beine um und sah sie sich von hinten an.

Da waren keine kreisrunden Löcher.

*Natürlich nicht. Nichts hätte durch die Stiefel und die Lederhose kommen können. Nicht ohne daß ich das gemerkt hätte.*

Jake stand auf. Sein Körper hatte Schweißspuren auf dem blaßblauen Bettbezug hinterlassen. Er zog sich die durchweichten Shorts herunter und streifte sie ab.

*Okay, bin ich eben ein Idiot*, dachte er. Er nahm den Revolver in die Hand, und ließ sich auf Ellbogen und Knie nieder. Er hob den herabhängenden Saum der Tagesdecke und starrte in den dunklen Raum unter dem Bett.

Zwei Augen starrten zurück.

Er keuchte. Er stieß den Lauf des Revolvers gegen die Augen. Er hätte beinahe den Abzug betätigt, bis ihm klar wurde, daß er in die Augen von Kimmys Cookie Monster glotzte.

Jake streckte einen Arm aus und holte den Teddy unter dem Bett hervor. Er preßte ihn gegen seine Wange. Grundgütiger, was wäre, wenn er tatsächlich darauf geschossen hätte?

Es war zwar nur ein Plüschtier. Aber wie alle Spielzeuge von Kimmy war es auch etwas Besonderes. Es war ein Teil von Kimmy, so als hätte sie ihm einen Teil ihres Lebens eingehaucht. Er konnte hören, wie sie leise quengelte: »Ich will Cookie!«

Jake hatte einen gewaltigen Kloß in der Kehle.

»Das war knapp, Cookie«, flüsterte er.

Er rappelte sich auf die Füße. Mit dem knubbeligen blauen Teddy in der einen Hand und dem Revolver in der anderen steuerte er auf die Tür zu. Er wollte Cookie Monster in Kimmys Schlafzimmer zurückbringen. Dann überlegte er es sich anders. Er setzte es auf seinen Nachttisch neben dem Telefon.

Auf Barbaras Seite des Kleiderschrankes bestand die Tür immer noch aus einem mannshohen Spiegel. Er ließ die Tür zufallen und sah sich an.

*Du hättest es gemerkt, wenn es dich erwischt hätte*, dachte er. *Vielleicht kann es dafür sorgen, daß man das vergißt. Wenn es einen in einen Kannibalen verwandeln kann ...?*

Es gab keine Verletzungen an seinen Beinen. Sein Hodensack war eingeschrumpft und sein Penis sah aus, als wolle er in seinem Körper verschwinden. Er ließ eine Hand zwischen seine Beine gleiten und fühlte auf beiden Seiten seiner Hoden und dahinter. Er betastete seinen Nabel und erschauerte, als er sich vorstellte, daß sein Finger ganz hineingleiten würde. Aber sein Nabel war so, wie er sein sollte. Seine Vorderseite schien in Ordnung zu sein, auch wenn die Messernarbe unter seiner rechten Brustwarze ein wenig weißer schien als sonst.

Er drehte sich um. Er blickte über die eine Schulter, dann über die andere. Er fühlte zwischen seinen verschwitzten Gesäßbacken.

*Du bist in Ordnung*, dachte er, *es sei denn, dieses verdammte Ding ist dir in den Arsch gekrochen.* Aber das hätte es nicht tun können, wenn es sich nicht vorher durch die Lederhose gefressen hatte. Und die wies keine Löcher auf.

Nachdem er sich überzeugt hatte, daß das Ding nicht in ihn eingedrungen war, nahm Jake einen weiteren Schluck Bourbon. Das Glas war beinahe leer. Er brachte es in die Küche und nahm dabei seinen Revolver mit. Nachdem er das Glas wieder gefüllt hatte, öffnete er eine Schublade und zog eine große Plastikgefriertüte heraus.

Er überlegte, ob er jetzt durchgedreht sei.

*Keiner wird das erfahren. Und wenn du dich damit besser fühlst, dann tue es.*

*Schöner Polizist, verängstigt wie ein kleines Kind.*

Er ließ den Revolver in die Tüte gleiten und zog den Zip-Loc Verschluß zu.

Jake schloß sich im Badezimmer ein. Er suchte den Boden, die Wände, die Decke, das Spülbecken und die Badewanne ab. Dann drehte er die Dusche auf. Er trank weiter, während er die Temperatur des Strahls einstellte, dann stellte er das Glas auf den Toilettendeckel und stieg in die Duschkabine. Er ließ die mattierte Glastür zugleiten.

Der eingebaute Seifenhalter hatte einen Metallhaken, an dem man einen Waschlappen aufhängen konnte. Er keilte den Lauf seines wassergeschützten Revolvers zwischen diesen Halter und die Fliesenwand, ruckte ein paarmal an der Waffe, damit sie auch wirklich nicht herunterfiel, dann nahm er die Seife in die Hand und begann, sich abzuschrubben.

Der kräftige heiße Strahl fühlte sich gut an. Jake überlegte, daß er jetzt so sicher sei, wie er nur sein konnte: Die Tür war verschlossen, er hatte das

Badezimmer kontrolliert, er stand hinter den Scheiben der Dusche und sein Revolver hing in Reichweite. Nichts konnte an ihn heran.

Dann sah er, wie das Seifenwasser durch den Abfluß ablief.

Eine Gänsehaut zog ihm über den Rücken.

*Mach dich nicht verrückt*, sagte er sich. *Da ist ein Stahlsieb drin, da kann nichts hochkommen.*

Er fiel auf die Knie. Seine Fingerspitzen reichten nur bis zum ersten Glied in den Abfluß, bevor sie auf das Hindernis stießen.

Okay. Da brauchte er sich keine Sorgen zu machen.

*Du solltest dir lieber Sorgen um deinen Verstand machen.*

Er hatte zwei Stunden lang allein das verdammte Restaurant durchsucht.

*Wenn es dich hätte erwischen wollen, hätte es dich da erwischt.*

*Du hast es nicht mit nach Hause gebracht. Wahrscheinlich hat es schon ein neues Zuhause gefunden – in demjenigen, der zwischen Donnerstag abend und heute nachmittag in das Restaurant eingebrochen war.* Irgendein Mistkerl hatte jetzt das zweifelhafte Vergnügen, mit diesem Ding im Rücken herumzulaufen, auf der Suche nach einer Mahlzeit. *Unsere tägliche Tusse gib uns heute.* Guter alter Barney, der konnte sogar darüber Witze reißen. Der hätte da hingehen sollen. Vielleicht würde er sich dann auch vor Abflüssen fürchten.

Jake blieb unter der Dusche, bis das Wasser kalt wurde. Dann kletterte er hinaus, trocknete sich ab, trank noch einen Bourbon und nahm den Revolver aus der Plastiktüte. In seinem Schlafzimmer kämmte er sich die Haare und zog einen Bademantel über. Er nahm seinen Drink und den Revolver mit ins Wohnzimmer. Auf dem Sofa legte er die Beine auf den Tisch, um die Füße vom Boden zu bekommen. Er ließ die Waffe in seinem Schoß liegen. Dann langte er nach dem Telefon und rief Barney zu Hause an.

Barney meldete sich: »Higgins.«

»Hier ist Jake.« Seine Stimme klang ruhig. »Hat Applegate dich erreicht?«

»Sicher. Du hattest recht mit dem Unbekannten aus dem Lieferwagen. Zähne und Blutgruppe stimmten vollkommen überein. Und wie ist es dir ergangen?«

»Ich habe alle überprüft, die seit Donnerstag abend am Tatort waren. Nichts.«

»Wie kannst du dir da sicher sein?«

»Wir haben sie bis auf die Haut ausgezogen.«

»Das wird ihnen bestimmt gefallen haben. Hast du ihnen gesagt, warum?«

»Andeutungsweise. Ich habe ihnen erzählt, Smeltzer sei von Parasiten befallen gewesen. Sie waren ziemlich kooperativ.«

»Du hättest ihnen auch sagen können, ich habe eine Beschneidungskontrolle angeordnet.«

Jake ignorierte die Bemerkung. »Als ich mit ihnen fertig war, bin ich zum Oakwood Inn rausgefahren. Da ist jemand eingebrochen. Vorder- und Hintertür sind beide aufgebrochen worden. Ich habe einen Sack Mehl auf dem Boden gefunden.«

»Einen Sack was?«

»Mehl. Wie das, mit dem man backt. Du weißt schon.«

»Hat da jemand Plätzchen gebacken?«

»Das bezweifle ich. Es gibt dort keinen Backofen. Dafür aber ein paar Fußspuren. Jemand ist in das Blut hineingetreten und hat Spuren hinterlassen. Ein nackter Fuß. Vielleicht Größe 38/39. Und jemand hat eine Flasche Wodka leergemacht, die bei den Smeltzers an der Bar gestanden hat.«

»Und was sagt dir das?«

»Vielleicht ein Penner. Obwohl die Größe der Fußspuren eher auf eine Frau hindeutet. Vielleicht haben ein paar Studenten aus der Uni eine Party gefeiert.«

»Aber keine Spur von einer ollen Glibberschlange?«

Die Haut auf Jakes Schenkeln und seiner Stirn schien sich plötzlich straff zusammenzuziehen.

»Du hast doch nachgesehen, oder?«

»Ich habe nachgesehen. Ich habe mehr als zwei Stunden lang nachgesehen. Ich habe mir jeden Zentimeter in der Bude angesehen.«

»Und kein Glück gehabt?«

»Ich habe das Viech nicht gefunden ...«

»Höre ich da ein ›Aber‹?«

»Ja, ein Aber.« Er hatte Probleme beim Atemholen, fühlte sich schwindelig. Er setzte sich auf und füllte seine Lungen: »Unten im Keller, hinter der Treppe, habe ich ein halbes Dutzend Eier gefunden.«

»Eier?«

»Ja.«

»So wie Hühnereier?«

»Nein, nicht wie Hühnereier.«

Barney pfiff leise in den Hörer. »So wie *ihre* Eier?«

»Ich ... ja, sieht wohl so aus. Sie waren durchsichtig. So wie ... wie Dragee-Eier, nur weich. Rot, aber durchsichtig. Ich konnte hineinsehen. Und in jedem von ihnen war ... so etwas wie ein kleiner Wurm.«

»Du willst mich verarschen, oder, Corey?«

»Kleine graue Würmer.«

Auf Barneys Seite bleib es lange ruhig. Dann sagte er: »Wo sind sie, diese Eier?«

»Immer noch da.«

»Du hast sie dagelassen?«

»Ich habe sie zertreten.«

»Bist du wahnsinnig? Scheiße!«

»Was sollte ich tun? Sie als Beweisstücke einsammeln?«

»Wir hätten Sie untersuchen können, vielleicht herausgefunden ...«

»Ich weiß, ich weiß. Ich ... ich bin ein bißchen ausgerastet, Barney.«

Wieder ein langes Schweigen. »Geht es dir gut?« Barney war plötzlich ruhig und ungewohnt ernst.

»Ich komme zurecht.«

»Du gehörst nicht zu denen, die einfach so ausrasten.«

»Oh, das kann ich sogar ziemlich gut.«

»Ich hätte dich da nicht allein hinschicken sollen. Es tut mir leid. Und du kommst wirklich klar?«

»Sicher.«

»Du hast diese Scheißviecher plattgemacht.«

»Ja, tut mir leid.«

»Na ja, vielleicht ist es das Beste. Wir gehen besser kein Risiko ein.« Jake hörte ihn seufzen. »Und die Mammi war also nicht da?«

»Ich glaube ... sie könnte überall sein, aber wahrscheinlich ist sie mit demjenigen gegangen, der in die Bude eingebrochen ist.«

»Die Leute von der Party.«

»Nur eine Vermutung.«

»Und keine Ahnung, wer das gewesen sein könnte?«

»Nur soviel, daß wohl ein Mädchen da war, und ich glaube nicht, daß sie allein war. Wahrscheinlich mit einem Typen. Wir könnten Fingerabdrücke von den Türen und der Flasche nehmen. Ich habe die Flasche mitgenommen, wir können sie also überprüfen. Aber ich glaube nicht, daß uns das weiterhilft. Wir haben dreitausend Studenten an der Uni von Clinton, weitere fünfhundert an der High School, und vielleicht zwei Dutzend davon in unseren Akten.«

»Und wie wäre es, wenn wir bei allen Jugendlichen in der Stadt eine Leibesvisitation durchführen? Ich helfe sogar mit und übernehme die Mädels.«

»Ja sicher. Ich wünschte wirklich, wir könnten das tun. Entweder das, oder wir müssen von allen Fingerabdrücke nehmen – das ist die einzige Möglichkeit, das Viech zu finden.«

»Aber wir wissen nicht sicher, ob das Wiesomer einen von den jungen Leuten erwischt hat«, sagte Barney.

»Wiesomer?«

»Ein gottverdammtes Wie-soll'n-mer's-nennen. Vielleicht war es schon weg, bevor die jungen Leute aufgetaucht sind. Und was machen wir jetzt?«

»Ich weiß es nicht. Wir könnten das Oakwood überwachen lassen. Ich bin mir ziemlich sicher, daß das Ding weg ist, aber vielleicht kommen die Jugendlichen ja noch einmal zurück.«

»Die Chancen sind wohl gering bis nicht vorhanden. Du solltest dich besser erst mal ausruhen. Unser Wiesomer ist in jemanden hineingeschlüpft. Vielleicht hat er die Kurve gekratzt und wir sind ihn los. Wenn er aber immer noch da ist, wird heute oder morgen entweder jemand vermißt, oder wir finden eine Leiche, und vielleicht haben wir dann Glück.«

»So oder so«, sagte Jake, »jetzt müssen wir die Sache publik machen.«

»Mußt du mich daran erinnern?« grummelte Barney.

»Wenn ich es nicht getan hätte, würde Applegate es tun.«

»Ja. Wir haben darüber geredet, als er angerufen hat. Wir halten die Angelegenheit noch bis Dienstag mittag zurück. Wenn wir es dann noch nicht erwischt haben, ist eine Pressekonferenz fällig. Du, ich, er, wir sind dann auf einen Schlag berühmt – die drei Knallchargen, die die Nation in Angst und Schrecken versetzt haben. Was für eine Aussicht. Wir sollten das Mistviech bis dahin besser haben.«

»Ich hasse es, nur herumzusitzen und zu warten.

»Es hat keinen Sinn, die Zeit zu verschwenden, du hast keinerlei Anhaltspunkte, denen du nachgehen kannst. Entspann dich und versuche, an etwas anderes zu denken.«

»Ja.«

Nachdem er aufgelegt hatte, leerte Jake auch den Rest des Bourbons. Er ging in die Küche, um sich etwas zu essen zu machen, und schälte eine Kartoffel über dem Spülbecken, als ihm einfiel, daß er den Revolver auf dem Sofa gelassen hatte. Er ließ ihn dort liegen. Aus irgendeinem Grund hatte er sich wieder unter Kontrolle.

Vielleicht lag es am Bourbon. Aber wahrscheinlich lag es eher an dem Gespräch mit Barney – daran, daß er über das Ding und die Eier geredet hatte, und über den Einbruch. Vor allem über den Einbruch. Er hatte jetzt keinen Zweifel mehr, daß die Kreatur einen neuen Wirt gefunden hatte. Sie lauerte nicht mehr irgendwo, auf der Suche nach einer Möglichkeit, sich in ihn hineinzubohren. Sie war nicht auf dem Sprung, mit einer Kartoffelschalenfontäne aus dem Müll herauszuschnellen, um ihn in den Nacken zu beißen.

Sie saß auf dem Rücken eines Jungen, der sich für seinen Spaß den falschen Ort ausgesucht hatte.

Jake fragte sich, ob dieser Junge langsam Hunger bekam.

## 18

Es war ein wundervolles Essen«, sagte Celia, als sie das Lobster Shanty verließen. »Und du bist wundervoll.«

»Es war mir ein Vergnügen«, antwortete Jason.

Sie legte einen Arm um seinen Rücken, drängte sich an ihn und küßte ihn. Sie standen im Licht unter dem Vordach des Restaurants. Aber der Parkplatzwächter war nicht zu sehen. Und auch sonst niemand. Jason hielt sie in seinen Armen und fühlte die feuchte Hitze ihres Mundes, den sanften Druck ihrer Brüste, ihren flachen Bauch an seinem Bauch. Er bekam eine Erektion. Er wußte, daß sie das fühlen konnte. Sie wand sich und rieb sich an ihm. Er ließ eine Hand an ihrem Rücken hinuntergleiten. Da war nur die Glätte ihres Kleides, nicht einmal ein dünner Streifen an ihrer Hüfte. Er liebkoste die sanften Hügel ihres Hinterteils.

Er dachte an Dana und fühle sich schuldig.

*Ich tue das deinetwegen*, dachte er.

*Ganz bestimmt nur meinetwegen*. Er konnte sie fast spotten hören. *Du bist geil, du Bastard.*

*Und wer soll ihr das erzählen?* fragte er sich.

Dana war vielleicht sogar tot.

*Du darfst daran gar nicht erst denken. Allmächtiger!*

Ein Auto fuhr in die Einfahrt des Restaurants, daher trennten sie sich. Jason hielt Celia an der Hand und führte sie zum Bürgersteig. »Möchtest du irgendwo hin?« fragte er.

»Aber sicher.«

»Ich kenne ein nettes abgeschiedenes Plätzchen.«

»Je abgeschiedener, desto besser«, sagte sie, gab ihm einen Stoß mit der Hüfte, stolperte, knickte sich den Knöchel um und fluchte: »Autsch! Scheiße. Warte einen Moment.« Sie kickte ihre hochhackigen Schuhe weg. Dann bückte sie sich in der Hüfte, um die Schuhe aufzuheben, ohne die Knie durchzubeugen. Jason starrte auf ihr Hinterteil, das sich durch das Kleid abzeichnete. Der Gedanke an Dana hielt ihn davon ab, sie zu streicheln.

Celia richtete sich wieder auf, mit den Schuhen in der Hand. »Es ist schon schlimm genug, in diesen Dingern herumzulaufen, wenn man nüchtern ist.«

»Soll das heißen, daß du nicht nüchtern bist?«

»Nicht so ganz«, sagte sie und sprach langsam und präzise. »Aber ich bin auch nicht völlig hinüber.« Sie grinste ihn debil an. »Bist du völlig hinüber?«

»Ich bin vielleicht *un peu* hinüber.«

Sie erreichten seinen Wagen. Er öffnete die Beifahrertür, half Celia hinein und ging dann zu seiner Seite. Die Fahrgastraumbeleuchtung schaltete sich ein, als er die Tür öffnete. Celias linker Arm war über die Lehne des Fahrersitzes gelegt und spannte den Stoff ihres Kleides über der Brust. Ihre Brustwarzen zeichneten sich durch den samtigen Stoff ab. Ihr linkes Bein hatte seinen Weg durch die geschlitzte Seite des Kleides gefunden. Bis auf eine fleischfarbene Elastikstütze um ihr Knie war es nackt bis zur Hüfte. Der Stoff verdeckte die Innenseite ihres Schenkels. *Ich bekomme einen tiefen Einblick*, dachte Jason, *wenn dieses winzige bißchen Stoff sich noch ein wenig mehr nach rechts bewegt.*

Celia grinste, als wisse sie, was er gerade dachte. »Steigst du jetzt ein oder nicht?«

»Ja.« Er setzte sich hinter das Lenkrad und zog die Tür zu. Er steckte den Schlüssel in das Zündschloß und startete den Motor.

Celias Hand tastete sich in seinen Nacken. Sie massierte ihn. »Verspannt?«

»Ein wenig.« Er stieß aus der Parklücke.

»Wieso?« fragte sie und knetete seine Nackenmuskulatur. »Du bist nicht nervös wegen mir, oder?«

»Ich glaube, das ist mehr Aufregung als Nervosität.«

»Hmmm.«

*Aber ich bin auch nervös*, dachte er. *Gott.* Es war nicht so gelaufen, wie er gedacht hatte. Er wollte sie betrunken machen, und das hatte gut geklappt; sie war ziemlich alkoholisiert. Aber er hatte nicht geplant, daß es ihm etwas ausmachte. Er sollte nur eine Rolle in dem Melodrama spielen, das Roland ausgebrütet hatte, um Dana zu retten. Das war alles. Nur ein wenig schauspielern. So tun, als sei er an ihr interessiert und von ihr angemacht, während er sie mit gutem Essen und Mengen von Alkohol abfüllte, bis sie völlig betrunken und absolut hilflos war.

*Sie ist genau wie ich sie haben wollte*, sagte er sich.

*Aber ich bin es nicht.*

Es war in dem Augenblick schiefgegangen, als er sie gesehen hatte und er sich eingestehen mußte, daß Dana nie so gut ausgesehen hatte. Weil er sich wie ein Verräter vorkam, hatte er diesen Gedanken aus seinem Kopf verbannt. Aber den ganzen Abend über hatte er die beiden miteinander verglichen, und Dana hatte jedesmal verloren. Celia sah sehr viel besser aus als Dana. Sie schien ihm zuzuhören. Das, was er sagte, schien sie zu interessieren. Sie war nicht eingebildet. Sie war witziger als Dana, und manchmal ging das auch auf seine Kosten, aber selbst ihre spitzesten Bemerkungen waren freundschaftlich und ohne die Bosheit, die Danas Sarkasmus manchmal gemein machten. Celia besaß eine Wärme und Sanftheit, die Dana völlig abging.

Während sie aßen, fand er sich mehr und mehr zu Celia hingezogen. Und er fühlte sich schuldig. Er hinterging Celia, indem er sie auf diese Weise benutzte; und er hinterging Dana, weil er sie gegen Celia eintauschen wollte.

»Die Ampel ist ...«

*Rot*, dachte er. Aber zum Anhalten war es zu spät, darum gab er Gas, um über die Kreuzung zu kommen.

Celia nahm ihre Hand aus seinem Nacken. »Du konzentrierst dich besser aufs Fahren«, sagte sie. »Wenn du in diesem Zustand angehalten wirst ...«

»Ja.« Die nächsten paar hundert Meter warf er immer wieder einen Blick in den Rückspiegel.

»Geht es dir gut?«

»Ja.«

»Ist irgend etwas?«

»Ja, du.«

»Ich. Ich weiß, du bist überwältigt von meiner Zönheit und meinen Schauber.«

»Ganz sicher. Deine Zönheit und dein Schauber.«

»Und schwindlig vor Vorfreude.«

»Du bist eine gute Beobachterin.«

»Was ist jetzt also wirklich? Ich meine, hat es etwas mit Dana zu tun?«

Jasons Herz setzte einen Schlag aus.

»Ihr zwei schient ziemlich fest liiert, und plötzlich ist sie abgeschrieben und ich bin angesagt. Möchtest du darüber ... willst du darüber reden? Ich meine, das hier ist doch keine Show, um ihr eins auszuwischen oder sie eifersüchtig zu machen oder sowas, oder?«

Eine Show, genau das war es. Er war dankbar, daß die Dunkelheit sein Gesicht verbarg, das jetzt wahrscheinlich puterrot geworden war.

»Darum geht es nicht«, sagte er. »Wir haben uns getrennt, aber sie hat mich nicht verlassen. Ich habe sie verlassen. Ich konnte es einfach nicht mehr ertragen, sie ist so ein Miststück. Ich weiß nicht, was ich überhaupt einmal in ihr gesehen habe.«

*Es tut mir leid*, Dana, dachte er.

Er konnte fast hören, wie sie zurückfauchte: *Einen Dreck tut es. Du hast jedes Wort so gemeint. Ich war nichts weiter als nur eine Fotze für dich. Aber ich kann mich nicht beschweren – für mich warst du auch nichts weiter als nur ein harter Schwanz.*

Er bog in die Latham Road ein. »Ich habe schließlich eingesehen, daß mir eine Menge entgeht. Ich meine, zu einer Beziehung gehört nun mal mehr als nur Sex.«

»Das sind zwei völlig verschiedene Dinge«, sagte Celia.

»Ich weiß nicht. Ich will die Person, mit der ich zusammen bin, wenigstens mögen, und bei ihr war es so, daß ich sie schließlich nicht einmal mehr um mich haben wollte. Sie war hart und schroff und gemein ... nicht so wie du. Du bist wirklich ein süßes Mädchen.«

»Ja, ich bin ein Engel.«

»Im Vergleich mit ihr bist du das.«

*Warum fahre ich dich dann da hinaus? Ich schulde Dana gar nichts. Außerdem ist sie vielleicht schon tot (ich hoffe fast – nein) und ich sollte nicht so über sie reden, nicht so über sie denken – auch wenn es die Wahrheit ist. Doch ich muß für sie alles tun, was in meinen Kräften steht, denn das schulde ich ihr. Außerdem ist es ein dämlicher Plan. Das funktioniert nie. Und wenn nichts passiert, bringe ich Celia nach Hause und sie wird nie erfahren, daß sie als Köder herhalten mußte. Und falls es entgegen aller Wahrscheinlichkeit doch funktioniert, dann passiert sowieso niemandem etwas. Wir erwischen den Kerl und der bringt uns zu Dana ...*

*Bringt uns zu ihrer Leiche, die an einem Balken hängt, verstümmelt und tot ...*

*Aber Celia wird jedenfalls nichts passieren.*

*Bring sie irgendwo anders hin. Vergiß die ganze Sache. Fahr mit ihr in ein Motel. Das wäre doch etwas. Tu ihr das hier nicht an.*

»Direkt vor uns«, sagte Celia, »da wollte dieser Kerl mich umfahren.«

»Möchtest du dir die Stelle ansehen?«

Sie schüttelte den Kopf. »Es gefällt mit nicht einmal, so nahe dran zu sein. Mein Fahrrad ist immer noch da. Ich habe gar nicht erst versucht, es abzuholen.«

»Sollen wir es mitnehmen? Wir können es auf die Rückbank legen.« *Sag ja*, hoffte er. *Wir holen das Fahrrad und wir vergessen das mit dem Oakwood.*

»Das lohnt sich nicht. Selbst wenn man es reparieren könnte – ich will es einfach nicht mehr haben. Ich besorge mir ein neues, wenn ich je wieder Fahrrad fahren will.«

»Sicher?«

»Ja.«

Jason bremste, betätigte den Blinker und bog in die schmale Straße ein, die zum Oakwood Restaurant führte. Er sah zu Celia hin. Sie starrte ihn an.

»Wo fahren wir hin?« wisperte sie.

»Da ist ein Parkplatz. Der ist abgelegen und ideal.«

»Das ist da, wo diese Leute Donnerstag nacht ermordet worden sind.«

Er nickte. »Ja. Ich habe davon gelesen. Wenn du lieber irgendwo anders hin möchtest?«

»Nein.« Das war alles, was sie sagte. Nichts weiter.

»Ich glaube, wir müssen uns keine Gedanken darüber machen, daß uns jemand überraschen könnte«, sagte Jason. »Niemand fährt zu einem solchen Ort hinaus, wenn so etwas passiert ist.«

»Vielleicht gerade deswegen.«

Die Straße mündete auf den Parkplatz. Jason steuerte nach rechts. Er fuhr einen Kreis und sah zu, wie seine Scheinwerfer über den ganzen Parkplatz leuchteten. Es waren keine anderen Autos da. Die Strahlen trafen auf eine Ecke des Gebäudes, bewegten sich an der dunklen Vorderseite entlang und spiegelten sich in den Fenstern. Als sie die Tür beleuchteten, hielt er an.

»Fahr näher ran«, flüsterte Celia.

»Bist du ...? Na gut.« Er ließ den Wagen bis vor die Stufen der Veranda rollen. Dann zog er die Bremse und stellte den Motor ab. Er ließ die Scheinwerfer brennen.

Celia lehnte sich vor, eine Hand gegen das Armaturenbrett gestützt, und blinzelte nach draußen. »Seltsam«, hauchte sie.

»Was?«

»So nahe an dem Ort zu sein, wo so etwas paasiert ist. Mach das Licht aus, ja?« Er drehte den Schalter.

Celia starrte in die Dunkelheit. »Meinst du, daß wir da reingehen können?«

Es war so einfach. Sie wollte da rein. *Also los, bringen wir es hinter uns.*

»Ich weiß nicht«, murmelte Jason.

»Hast du Angst?« fragte sie. Ihre Stimme klang ein wenig zittrig.

»Ja. Du nicht?«

Sie antwortete nicht. Sie lehnte sich zurück in ihren Sitz. Sie sah Jason an, dann nahm sie seine Hand und legte sie auf ihren bloßen Schenkel. »Kannst du die Gänsehaut fühlen?«

Er ließ die Hand höher an ihrem Bein hinaufgleiten. Ja, er konnte die Gänsehaut spüren. Ihre Beine waren rasiert, aber die Haarspitzen standen aufrecht und ein wenig kratzig an ihrem Schenkel. Er fuhr mit der Hand über die Innenseite des Schenkels. Da war die Haut glatt, unglaublich glatt und weich. Der Stoff berührte die Kante seiner Handfläche. Noch zwei, drei Zentimeter ...

*Sie würde mich gewähren lassen. Ich weiß, daß sie das würde.*

*Nein. Du kannst dich nicht mit ihr einlassen, nicht wenn du das hier durchführen willst.*

*Vergiß den Plan. Er ist idiotisch.*

*Was ist, wenn Dana noch lebt, wenn sie irgendwo gefangengehalten wird, wenn sie von einem Irren gefoltert und vergewaltigt wird und das hier ist ihre einzige Chance? Du kannst sie nicht einfach so abschreiben.*

*Verdammt, was soll ich tun?*

Er nahm die Hand von Celias Bein. »Ja tatsächlich, eine Gänsehaut. Hast du Angst oder ist dir kalt?«

»Ich habe Fracksausen«, sagte sie. Jason konnte sehen, wie ihre Zähne im Dunkeln leuchteten.

»Nun, ich habe hier etwas, damit geht das Fracksausen bestimmt wieder weg.«

»Ich weiß gar nicht, ob ich das loswerden will. Irgendwie mag ich das Gefühl. Weißt du? Es schaudert mich von innen. Das hat fast etwas Sexuelles.«

»Na ja, vielleicht läßt das hier dich innerlich noch ein bißchen mehr ... erschauern.« Er beugte sich vor bis zum Lenkrad, faßte unter den Sitz und zog eine Flasche Champagner hervor.

»Wow«, sagte Celia. »So läßt es sich leben.«

Er nickte und begann, das Aluminium vom Korken der Flasche zu pellen.

Der Champagner war Rolands Idee gewesen. Eine Versicherung, hatte Roland es genannt. Wenn du sie mit Bubbelwasser abfüllst, dann hast du keine Probleme mehr, sie in den Laden hineinzubekommen. Mit etwas Glück schläft sie dir sogar ein. Dann kannst du sie hineintragen.

Als Versicherung war die Flasche überflüssig.

Aber er brauchte Zeit zum Überlegen, um einen Entschluß zu fassen.

*Wenn wir hineingehen*, sagte er sich, *dann ist es bestimmt besser, wenn sie sturzbetrunken ist.*

Als er das Drahtgeflecht aufbog, drehte Celia sich von ihm weg. Mit der linken Hand kurbelte sie das Fenster hinunter. Dann sah sie ihn wieder an. »Du kannst den Korken zum Fenster hinausschießen.«

»Ich will dich aber nicht damit treffen.«

»An guten Tagen könnte ich ihn zwischen den Zähnen auffangen.«

»Und heute ist kein guter Tag?«

»Es ist dunkel und ich bin ein wenig beschwipst. Also ziel besser nicht auf mich.«

Jason zog das Drahtgeflecht herunter, klemmte sich die Flasche vor die Brust und begann an der Korkspitze zu drehen. Es quietschte leise. Er zielte weit vor Celias Gesicht vorbei und gab dem Kork dann einen letzten Ruck. Mit einen hohlen Plop schoß er an ihrer Nase vorbei in die Dunkelheit hinaus. Er hörte sie lachen, als er versuchte, den Geysir mit seinem Mund aufzuhalten und dabei Schaum über seinen Handrücken und sein Hemd verspritzte. Er schlürfte den eisigen Schaum und verschluckte sich.

»Alles okay?«

Ein paar Augenblicke später hatte er sich wieder unter Kontrolle. Er nahm einen Schluck, dann reichte er Celia die Flasche. Er sah zu, wie ihre Kehle beim Schlucken arbeitete. Mit einem Seufzer gab sie ihm die Flasche zurück. »Das ist gutes Zeugs«, sagte sie.

Sie saß Jason gegenüber, seitwärts, mit einem Bein auf dem Sitz. Ihr Knie berührte sein Bein. Die Innenseite ihres Schenkels war aufwärts gerichtet. Er folgte der bleichen Haut mit seinen Blicken bis zu dem dunklen Schatten unter dem Saum ihres Kleides. Dann hob er die Flasche. Er nahm einen Schluck, schloß die Lippen und tat so, als trinke er, bevor er ihr die Flasche zurückgab.

»Schauert es dich immer noch?« fragte er.

»Ja. Jetzt mehr als vorher.« Sie trank. »Hast du auch Käse und Cracker mitgebracht?«

»Ich befürchte, daran habe ich nicht gedacht.«

»Vielleicht gibt es sowas da drin«, sagte sie und deutete mit dem Kopf auf das Oakwood Inn. Dann nahm sie wieder einen Schluck. »Das ist schließlich ein Restaurant.«

»Du kannst doch nicht schon wieder Hunger haben.«

»Ich habe Hunger.« Jason war bei dem Tonfall klar, daß sie nicht vom Essen redete. Sie sah über den Sitz nach hinten. »Da liegt ja eine Decke.«

Jason nickte.

»Nimm sie und folge mir nach.«

Bevor er etwas dagegen einwenden konnte, hatte Celia ihr Bein vom Sitz genommen, sich von ihm weggedreht und die Tür geöffnet.

»Hey, was hast du vor?«

»Ich gehe da rein.«

»Bist du irre?«

»Ja.« Sie ließ die Tür zufallen.

Jason riß seine Tür auf und sprang hinaus. Über das Dach des Wagens hinweg sah er sie im Mondlicht, mit dem Kopf im Nacken, während sie aus der Flasche trank.

»Ich will da nicht hineingehen«, sagte er.

Sie ließ die Flasche sinken. »Na los, das wird ein Abenteuer.«

»Es könnte gefährlich sein.«

»Die Decke«, befahl sie. Sie winkte ihm mit der Flasche, dann ging sie unsicher, leicht hinkend und schwankend, auf die Verandastufen zu.

Jason griff sich die Decke vom Rücksitz und eilte hinter ihr her.

Sie wartete vor der Tür des Gebäudes auf ihn. Nachdem sie noch einen Schluck genommen hatte, reichte sie ihm die Flasche. »Ladies first«, sagte sie in einem zittrigen Flüsterton. Dann öffnete sie die Tür. Sie griff sich Jasons Ellbogen und zog ihn hinter sich herein, dann schloß sie die Tür. »Oh Gott, ist es hier dunkel.«

»Ich habe Streichhölzer«, flüsterte Jason. Sein Herz hämmerte.

»Roter Mann braucht kein Feuerholz«, sagte sie in der Imitation eines Indianers. »Roter Mann hat Licht der Sterne.«

»Willst du nicht sehen, wo ...?«

»Ich liebe die Dunkelheit.« Ihr linker Arm schlang sich um Jason. Er ließ die Decke fallen. Er umarmte sie, wobei die Champagnerflasche, die er in der rechten Hand hielt, sich in ihren Rücken preßte.

Sie fühlte sich warm an, aber ihr Körper zitterte. Als sie sich küßten, bemerkte er, daß selbst ihr Kinn bebte. Ihre Zunge glitt in seinen Mund. Ihre rechte Hand streichelte seinen Hintern, während ihre Linke ihm das Hemd aus dem Hosenbund zog, darunterglitt und seinen Rücken erkundete.

Er löste seine Lippen von ihren. Ihr Gesicht war ein verschwommener heller Schatten mit schwarzen Löchern statt Augen und Mund. Er wollte sie nicht so sehen. »Ich muß die Flasche loswerden.«

»Mach sie leer.«

»Ich will nicht mehr.«

»Gib sie mir.« Er zog sie hinter ihrem Rücken hervor. Ihre Hand berührte seine, dann nahm sie die Flasche. Einen Augenblick später hörte er sie schlucken. Er tastete in der Dunkelheit nach der Region unter ihrem fahlen Gesicht. Eine Hand fand eine Schulter, die andere eine Achselhöhle. Sobald er wußte, was er berührte, war es ein Leichtes, ihre Brüste zu finden. Er nahm sie in die Hände. Celia hörte auf zu schlucken und stöhnte. Sie atmete schneller, als er sanft ihre harten Brustwarzen zwischen die Finger nahm.

Die Sektflasche fiel zu Boden und das Geräusch ließ Jason zusammenzucken. Celia keuchte auf. »Autsch!«

»Tut mir leid.«

»Schon okay.«

Eine Hand drückte sich gegen seine Hose. Er drängte ihr entgegen, der Druck war kaum auszuhalten. Dann spürte er ein schwaches Ziehen und hörte den Reißverschluß, der nach unten glitt.

Wenn er doch nur denken könnte. Er wollte sie. Aber nicht hier. Er wollte sie gar nicht hier haben, aber er wollte auch ihre kühlen Finger auf seiner Haut spüren, und er wollte seine Hand durch den Schlitz in ihrem Kleid stecken und sich an der glatten, seidigen Haut ihres Schenkels nach oben tasten. *Und dann werden wir nackt auf der Decke ausgestreckt sein und das darf nicht sein. Das gehört nicht zum Plan.*

*Wir sind nun einmal hier, und sollten uns an den Plan halten.*

Sie griff mit der Hand nicht in den Hosenschlitz. Stattdessen zerrte sie an seinem Gürtel. Sie atmete schwer, während er ihre Brüste rieb.

»Warte«, keuchte er mit einem heiseren Flüstern.

»Was?«

»Ich muß vorher aufs Klo.«

»Laß mir die Streichhölzer da. Ich bereite alles vor.«

»Ich brauche eines, um das Klo zu finden.« Er nahm die Streichholzschachtel aus der Tasche, zog eines heraus und strich es an. Die Helligkeit stach ihm in die Augen. Celia blinzelte in das Licht.

Er gab ihr die Schachtel, dann steuerte er auf den Alkoven am anderen Ende der Bar zu, wo die Toiletten waren. Er ging um den Tisch herum. Die Flamme näherte sich gefährlich seinen Fingerspitzen, daher blies er es aus. Er streckte die Hände vor sich aus, tastete durch die Luft und kam so langsam voran.

Hinter ihm zischte ein Streichholz auf. Er hastete den Rest des Weges zu dem Alkoven voran, dann sah er sich um. Celia stand breitbeinig im Raum zwischen der Tür und der Ecke der Bar, und starrte auf die Decke hinunter. Sie stolperte und fiel fast vornüber, als sie versuchte, sie hochzuheben. Mit einer Hand breitete sie sie aus. Ganz langsam hob sie das Streichholz vor ihr Gesicht und blies es aus. Sie verschwand.

Jason starrte in die Dunkelheit und wartete darauf, daß ein weiteres Streichholz aufflammte. Das geschah nicht. Schließlich drehte er sich um und tastete sich an der Wand entlang, bis er die Tür zur Herrentoilette fand. Er drehte den Knauf, ging hinein und betätigte den Lichtschalter.

Roland saß auf der Toilettenschüssel und grinste ihn an.

# 19

»Na, wie läuft´s?«

Jason schüttelte den Kopf.

Roland zeigte auf seinen offenen Hosenschlitz. »Das deutet darauf hin, daß du nicht allein bist?«

»Sie ist hier.« Er zog den Reißverschluß zu und schloß den Gürtel. Dann lehnte er sich zurück gegen die Toilettentür. Er holte tief Luft und wischte sich dann über das Gesicht. »Ich weiß nicht so recht, Roland.«

»Was soll das heißen?«

»Sie ist ein nettes Mädchen. Sie so zu benutzen, ist eine miese Tour.«

»Du willst doch Dana helfen, oder?«

»Natürlich. Ich wäre nicht hier, wenn ich das nicht wollte. Aber die ganze Sache ist doch idiotisch. Wie hoch sind denn die Chancen, daß der Kerl heute nacht wiederkommt?«

»Er war letzte Nacht hier«, erklärte Roland, »und er hat einen guten Fang gemacht. Warum sollte er also nicht zurückkommen und probieren, ob das noch mal klappt?«

»Das ist verrückt.«

»Wenn er kommt, haben wir ihn.«

Jason schüttelte den Kopf. Er stemmte sich von der Tür weg, ging zu einem Waschbecken und drehte den Hahn auf. »Ich will nicht, daß sie uns hört«, sagte er.

»Wo ist sie?«

»Vorne an der Haustür. Sie macht gerade die Decke fertig.« Jason spritzte sich Wasser ins Gesicht, trocknete sich dann mit der Vorderseite seines Hemdes ab und ging rückwärts, bis er wieder an der Tür lehnte.

»Hast du sie abgefüllt?«

»Sie ist sturzbetrunken.«

»Klasse.«

»Ich fühle mich wie der letzte Arsch.«

»Ihr wird nichts passieren.«

»Wenn der Kerl kommt ...«

»Dann krallen wir ihn uns. Und dann bringt er uns zu Dana.«

»Falls der Kerl auftaucht, wird Celia wissen, daß ich sie nur benutzt habe.«

»Und was kümmert dich das? Was soll sie deswegen unternehmen? Es ist ja nicht so, als ob du sie entführt hättest oder so. Sie kam aus freien Stücken her.«

»Sie hatte aber keine Ahnung, daß sie als Köder dienen würde.«

»Was für ein Pech. Dann ist sie eben sauer. Aber du hast Dana wieder. Das ist es doch wohl wert, oder?«

»Vermutlich.«

Roland stand auf. »Wir werden besser hinausgehen«, sagte er und drehte des Wasserhahn zu. »Wir wollen ja nicht, daß unser Psycho sich mit ihr davonmacht, während wir hier diskutieren. Du gehst zu ihr rüber, aber halt den Mund. Sag gar nichts. Wenn das hier funktionieren soll, muß sie völlig weggetreten sein.«

»Sie war ganz schön aufgedreht, als ich sie zurückließ.«

»Geil?«

»Ja, und nervös.«

»Wenn sie noch wach ist, vögel sie. Das wird sie abregen. Und wenn sie dann eingeschlafen ist, komm wieder hierher. Sie taugt nicht als Köder, wenn du noch danebenliegst.«

»Mir schmeckt das nicht.«

»Was schmeckt dir nicht?«

»Diese ganze Sache. Vielleicht sollte ich sie einfach wieder nach Hause bringen.«

»Sei kein Trottel.«

»Roland, sie ist ein nettes Mädchen. Ich mag sie.«

»Läßt du Dana jetzt in den Wind schießen?«

Jason verzog das Gesicht, als habe er Bauchschmerzen. »Ich sehe zu, was ich machen kann«, murmelte er.

Roland gab ihm ein Zeichen, von der Tür wegzutreten, dann knipste er das Licht aus und drehte langsam den Knauf. Das Schloß öffnete sich lautlos. Die Scharniere drehten sich, ohne zu quietschen. Er grinste. Er hatte an alles gedacht. Ein paar Stunden früher, nachdem er das Schloß mit einer einfachen Drehung seines Messers geöffnet hatte, hatte er das Schloß, den Knauf und die Scharniere geölt.

Seine nackten Füße waren auf dem Linoleum nicht zu hören. Er konnte Jasons Schritte hinter sich hören, aber auch die waren nicht sehr laut. Indem er eine Hand an der Wand entlanggleiten ließ, fand er den Durchgang in den Saal. Er blieb dahinter stehen.

Jason legte ihm eine Hand auf die Schulter.

Nach dem Licht im Badezimmer konnte Roland hier nichts mehr sehen. Außer ein paar grauen Flecken in der Nähe der Fenster erschien ihm alles schwarz. Er lauschte, hörte aber nur seinen eigenen Herzschlag und Jasons Atmen hinter seinem Ohr. Jason klang, als habe er gerade einen Sprint absolviert. Sein Atem roch nach Alkohol.

Roland drehte sich zur Seite, mit dem Rücken an die Wand der Durchgangs. Er tastete nach Jasons Hemd und gab ihm einen Schubs voran. Jason ging an ihm vorbei und manövrierte sich durch den Raum.

*Das klappt doch hervorragend*, dachte Roland.

Er hoffte, daß Celia noch wach war. Er hoffte, Jason würde sie vögeln. Wenn das passierte, würde er sich nah heranschleichen und einen Logenplatz haben. Es gab nichts zu sehen, aber viel zu hören. Und den Rest konnte er sich vorstellen. Er hatte sie sich gestern in der Einkaufspassage sehr genau angesehen – sie und ihre schnucklige Freundin.

Die wäre ihm ja heute nacht lieber gewesen. Aber so war es auch gut. Sehr gut sogar. Die Sache mit der Verabredung hätte bei Celias Freundin vielleicht nicht gewirkt, und ihm gefiel die Idee. Ein Rendezvous, um als Köder zu dienen. Was für ein Witz. Die Leute ließen sich so verdammt leicht manipulieren. Wenn man ihnen den richtigen Mist erzählte, dann taten sie alles, was man wollte.

*Na, wie steht´s, Jason? Bereit, ihr einen reinzuschieben?*

Roland lachte leise, erwischte sich dabei und presste die Lippen hart aufeinander.

Er hörte leise Fußtritte. Jason kam zurück.

»Sie ist weggetreten.«

Scheiße. Damit war die Show ins Wasser gefallen. »Perfekt«, sagte Roland.

»Also, wo verstecken wir uns? Vielleicht sollten wir näher herankriechen? Einer von uns könnte sich hinter die Bar ducken.«

»Gute Idee.«

»Du hast die Handschellen?«

»Hier.« Roland klopfte auf die Hosentasche seiner Jeans.

»Was ist mit meinem Hammer?«

Roland antwortete nicht.

»Du hattest ihn, als ich dich abgesetzt habe.«

»Ich überlege gerade.«

»Ich werde nicht versuchen, mich mit dem Typen unbewaffnet anzulegen.«

»Ich muß ihn in der Toilette gelassen haben. Ja.«

»Na los, hol ihn. Verdammt.«

Roland schlich sich zurück in den Waschraum. Er ging hinein und schloß leise die Tür. Der Maurerhammer lehnte an der Wand neben der Toilette. Er hatte ihn mit Absicht da hingestellt, wo ihn keiner sehen konnte. Er wollte ihn holen, sobald es Jason einfiel, daß er unbewaffnet war.

Er hob ihn auf. Auf dem Griff klebte noch ein Preisschild. Sie hatten den Hammer am Nachmittag in einem Eisenwarenladen gekauft, damit Jason eine Waffe gegen den erfundenen Psychopathen hatte.

Jason schob den hölzernen Griff in seinen Gürtel.

Er öffnete das Futteral seines Messers, zog die Waffe heraus und ließ sie aufklappen. Es gab ein leises Klicken, als die Klinge einrastete.

Er stellte sich direkt vor die Tür und knipste das Licht aus. Er öffnete die Tür. »Jason?« fragte er mit einem lauten Flüstern.

»Gefunden?«

»Ja, aber komm mal her.«

Er lauschte Jasons schlurfenden Schritten.

»Was?«

»Komm mal für eine Minute hier rein, wir müssen miteinander reden.«

Jason kam herein und schloß die Tür. »Was ist los?«

»Ich habe Angst.«

»Oh, um Himmels ...«

»Nein, wirklich.« Er tastete mit seiner linken Hand, fand Jasons Schulter und umklammerte sie. »Ich habe eigentlich nie geglaubt, daß dieser Kerl auftauchen würde, aber jetzt bin ich mir nicht mehr so sicher. Was, wenn er kommt, und wir werden nicht mit ihm fertig? Ich meine, er könnte uns alle umbringen.«

»Reg dich ab, Roland. Mein Gott. Wir sind zu zweit, und wir haben die Überraschung auf unserer Seite, und außerdem wird überhaupt niemand kommen. Wir warten ein paar Stunden ab, dann bringe ich Celia nach Hause und ...«

Roland rammte Jason das Messer in den Bauch. Die Wucht ließ beide gegen die Tür prallen. Roland drehte das Messer brutal herum, zog es heraus und stach wieder zu. Sein Handgelenk wurde festgehalten. Er riß das Messer heraus und befreite damit seine blutige Hand aus Jasons Griff. Bevor er wieder zustechen konnte, traf ihn ein Schlag gegen die Brust. Er taumelte nach hinten, stolperte durch die Dunkelheit und begann zu fallen. Die Kante von etwas – dem Waschbecken? – stieß hart gegen sein Gesäß. Seine Füße rutschten auf den nassen Fliesen weg. Er fiel. Als er seine Arme nach hinten warf, erwischte er das Waschbecken mit beiden Ellbogen und stemmte sich daran ab, während er versuchte, wieder auf die Füße zu kommen. Er rutschte weiter.

Das Licht ging an.

Er sah Jason. Auf den Knien mit der Schulter gegen die Tür gelehnt. Die Mauer rund um den Lichtschalter war mit blutigen Handabdrücken verschmiert, als habe Jason es für wichtig erachtet, das Licht anzumachen, zu sehen, was mit ihm geschah. Er drehte den Kopf und sah Roland an. Sein Gesicht hatte die Farbe trockener Asche. Seine Augen waren hervorgequollen, sein Mund so weit aufgesperrt, daß die Mundwinkel gerissen waren und Blut an seinem Kinn hinabrann.

Der größte Teil des Bodens zwischen ihm und Roland war mit einem sich ausbreitenden Blutfilm bedeckt. Roland stand da mit ausgestreckten Beinen und den Fersen in der Pfütze. Immer noch gegen das Waschbecken gestemmt, knickte er in den Knien ein und zog die Beine an, bis sie direkt unter ihm waren. Vorsichtig stand er auf. Mit der linken Hand am Waschbecken hielt er sich aufrecht.

Jason klammerte sich an den Türknauf und versuchte sich hochzuziehen. Seine Füße glitten unter ihm weg. Er landete mit einem leisen Platschen auf dem Hintern in der Blutlache.

Roland wechselte das Messer in die linke Hand. Er zog den Hammer aus seinem Gürtel und ging langsam vorwärts. Er wagte nicht, die Füße anzuheben, und schlurfte stattdessen, schlidderte über die rutschigen Fliesen. Jason starrte ihm entgegen und hob eine Hand, um den Schlag abzuwehren. Roland schlug zu und traf die Rückseite von Jasons Handgelenk. Der Arm flog zur Seite. Dann ließ er den Hammer mit aller Kraft auf Jasons Kopf niedersausen. Die Spitze sank nur etwa einen Zentimeter tief ein. Als Roland ihn wieder hob, sah er eine markstückgroße Einbuchtung, in der Haare klebten. Das Loch füllte sich langsam mit Blut. Er schlug noch einmal zu und versuchte, die gleiche Stelle zu treffen. Der Hammer traf knapp daneben auf, brach einen Halbmond aus Schädelknochen neben dem vorherigen Loch ab, erzeugte eine kleine Blutfontaine und sank tief ein.

Roland ließ den Hammer stecken, wo er war. Er rutschte nach hinten, um seine Arbeit zu begutachten. Jason saß auf dem Fußboden mit dem Rücken zur Tür, die Beine ausgestreckt, die Arme schlaff an den Seiten herabhängend. Seine Hose und die untere Hälfte seines Hemdes waren blutdurchtränkt. Sein Kopf, aus dem immer noch Blut herausströmte, hing nach vorn, mit dem Kinn auf der Brust. Er trug den Hammer auf dem Kopf wie einen makabren Partyscherz.

Obwohl Jason sich nicht mehr bewegte, konnte die Menge Blut, die immer noch unter dem Hammer hervorquoll, nichts anderes bedeuten, als daß er noch lebte.

*Manche Leute sind einfach nicht totzukriegen*, dachte Roland.

Der Gedanke überraschte ihn. Schließlich war Jason erst sein zweites Opfer, und die Sache mit Dana war ein Kinderspiel gewesen.

Aber er wußte, daß es andere gegeben hatte – und bei einigen davon war es verdammt schwer gewesen, sie umzubringen. Daran war nichts Ungewöhnliches, dachte er. Die Erinnerungen an die anderen Morde mußten von seinem Freund stammen. Lächelnd faßte er an den Wulst in seinem Nacken. Er fühlte, wie der ein wenig zuckte, und eine schwache lustvolle Erregung durchfuhr ihn.

*Sehen wir zu, daß wir weiterkommen*, dachte er.

Er rutschte näher an Jason heran. Er hielt sich an dem Türknauf fest, während er sich niederhockte und Jason die Kehle durchschnitt.

Dann stand er auf, zog den Hammer heraus und steckte den Stiel in seinen Gürtel. Er klappte das Messer zusammen und schob es in die Lederscheide. Aber er machte sich nicht die Mühe, die Scheide zu schließen. Er wühlte mit einer Hand in der Tasche seiner Jeans und zog die Handschellen hervor.

Jasons Körper lag vor der Tür. Die Leiche fiel zur Seite, als Roland die Tür aufstemmte.

Roland knipste das Licht aus, verließ den Raum und schloß die Tür.

Zuerst schlidderten seine Füße über den Boden. Aber mit jedem Schritt ließ das nach. Er hielt im Türrahmen zum Saal an, um seine Augen an die Dunkelheit zu gewöhnen.

Wie er so dastand, fühlt er ein paar schwache Lustempfindungen. Sie kamen von seinem Freund. Vorboten der irren Exstase, die er ihm in einigen Minuten verschaffen würde. Roland leckte sich über die spröden Lippen und fragte sich, warum er keine Belohnung dafür bekommen hatte, daß er Jason alle gemacht hatte.

Er überlegte, und dann wußte er Bescheid. Jason war nur im Weg gewesen – ein Hindernis, nicht das eigentliche Ziel. *Du kriegst nur einen kleinen Schub, weil du ihn zur Seite geschafft hast, der größere wartet auf dich, wenn du mir Celia lieferst.*

*Das macht Sinn*, erkannte er und bekam dafür einen kleinen Belohnungskick.

*Du hast ja keine Ahnung*, dachte er. *Scheiße, vielleicht weißt du es doch, vielleicht aber auch nicht. Das ist meine Show. Ich wollte so etwas immer schon machen, aber ich hatte nie den Mumm dazu, bis jetzt. Ich brauche deine Kicks nicht, um davon angemacht zu werden.*

*Aber sie sind trotzdem klasse.*

*Oh das sind sie, ganz bestimmt. Und gleich kriege ich wieder einen.*

Sein Herz hämmerte, sein Mund war ausgedörrt, sein Atem ging schnell und sein Penis wurde hart.

Es wurde Zeit. Er konnte jetzt ein paar Dinge in der Dunkelheit sehen: die vagen Umrisse des Kartentisches mit den Flaschen und Gläsern darauf, die lange ebene Oberfläche des Tresens und eine Ecke von etwas Dunklem – vielleicht Jasons Decke – das sich in dem grauen Licht, das durch ein Fenster hereinfiel, abzeichnete.

Celia sah er nicht. Aber sie mußte da sein. Sie mußte auf der Decke liegen und schlafen.

Hören konnte er sie auch nicht. Nur seinen eigenen Herzschlag und sein Atmen.

*Sie ist da – es sei denn, sie hat uns auf der Toilette gehört. Wir haben aber nicht viel Krach gemacht. Jason hat kaum einen Laut von sich gegeben. Es war nichts zu hören gewesen, außer vielleicht ein paar dumpfe Schläge. Wenn sie wirklich so betrunken war, dann hätte sie davon nicht aufwachen dürfen.*

Roland berührte seine Messerscheide. Der Sicherungsbügel war offen. Der Messinggriff des Messers darunter fühlte sich klebrig an. Er ließ das Messer, wo es war. Er würde es zunächst noch nicht brauchen.

Er brauchte nur die Handschellen.

Er wischte sich das Blut an seinen Händen so gut es ging hinten an seiner Jeans ab.

Er hielt einen der Armreifen in seiner rechten Hand, ließ den anderen herunterbaumeln und schlich voran.

Seine bloßen Füße quietschten jedes Mal, wenn er sie vom Boden hob. Mit jedem Schritt hämmerte sein Herz lauter, wurde sein Atem pfeifender. Schweiß brannte ihm in den Augen und rann ihm an den Seiten hinunter. Er ging ein wenig gebückt, um den Druck seines erigierten Penis gegen die Jeans zu mindern. Er grinste. Er fühlte sich jetzt schon irre gut, und das, obwohl er zur Zeit gar keine Schübe von seinem neuen Freund bekam. Die standen noch bevor.

Er blieb direkt vor dem Fußende der Decke stehen. Er konnte Celia immer noch nicht sehen.

*Was, wenn sie weg ist?*

Dann hörte er sie. Sie atmete tief und flach.

Roland bückte sich. Er tastete sich vorsichtig vor, bis seine Hand die Decke berührte. Er fühlte etwas durch den Stoff – wahrscheinlich ein Bein – und stellte fest, daß sich Celia wohl zugedeckt hatte.

Auf den Knien rutschte er hoch, bis er in Bauchhöhe war. Er suchte mit einer Hand nach dem Rand der Decke, fand ihn und hob ihn hoch. Als er sie aufdeckte, brummelte sie etwas, wurde jedoch nicht wach.

Er konnte sie jetzt sehen, trotz der Dunkelheit. Sie war nackt, und es fiel genug Licht auf ihre Haut, um ihr einen matten, seidigen Schimmer zu verleihen. Sie lag auf dem Rücken. Ihre Beine waren leicht gespreizt, nackt bis auf die dunkleren Bandagen an ihren Knien. Ihr rechter Arm, nur Zentimeter von Rolands Knie entfernt, lag an ihrer Seite. Der bandagierte Ellbogen war leicht geknickt und ihre Hand lag mit gekrümmten Fingern in Höhe ihres Hüftknockens. Der andere Arm war nach oben gezogen, der Ellbogen ragte zur Seite hinaus und die Hand diente als Kissen unter ihrem Kopf. Roland starrte auf den schmalen dunklen Fleck zwischen ihren Beinen. Sie war nicht so behaart wie Dana. *Sie muß sich da rasieren*, dachte er.

Er glotzte auf ihre Brüste. Sie waren angedeutete Hügel, mit dunklen Spitzen. Sie hoben und senkten sich leicht, während sie atmete.

Mit seiner linken Hand griff er zu und berührte die ihm zugewandte Brust. Sie war so weich. So samtig. Auch die Brustwarze. Aber die schien sich unter seiner Berührung zu sträuben, sich zurückzuziehen und dann steif aufzuragen.

Celias Atmen veränderte sich.

»Hallo«, flüsterte sie verschlafen. »Wo warst du denn so lange?«

Roland drückte ihre Brust, dann nahm er seine Hand weg.

Oh Gott, dieser Druck! Er bekam jetzt Luststöße, Wogen, die über ihn hinwegbrandeten, ihn schüttelten.

»Jason?« fragte Celia.

»Jason ist nicht hier. Jason ...« und plötzlich schrie Roland schrill: »... HATTE EIN RENDEZVOUS MIT DEM TOD!« Er griff nach einem ihrer Handgelenke und ließ eine Handschelle darum zuschnappen.

Im gleichen Augenblick, bevor Celia sich wehren oder schreien konnte, hatte er die andere Schelle um sein eigenes linkes Handgelenk gelegt.

# 20

Alison wachte auf. Das Sonnenlicht fiel auf ihr Bett. Der warme Windhauch, der durch ihr offenes Fenster hereinströmte, roch nach Blumen und Gras. Ein vorwitziger Vogel schimpfte vor sich hin, als sei er vom angenehmen Zwitschern seiner Nachbarn erbost. Die Glocken einer Kirche erklangen gleichmäßig irgendwo in der Ferne. Alison stellte sich eine Kirchengemeinde vor, die dazu Choräle sang.

Sie räkelte sich unter der Decke. Sie fühlte sich gut. Dann warf sie die Decke zur Seite und war einen Moment lang überrascht, daß sie ihr neues blaues Neglige trug.

Sie wollte es eigentlich für einen speziellen Anlass aufheben. Aber vielleicht zählte die letzte Nacht irgendwie auch als einer.

Sie erinnerte sich daran, wie sie in ihr Dachgeschoßzimmer gekommen war, nachdem sie mit Helen Trivial Pursuit gespielt und sich *The Howling* im Fernsehen angesehen hatte. Sie erinnerte sich daran, wie sie an ihrem Schreibtisch gesessen und auf die Schnappschüsse von Evan gestarrt hatte, die an ihrer Pinwand hingen, wie sie sich einsam und allein gefühlt und sich gefragt hatte, was er wohl gerade mache. Wahrscheinlich machte er es gerade mit Titten-Tracy. Der Scheißkerl. Sie hatte das Bedürfnis, ihm weh zu tun, und hatte alle Fotos abgenommen und begonnen, eines in winzige Stücke zu zerreißen. Das Bild zeigte sie Hand in Hand mit Evan. Celia hatte es vor zwei Wochen auf dem Rasen hinter der Bennet Hall aufgenommen.

Nachdem sie das Foto zerrissen und zugesehen hatte, wie die einzelnen Teile in den Papierkorb flatterten, war sie in Tränen aufgelöst. Sie ertrug es nicht, noch mehr zu zerstören, also legte sie die restlichen Fotos zu einem ordentlichen Stoß zusammen, schlang ein Gummiband herum und ließ sie in die oberste Schublade ihres Schreibtisches fallen.

Ihr war elend. Sie hatte sich ausgezogen und den Kleiderschrank geöffnet. Sie wollte eines ihrer normalen Nachthemden anziehen, aber das neue fiel ihr blau-schimmernd in die Augen. Es gab keinen Grund, es aufzuheben; niemanden, für den sie es aufsparen sollte. Also konnte sie es genausogut anziehen. Das tat sie dann auch, und seufzte, als es über ihre Haut glitt. Sie wischte sich die Augen und sah in den Spiegel. Ihre Brüste waren durch das Gazetop deutlich sichtbar. Sie zuckte mit der Achsel, so daß einer der Spaghetti-Träger von ihrer Schulter glitt. *Das hast du davon, Evan*, dachte sie. *Du würdest verrückt werden, wenn du mich so sehen könntest, aber das wirst du nicht mehr. Was für ein Pech, du Kanaille!*

Die Erinnerung daran brachte auch einen Teil der Trauer der letzten Nacht zurück, und minderte das gute Gefühl, so in dem sonnenüberfluteten Bett zu liegen, mit dem Windhauch, der über sie hinwegglitt.

Alison stand auf und ging zum Fenster. Draußen war es wunderschön. Sie mußte etwas tun, etwas finden, um sich abzulenken. Sonntage waren vor Evan schön gewesen, und sie würden es nach ihm auch wieder sein.

Das war ein toller Tag für einen langen Spaziergang. Sie konnte an den Kiosk gehen und sich eines von den Croissants holen, die mit Käse, Wurst und Ei belegt waren. Heute war kein Tag zum Lernen; sie konnte sich am Zeitschriftenstand ein neues Taschenbuch holen – einen guten, spannenden Thriller. Und danach mit dem Buch und dem Radio zur Liegewiese hinübergehen und sich ein paar Stunden in die Sonne legen. Oder auch im Park, oder unten am Fluß. Da war sie ungestört. Die Liegewiese war an Tagen wie diesen überlaufen. Also was? Wollte sie lieber allein sein oder unter Leuten und vielleicht sogar jemanden treffen? Auf der Liegewiese würden viele Jungs sein. *Das kann ich mir immer noch überlegen, wenn es soweit ist.*

Sie durchquerte ihr Schlafzimmer und genoß das Gefühl, wie das Negligé sich an ihren Körper schmiegte. Sie fühlte sich wieder besser.

*Wie war das noch in dieser Hemingway-Story?*

Ein Junge, wahrscheinlich Nick Adams, ging eines Abends zu Bett und fühlte sich furchtbar schlecht, weil er sich von seiner Freundin getrennt hatte. Hatte er sie mit jemand anderem gesehen, oder so? Der Clou war die Pointe der Geschichte. Er schlief ein und fühlte sich furchtbar, und am nächsten Morgen war er schon eine halbe Stunde wach, bevor ihm wieder einfiel, daß er ein gebrochenes Herz hatte.

*Klasse Geschichte.*

Nick Winston wußte gar nicht, wovon er redete, wenn er Hemingway schlecht machte.

Sie konnte heute abend ja zu Wally gehen. Vielleicht war Nick da.

*Willst du ihn wirklich wiedersehen?*

Sie zog sich das Neglige über den Kopf, faltete es sorgfältig zusammen und legte es in die Schublade des Kleiderschanks. Sie rollte sich Deodorant in die Achseln. Baden wäre eine gute Idee. Aber besser erst heute nachmittag, nach dem Sonnenbad.

Sie zog sich einen Slip an und ließ sich dann ein ärmelloses gelbes Kleid über den Kopf gleiten. Dann streifte sie sich Sandalen über. Sie nahm ihre Schultertasche von dem Garderobenhaken und verließ ihr Zimmer.

Am Fuß der Treppe ging sie ins Badezimmer. Sie benutzte die Toilette, wusch sich und kämmte sich eilig das Haar.

Helen saß im Schneidersitz im Wohnzimmer und hatte die Zeitung um sich herum ausgebreitet, eine Schachtel Doughnuts mit Puderzucker im Schoß ihres ziemlich abgewetzten rosa Nachthemdes und eine Tasse Kaffee auf dem Boden neben ihrem Knie. »Morgen«, begrüßte Helen sie und sah auf.

»Morgen.«

»Du siehst so unternehmungslustig aus.«

»Ich könnte die Welt auf den Kopf stellen. Und wie geht's dir an diesem wundervollen Morgen?«

»Ist er wundervoll?«

»Mit Gott im Himmel, kann nichts auf Erden schief gehen ...«

»Hey, was ist los mit dir? Hast du noch einen nächtlichen Besucher gehabt?«

»Nein, soviel Glück blieb mir versagt.«

Helen hob die Schachtel von ihrem Schoß und hielt sie Alison hin: »Doughnut?«

»Nein, danke. Ich laufe zum Kiosk rüber und hole mir ein Salami-Croissant. Willst du mitkommen?«

Helen schüttelte den Kopf und ihre Wangen wabbelten. »Ich glaube nicht. Ich müßte mich anziehen.«

»Du könntest ja wieder deinen Regenmantel überziehen.«

»Haha.« Sie biß in ein Doughnut. Krümel und Puderzucker fielen auf den entblößten Ansatz ihrer Brüste und dazwischen.

»Ist Celia schon auf?«

Helen zuckte mit den Achseln. Sie kaute einen Moment lang, dann nahm sie einen Schluck Kaffee. »Vielleicht ja, vielleicht nein, aber egal wo das ja oder das nein ist – hier ist es nicht.«

»Sie ist nicht nach Hause gekommen?«

»Es sieht so aus, als habe sie ein Nachtquartier gefunden, das ihr mehr zusagte.«

»Wie schön für sie.«

Helen rollte mit den Augen. »Erspar mir sowas.«

»Das scheint mit ihr und Jason ja gut angelaufen zu sein«, meinte Alison.

»Nicht unbedingt. Sie könnten auch einen Verkehrsunfall gehabt haben.«

Alison ignorierte die Bemerkung. »Hoffentlich wird etwas daraus.«

»Wahrscheinlich eine Orgie.«

»Nein, ich meine das ernst. Sie tut zwar so, als mache es ihr Spaß, einen Jungen nach dem anderen zu verschleißen, aber sie ist erst so, seit Mark sie sitzenließ.«

»Ja, da hat sie angefangen, durch die Betten zu turnen.«

»Es wäre doch nett, wenn sie sich mal wieder richtig verlieben würde.«

»Aber ein Erstsemester?«

»Irgend etwas muß an ihm dran sein, sonst wäre sie nicht über Nacht geblieben. Das tut sie fast nie.«

Helen grinste: »Glaubst du, sie sind bei ihm im Wohnheim geblieben, mit Mr. Durchgeknallt, Roland? Das wäre doch noch was.«

»Mir wird schlecht.«

»Vielleicht hat Roland mitgemacht. Ein richtiges Sandwich mit den beiden als dem Toast und Celia als der Wurst dazwischen.«

»Du hast eine kranke Phantasie, Helen.«

»Du mußt es dir nur mal vorstellen.«

»Sie sind sicherlich nicht in Jasons Zimmer geblieben. Nicht wenn dieser eklige Kerl auch da war. Sie haben sich wahrscheinlich ein Hotel genommen, oder vielleicht haben sie auch nur irgendwo geparkt.« Oder auf einem Feld ihren Schlafsack ausgebreitet, so wie Robert Jordan und Maria. Die laue Nacht hätte sich dafür angeboten.

»Sobald sie wieder da ist«, meinte Helen, »wird sie uns sicherlich alles haarklein erzählen.« Damit stopfte sie sich den Rest ihres Doughnuts in den Mund und wandte sich den Cartoons der Sonntagsbeilage zu.

»Bis später.«

Helen nickte.

Alison ging zur Tür und öffnete sie. Auf der hölzernen Plattform vor der Tür stand eine gläserne Vase mit gelben Narzissen. Ein Umschlag stand vor der Vase. Sie starrte die leuchtenden Blumen an, dann den Umschlag. Zögernd leckte sich sich über die Lippen.

*Die werden wohl nicht für mich sein*, dachte sie. Aber ihr Herz schlug schneller.

Sie bückte sich und hob den Umschlag auf. Ihr Name stand darauf. Mit zitternden Fingern riß sie den Umschlag auf und zog die Blätter heraus. Sie knisterten, als sie sie auseinanderfaltete.

Drei maschinengeschriebene Seiten. Auf der letzten Seite unterschrieben von Evan.

*›Liebste Alison,*

*Ich bin der letzte Dreck, ein Wurm, ein Ungeziefer. Du hättest jedes Recht, auf diesen Brief zu spucken und die Blumen in den nächsten Mülleimer zu werfen. Wenn du aber immer noch weiterliest, dann laß mich dir versichern, daß du mich sicherlich nicht mehr verachten kannst, als ich das selbst tue.*

*Es gibt keine Entschuldigung für mein Verhalten vom letzten Freitag. Es war kindisch und gemein, bei Gabby mit Tracy aufzutauchen.*

*Was soll ich sagen? Ich war geblendet durch den Schmerz deiner Zurückweisung und ich wollte dich dafür bestrafen. Es war eine lächerliche, eine geschmacklose Geste. Aber laß mich dir versichern, daß die ganze Sache nach hinten losging. Wieviel Pein ich dir auch bereitet haben mag, ich habe mir mehr bereitet.*

*Laß es mich auch klar stellen, daß ich keinerlei Interesse an Tracy habe. Der einzige Grund, warum ich mit ihr ausgegangen bin, war der, daß ich mich mit ihr vor dir zeigen und dich – hoffentlich – eifersüchtig machen wollte. Mit liegt gar nichts an ihr. Auch wenn du dies vielleicht nicht unbedingt glaubst (aufgrund ihres wohlverdienten Rufes und deiner Meinung von mir, derzufolge ich nichts anderes als Sex im Kopf habe), ist zwischen uns gar nichts gelaufen. Ich habe es sogar vermieden, ihr einen Gutenachtkuß zu geben, als wir uns voneinander verabschiedet haben.*

*Ich habe die letzte Nacht allein und verzweifelt in meiner Wohnung verbracht. Ich habe mich nach deiner Gesellschaft gesehnt, war aber zu beschämt, um dich anzurufen oder bei dir vorbeizukommen. Ich habe die ganze Zeit an dich gedacht, habe mir dein Aussehen und den Klang deiner Stimme und dein Lachen vorgestellt. Ich habe an die vielen guten Zeiten gedacht, die wir gehabt haben, und nein, nicht nur an den Sex (obwohl ich es nicht vermeiden konnte, auch daran zu denken – besonders daran, wie es sich anfühlt, wenn wir innig vereint sind, als seien wir eine Person). Ich habe sogar einige Zeit damit verbracht, mir deine Fotos in den Schuljahrbüchern anzusehen, aber es war unerträglich, starre Bilder deines Gesichtes zu betrachten und zu wissen, daß ich dich vielleicht für immer verloren habe.*

*Als ich dann eingeschlafen bin, habe ich von dir geträumt. Ich habe geträumt, daß du in mein Zimmer gekommen bist, dich an mein Bett gesetzt und meine Hand genommen hast. In meinem Traum habe ich zu weinen begonnen und dir gesagt, daß es mit leid tut. Ich sagte, daß ich nie die Absicht hatte, dich zu verletzen, daß ich dich liebe und daß ich alles tun würde, damit du mir vergibst. Du hast nichts gesagt, aber du hast dich heruntergebeugt und mich geküßt. Da bin ich aufgewacht und ich habe es noch nie so bedauert, aus einem Traum aufzuwachen.*

*Mein Kissen war naß von meinen Tränen. (Ich bin mir klar, daß das alles furchtbar kitschig klingen muß, aber ich will, daß du alles weißt, egal wie peinlich es auch bei nüchternem Hinsehen erscheinen muß.)*

*Jetzt ist es drei Uhr früh. Ich bin nach diesem Traum aufgestanden und habe mich an meine Schreibmaschine gesetzt, um dich wissen zu lassen, wie ich mich fühle. Ich bin sicher, es ist zuviel erwartet, auf simples Verzeihen zu hoffen. Der Traum war eine Phantasie, die Wunschvorstellung einer gequälten Seele. Ich weiß, daß mein Verhalten dir gegenüber unbedacht und abscheulich war, und daß du es wahrscheinlich vorziehen wirst, mich nie wieder zu sehen. Ich könnte das vollkommen verstehen.*

*Wenn du nichts mehr mit mir zu tun haben willst, dann werde ich wohl lernen, damit leben zu müssen. Ich schätze, daß ich keine andere Wahl habe, außer ich verlasse diese ungastliche Welt mit nichts als dem Totenhemd (Vergiß, daß ich das geschrieben habe; noch bin ich nicht so verzweifelt, auch wenn morbide Gedanken dieser Art mir schon durch den Kopf geschossen sind.)*
*Vielleicht bekommst du diesen Brief auch gar nicht. Vielleicht verbrenne ich ihn. Ich weiß es nicht.*
*Ich vermisse dich, Alison. Ich wünschte, ich könnte alles wieder in Ordnung bringen, die Zeit zurückdrehen bis Donnerstag nachmittag, bevor ich dieses dumme, geschmacklose Benehmen an den Tag gelegt habe. Aber so funktioniert das Leben nun einmal nicht. Man kann die schlechten Dinge nicht einfach verschwinden lassen, egal wie sehr man das auch wollen mag. (Da, sieh dir an, was für seltsame Zeitfolgen ich zusammenschreibe – jetzt weiß ich, daß ich ihn verbrennen werde.)*
*Ich liebe dich.*
*Ich hoffe, du haßt mich nicht.*
*Es geht mir schlecht ohne dich, aber ich weiß, daß das allein meine Schuld ist und daß ich es verdiene.*
*Wenn das das Ende ist, dann soll es wohl so sein.*
*Lebe glücklich, Alison.*
*Mit all meiner Liebe,*

*Evan‹*

Alison fühlte sich wie betäubt. Sie faltete den Brief zusammen, steckte ihn wieder in den Umschlag und hob die Vase mit den Narzissen auf. Sie trug sie ins Haus, wobei sie die Tür mit dem Hintern aufstieß.

»Was ist passiert?« rief Helen.

Alison schüttelte den Kopf. Sie wagte es nicht etwas zu sagen; ihre Stimme würde zittern und vielleicht würde sie in Tränen ausbrechen.

»Na ja, das ist doch was. Blumen. Ich habe dir doch gesagt, er würde wieder zu Verstand kommen.«

Sie stieg die Treppe zu ihrem Zimmer hoch, stellte die Vase auf der Kommode ab und setzte sich auf das Bett. Sie zog die Blätter aus dem Umschlag und las sie erneut.

Er schrieb von einem Traum. Das hier erschien ihr wie ein Traum. Sie konnte kaum glauben, daß er einen solchen Brief geschrieben hatte. Die Qual darin, diese Verzweiflung. Sogar eine Selbstmorddrohung, in der Referenz auf Hamlet. Er hatte sie zwar sofort wieder zurückgenommen, aber da stand sie doch.

Alison sagte sich, daß sie glücklich sein sollte. Das war doch das, was sie gewollt hatte – er sollte es bereuen und sie anflehen, zu ihm zurückzukommen. Aber sie war nicht glücklich. Der Brief verstörte sie nur. Konnte sie ihm wirklich so viel bedeuten?

Wollte sie ihm so viel bedeuten?

Er klang fast besessen.

Alison ließ sich nach rückwärts auf das Bett fallen, den Brief an ihren Bauch gedrückt, und starrte an die Decke. Sie kickte eine ihrer Sandalen weg, hörte, wie sie auf den Boden polterte, dann tat sie das gleiche mit der anderen. Sie fühlte sich erschöpft, als sei sie gerade von einem schier endlosen Marsch zurückgekommen. Sie holte tief Luft. Ihre Lungen schienen zu zittern, als sie ausatmete.

*Du wolltest ihn zurückhaben, oder? Nun, da ist er. Wenn du ihn noch willst.*

*Du mußt darauf reagieren.*

*Irgendwie.*

*Evan sitzt wahrscheinlich in seiner Wohnung, starrt auf das Telefon und wartet. Er fragt sich, ob du gegrinst oder ob du geweint hast, als du seinen Brief gelesen hast. Und wahrscheinlich denkt er, er hat sich zum Trottel gemacht, weil er sich so weit offenbart hat.*

*Es ist gemein, wenn ich ihn warten lasse.*

*Ich sollte sofort nach unten gehen und ihn anrufen. Und zu seiner Wohnung hinübergehen. Mich so verhalten wie in seinem Traum. Gar nichts sagen, wenn er die Tür öffnet. Ihn einfach nur küssen.*

*Ich darf es ihm nicht so leicht machen.*

*Vielleicht will ich gar nicht mehr zu ihm zurück.*

*Was soll ich tun? Ich könnte so tun, als hätte ich die Blumen und den Brief gar nicht erhalten, mich benehmen, als sei nichts geschehen.*

Alison lag da und grübelte. Sie fühlte sich betäubt, verwirrt, mit neuer Hoffnung aber auch einem Quentchen Angst.

Sie zog sich das Kissen über den Kopf. Die Dunkelheit war beruhigend. Das weiche Kissen fühlte sich gut an.

*Später*, dachte sie. *Ich werde später etwas unternehmen.*

# 21

Roland verstand die Welt nicht mehr. Er hatte die Handschellen abgenommen, bevor er sie die Kellertreppe hinuntergestoßen hatte, und er hatte sie nicht wieder angelegt, weil sie mittlerweile nicht mehr die Kraft hatte, sich zu wehren, und weil er seine beiden Hände brauchte. Wieso war er jetzt, wo alles erledigt war, wieder an sie gefesselt? Es ergab keinen Sinn.

Er wußte, daß er die Fesseln nicht wieder angelegt hatte.

*Hat sie das getan? Nein. Wie denn? Sie ist doch tot.*

*Aber was dann?*

Er fühlte einen Funken Angst.

Als er in seinen Taschen nach dem Schlüssel suchte, fragte er sich kurz, wieso er überhaupt Kleidung trug. Hatte er die nicht oben gelassen?

Der Schlüssel war nicht da.

*Keine Sorge. Du findest ihn schon. Du mußt ihn finden!*

Er kämpfte gegen die Panik, während er jede Tasche durchwühlte. Der Schlüssel war weg.

*Das ist unmöglich.*

Zum Glück hatte er die Lampe angeknipst, bevor er Celia in den Keller folgte. Die nackte Birne warf nur ein trübes Licht, aber das mußte reichen. Er stemmte sich auf die Knie hoch und durchforschte die Umgebung. Der Boden um ihn herum war eine einzige Blutlache. Konnte der Schlüssel unter dem Blut sein? Er begann mit der freien Hand den feuchten Film zu durchsieben.

Aus dem Augenwinkel vermeinte er, Celia grinsen zu sehen.

Das konnte nicht sein.

Er sah sie direkt an. Sie war skalpiert, der Schädel eingeschlagen (und das Gehirn fehlte), ihre Augen waren geschlossen, ihr Gesicht eine blutige Maske, und doch grinste sie.

Ihre Augenlider öffneten sich.

»Du bist tot!« kreischte er.

Ihr Kinn klappte nach unten. Ihre Zunge pendelte heraus. Auf der Spitze der Zunge lag der Schlüssel für die Handschellen.

Er griff danach.

Celias Zähne schnappten über seinen Fingern zusammen. Er schrie auf bei den höllischen Schmerzen und riß die Hand zurück. Aus den Stummeln von drei abgetrennten Fingern spritzte Blut.

Schreckensstarr sah er zu, wie sie auf seinen Fingern kaute.

Plötzlich wurde es dunkel im Keller.

Er hörte es auf der Treppe knirschen.

»Wer ist da?« winselte er.

Die Antwort blieb aus, aber Roland wußte, wer da war. Er wußte es einfach. Er begann zu wimmern.

»Laßt mich in Ruhe!« jammerte er. »Geht weg!«

In einem spöttischen Singsang säuselte eine Stimme durch die Dunkelheit: »Ich denke nicht darraaan.« Danas Stimme.

»Nuuun daaaaarft duuuuu steeeerben«, fiel Jason ein.

Die Stimmen kamen vom Ende der Kellertreppe, aber irgend etwas griff nach Rolands Hand (die Hand von Celia?) und zog daran. Er stolperte nach vorn. Auf sie herauf. Ihre Beine schlossen sich um ihn. Ihre Hände (warum war jetzt eine von ihnen nicht mehr an ihn gefesselt?) verkrallten sich in sein Haar und zogen seinen Kopf nach unten. Auf ihr Gesicht. Sie preßte ihren Mund gegen seinen Mund. Sie prustete. Das zerkaute Fleisch und die gesplitterten Knochen seiner Fingerstummel quollen in Rolands Mund.

Er begann zu würgen.

Und wachte nach Luft keuchend auf. Einen Moment lang dachte er weiterhin, er befinde sich in seinem Traum.

Aber die Glühbirne leuchtete noch an der Kellerdecke. Er lag nicht auf Celias Körper; er lag auf dem Betonfußboden daneben. Hastig hob er die Hände. Obwohl sie beide heftig zitterten, war keine gefesselt und er hatte noch alle seine Finger.

Er sah zur Kellertreppe. Da war niemand. Natürlich nicht. Es war nur ein Alptraum gewesen.

Als Roland sich aufsetzte, löste sich sein nackter Rücken mit einem saugenden Geräusch vom Fußboden.

Er sah sich um und hob sein Messer auf, aber er sah die Handschellen nicht. Dann fiel ihm ein, daß er sie mit seinen Kleidern oben gelassen hatte.

Er stöhnte, als er sich auf die Füße rappelte. Er fühlte sich verkrampft und ausgekühlt. Er hatte Muskelkater. Was für ein Wahnsinn, hier unten einzuschlafen. Was wäre, wenn er die ganze Nacht verschlafen hätte?

Er war sich aber sicher, daß er nur ein oder zwei Stunden geschlafen hatte. Er hatte immer noch genügend Zeit, sich im Schutz der Dunkelheit davonzustehlen.

So schnell es seine schmerzenden Muskeln zuließen, kletterte er die Kellertreppe hoch und öffnete die Tür. Das Tageslicht stach ihm in die Augen. Er fuhr zurück und schlug schützend die Hände vor das Gesicht. In Panik sah er sich schon zusammenschrumpfen und zu Staub zerfallen wie ein Vampir. Er hatte das Bedürfnis, sich vom Licht abzuwenden, zurück in den heimeligen Dämmer des Kellers zu hasten.

Aber die Wärme war auch angenehm. Wie er so zusammengekrümmt in der Tür stand, war es, als werde die Kälte aus seinen Knochen gesogen. Und so wie die Kühle schwand, schwand auch seine Panik.

*Du hast totalen Mist gebaut*, schalt er sich. *Aber davon geht die Welt nicht unter. Man muß es als Herausforderung sehen. Das ist alles.*

Er sah an sich hinunter. Sein nackter Körper war blutbefleckt und verdreckt.

Eine Herausforderung.

Ihm war nicht mehr kalt, aber er fühlte einen inneren Schauer, die Vorboten eines Schluchzers.

*Wenn jemand mich so sieht ... Ich werde mit etwas einfallen lassen. Oh Gott, wie konnte ich nur einschlafen? Wie konnte ich die ganze Nacht durchschlafen?*

Er rieb sich sein klebriges Gesicht, stieß einen bangen Seufzer aus, und ging dann zu den Flügeltüren der Küche. Bevor er sie öffnete, spähte er in den Speiseraum. Er lauschte. Als er sich überzeugt hatte, daß er allein im Restaurant war, stieß er die Türen auf.

Vorne, bei der Trittleiter, dem Staubsauger, dem Werkzeugkasten und den Flaschen mit den Reinigungsutensilien, fand er mehrere Putzlumpen und ausgediente Handtücher. Die Putzlappen waren schmutzig, aber zwei von den Handtüchern machten noch einen brauchbaren Eindruck. Er nahm sie mit.

Er ging zu einem Fenster und sah hinaus. Sein Herz setzte einen Schlag aus, als er das Auto auf dem Parkplatz sah.

*Das ist nur Jasons Wagen.*

Er wandte sich vom Fenster ab. Sein Hemd, seine Hosen und die Handschellen lagen auf dem Boden neben der zerknüllten Decke. Celias sorgsam zusammengelegtes Kleid lag oben auf dem Tresen.

Roland hob sein T-Shirt auf. Es war eines seiner Lieblingsshirts, mit dem Slogan »Trust Me« unter einem bunten, monströsen Gesicht. Es war hart durch das getrocknete Blut. Er wollte es schon wieder fallen lassen, als ihm eine Idee kam.

Warum sollte er seine blutigen Kleidungsstücke nicht tragen? Er konnte damit wahrscheinlich bis in sein Wohnheimzimmer laufen. Bei seinem Ruf würde das jeder, der ihn so sah, nur für einen seiner üblichen Witze halten.

Aber er könnte auf dem Weg zum Campus gesehen werden. Die Leute in der Stadt waren nicht mit seiner Vorliebe für Splatter vertraut.

Fluchend warf er das Hemd wieder hin. Er würde sich das Blut vom Körper und aus den Haaren waschen können. Das war nicht das Problem. Aber er brauchte etwas zum Anziehen. Er wußte, daß Jasons Kleidung in noch schlimmerem Zustand war als seine eigene. Nur Celias Kleid wies keine Blutspritzer auf. *Alles, nur das nicht*, dachte er. Damit fiel er bestimmt auf.

Wenn er auch nur ein bißchen nachgedacht hätte, dann hätte er sich ausgezogen, bevor er Jason aufgeschlitzt hatte.

Er fühlte sich in die Enge getrieben.

Es mußte eine Lösung geben. Er mußte sie nur finden.

*Das Problem: Ich kann hier nicht in blutverschmierten Kleidern verschwinden. Ich kann auch nicht nackt gehen. Und ich kann nicht Celias Kleid tragen.*

*Warum ist das ein Problem? Wenn ich so von den falschen Leuten gesehen werden, kann ich eingesperrt werden.*

*Die Lösung?*

*Das Offensichtliche! Gar nicht erst gesehen werden. Hierbleiben! Bis, sagen wir mal, drei Uhr morgen früh.*

*Es könnte jemand vorbeikommen. So wie der Kerl gestern.*

Roland schauderte.

Der Kerl gestern. Der hatte Bescheid gewußt.

Roland war gerade mal zehn Minuten in dem Restaurant gewesen, da hatte er einen Wagen gehört und war zum Fenster gerannt. Aus dem Wagen stieg ein Mann in Stiefeln und Lederkleidung, ein Mann, der eine Machete und eine Pistole im Halfter trug. Dieser Anblick ließ Roland einen eisigen Schauer den Rücken hinunterlaufen. Erinnerungen füllten seine Gedanken, Erinnerungen an andere Männer zu anderen Zeiten, die in schützende Kleidung gehüllt waren und scharfe Waffen trugen: Äxte, Sensen, Säbel, lange Messer. Andere Männer, die Bescheid wußten, so wie der hier.

Verwirrt und erschrocken war Roland zur Hintertür hinaus und hatte sich in der Wiese hinter dem Restaurant versteckt. Verborgen im Unkraut hatte er gewartet, bis seine Panik abflaute. Dann war er durch die Wiese gekrochen, dicht am Boden entlang und hatte sich vorgearbeitet, bis er den Parkplatz sehen konnte.

Wer war der Mann?

Ein Cortez.

Was zur Hölle ist ein Cortez, fragte sich Roland und in seinem Hirn tummelten sich plötzlich Bilder von Blutbädern: Bärtige Soldaten mit Schwertern und Hellebarden, die Indianer unter einem blutroten Himmel abschlachteten. Im Hintergrund ragte eine seltsame Pyramide auf. So schnell, wie die Bilder gekommen waren, verschwanden sie auch wieder.

*Der* Cortez, dachte Roland. Mein Gott. Er erinnerte sich daran, daß er vor einigen Jahren im *National Geographic* einen Artikel gelesen hatte. Seine Eltern hatten die Zeitschrift abonniert, und er blätterte die Ausgaben immer durch, auf der Suche nach Bildern von barbusigen Eingeborenenfrauen. Aber dieser Artikel hatte seine Aufmerksamkeit gefesselt und er hatte ihn gelesen. Er handelte von den Azteken, und davon, daß sie nicht nur die Herzen ihrer Gefangenen dem Sonnengott geopfert hatten, sondern daß sie die Krieger, die ihnen in die Hände gefallen waren, auch gegessen hatten. Die größte Delikatesse war das Hirn, und das bekamen immer die Hohepriester.

Der Autor des Artikels hatte die These aufgestellt, daß primitive Kulturen wie die Azteken zu Kannibalen wurden, weil sie Eiweiß benötigten, aber keine Viehzucht betrieben. Roland wußte jetzt, daß er sich geirrt hatte, und grinste. Der Forscher hatte verdammt falsch gelegen. Die Azteken hatten Freunde in ihrem Rücken.

Und Cortez mit seinen Konquistadoren hatte die zu Hackfleisch verarbeitet.

Deswegen war der Kerl, der da mit seiner Machete in das Restaurant gekommen war, ein Cortez. Einer, der Bescheid wußte und deshalb eine Gefahr für die Existenz seines Freundes – und für ihn – darstellte.

Wie er so in dem Feld lag, begriff Roland, warum er diesen Mann so fürchtete. Der Mann verdiente es zu sterben, aber er fühlte keinen Drang, das zu versuchen. Es war besser, in seinem Versteck zu bleiben.

Nachdem der Mann schließlich weggefahren war, ging Roland in das Restaurant zurück. Er stieg die Kellertreppe hinunter. Als er einen schmierigen Fleck auf dem Betonfußboden unter der Treppe fand, zitterte er vor Wut und Trauer über das, was der Cortez getan hatte.

*Ich werde ihn kriegen*, dachte er.

*Nein, das ist zu gefährlich. Es ist besser, sich von Leuten fern zu halten, die Bescheid wissen. Verlaß die Stadt.*

*Aber nicht mehr heute. Heute mußt du wegen Celia bleiben.*

*Was ist mit ihrer Freundin? Die will ich auch.*

*Wir werden sehen.*

*Sie wäre schon ein kleines Risiko wert*, dachte er. Er erinnerte sich daran, wie sie ausgesehen hatte, als er sie in der Einkaufspassage gesehen hatte – dieses süße, unschuldige Gesicht, dieser Overall mit dem Reißverschluß vorne, die Art, wie der Stoff die Wölbungen ihrer Brüste umschmiegte.

Sein Freund versetzte ihm einen kurzen ekstatischen Kick.

Roland erwachte aus seinem Tagtraum und stand vor der Wolldecke und den blutigen Kleidern. Sein Penis war erigiert, aber das gab sich sofort wieder, als er sich erneut seinem Problem zuwandte.

Wenn er hier blieb, um auf die Dunkelheit zu warten, riskierte er die Rückkehr des Cortez.

*Ich lasse mit etwas einfallen*, schwor er. Er breitete die Decke aus, warf sein T-Shirt, seine Jeans und Celias Kleid in die Mitte, rollte sie dann auf und brachte sie in die Toilette. Die Luft dort stank heftig nach Blut und Kot. Er schüttelte die Decke auf, ließ die Kleider herausfallen, und breitete sie über Jasons Leiche aus.

Über dem Waschbecken hing ein Spiegel. Abgesehen von einem blassen Ring um seine Augen, als habe er letzte Nacht eine Schutzbrille getragen, war Rolands Gesicht mit Blut überzogen, das getrocknet war und eine rotbraune Farbe angenommen hatte. Haarsträhnen klebten auf seiner Stirn. Ein Stückchen von etwas Unidentifizierbarem hing in einer seiner Augenbrauen. Er zupfte es ab, aber es blieb an seinem Finger kleben. Er flitschte es mit seinem Fingernagel weg und sah zu, wie es an der Wand unter dem Spiegel kleben blieb.

Er drehte den Wasserhahn auf, beugte sich über das Waschbecken und begann sich zu säubern, wobei er eines der Handtücher als Waschlappen benutzte. Das Geräusch des fließenden Wassers beunruhigte ihn. Es machte ihn taub für andere Geräusche. Ein Wagen konnte auf den Parkplatz fahren, jemand konnte sich von hinten an ihn anschleichen ... Er drehte das Wasser ab. Beim Lauschen richtete er sich weit genug auf, um in den Spiegel zu sehen. Sein Gesicht und sein Hals waren sauber.

Er drehte das Wasser wieder auf und setzte seine Waschung fort. Diesmal stellte er sich vor das Waschbecken, ließ das Handtuch mit warmem Wasser vollaufen und das anschließend an sich herunterrinnen. Das Wasser spülte das Blut mit ab. Er rieb seine Haut kräftig ab und wrang dann die rosa Brühe über dem Waschbecken aus, wartete, bis sich das Handtuch wieder vollgesaugt hatte und wiederholte das Ganze. Nach kurzer Zeit stand er in einer flachen Pfütze aus Wasser und Blut, aber von vorn war er fast sauber.

Er drehte den Wasserhahn ab, lauschte, bekämpfte den Drang, in die Bar zurückzugehen und aus dem Fenster zu sehen, und stellte stattdessen das Wasser wieder an.

Jetzt war der Rücken dran. Das war der schwierigste Teil.

*Für Situationen wie diese sollte es in Restaurants Duschen geben,* dachte er. Er grinste.

Als er meinte, das meiste abgewaschen zu haben, platschte er durch den Waschraum, bis er beinahe vor der Tür stand. Von da aus sah er über seine Schulter. Er war weit genug vom Spiegel entfernt, daß er sich komplett bis zu den Hinterbacken sehen konnte. Der grün-gelbe Bluterguß zog sich seinen Rücken entlang und über die rechte Hinterbacke, aber er sah kein Blut.

Er benutzte das andere Handtuch, um sich abzutrocknen. Jetzt, wo er sauber und trocken war, achtete er sorgfältig darauf, nicht auf den nassen Fliesen auszugleiten. Er stiefelte vorsichtig herum, während er seine übrigen Arbeiten erledigte.

Er hatte sich das Handtuch über die Schulter gehängt und verbrachte ein paar Minuten damit, sein Messer und die Handschellen über dem Waschbecken auszuwaschen. Dann holte er seine Schuhe und Socken aus der Ecke hinter der Toilettenschüssel. Er brachte sie, das Messer und die Handschellen zur Tür des Waschraums. Dann öffnete er die Tür und warf die Sachen auf den Linoleumboden davor.

Er hockte sich neben Jasons ausgestreckte Leiche, warf die Decke zur Seite und fingerte die Autoschlüssel aus Jasons Hosentasche. Seine Hand wurde dabei wieder mit Blut beschmiert, und er stöhnte wütend. In der hinteren Hosentasche fand er Jasons Brieftasche und entnahm ihr den Studentenausweis und den Führerschein. Nachdem er sich davon überzeugt hatte, daß nichts mehr in der Brieftasche war, das den Besitzer identifizieren konnte, spülte er die Ausweise die Toilette hinunter. Er hob seine Jeans auf. Gestern im Wohnheim hatte er alles aus den Taschen genommen, mit dem man ihn hätte identifizieren können. (Er wußte, daß man den Skidrow Slasher erwischt hatte, weil der Idiot seine Brieftasche mit Führerschein und allem verloren hatte, als er nach einem Einbruch getürmt war.) Er nahm den Schlüssel für die Handschellen aus der rechten Vordertasche und wollte die Hose schon wieder auf den Boden werfen, als ihm auffiel, daß sie gar nicht so schlimm aussah.

Sie war naß, weil sie auf dem Boden gelegen hatte. Sie war klebrig vom Blut. Aber es war eine Blue Jeans.

Er verbrachte einige Zeit am Waschbecken, schrubbte sie mit heißem Wasser und wrang sie aus. Als er sie ausklopfte, stellte er fest, daß die Flecken gar nicht auffielen.

Er verließ den Waschraum mit der Hose. Er lehnte sich gegen die Wand vor der Tür und säuberte sich die Füße. Dann stieg er in die dampfende feuchte Jeans und zog sie an.

*Das geht, Kumpel.*

An einem warmen sonnigen Tag wie diesem würde sich keiner groß wundern, wenn ein Junge mit nacktem Oberkörper herumlief. Und niemandem außer dem Cortez würde der blaue Fleck auf seinem Rücken etwas sagen.

Roland zog die Schuhe und die Socken an. Er klappte das Messer zusammen und steckte es in die Halterung an seinem Gürtel. Dann stopfte er Jasons Autoschlüssel, die Handschellen und deren Schlüssel in eine der Taschen seiner Jeans.

*Fertig.*

Er wollte schon gehen, als ihm einfiel, daß er die Kanne mit dem

Schmieröl im Waschraum hinter der Toilette vergessen hatte. Seine Fingerabdrücke waren darauf.

*Scheiß was drauf*, dachte er. *Ich habe meine Schuhe schon an. Ich gehe da nicht wieder rein.*

Wahrscheinlich waren seine Fingerabdrücke sowieso im ganzen Restaurant verteilt. *Was soll's?*

Die Stelle vor der Theke sah gut aus. Auf dem Boden waren ein paar Schmierer, aber keine Blutlachen. Er nahm das Handtuch von seiner Schulter, rieb ein paar Augenblicke auf den Flecken herum, dann warf er das Handtuch hinter die Theke. Er hob die leere Sektflasche auf und stellte sie auf den Tisch.

Hatte er etwas vergessen? Wahrscheinlich.

*Na und? Selbst wenn die Leichen heute noch gefunden werden, dauert es seine Zeit, sie zu identifizieren. Die Bullen werden keinen Anhaltspunkt haben, wer das getan haben könnte, solange sie nicht wissen, wer Jason und Celia sind. Und dann werde ich schon über alle Berge sein.*

Roland schloß die Tür hinter sich, sah Jasons Wagen und ging wieder zurück in das Restaurant. Er ging schnell um die Ecke in den Speisesaal, hockte sich hin und öffnete den Werkzeugkoffer. Darin waren verschiedene Schraubenzieher. Er nahm den Größten heraus und ging wieder nach draußen.

Er brauchte nur ein paar Minuten, um beide Nummernschilder des Wagens abzuschrauben. Er nahm sie mit zum Rand des Parkplatzes und warf sie soweit wie möglich zwischen das Unkraut.

Dann ging er zu Jasons Wagen zurück. Er öffnete den Kofferraum, sah hinein und schloß ihn wieder. Er öffnete eine der hinteren Türen und musterte den Sitz und den Boden. Alles in Ordnung.

Er kletterte hinter das Lenkrad. Die Wärme im Wagen fühlte sich gut an. Auf dem Boden vor dem Beifahrersitz lag Celias Handtasche. Er öffnete sie und fand ihr Portemonnaie. Statt sich die Zeit zu nehmen, alles durchzusehen, stopfte er sich die komplette Geldbörse in die Hosentasche. Er fand ihren Schlüsselbund und steckte auch den ein. Dann kontrollierte er den Rest der Handtasche und vergewisserte sich, daß nichts darin blieb, das Rückschlüsse auf den Besitzer zuließ.

Er durchsuchte das Handschuhfach des Wagens. Ein Fahrzeugschein trug Jasons Namen, also steckte er ihn ein.

*Das war wohl alles.*

Wenn er nicht etwas übersehen hatte, hatte er jetzt alles aus dem Wagen entfernt, das auf die Schnelle eine Identifizierung des Besitzers oder der Beifahrerin der letzten Nacht zuließ.

Roland fuhr mit dem Wagen los.

Gestern nachmittag hatte er Danas Wagen auf einer Landstraße geparkt und war die letzten ein oder zwei Kilometer zum Restaurant gelaufen. Jetzt fuhr er dahin zurück, wo er den Wagen abgestellt hatte. Er war immer noch da, am Straßenrand zwischen zwei weit auseinanderstehenden, teuer-aussehenden Ranch-Häusern. Auf der anderen Seite der Straße rollte ein asiatisch aussehender Mann mit einem Schutzhelm einen Elektrorasenmäher mit Hilfe von ein paar Brettern von der Ladefläche seines Pickups herunter. Ansonsten war die Gegend wie ausgestorben.

Roland fuhr in eine Nebenstraße und parkte kurz hinter der Abzweigung. Er stopfte Celias Geldbörse unter den Fahrersitz. Dann drückte er alle Knöpfe an den Türen herunter und stieg aus.

Er lief zu Danas Wagen zurück. Es war nicht abgeschlossen, so wie er es verlassen hatte. Er fummelte unter dem Fahrersitz herum und fand Danas Schlüssel. Der Motor sprang problemlos an und er fuhr davon.

*Das war's*, dachte er. *Du hast es getan.*

Er stieß einen tiefen Seufzer aus, kurbelte das Fenster herunter und legte den Ellbogen auf die Kante. Die warme Luft strömte herein und umschmeichelte ihn.

Er mochte die Gegend. Er hatte es nicht eilig, zum Campus zurückzukehren, und fuhr über die friedlichen Straßen spazieren. Die Häuser hier mußten eine Stange Geld kosten, dachte er. Im Inneren war es wahrscheinlich eleganter, als er das je gesehen hatte.

*Nicht heute, aber irgendwann einmal mache ich es mit einer ganzen Familie und über ein paar Tage hinweg in einem von diesen noblen Häusern. Ich mache das übers Wochenende, wenn der Vater nicht bei der Arbeit vermißt wird und die Kinder nicht zur Schule müssen. Ich werde es so richtig auskosten.*

Vor ihm stand ein Mädchen an einer Kreuzung. Eine wirkliche Schönheit, nicht älter als vier oder fünf. Ihr blondes Haar wehte im Wind und erschien fast weiß. Sie trug eine rosa Bluse und einen flaschengrünen Rock, der ihr nur bis übers Knie ging. Eine Minnie-Mouse-Handtasche hing ihr über der Schulter.

Obwohl Roland warten mußte, blieb das Mädchen stehen, ohne zu versuchen, vor ihm die Straße zu überqueren.

Sie war allein.

Ein heißer Schauer rann durch Roland.

Er ließ den Wagen ausrollen, als er sich dem Stop-Schild näherte, und sah sich nach allen Seiten hin um. Er sah niemanden, nur das Mädchen.

*Nein*, dachte er. *Das kannst du nicht tun.*

*Du kannst sie nicht mit zurück ins Oakwood nehmen.*

*Das ist zu gefährlich.*

Aber ihm stockte der Atem und er wollte sie und plötzlich war ihm das Risiko egal.

Er fuhr näher an den Straßenrand, hielt an und kurbelte sein Fenster herunter.

Das Mädchen riß die Augen auf. Sie waren unglaublich blau.

»Hallo«, rief Roland sie an. »Entschuldige, wenn ich dich anspreche. Ich wette, deine Eltern haben dir eingeschärft, nie mit Fremden zu reden, aber ich habe mich verfahren. Weißt du, wo die Latham Road ist?«

Das Mädchen runzelte die Stirn, als denke sie heftig nach. Dann hob sie ihren rechten Arm. Sie hielt ein kleines zerknautschtes Stofftier in der Hand. Vom Aussehen her sollte das wohl ein Kätzchen sein. »Dahin. Ich glaube bestimmt, es geht dahin.«

»Wie heißt dein Kätzchen?« fragte Roland.

»Clew.«

»Ein netter Kater.«

»Clew ist eine Sie.«

»Ich hatte ein Kätzchen, das hieß Celia. Celia hatte wunderschöne grüne Augen. Welche Augenfarbe hat deine Clew?«

»Blau.«

»Darf ich sie streicheln?«

»Na ja ...«

»Ich bin wirklich traurig, weil mein Kätzchen, Celia, die ist gestern überfahren worden.«

Das Gesicht des Mädchens verdüsterte sich. »Ist sie gestorben?«

»Ich fürchte ja.«

»War sie ganz zermatscht?«

»Ja, es war schrecklich.«

»Das tut mir leid.«

»Es würde mir schon viel besser gehen, wenn ich Clew streicheln dürfte. Nur einmal. Darf ich?«

»Na ja ...«

»Bitte? Ganz ganz lieb bitte?«

Sie zuckte mit ihren kleinen Achseln.

*Oh wie niedlich und klein und zart.*

Roland zitterte vor Verlangen.

# 22

Jake fühlte sich hilflos, während er mit seinem Streifenwagen die Straßen von Clinton durchkämmte. Das brachte nichts.

Er hatte zuvor die Wodkaflasche in die Zentrale gebracht, sie auf Fingerabdrücke untersucht, hatte sogar ein paar gute Abdrücke auf Cellophan gebannt und sie abgespeichert. Dann hatte er geraume Zeit damit verbracht, diese Fingerabdrücke mit den wenigen von Jugendlichen und Studenten zu vergleichen, die aktenkundig waren. Er hatte nicht damit gerechnet, etwas zu finden und er fand auch nichts.

Ihm blieb nichts übrig als Däumchen drehen und warten. Entweder hatte sich die Kreatur mit ihrem menschlichen Wirt mittlerweile lohnendere Gefilde in einer anderen Gegend gesucht, oder die beiden waren immer noch in der Gegend und würden wieder zuschlagen. Alles, was er tun konnte, war warten – auf eine Vermißtenmeldung oder darauf, daß eine Leiche gefunden wurde.

Für irgend jemanden war es dann zu spät.

*Aber vielleicht haben wir dann Glück?*

Jake haßte das Warten. Er wollte etwas tun. Aber was?

Wo fängt man an, wenn man keinerlei Anhaltspunkte hat?

Im Oakwood Restaurant.

Trotz der Hitze in seinem Streifenwagen fühlte Jake einen kalten Schauer auf dem Rücken.

*Es bringt nichts, da wieder hinauszufahren*, sagte er sich zum wiederholten Mal. *Du hast das Haus gestern gründlich durchsucht.*

*Das Ding hat seine Eier dagelassen.*

*Ja, aber ...*

*Ja, aber ... ja aber! Stell dich der Tatsache, Corey. Du weißt, daß du da sein solltest, daß du eigentlich schon die ganze letzte Nacht über das Haus nicht aus den Augen lassen durftest. Du hast dir das nur von Barney ausreden lassen, weil du eine Scheißangst hast, dahin zurückzufahren.*

*Da gibt es nichts mehr zu finden.*

*Sicher, red dir nur weiter so einen Blödsinn ein. Du vergeudest jetzt nur deine Zeit. Das Ding hat da seine Eier abgelegt. Vielleicht kommt es zu ihnen zurück.*

*Ich will nicht. Außerdem bin ich dafür nicht angezogen und ich habe die Machete auch nicht.*

Er wußte, daß das kein Argument war. *Das Ding kriecht nicht herum, es steckt in jemandem. Wahrscheinlich.*

*Es bringt nichts. Es ist nicht da.*

*Wenn es nicht da ist, wovor hast du dann Angst?*

Während Jake noch mit sich debattierte, fuhr er schon um den Block. Er kehrte zur Central Avenue zurück, bog links ab und fuhr Richtung Latham Road.

*Okay, ich werde mir den Ort noch mal ansehen. Das bringt zwar nichts, aber wenigstens habe ich es getan und ich muß mir keine Vorwürfe mehr machen.*

Er kam am Campus vorbei. Viele der Studenten befanden sich im Freien: Einige spazierten über die Fußwege, andere saßen auf Bänken unter den Bäumen und unterhielten sich oder lasen; ein paar Jungens warfen mit einem Frisbee, und eine ganze Menge Studentinnen lagen auf Decken oder Handtüchern und nahmen im Bikini oder anderen knapp geschnittenen Kleidungsstücken ein Sonnenbad.

Jake fuhr an den Straßenrand und hielt an.

Bei all den Leuten gab es kaum einen Rücken, sei er männlich oder weiblich, der nicht nackt war.

Durch die breite Lücke zwischen Bennet Hall und Langley Hall konnte er die Liegewiese beobachten. Da hatten sich noch mehr Studenten eingefunden – die meisten der Männer mit bloßem Oberkörper, fast alle der Frauen in Badeanzügen oder rückenfreien Tops.

Jake überlegte, seinen Wagen stehenzulassen und zwischen den Studenten zu flannieren. Brillanter Einfall! In Uniform!

*Geh nach Hause und zieh dir deine Badehose an. Dann kannst du dich unter sie mischen, mit ihnen reden, ein paar Fragen stellen.*

Die Idee hatte etwas für sich.

Alles, um nicht zum Oakwood zu müssen?

Wer auch immer diese verräterische Beule auf dem Rücken hat, wird sie nicht in der Öffentlichkeit präsentieren. Aber das schränkt den Kreis der Verdächtigen schon mal ein. Der Gesuchte ist dann einer von denen, die ein Hemd tragen.

Wenn er überhaupt hier ist.

*Du hast nichts zu verlieren, wenn du ein bißchen Routinearbeit tust.*

*Du schindest Zeit. Sieh zu, daß du vorankommst.*

Jake seufzte, sah in den Rückspigel und zog wieder auf die Straße hinaus.

*Ich komme mit meiner Badehose wieder*, beschloß er, *sobald ich mir das gottverdammte Restaurant angesehen habe. Ich habe nichts besseres zu tun, und wer weiß? Vielleicht erfahre ich ja etwas.*

Als er zur Latham Road kam, begann er zu zittern. Sein Herz schlug schneller. Das Lenkrad war plötzlich rutschig in seinen schweißnassen Fingern.

Wenn Chuck doch dabei wäre. Es sehnte sich jetzt nach Gesellschaft, und das belanglose Geplänkel seines Partners würde schon dafür sorgen, daß die Stimmung nicht zu trübe wurde. Barney hätte Chuck bei der Sache nicht abberufen sollen. Was machte es schon für einen Unterschied, ob eine Person mehr oder weniger wußte, was ablief?

*Warum zum Teufel fährt Barney nicht selbst mit mir raus? Wer, verdammt noch mal, bin ich denn, ein gottverdammter einsamer Cowboy?*

*Reg dich ab!*

*Versuch an etwas angenehmes zu denken. Zum Beispiel? Wie wäre es mit Kimmy? Und daran, wie man dir gestern den Tag mit ihr genommen hat? Klasse. Das zum Thema angenehm. Du warst gestern sowieso beschäftigt.*

*Nach heute sind es nur noch vier Tage und dann ist Freitag und sie ist wieder mit dir zusammen. Vier Tage. Das ist wie eine Ewigkeit. Und was, wenn dieser Scheiß dann immer noch nicht abgeschlossen ist?*

*Wir lassen die Katze Donnerstag aus dem Sack. Danach ist das dann nicht mehr nur meine Sache. Um alles, was Freitag noch ansteht, kann sich jemand anderes kümmern.*

Jake sah nach rechts hinüber, als er an der Cardiff Lane vorbeikam. Vielleicht würde er auf dem Rückweg einen Abstecher machen, der ihn am Haus vorbeiführte. Auch wenn die Chance, sie zu sehen, nicht sehr groß war. Wenn sie draußen war, würde sie im Garten sein, hinter dem Palisadenzaun.

*Vielleicht sollte ich ihr einen Besuch abstatten. Barbara kann unangemeldete Besuche nicht ausstehen, aber diesen könnte sie mir schwerlich übelnehmen. Schließlich habe ich gestern auf meine mir rechtmäßig zustehende Zeit mit Kimmy verzichtet, damit sie an ihrem Geburtstag bei ihr sein konnte.*

*Ich könnte Kimmy auf eine Spazierfahrt mitnehmen. Ist nicht viel Verkehr hier in der Gegend. Sie kann die Sirene und die Blinklichter anschalten. Darauf steht sie. Ich sage ihr »Mach die Sirene nicht an.« Sie bekommt dann diesen ganz speziellen Blick und dann greift sie nach dem Schalter.*

Jakes Lächeln und seine gute Laune schwanden, als er den Wegweiser zum Oakwood Inn sah. Er schwenkte in den schmalen Weg ein. Er mußte daran denken, daß Kimmy dieser Weg gefallen würde, mit seinen Hügeln und Schlaglöchern. Wenn er schnell genug fuhr, würde der Wagen unter ihnen bei jedem Huckel absacken und sie würde »Schmetterlinge im Bauch« bekommen. Aber das hier war eine Straße, die er nie mit ihr lang fahren würde. Niemals.

Von der Kuppe eines der Hügel aus sah Jake das Restaurant und fühlte selbst so etwas wie Schmetterlinge – ein flaues Gefühl in seinem Magen. Aber das war alles andere als komisch. Er fühlte sich übel dabei und das Gefühl ging auch nicht wieder weg. Es wurde sogar schlimmer, als er sich dem Restaurant näherte. Der Parkplatz war verlassen. *Was hast du erwartet*, dachte er. *Eine Studentenfete?*

So etwas ähnliches. Ihm wurde klar, daß er gehofft hatte, wenigstens einen Wagen auf dem Parkplatz zu finden: den Wagen, der dem Jungen (oder vielleicht auch dem Mädchen) gehörte, der dieses Ding auf seinem Rücken hatte. Und dann brauchte er nur noch hineinzugehen und den Kerl vielleicht unten im Keller erwischen, wo er über den verschmierten Überresten der Eier hockte.

Das war nur eine vage Hoffnung gewesen. Eigentlich hatte er mit soviel Glück auch nicht gerechnet.

Er ließ den Wagen bis kurz vor die Veranda rollen. Dann wischte er sich die schweißnassen Hände an der Hose ab. Er starrte auf die Tür.

*Hier ist niemand. Warum also hineingehen?*

*Um nachzusehen, ob sich seit gestern etwas verändert hat. Vielleicht war jemand da, nachdem du gegangen bist.*

Jake wischte sich mit dem Ärmel über die Lippen.

*Du hast es bis hierher geschafft*, beschwor er sich. *Mach jetzt keinen Rückzieher.*

*Nur einmal kurz umsehen, das war es dann.*

Er versuchte zu schlucken. Seine Kehle schien hoffnungslos verklebt.

*Geh wenigstens hinein und besorg dir etwas zu trinken. Du kannst den Wasserhahn in der Küche benutzen.*

Er sah Peggy Smeltzer kopflos auf dem Küchenboden, und Ronald, der ihr das Fleisch aus dem Bauch riß. Er sah, wie sich die Haut spannte, als Ronald seinen Kopf hob.

*Augen zu und durch*, sagte er sich.

Er stieß die Wagentür auf und schwang sein linkes Bein heraus. Als er sich aus dem Sitz stemmen wollte, begann das Funkgerät zu pfeifen und zu stottern.

Sharon in der Funkentrale rief mit ihrer tonlosen Stimme: »Wagen zwei, Wagen zwei.«

Er nahm das Mikro und drückte auf den Knopf zum Sprechen. »Hier Wagen zwei.«

»Bitte zurückrufen.«

»Verstanden.« Jake hängte das Mikro auf den Halter.

Im Oakwood gab es ein Telefon, das wußte er. Aber er hatte Donnerstag nacht versucht, es zu benutzen, und es war nicht angeschlossen gewesen. Es würde auch jetzt nicht funktionieren.

»Was für ein Pech«, murmelte er.

Er legte den Rückwärtsgang ein und setzte den Wagen zurück, weg von dem Restaurant.

Ungefähr drei Kilometer zurück war er an einer Shell-Tankstelle vorbeigekommen. Da gab es einen Münzfernsprecher.

Er gab Gas und verließ den Parkplatz. Er fühlte sich, als sei er noch einmal davongekommen, aber auch angespannt mit einer neuen Sorge. Die Nachricht aus der Zentrale konnte nur eines bedeuten: eine neue Entwicklung in dem Fall. Alles andere würde Danny in Wagen 1 übernehmen.

Er trat das Gaspedal durch. Der Wagen schoß über die Straße, flog über die Erhöhungen (das gibt wirklich Schmetterlinge für dich, Liebling) und kam jedesmal wieder hart auf dem Asphalt auf.

*Du läufst weg*, dachte er. *Weg von diesem verdammten Ort. Aber wohin? Vielleicht etwas Schlimmerem entgegen.*

Er bremste, kam an der Kreuzung zur Straße nach Latham fast zum Stehen, überzeugte sich, daß kein anderer Wagen kam und scherte dann aus.

Vor ihm war ein Wagen. Er holte schnell auf, daher schaltete er Signallampen und Horn an. Der Wagen zog zur Seite und er zischte vorbei.

Ein paar Sekunden später sah Jake die Tankstelle. Er klopfte sich auf die Tasche seiner Uniformhose, um sich zu vergewissern, daß er auch Kleingeld dabei hatte. Münzen klimperten. Natürlich hatte er Wechselgeld. Er hatte dafür gesorgt, bevor er zu Hause losgefahren war, weil er wußte, daß er Barney anrufen mußte, wenn er eine entsprechende Nachricht erhielt. Jake fand das übertrieben, aber Barney hatte darauf bestanden. Damit die Sache nicht durchsickerte, sollte darüber am Funk nicht geredet werden.

Aus irgendeinem Grund hatte Jake erwartet, die Münzen an diesem Tag nicht benutzen zu müssen.

*Ich habe mich geirrt.*

Zumindest war der Zeitpunkt passend.

*Scheiße. Wahrscheinlich hat man jemanden tot aufgefunden und du denkst nur daran, daß es dich vor dem Oakwood bewahrt hat.*

Er raste über die Straße, polterte heftig auf den erhöhten Bürgersteig an der Tankstelle und trat das Bremspedal voll durch. Der Wagen schlingerte direkt vor den beiden Münzfernsprechern zum Halten. Er stellte das Horn ab, rammte den Automatikhebel in die Park-Position, ließ den Motor laufen und stieß die Tür auf. Er fischte eine Münze aus seiner Tasche und rannte zu den Telefonen.

Auf die rechte Zelle war ein Schild mit der Aufschrift »Außer Betrieb« geklebt.

»Scheiße«, murmelte Jake. Er schnappte sich den Hörer des anderen Apparates und lauschte. Das Piepen zeigte, daß der Apparat funktionierte. Er wußte, daß er mit dem Zittern seiner Hand Probleme haben werde, die Münze in den Schlitz zu stecken. Also rammte er die Münze auf die flache

Ebene des Telefons, so nah es ging an den Einwurfschlitz und schob sie von da aus weiter, bis sie hineinfiel. Er hörte ein Klicken im Hörer.

Er wählte, so schnell er nur konnte.

Das erste Klingeln war noch nicht verklungen, als Barney schon antwortete. »Jake, vielleicht hat es nichts zu bedeuten. Ich will nicht, daß du voreilige Schlüsse ziehst.«

Irgend etwas stimmte mit Barney nicht. Eine Stimme klang steif und kontrolliert, er redete gar nicht schnoddrig wie sonst.

*Das klingt nicht gut*, dachte Jake. *Gar nicht gut.*

*Ich will das nicht hören!*

»Barbara hat angerufen. Sie macht sich Sorgen um Kimmy. So wie es aussieht, ist Kimmy seit ungefähr 13:00 verschwunden.«

Jake sah auf seine Armbanduhr. Einen Augenblick lang wußte er gar nicht, warum er darauf sah. Dann fiel ihm ein, daß er wissen wollte, wie spät es war. Viertel vor drei. Kimmy war seit ...

»Jake?«

Er antwortete nicht. Kimmy war seit ... 13:00 war ein Uhr, oder?

»Wahrscheinlich hat sie sich nur verlaufen«, sagte Barney. »So wie Kinder nun mal sind. Es gibt keinen Grund, anzunehmen, daß das etwas ... etwas mit dieser anderen Sache zu tun hat. Jake?«

»Ja. Ich bin unterwegs.«

»Halt mich auf dem Laufenden.«

Jake legte auf. Benommen ging er zu seinem Streifenwagen zurück. Er fuhr los.

*Kimmy.*

*Es geht ihr gut*, sagte er sich. *Es muß ihr gut gehen. Sie hat sich nur verlaufen. Vielleicht hat sie sich verirrt.*

Er sah Ronald Smeltzer in der Küche, auf seinen Knien, sah Zähne, die Fleisch aus dem Bauch rissen, aber es war nicht Smeltzers Frau, die da gegessen wurde. Es war Kimmy. Er schrie »Nein« und pustete den Kerl weg.

*Es geht ihr gut. Niemand hat ihr etwas getan. Sie ist nur ein bißchen spazierengegangen. Für mehr als anderthalb Stunden.*

Er sah Harold Standish die Tür öffnen, mit seinen zum Spaß erhobenen Händen und seinem »Nicht schießen.« Jake hielt ihm die Knarre vor die Stirn und drückte ab. Barbara kam angelaufen. Sie trug ihren blauen Seidenkimono. Sie rief ihm zu: »Es ist nicht unsere Schuld!«. Drei Kugeln durchlöcherten ihre Brust. Dann steckte sich Jake den Revolverlauf in den Mund und zog den Abzug durch.

*So wird es kommen*, dachte er. *Genau das wird passieren, wenn Kimmy irgend etwas passiert.*

*Du solltest dich beruhigen.*

*Scheiß drauf.*

*Ihr Arschlöcher, warum habt ihr nicht besser auf sie aufgepasst!*

Er bog in der Auffahrt hinter BBs Spielzeug ein und unterdrückte den Drang, noch einmal Gas zu geben. Dann war er ausgestiegen und auf dem Weg zur Tür.

Seine rechte Hand umklammerte den genoppten Griff seiner Smith und Wesson. Er schnippte den Sicherheitsbügel des Halfters los.

*Was tue ich hier eigentlich?*

Er zog die Hand zurück und ballte sie zur Faust.

Die Tür öffnete sich, bevor er klingeln konnte. Barbara, blaß und mit rotgeränderten Augen, warf sich ihm in die Arme und umklammerte ihn. Er stieß sie von sich. Sie sah ihn an, überrascht, gekränkt und anklagend.

»Okay«, sagte er. »Wie konnte das passieren?«

Barbara schüttelte den Kopf. »Ich weiß es nicht.« In ihrer Stimme lag ein Wimmern. »Sie saß auf der Vordertreppe. Wir kamen gerade vom Brunch aus dem Lobster Shanty zurück. Und die ganze Zeit auf dem Heimweg hat sie geschmollt, weil sie keine Eiskrem bekommen hat. Sie hatte ja bereits Schokoladenkuchen, und ich wollte nicht, daß sie Bauchschmerzen bekommt. Sieh mich nicht so an!«

»Tschuldigung«, sagte Jake und starrte sie weiter anklagend an. Es tat ihm nicht leid. Er wollte sie vorn an ihrer Bluse packen und gegen den Türrahmen schmettern. Eiskrem. Kimmy wollte Eiskrem und Barbara mußte die besorgte Mama spielen und ihr das verbieten und jetzt war Kimmy weg.

Barbara schniefte. Sie wischte sich mit dem Handrücken über die Nase. »Also, Kimmy schmollte und sie hat sich dann hier auf die Stufen gehockt und verkündet, sie werde nicht hereinkommen. Also habe ich sie dagelassen. Ich meine, du weißt doch, wie sie ist. Was sollte ich denn tun? Sie an den Ohren hereinschleppen? Also habe ich sie da sitzenlassen. Ich dachte, sie würde nach ein paar Minuten schon reinkommen. Als sie das dann nicht tat, bin ich nach draußen gegangen, um sie zu holen, und da war sie weg. Es tut mir leid, verdammt. Sie ist auch meine Tochter!«

»Das können wir ja auf ihren Grabstein schreiben 'Mama hat mir die Eiskrem verboten'.«

»Du Scheißkerl!« schrie sie auf.

Sie versuchte Jake zu schlagen, die Finger wie Klauen auf sein Gesicht gerichtet.

Er ergriff ihr Handgelenk und hielt sie fest. Als er sah, wie ihre andere Hand auf ihn zuschoß, gab er ihrem Handgelenk einen scharfen Ruck und sie fiel nach hinten. Ihr Hintern traf auf den Marmorbelag des Foyers. Sie schlug die Hände vor das Gesicht, ließ sich zur Seite fallen und rollte sich wie ein Fötus zusammen.

Jake ging hinein, gab der Tür einen Fußtritt, der sie ins Schloß fallen ließ, und stand drohend über ihr. »Wo ist der Trottel, den du geheiratet hast?«

»Er ... er sucht nach Kiiiiimmmmy.«

Jake starrte auf sie herunter. Sie schluchzte so heftig, daß ihr ganzer Körper bebte. »Ich hoffe, du bist zufrieden. Es hat dir nicht gereicht, mich sitzenzulassen, du mußtest auch noch ... wolltest du sie tot sehen? Bist du darauf aus? Ich bin sicher, sie war dir dauernd im Weg. Du mußtest dich immer um sie kümmern. Nun, jetzt mußt du auf sie keine Rücksicht mehr nehmen. Das wird dir gefallen.«

Barbara krümmte sich noch mehr zusammen.

*Einfach ein paar mal reintreten*, dachte Jake.

Ihm war plötzlich schlecht.

*Was mache ich nur?* dachte er. *Kimmy ist da draußen, und vielleicht ist alles wieder in Ordnung, wenn ich sie nur schnell genug finde, und ich stehe hier und quäle die Frau, die ich mal geliebt habe.*

Er fühlte sich, als sei ein schrecklicher Schleier plötzlich von seinen Augen genommen worden.

Er hockte sich hin und legte Barbara eine Hand auf die bloße Schulter. Sie zuckte zusammen. »Hey, alles okay«, beschwichtigte er. »Es tut mir leid.«

Sie weinte weiter.

»Du konntest es ja nicht wissen«, sagte er und streichelte ihren Oberarm. »Ich weiß, du liebst Kimmy. Ich weiß, du würdest nie etwas tun, um sie zu verletzen.«

»Ich würde ... ich würde mich lieber umbringen«, schluchzte sie.

»Es wird alles wieder gut. Sie war aufgebracht, wahrscheinlich hat sie beschlossen, von zu Hause wegzulaufen. Du weißt, wie Kinder sind.« Jake merkte, daß er Barneys hohle Plattitüde benutzt hatte. »Vielleicht ist sie zu einer Freundin gegangen.«

Barbara schüttelte den Kopf: »Wir ... nein. Wir haben alle angerufen.«

»Es kommt alles in Ordnung. Ich werde sie finden. Ich verspreche es.«

»Du glaubst ... jemand hat sie entführt!«

Genau das dachte er. Jemand hatte Kimmy entführt – jemand mit einem Monster auf dem Rücken. »Wir dürfen keine voreiligen Schlüsse ziehen«, sagte er. »Ich bin sicher, daß es Kimmy gut geht. Hast du überall im Haus nachgesehen? Sie könnte hereingekommen sein, als du gerade nicht hingesehen hast, und ...«

»Ich habe überall nachgesehen. In ihrem Zimmer, in den Schränken ... überall.« Barbara rollte sich auf den Rücken. Sie wischte sich die nassen Wangen mit den Handflächen ab, dann ließ sie die Arme auf den Boden fallen. Sie starrte gegen die Decke. Sie schluchzte nicht mehr, aber sie versuchte vergeblich, ihre Atmung unter Kontrolle zu bekommen. Ihre grüne Bluse war vorn aus dem Rock gerutscht. Der Minirock war um ihre Beine verschlungen. Sie sah aus, als sei sie vor kurzem überfallen worden, nur zeigte sie keine Schlag- und Blutspuren. *Jedenfalls nicht da, wo man sie sehen kann*, dachte Jake.

Er nahm ihre Hand und drückte sie sacht.

Sie sah ihn an, wandte dann aber schnell wieder die Augen ab. »Wir haben sie überall gesucht«, sagte sie. »Ich bin bei allen Nachbarn gewesen. Niemand hat sie gesehen. Harold ist mit dem Wagen losgefahren.« Sie schniefte. Mit der freien Hand wischte sie sich wieder über die Augen. »Ich habe gedacht, er müßte jede Minute mit Kimmy zurückkommen. Ich habe darum gebetet. Aber er kam ohne sie zurück. Da habe ich die Polizei angerufen. Ich habe mit Barney gesprochen. Er ... er war sehr nett. Ich habe immer gedacht, er sei ein Widerling, aber er war sehr nett.«

»Was hatte Kimmy an?«

»Eine kurzärmelige Bluse. Rosa. Ein grüner Rock. Rosa Socken und schwarze Schuhe. Und ... die Halskette, die du ihr gegeben hast. Die mit den Perlen, die man ineinander stecken muß. Und sie hatte Clew dabei. Und ihre Minnie-Mouse-Tasche. Sie hatte Clew in ihrer Tasche versteckt, während wir gegessen haben, und sie hat ein paar Brotkrumen in die Tasche geschmuggelt ... für Clew.«

Barbaras Stimme zitterte. »Sie war so ... so bezaubernd.«

»Ich bin gleich wieder da«, versprach Jake.

Aus dem Wohnzimmer rief er in der Zentrale an. Barney erklärte, er habe bereits alle Beamten außer Dienst kontaktiert. Sie waren unterwegs, um bei der Suche zu helfen. Jake gab ihm die Beschreibung von Kimmy. »Wir tun alle unser Bestes«, versprach Barney. Jake dankte ihm und legte auf.

Barbara war immer noch auf dem Fußboden im Foyer, aber jetzt hatte sie sich aufgesetzt, die Knie angezogen und die Arme um die Schienbeine geschlungen.

Jake hockte sich neben sie. »In ein paar Minuten ist die ganze Polizeistation auf der Suche nach ihr. Wir werden sie finden. Mach dir keine Sorgen, in Ordnung?«

Sie antwortete mit einem ausdruckslosen Nicken.

»Ich bringe sie zu dir zurück.«

Sie ließ die Stirn auf die Knie sinken.

# 23

Alison spürte, wie ihre Nervosität wuchs, je näher sie ihrer Wohnung kam. Sie hatte gehofft, Evan zu treffen, während sie auf dem Rasen ein Sonnenbad nahm. Dann mußte sie ihn nicht anrufen. Das wäre so viel einfacher gewesen.

Natürlich hatte sie ihn nicht getroffen. Wahrscheinlich hatte er den ganzen Nachmittag in seiner Wohnung darauf gewartet, daß das Telefon klingelte.

*Ich muß ihn sofort anrufen*, dachte Alison, als sie die Außentreppe hinaufkletterte. *Je länger ich das hinauszögere, desto schlimmer wird es.*

Oben auf der Treppe fand sie die Tür offen. Sie trat ein und nahm die Sonnenbrille ab.

Im Fernseher lief ein Horrorfilm mit einem jungen Mädchen, das schreiend von einem Irren durch die Wälder gehetzt wurde. Helen lag schlafend auf dem Sofa, nur mit einem weißen BH und einem Schlüpfer bekleidet. Der Schlüpfer war so alt, daß der Stoff auf einer Hüfte ein Loch hatte und einen Streifen nackter Haut entblößte, die an rohen Teig erinnerte.

Alison ging zum Fernseher hinüber und schaltete ihn ab.

»Hey, was machst du da?«

»Ich dachte, du schläfst.«

»Ich habe nur die Augen zugemacht.«

Alison schaltete den Fernseher wieder an und trat aus dem Bild.

»Die Tür stand sperrangelweit offen. Du hast Glück, daß ich es war, die hereingekommen ist, und nicht irgendein Psychopath von der Straße.«

»Ich brauchte ein bißchen frische Luft. Falls du es noch nicht gemerkt hast, hier drin ist es heißer als in einer Nuttenmöse.«

»Hat jemand angerufen?«

»Du meinst deinen großen Liebhaber? Nein, er hat nicht angerufen. Das heißt wohl, daß du den ersten Schritt tun sollst.«

»Sieht so aus«, sagte sie und der Klumpen in ihrem Magen schien sich auszudehnen. »Ist Celia mittlerweile zurück?«

»Sie kann von dem Frischfleisch wohl nicht genug bekommen.«

»Hat sie angerufen oder so?«

»Nein.«

Alison runzelte die Stirn. »Ich hoffe, es geht ihr gut.«

»Sie muß mittlerweile wundgevögelt sein.«

»Sie ist schon ziemlich lange weg.«

»Vielleicht hat sie die wahre Liebe gefunden. War es nicht das, was du dir für sie gewünscht hast?«

»Ja, schon.«

»Über kurz oder lang wird sie hier hereingehinkt kommen. Und du, du rufst jetzt Evan an, oder was?«

»Ich glaube, ich werde erst mal duschen.«

»Wenn du das noch länger hinauszögerst, dann vergißt er noch, wer du bist.«

»Das glaube ich nun nicht.« Mit einem Lächeln drehte sich Alison um. Sie ging in ihr Zimmer, schnappte sich ihren Bademantel und lief wieder die Treppe hinunter.

Im Badezimmer hängte sie den Bademantel an die Tür und zog das T-Shirt aus, daß sie über ihrem Bikini getragen hatte. Der Bikini selbst war schweißfeucht und hatte Flecken aus Sonnenöl. Da sie ihn vielleicht wieder tragen wollte, bevor sie große Wäsche hatte, ließ sie ihn an, als sie unter die Dusche stieg.

Der heiße, peitschende Strahl fühlte sich gut an. Sie wand sich langsam unter dem Wasser. Als ihr Bikini naß wurde, klebte der dünne Stoff an ihrem Körper. Sie mochte die Art, wie der Stoff an ihren Brüsten und ihren Lenden und ihrem Hintern haftete, daher ließ sie ihn an, während sie sich das Haar einseifte. Mit den schampoo-beschmierten Händen rieb sie an dem Bikini, um ihn sauber zu bekommen.

*Heute nacht werden die Hände auf mir die von Evan sein.*

*Was ist aus dem Zölibatsbeschluß geworden?*

*Wir werden sehen.*

*Wenn du es mit ihm tust, bist du wieder genau da, wo ihr angefangen habt. Dann wirst du nie herausfinden, ob da noch mehr dahintersteckt.*

*Ich werde versuchen, es zu umgehen.*

Als sie sich das Shampoo aus dem Haar spülte, überlegte Alison, daß ihre Situation wie bei einer Party war, von der man vorher wußte, daß dort Alkohol getrunken wurde. *Man muß vorher entscheiden, bevor man überhaupt da hin geht, daß man sich nicht betrinken will. Wenn man das nicht tut, ergibt es sich so nebenbei; ein Drink führt zum Nächsten, und innerhalb kürzester Zeit ist man sternhagelvoll.*

Oder innerhalb kürzester Zeit ist man nackt und er dringt in dich ein.

Was gar nicht so schlecht war.

Alison löste die Knoten ihres Bikinioberteils und pellte den klebenden Stoff von ihren Brüsten. Sie hielt das Teil direkt vor die Düse. Der Strahl prallte darauf und zog daran. Nach wenigen Augenblicken drehte sie sich mit dem Rücken zum Strahl, wrang das Wasser heraus und hing das Oberteil über die Stange das Duschvorhangs.

Sie hatte nicht gedacht, daß sie braun geworden war, aber da sie jetzt das Oberteil ausgezogen hatte, sah sie, daß ihre Haut einen leicht rötlichen Schimmer angenommen hatte, der aussah, als sei er aufgesprüht worden, und der eine scharf markierte Linie über ihren Brüsten zog. Auf der anderen Seite der Linie wirkte die Haut wie gebleicht.

*Wie niedlich*, dachte sie. *Titten wie Glubschaugen.*

*Ich glaube nicht, daß Evan sich darüber beschweren wird.*

*Evan wird das nicht zu sehen bekommen, oder?*

*Du solltest dich entscheiden.*

*Später. Wenn ich in diesem Augenblick zu einem Entschluß kommen soll, sieht das nicht gut aus für die Abstinenz.*

Sie öffnete die Knoten an jeder Hüfte. Das Stoffdreieck vorne war so klein, daß das Gewicht der herabhängenden Bänder ausreichte, um es herunterzuziehen. Sie zupfte das Hinterteil von ihrem Gesäß und das Kleidungsstück löste sich. Sie wusch es aus, wrang es aus und hängte es auf die Stange neben dem Oberteil.

Alison nahm ein schlüpfriges Seifenstück auf und begann, sich einzuseifen.

*Wenn du dich heute abend mit Evan triffst, wird er erwarten, daß du dich ihm hingibst. Netter Audruck, 'sich hingeben'.*

*Zu schade, daß du zur Zeit gerade nicht da bist, Evan. Ich würde mich nicht besonders sträuben. Verdammt, ich würde mich gar nicht sträuben. Du bist vielleicht nicht der Richtige, aber für den Augenblick tust du´s auch. Du mußt mich nur dann erwischen, wenn ich eine Zeit lang in der Sonne gelegen habe.*

*Vielleicht ist die Sonne ein Aphrodisiakum. Oder vielleicht liegt es auch an dem Gefühl oder dem Geruch des Öls. Oder vielleicht liegt es einfach nur daran, daß man ausgestreckt und fast nackt daliegt, und die Sonne heiß auf die nackte Haut scheint und man es durch den Bikini fühlen kann, und manchmal kommt auch ein Windhauch und streichelt dich.*

*Ich sollte vielleicht einen Aufsatz darüber für Doktor Blaine schreiben, das nächste Mal, wenn er uns eine beschreibende Passage aufgibt. Davon kriegt er bestimmt einen Ständer. Der würde es mir schon besorgen, wenn ich ihm die Chance dazu geben würde. Der lüsternste Prof, der mir je untergekommen ist.*

*Lüsternheit ist ja nicht unbedingt etwas Schlechtes.*

*Aber ich sollte darüber hinwegkommen, bevor ich Evan anrufe?*

*Wie wäre es mit der guten alten Methode der kalten Dusche?*

*Danke, da bleibe ich doch lieber lüstern.*

Aber es war heiß im Haus. Wenn sie sich nicht doch einer kalten Dusche aussetzte, dann wäre sie schon wieder schweißgebadet, sobald sie sich abgetrocknet hatte, und so würde es dann auch lange Zeit bleiben.

Sie lachte leise vor sich hin und stellte das warme Wasser ab. Der Strahl wurde kalt, dann eisig. Sie biß die Zähne aufeinander. Sie fühlte, wie sich eine Gänsehaut entwickelte. Sie stand starr dar, mit dem Rücken zum Wasserstrahl, die Arschbacken fest zusammengeklemmt und die Fäuste vor das Gesicht gepreßt. Nach einer Weile fühlte sich der kalte Schauer auf ihrem Rücken nicht mehr so schlimm an. Sie drehte sich um und zitterte. Schließlich hielt sie ihren Kopf in den Strahl. Sie fühlte sich, als habe jemand einen Kübel mit Eiswasser über sie ausgeschüttet.

Als sie aus der Dusche kletterte, war das Handtuch wunderbar. Sie schlang es sich um den Körper und genoß die Wärme und die Weichheit. Als sie begann, sich das Haar zu trocknen, ließ ein Klopfen an der Tür sie zusammenzucken.

»Telefon«, rief Helen.

Alison blieb die Luft weg. »Wer ist es?«

»Ich bin es, Helen. Wer sollte es sonst sein?«

»Sehr komisch. Wer ist am Apparat?«

»Dreimal darfst du raten.«

»Oh Gott.«

»Falsch. Zweimal darfst du noch.«

»Sag ihm, ich komme sofort.«

»Ich könnte ihm auch sagen, du rufst zurück.«

»Nein!« Alison schlang sich das Handtuch um den Kopf und hastete zur Tür. Sie riß den Bademantel von seinem Haken und schlüpfte hinein. Der Stoff klebte an ihrem nackten Körper. Helen trat aus dem Weg, als sie in den Flur stürzte.

»Nicht so hastig. Ich bin sicher, er wird nicht so einfach auflegen.«

Alison rubbelte sich das Haar noch ein paar Mal mit dem Handtuch auf dem Weg ins Wohnzimmer. Den Rest der Strecke legte sie vornübergebeugt zurück und wischte sich die Beine ab. Sie war ein wenig außer Atem, als sie das Telefon erreichte.

»Hallo?«

»Hi«, sagte Evan. In dem kurzen Wort schwang eine Spannung und Erschöpfung mit, die Alison bei ihm gar nicht kannte.

»Wie geht es dir?« fragte sie und versuchte, die eigene Stimme ruhig zu halten, trotz der Nervosität, die sie innerlich verspürte. Wassertropfen rannen an ihren Beine herunter. Sie setzte sich in einen der Sessel. Der Bademantel saugte einen Teil der Feuchtigkeit auf.

»Ich glaube, es geht«, sagte Evan nach einer Weile.

»Ich wollte dich in ungefähr fünf Minuten anrufen«, sagte sie. »Die Blumen sind wunderschön.«

»Es freut mich, daß sie dir gefallen.« Sie überlegte, was sie zu dem Brief sagen sollte. Ihr fiel nichts ein. Sie rieb sich mit dem Handtuch über die nassen Schenkel. Helen kam aus dem Flur herein, grinste und beschrieb mit Daumen und Zeigefinger ein O. Dann ging sie in ihr Zimmer und schloß die Tür.

Das Schweigen dehnte sich.

*Ich muß etwas zu dem Brief sagen*, dachte Alison.

»Ich gehe davon aus, daß du meine ... Entschuldigung gelesen hast.«

»Ja.«

»Und?«

Sie fühlte, wie die Luft aus ihren Lungen wich. Sie drückte den Rücken durch und holte tief Luft. »Ich weiß nicht.«

»Ich habe mich so mies benommen. Mit allem. Ich hätte deine Entscheidung akzeptieren sollen. Ich war nur ... ich war gekränkt und durcheinander. Aber das ist keine Entschuldigung. Es gibt keine Entschuldigung.«

»Vorübergehende Unzurechnungsfähigkeit?«

Er lachte gezwungen.»Ich komme zu dir, wenn du das willst.« Alison konnte kaum glauben, daß sie das vorgeschlagen hatte. Sie hatte noch keine Entscheidung getroffen. Wenigstens nicht bewußt.

»Wirklich?« Er schien wieder zum Leben erwacht. »Heute noch?«

»Wie spät?«

»Gott, Alison, ich kann es gar nicht fassen.«

»Wir werden sehen, wie es läuft.«

»Das wird funktionieren. Ich verspreche es. Paßt es dir um fünf?«

»Okay.«

»Ich mache uns etwas Besonderes zum Abendessen. Ich besorge Champagner. Es wird toll werden. Du bist unglaublich, weißt du das?«

»Ich will aber keinen Streß, klar? Wir essen nur gemütlich zusammen und sehen, wie es läuft.«

»Ich habe dich so vermißt.«

Alison hatte einen Kloß in der Kehle. »Ich habe dich auch vermißt. Sehr. Wir sehen uns um fünf.«

»Soll ich dich abholen?«

»Nein. Aber danke für das Angebot. Ich werde wohl zu Fuß kommen. Ich muß noch kurz in der Baxter Hall vorbei.«

»Im Erstsemesterwohnheim?«

»Ich muß mit jemandem reden. Keine Angst, ich habe dich inzwischen nicht gegen ein Erstsemester eingetauscht – auch nicht gegen irgend jemand anderen.«

»Nun, das freut mich. Obwohl ich es dir nicht verdenken könnte, so wie ich dich behandelt habe.«

»Vergessen wir die Entschuldigungen, okay? Laß uns einfach von vorne anfangen, als sei nichts gewesen. Das ist alles Schnee von gestern oder verschüttete Milch oder was auch immer.«

»Soll mir recht sein«, sagte Evan.

»Gut. Bis später.«

»Falls du schon vor fünf da sein kannst, würde es mich freuen.«

»Wir werden sehen.«

»Paß auf dich auf, Al.«

»Ja, du auch.«

Sie legte den Hörer auf, lehnte sich in den Sessel zurück und zog den Bademantel enger zusammen. Einen Augenblick später öffnete Helen die Tür. »Hast du alles mitbekommen?« fragte Alison.

»Was denn? Und – was machst du jetzt?«

»Ich gehe zum Abendessen zu ihm rüber.«

»Hmmm! Sieg auf der ganzen Linie für die Liebe und die Romantik.«

»Kann ich so nicht sagen, aber ich werde gehen.«

»Und was war das mit Baxter Hall?«

»Du hast doch gelauscht!«

»Ich? Nein. Niemals! Aber ich konnte gar nicht verhindern, daß ich hier und da ein Wort aufgeschnappt habe. Glaubst du, daß Celia da im Wohnheim ist?«

»Ich weiß nicht. Aber ich sollte mal vorbeischauen, was los ist. Sie ist wahrscheinlich nicht da, aber vielleicht weiß da jemand, wo sie ist.«

»Du willst Roland besuchen?«

Alison rümpfte die Nase. »Er wohnt mit Jason zusammen. Wenn einer weiß, wo die beiden abgeblieben sind, dann wahrscheinlich er.«

»Viel Spaß.«

»So spaßig wie eine Magen-Darm-Grippe.«

»Es reicht doch auch, wenn du anrufst. Dann brauchst du nicht extra vorbeigehen.«

»Es liegt auf dem Weg.«

Helen sah sie scharf an: »Du glaubst doch nicht, daß etwas passiert ist, oder?«

»Ich fange an, mir Sorgen zu machen. Du nicht?«

»Celia ist schon ein großes Mädchen.«

»Sie ist auch schon lange weg.«

»Willst du, daß ich mitkomme, damit du nicht allein gehen mußt?«

»Du müßtest dich doch vorher anziehen.«

Sie fanden das beide nicht komisch.

»Ist schon gut«, sagte Alison. »Ich schaffe das auch allein.«

»Na gut. Bleib aber nicht allein mit ihm. Und bleib vor der Tür.«

»Ich werde es beherzigen.« Sie stemmte sich aus dem Sessel. »Ich mache mich besser fertig.«

Alison ging in ihr Zimmer hinüber. An ihrem Schreibtisch öffnete sie eine Schublade und nahm die Fotos von Evan heraus.

*Wir hatten schöne Zeiten miteinander*, dachte sie, als sie auf die Fotos blickte. *Vielleicht ist es noch nicht vorbei. Vielleicht wird das hier ein neuer Anfang und von jetzt an wird alles wunderbar. Hoffen wir es.*

*Aber verlassen wir uns nicht darauf.*

Sie pinnte die Fotos an ihre Pinwand und starrte sie an.

Auf einem hielt er ihre Hand.

Auf einem anderen küßten sie sich.

Auf einem dritten saßen sie auf einer Decke neben einer Eiche. Evan schien sehr selbstzufrieden. Obgleich man das auf dem Foto nicht sehen konnte, erinnerte sich Alison daran, daß seine Hand hinten in ihrer Hose gesteckt hatte, in ihrem Slip, direkt an ihren Hintern gepreßt.

Kurz nachdem dieses Bild aufgenommen worden war, waren sie in sein Appartement gegangen und hatten sich auf dem Boden seines Wohnzimmers geliebt. Es war das einzige Mal, daß sie es getan hatten mit Alison auf ihm. Sie war auf ihm geritten, hatte sich nach vorn gelehnt und mit den ausgestreckten Armen abgestützt. Evan streichelte und drückte und saugte an ihren Brüsten, während sie sich auf ihm aufgespießt hin und herwarf.

Die Erinnerung daran ließ Alison lustvoll erschauern.

*Du mußt heute ohne etwas Derartiges auskommen*, ermahnte sie sich. *Auch wenn es nur für heute ist. Eine Nacht ohne Sex, egal wie sehr ihr beide das auch wollt. Andernfalls wirst du nie wissen, ob da noch mehr ist.*

*Sex ist der Knoten, der uns miteinander verbindet*, dachte sie: *Ich muß ihn lösen, nur ein Mal, um zu sehen, ob dann alles auseinanderfällt. Nur um zu sehen, ob in der Schnur, die uns miteinander verknüpft, noch ein anderer Knoten ist – so etwas wie Liebe.*

# 24

Jake fuhr an der Grundschule vorbei, in der Kimmy im nächsten Jahr zum Kindergarten gehen würde, wenn ... *nicht daran denken*, bremste er sich. *Zu sterben, bevor sie auch nur ...*

*Halt!*

Er rieb sich die Stirn. Er war so verflucht müde. Wenn er das nur alles verschwinden lassen könnte.

Als sie sich kurz in der Zentrale getroffen hatten, um die Suche zu organisieren, waren die anderen sechs Männer voller Zuversicht, aber ihre Augen verrieten sie. Sie rechneten mit dem Schlimmsten, und bis auf Barney wußten sie noch nicht einmal, wie groß die Gefahr wirklich war.

Auf dem Spielplatz der Schule sah Jake ein blondes Mädchen auf einer Schaukel. Sein Herz machte einen Sprung. Er trat auf die Bremse.

Aus der Entfernung sah das Mädchen Kimmy sehr ähnlich. Ein Mann stand hinter ihr und schob sie an. Sie trug Jeans und ein weißes T-Shirt. Kimmy sollte mit einer rosa Bluse und einem grünen Rock bekleidet sein.

Aber Jake erinnerte sich an einen Bericht über ein Mädchen, das in einem Supermarkt verschwunden war. Ihre Mutter benachrichtigte den Sicherheitsdienst. Die Ausgänge wurden umgehend versperrt. Und das Mädchen wurde von der Mutter erkannt, als die Entführer sie an den Wachleuten vorbeischmuggeln wollten. Sie sah aber nicht mehr wie ein Mädchen aus. Nachdem sie die Kleine geschnappt hatten, hatten die beiden Männer sie in einen Waschraum verschleppt, ihr Kleid in den Mülleimer geworfen, ihr Jeans und ein Knabenhemd angezogen, ihr das Haar kurz geschoren und eine Baseballkappe darüber gestülpt.

Der Kerl mit dem Mädchen auf der Schaukel ...

... ist ihr Vater.

Vielleicht. Vielleicht auch nicht.

Sie hatte fast Kimmys Statur, mit heller Haut und Haaren, die fast weiß waren.

Der Mann gab ihr immer mehr Schwung. Wenn sie nach vorn schwang, wehte das Haar hinter ihr her. Auf dem Weg zurück flog es ihr ins Gesicht.

Mit dem Blick auf den Mann und das Mädchen und mit verzweifelter Hoffnung fuhr Jake langsam zur nächsten Kreuzung. Er bog nach links ab.

Er war jetzt näher herangekommen, und sie konnte immer noch Kimmy sein.

*Mach dir nichts vor.*

An der nächsten Straße bog er wieder nach links ab. Die Schaukel lag jetzt direkt vor ihm, nur noch durch den Bürgersteig und einen Zaun getrennt. Jake konnte nur den Rücken des Mädchens sehen.

*Bitte.*

Er fuhr an der Schaukel vorbei. Beim Blick über die Schulter sah er das Mädchen nach vorne fliegen, hoch und wieder hinunter. Als ihr das Haar aus dem Gesicht geweht wurde, stürzten seine Hoffnungen zusammen.

Er gab Gas.

*Na gut, das war nicht Kimmy. Aber ich werde sie finden. Ganz bestimmt. Oder einer von uns findet sie.* Wenn man Harold und Barney mitzählte, waren acht Männer auf der Suche nach ihr.

*Einer von uns ...*

*Wo bist du, Liebling? Wo?*

Jake war fast zwei Kilometer von Harolds Haus entfernt. So weit konnte sie eigentlich nicht gelaufen sein. Aber er war jede Straße abgefahren, in immer größeren Kreisen.

Sie war schon lange verschwunden. Sie hätte sicherlich so weit kommen können.

Er fuhr in eine Durchfahrt hinein, an der zu beiden Seiten Hauswände aufragten. Am anderen Ende der Straße fuhr ein roter Pinto an den Straßenrand. Ein schlanker Mann in einem karierten Hemd stieg aus. Er hob die Hand in sein Gesicht und zupfte an seiner langen Nase.

Der Mann war weit weg und trug keine Uniform, aber die Geste verriet ihn. Mike Felson.

Natürlich, dachte Jake. Ich bin in dem Sektor, den er durchsucht.

Mike hatte den Streifenwagen offenbar nicht gesehen.

Er ging zu der geschlossenen Tür einer Garage, an ihr vorbei und hob den Deckel von einer Mülltonne. Er sah hinein, schloß sie wieder, ging zur nächsten und hob auch da den Deckel.

Jake stöhnte. Er umklammerte seinen Bauch und ließ die Stirn hart auf das Lenkrad fallen. Er konnte nicht aufhören zu stöhnen. Er hob seinen Kopf und hieb ihn dann wieder auf das Lenkrad. Und dann tat er es noch einmal.

## 25

Roland klappte das Heft mit seinen Kontoauszügen zu. Zu Beginn des Semesters hatte er von seinen Eltern zusätzlich zu den Kosten für Schule, Miete und Essen $350 bekommen. Was nach dem Kauf der Schulbücher noch übrig blieb, konnte er für Kleinigkeiten wie Kino, Süßigkeiten, Kleidung (*Messer und Handschellen*, dachte er grinsend) und ähnliches verwenden. Er hatte noch $142,55 auf dem Konto.

Morgen früh würde er es abheben und für seine Flucht verwenden.

Es schien ihm nicht gerade viel.

Roland stand auf, ging zu Jasons Schreibtisch hinüber und setzte sich dort. Er fand Jasons Auszüge in der obersten Schublade. Er ging die Einträge bis zum letzten Datum durch und zog davon diverse Schecks ab, von denen er wußte, daß Jason sie später ausgestellt hatte. So wie es aussah, hatte Jason noch ca $400 auf dem Konto.

Nicht schlecht. Er würde Jasons Unterschrift üben müssen ...

*Du Vollidiot, du hast seinen Führerschein im Oakwood die Toilette heruntergespült. Schon vergessen? Und nicht nur das. Du hast nicht mal das Bargeld mitgenommen, daß er noch in der Brieftasche hatte.*

Er fragte sich, ob Celia noch Geld in ihrer Handtasche hatte.

Die hatte er in Jasons Wagen gelassen.

Zurückfahren und sie holen?

Nein, zu gefährlich.

Er beugte sich herunter und zog die unterste Schublade von Jasons Schreibtisch auf. Er hob die Penthouse und Hustler-Ausgaben hoch, nahm den Umschlag mit den Schnappschüssen von Dana heraus (warum sollte er die nicht als Souvenirs mitnehmen?) und suchte unter den anderen Zeitschriften, bis er Jasons Bargeld gefunden hatte. Die Scheine waren in der Hälfte zusammengefaltet und mit einem Gummiband verschnürt.

Roland nahm es heraus. Obwohl die Dicke vielversprechend war, mußte er feststellen, daß es sich größtenteils nur um 1-Dollar-Scheine handelte. Aber immerhin – insgesamt waren es 87 Dollar.

Er nahm das Geld und den Umschlag mit zu seinem Schreibtisch und stopfte die Scheine in seine Brieftasche.

In einer Ecke seines Schreibtisches stand ein gerahmtes Foto von ihm. Er hatte es von einem Bild vergrößern lassen, das an Halloween aufgenommen worden war. Das Bild war klasse, es zeigte ihn in einem Vampir-Cape, das er sich für den Anlaß in einem Kostümverleih besorgt hatte. Er entblößte seine Plastikfänge. Sein Mund und das Kinn waren blutverschmiert.

Roland tätschelte den Umschlag mit den Fotos und grinste, weil ihm eine Idee kam.

Er zog das Foto aus dem Rahmen. Dann nahm er die Bilder von Dana aus dem Umschlag. Und die Schere und den Kleber aus der Schreibtischschublade.

Er zerschnippelte Dana. Was für eine ausgezeichnete Methode, die Zeit totzuschlagen.

Er klebte Teile von ihr auf das Vampir-Foto. Nach kurzer Zeit war sein geiferndes Grinsen von schwebenden Körperteilen umgeben.

*Was für ein Kunstwerk*, dachte er, als er fertig war.

*Ich sollte ihm einen Namen geben.*

*Wie wäre es mit »Intime Träume?«*

Ihm gefiel die Doppeldeutigkeit

Als er die Schnipsel aufsammelte, klopfte es an der Tür.

Rolands Herz tat einen Sprung.

Rasch ließ er die Bilder in die Schublade gleiten. »Wer ist da?«

»Alison Sanders. Ich bin die Mitbewohnerin von Celia Jamerson.«

»Einen Augenblick.«

Sein Puls raste. Celias Mitbewohnerin. Eines von den Mädchen, die mit ihr in dem Einkaufszentrum waren? Vielleicht sogar die mit der tollen Figur in dem Overall?

Er schnappte sich hastig seine Jeans und streifte sie über. Er beugte sich herunter, schloß den Koffer auf dem Boden und schob ihn unter das Bett. Dann eilte er zum Kleiderschrank, nahm ein Freizeithemd heraus und schlüpfte hinein. Mit zittrigen Fingern schloß er ein paar von den Knöpfen, bevor er die Tür öffnete.

Es war das Mädchen in dem Overall und sie sah sogar besser aus als in Rolands Erinnerung. Sie mußte seitdem in der Sonne gewesen sein, denn ihr Gesicht hatte einen rötlichen Schimmer, der das Weiß ihrer Augen und ihrer Zähne vorteilhaft zur Geltung brachte. Selbst im Dämmerlicht des Korridors glänzte ihr Haar wie Gold. Sie trug eine pastellblaue kurzärmelige Bluse, die bis zum Hals zugeknöpft war. Auf ihren Schultern zeichneten sich schwach die Träger eines BHs ab. Die Bluse hatte vor jeder Brust eine Tasche. Sie war sorgfältig in den Gürtel von weiten weißen Shorts gesteckt worden, die bis zur Mitte der Schenkel reichten. Sie trug Strümpfe, die farblich mit der blauen Bluse abgestimmt waren, und leuchtend weiße Turnschuhe. In einer Hand hielt sie den Griff einer Lederhandtasche. Die Tasche schwang hin und her und streifte dabei ihre Schenkel.

»Warum machst du nicht ein Foto?« fragte sie. »Da hast du länger etwas davon.«

Gerade in dem Moment ging Cal Taber hinter ihr vorbei. Er lachte bei Alisons Bemerkung und sah über die Schulter. »Ich hätte auch gern einen Abzug, Roland.«

Roland zeigte ihm den Stinkefinger.

»Sehr witzig«, murmelte Alison.

»Tut mir leid. Ein paar von den Kerlen sind solche Arschlöcher. Möchtest du hereinkommen?«

»Ist schon okay so. Weißt du, wo Jason und Celia sind?«

*Versuch es doch mal im Oakwood Inn*, dachte er. Stattdessen schüttelte er mit einem besorgten Blick den Kopf. »Ich weiß es nicht. Als ich Jason das letzte Mal gesehen habe, wollte er los, um sie abzuholen. Er wollte mit ihr ins Lobster Shanty.«

»Und seitdem hast du nichts mehr von ihm gehört?«

»Nein.« Er fragte sich, ob Alison ihre Bluse immer so hochgeschlossen trug. Er stellte sich vor, wie er jeden der Knöpfe mit seinem Messer abtrennte und die Bluse langsam öffnete.

Alisons Augen verengten sich. Konnte sie Gedanken lesen?

»Du hast also keine Ahnung, wo sie sein könnten?« fragte sie.

»Nein, eigentlich nicht. Obwohl. Ich will nicht, daß du mich für einen Schnüffler hältst, aber ...«

»Mach dir keine Gedanken darüber, was ich denke.«

»Nun, gestern nachmittag habe ich gesehen, daß Jason ein paar Telefonnummern auf seinem Schreibtisch liegen hatte. Er war nicht da und ich war ein bißchen neugierig und habe die Nummern angerufen. Du weißt schon, einfach nur zum Spaß. Eine davon war die des Lobster Shanty. Als ich die andere angerufen habe, hatte ich die Rezeption eines Motels in Marlowe dran. Ich vermute mal, daß Jason sie dahin mitnehmen wollte.«

»Warum so weit weg?«

»Frag das Jason. Ich habe keine Ahnung. Aber er hat seine Toilettensachen mitgenommen, als er gefahren ist.«

»Ist trotzdem ziemlich komisch, daß sie so lange weg sind.«

Roland grinste. »Sie scheinen sich gut zu amüsieren.«

Alison fand das nicht sehr komisch.

»Ich bin sicher, es gibt keinen Grund, sich Sorgen zu machen. Die beiden sind wahrscheinlich bald zurück – falls sie sich nicht überlegen, noch eine Nacht dranzuhängen.«

»Na ja«, murmelte Alison. Ihrem Gesicht nach zu urteilen, war sie nicht überzeugt.

*Scheiße*, dachte Roland. *Ich hätte ihr erzählen sollen, daß Jason angerufen und gesagt hat, er würde noch eine Nacht bleiben.*

Er konnte Alison später anrufen und ihr das erzählen. Aber würde sie ihm glauben?

*Das ist egal. Sie wird nicht mehr lange genug unter uns weilen, um Ärger zu machen.*

»Ich würde mir keine Gedanken machen«, sagte er, »es sei denn, sie sind morgen früh immer noch nicht wieder zurück. Jason hat ein Seminar um zehn. Das wird er sicherlich nicht verpassen.«

Alison nickte. »Kannst du mich anrufen, wenn Jason sich meldet? Ich werde zwar wahrscheinlich nicht da sein, aber du kannst Helen die Nachricht ausrichten. Hast du was zum Schreiben da wegen der Nummer?«

»Du stehst im Telefonbuch, oder?«

»Ja.«

*Da steht dann auch die Adresse.* »Ich rufe dich an, wenn ich von ihnen höre.«

»Danke.« Sie wandte sich ab.

Roland sah zu, wie sie den Korridor herunterging und wie sich der Stoff ihrer Shorts bei jedem Schritt über ihrem Hintern spannte. Sie machte Anstalten, einen Blick über ihre Schulter zu werfen, daher zog er sich zurück und schloß die Tür.

Er eilte zu seinem Bett und zog die Schuhe an. Er fühlte unter sein über den Gürtel hängendes Hemd und berührte das Messer an seinem Gürtel, dann tastete er in seiner Tasche nach dem Zimmerschlüssel.

Als er die Tür wieder öffnete, war Alison außer Sicht. Er zog die Tür hinter sich zu and rannte den Flur entlang. Dann hetzte er die Treppen hinunter.

»Langsam, du Armleuchter«, fauchte Tod Brewster ihn an, als er an ihm und seiner Freundin vorbeihastete.

»Was für ein Arschgesicht«, hörte er das Mädchen sagen.

Die letzten drei Stufen sprang er.

Durch die gläserne Vordertür sah er Alison draußen davongehen. Sie war auf dem Fußweg an der Nordseite des Wohnheims entlang.

Roland wartete in der Eingangshalle, bis sie um die Ecke gebogen war. Dann folgte er ihr.

Er blieb hinter Alison zurück, als sie quer über den Campus lief. Sie nahm den Fußweg westlich an der Liegewiese vorbei. Ein paar Jungens spielten Football auf dem Rasen. Obwohl es schon ziemlich spät war, waren auch noch ein paar Mädchen da, die meisten davon in Bikinis. Einige lasen, andere schienen zu schlafen, ein paar redeten miteinander und ein paar sahen den Spielern zu. Hier und da waren Pärchen auf Decken ausgestreckt. Eines war in einer Umarmung verschlungen. Ein Mädchen, allein in der Nähe des Fußweges, hatte ihr Oberteil geöffnet und sich zum Lesen auf die Ellbogen aufgestützt. Roland ging langsamer und starrte auf die bleiche nackte Seite ihrer Brust. Er fühlte, wie sich eine Erektion regte.

*Wer sie wohl sein mag?* fragte er sich.

*Vergiß es. Du hast für heute andere Pläne, und du verschwindest hier, sobald du das erledigt hast. Für die da ist keine Zeit mehr, selbst wenn du wüßtest, wer das ist.*

*Die Dinge hier werden zu heiß.*

*Aber wenn du wirklich auf Nummer Sicher gehen wolltest, würdest du sofort verschwinden und die Sache mit Alison vergessen.*

*Nein, das kann ich nicht machen. Auf keinen Fall.*

*Zuerst Alison, und dann sehe ich zu, daß ich weg komme.*

*Obwohl es schon schade ist, das hier alles zurückzulassen.*

*Nur keine Reue. Die Welt ist voll mit entzückendem jungen Fleisch.*

Am anderen Ende des Rasens wandte Alison sich nach rechts und ging durch das schattige Areal zwischen Doheny Hall und der Gunderson Aula. Sie ging direkt zur Straße hinüber. Und überquerte sie.

Roland wartete hinter einem Baum, bis Alison um die nächste Hausecke verschwunden war. Dann rannte er über die Straße. Als er zu der Ecke kam, war Alison gerade mal zwanzig Meter vor ihm. Wenn sie sich jetzt umdrehte ... Er machte schnell in paar Schritte zurück und duckte sich hinter den Büschen vor dem Haus der Alpha Phi Burschenschaft.

Er wartete ein paar Augenblicke und schielte dann hinter den Sträuchern hervor. Alison war stehen geblieben. Sie starrte auf etwas in der Höhe seitlich von ihr. Sie streifte sich den Träger ihrer Handtasche über die Schulter. Sie richtete sich auf und atmete offenbar tief ein. Sie berührte den untersten Knopf ihrer Bluse. Ihre Hand tastete den Gürtel ab, um zu sehen, ob die Bluse auch ordentlich verstaut war. Dann verließ sie den Bürgersteig.

Roland stürzte vorwärts.

Jetzt konnte er sie wieder sehen. Sie war im Hof eines alten Wohnhauses mit efeubewachsenen rostbraunen Backsteinen. Während er zusah, stieg sie eine Treppenflucht zu einer Balustrade hoch, die vor dem obersten Stockwerk entlanglief. Sie ging an zwei Türen vorbei und hielt vor der dritten an.

Statt zu klopfen oder die Tür mit einem Schlüssel zu öffnen, trat sie zurück und lehnte sich gegen das schmiedeeiserne Gitter der Balustrade. Sie senkte den Kopf. Eine Zeitlang bewegte sie sich nicht.Dann trat sie von dem Geländer weg, hob einen Arm und drehte sich halb um, als wolle sie sich die Rückseite ihrer Shorts ansehen. Sie wischte ein paarmal mit ihrer Hand darüber. Schließlich ging sie zu der Tür und klopfte.

Ein Mann öffnete. Er war größer als Alison, mindestens eins-achtzig. Er trug Freizeithosen und ein enges Strickhemd. Selbst aus der Entfernung konnte Roland seine kräftige Statur erkennen. Er hatte einen flachen Bauch, eine starke Brust, einen massigen Nacken und gewaltige Oberarme.

Das war niemand, mit dem man sich anlegen sollte.

Der Mann trat zurück und Alison folgte ihm hinein. Die Tür schloß sich.

*Und jetzt?*

*Hochgehen und es versuchen?*

*Was für eine idiotische Idee.*

*Abwarten, bis sie geht, und ihr dann auf dem Nachhauseweg auflauern?*

*Wenn der Kerl auch nur etwas von einem Gentleman hat, dann bringt er sie nach Hause. Außerdem will ich sie irgendwo in einer Wohnung haben, damit ich mir keine Gedanken darüber machen muß, daß wir gestört werden könnten.*

*Ich will viel Zeit für sie haben.*

Er beschloß, zurück ins Wohnheim zu gehen und die Adresse herauszusuchen.

*Ja.*

Roland wischte sich seine verschwitzten, zittrigen Hände an seinem Hemd ab.

»Beeil dich, nach Hause zu kommen, Alison«, flüsterte er.

Dann huschte er davon.

# 26

Jake sah ein blondes Mädchen auf einem Dreirad hinter dem Gitterzaun am Ende einer Hausauffahrt. Sie trug eine weiße Bluse.

*Kimmy?*

Er konnte nur den Rücken sehen.

Wie sollte sie hierher kommen, auf ein Dreirad? Vielleicht wohnte da eine Freundin von ihr. Aber Barbara hatte gesagt, sie habe alle ihrer Freundinnen angerufen ...

Die rechte Seite seines Streifenwagens bekam Schlagseite. Jake riß seinen Blick von dem Mädchen weg. Er trat auf die Bremse, aber nicht schnell genug und der Wagen prallte gegen eine Eiche. Der Aufprall schleuderte ihn nach vorn. Der Sicherheitsgurt rastete ein, hielt ihn an Schulter und Brust und warf ihn in seinen Sitz zurück.

Das Mädchen hörte den Krach und sah über ihre Schulter.

Es war nicht Kimmy.

Rauch oder Dampf stieg unter der Haube auf. Jake stellte den Motor ab. Er öffnete den Sicherheitsgurt. Zitternd öffnete er die Tür und stieg aus, um sich den Schaden anzusehen. Er schüttelte den Kopf. Er konnte es nicht glauben.

Während er zu dem Mädchen hingesehen hatte, hatte er nicht auf die Straße geachtet. Das rechte Vorderrad war auf den Bordstein gerollt und er war in einen Baum auf dem Grasstreifen zwischen Straße und Bürgersteig gefahren.

Er stolperte zur Kühlerhaube. Der Wagen zischte. Die weiße Wolke, die durch den eingedrückten Kühlergrill ausströmte, roch feucht und nach Gummi. Er brauchte die Haube nicht zu öffnen, um zu wissen, was passiert war: Der Kühler war geplatzt.

Er ließ sich in den Fahrersitz fallen und griff nach dem Funkgerät.

»Danke für die Heimfahrt«, murmelte er, als er aus Wagen 1 ausstieg.

»Leg dich eine Weile hin, bevor du mit der Suche weitermachst«, schlug Danny vor.

»Sicher.« Er schlug die Tür zu. Der Streifenwagen fuhr wieder an.

Jake ging die Einfahrt hoch zu seinem Mustang, während er nach den Schlüsseln suchte. Er fühlte sich erschöpft und ausgelaugt. Sein Kopf dröhnte. Er mußte dringend auf die Toilette. Auf wackligen Beinen wandte er sich von der Einfahrt weg und ging über den Rasen zur Haustür.

Er schloß auf. Obwohl es draußen erst dämmerte, war es im Haus dunkel. Er schaltete das Licht im Wohnzimmer an.

Nachdem er die Toilette benutzt hatte, schluckte er drei Aspirin. Er rieb sich seinen steifen Nacken. Im Spiegel des Badezimmerschränkchens sah er genauso schlecht aus, wie er sich fühlte. Sein Haar war zerzaust. Seine blutunterlaufenen Augen wirkten seltsam abwesend. Sein Gesicht hat einen gräulichen Schimmer. Unter seinen Achseln war sein Uniformhemd schweißfleckig.

Er wusch sich das Gesicht, dann ging er in sein Schlafzimmer. Er begann, seine verschwitzte Kleidung auszuziehen.

*Und du hast geglaubt, gestern sei ein übler Tag gewesen. Du hast gedacht, es sei schlimm gewesen, das Oakwood zu durchsuchen.*

*Du hast gar nicht gewußt, was schlimm wirklich bedeutet.*

Er schälte sich aus seinen feuchten Strümpfen und der Unterwäsche und ließ sie auf dem Boden liegen. Er nahm frische Wäsche aus der Schublade, aber er wußte, daß er wahrscheinlich umfallen würde, wenn er versuchte, sie in diesem Zustand anzuziehen. Also setzte er sich auf das Bett und zog zuerst die frische Unterwäsche an, dann die Socken. Stöhnend stand er wieder auf. Er ging zum Kleiderschrank, um ein frisches Hemd herauszuholen. Er schlüpfte hinein, versuchte einen Knopf zu schließen und gab es auf. Er nahm eine braune Cordhose von ihrem Bügel und trug sie zum Bett hinüber. Nachdem er sich gesetzt hatte, streifte er sie über seine Beine.

*Gestern, das war gar nichts*, dachte er. *Gestern, das war es nur deine verdammte Einbildung, die Überstunden machte.*

Er erinnerte sich daran, wie er auf der Suche nach dem Schlangending unter das Bett gesehen und fast Cookie Monster erschossen hatte.

*Ich will Cookie!*

Seine Augen brannten und seine Sicht verschwamm in Tränen.

Er drehte den Kopf zu dem Nachttisch, wo er Cookie Monster abgesetzt hatte, nachdem er so nahe daran gewesen war, ihm eine Kugel zwischen die Knopfaugen zu verpassen.

Der Teddy war verschwunden.

Jake wußte, daß er ihn da hingesetzt hatte.

Er sah auf dem Boden hinter dem Nachttisch nach. Dann war er auf den Beinen, all seine Müdigkeit und seine Schmerzen von einer befreienden Welle der Hoffnung weggespült, war auf seinen Füßen und zog die Hose hoch und rannte aus dem Zimmer und durch den Flur und knipste den Lichtschalter an und fand Cookie Monster auf Kimmys Bett, gegen Kimmys Hals gedrückt und von ihrer winzigen Hand festgehalten.

Und dann war Jake auf den Knien, mit seinem Arm auf ihrem heißen Rücken und seinem Gesicht an ihrer Schulter.

»Barbara, sie ist hier. Es geht ihr gut.«

»Oh mein Gott!« Lange Zeit sagte Barbara nichts weiter. Jake lauschte ihrem Schluchzen. Schließlich hatte sie sich wieder so weit unter Kontrolle, daß sie fragen konnte: »Wo ist sie?«

»Hier. Bei mir zu Hause.«

»Wo hast du sie *gefunden*?«

»Genau hier. Ich bin zurückgekommen, um den Wagen zu holen, und ...«

»Das kann nicht sein. Das sind mehrere Kilometer.«

»Mehr als fünf, glaube ich.«

»Oh, verdammt. Warum hast du da nicht zuerst nachgesehen?«

»Ich hatte daran gedacht. Aber ... Es schien so ... so weit weg. Ich hatte nicht mal gedacht, daß sie den Weg kenne, geschweige denn, daß sie so weit laufen würde. Ich kann es immer noch kaum glauben. Aber sie ist hier!«

»Hast du eine Ahnung, was ich durchgemacht habe?«

»Es ist vorbei. Vorbei. Es geht ihr gut.«

»Ich will mit ihr reden.«

»Sie schläft.«

»Weck sie, verdammt noch mal!«

»Später!«

»JETZT!«

»Reg dich ab! Ich muß in der Zentrale anrufen und die Suche abblasen. Und dann wecke ich sie auf. Sie hat wahrscheinlich fürchterlichen Hunger. Ich mache ihr etwas zu essen und bringe sie in ungefähr einer Stunde rüber. Nimm einen Drink oder so etwas. Beruhige dich wieder. Ich will nicht, daß du hysterisch wirst, wenn sie wiederkommt.«

»Hysterisch? Wer ist hysterisch? Ich habe sie schon tot in irgendeinem Straßengraben gesehen, und die ganze Zeit über macht sie nur einen verdammten Überraschungsbesuch bei ihrem beschissenen Vater!«

»Ich muß die Zentrale anrufen«, wiederholte er. »Wir kommen dann später vorbei.« Damit legte er auf.

Nachdem er den zweiten Anruf erledigt hatte, ging er in Kimmys Zimmer zurück. Sie schlief immer noch.

Jake kniete neben ihr und streichelte ihr über den Kopf. Ihr Haar war feucht. Er legte ihr eine Hand auf den Rücken. Ihre Haut war unter dem

Stoff der Bluse sehr heiß. Er fühlte ihr Atmen unter seiner Hand. Sie schnarchte leise.

Jake kitzelte sie an ihrem Ohr. Sie rieb sich mit Cookie Monsters pelzigem blauen Kopf an der juckenden Stelle, ohne aufzuwachen.

Er lächelte. Er hatte einen Kloß in der Kehle, aber es ging ihm jetzt besser. Vorher hatte er total neben sich gestanden. Glücklicherweise hatte sie das alles verschlafen.

Verdammt, die Kleine konnte bei fast allem schlafen.

Mit einer Hand auf ihrer Schulter schüttelte er sie sanft. »Wach auf, Liebling«, sagte er. Dann schüttelte er sie noch einmal. »Hallo? Ist da jemand? Kimmy?«

Sie grunzte und drehte sich zur Seite, mit dem Rücken zu Jake.

»Ellbogen-Attacke«, sagte er und schlängelte seine Finger unter ihren Arm.

Sie machte sich los und vergrub den Kopf in dem Kissen.

»Angriff von hinten!«

Sie griff nach hinten und schlug seine Hand von ihrem Hintern weg, dann drehte sie sich um und sah ihn an. »Das gehört sich nicht«, protestierte sie.

»Bitte entschuldige. Möchtest du ins Jack-in-the-Box?«

»Kann ich Nachos haben?«

»Sicher. Gehen wir.«

»Du mußt nicht so hetzen.«

»Wenn wir hier nicht schnell verschwinden, könnte deine Mama auftauchen und dich mit nach Hause nehmen, und dann gibt es keine Nachos.«

Kimmy setzte sich auf. Sie suchte unter dem Kissen und fand Clew. »Ist Mama sauer auf mich?«

»Würde mich nicht wundern. Wir haben uns beide schreckliche Sorgen um dich gemacht. Was du da getan hast, war sehr gefährlich.«

»Ich war sehr vorsichtig.«

»Gehen wir.« Er nahm sie an der Hand. Sie hüpfte aus dem Bett und sah zu Cookie Monster zurück, als würde sie überlegen, es mitzunehmen. Dann ließ sie sich von Jake aus dem Zimmer führen.

»Kann ich heute nacht hier bleiben?«

»Ich glaube nicht. Mama will bestimmt, daß du nach Hause kommst.«

»Ist das hier nicht auch mein Zuhause?«

»Natürlich ist es das.«

»Willst du nicht, daß ich bei dir bleibe?«

»Das fände ich ganz toll. Aber heute wäre kein guter Tag dafür. Außerdem bin ich mit einem sehr wichtigen Fall beschäftigt.«

»'Ne Leiche?« Sie grinste ihn an.

»Ja, stimmt.«

Draußen hob Jake sie in das Auto und schnallte sie in den Kindersitz. Er lief zur Fahrerseite des Wagens, startete den Motor und schaltete das Licht an. Als er aus der Ausfahrt fuhr, erzählte er Kimmy: »Wir haben in der ganzen Stadt gesucht. Die gesamte Polizei war auf der Suche nach dir.«

»Heißt das, daß ich in Schwierigkeiten bin?«

»Ich glaube, diesmal werden wir dich noch nicht ins Gefängnis stecken. Ersttäterin. Aber wenn du das noch einmal tust, dann fürchte ich, kommst du doch in den Knast. Warum hast du das getan?«

»Mama war nicht nett zu mir.«

»Weil du kein Eis haben durftest?«

»Nein, weil sie mich geschlagen hat.«

»Was meinst du damit, sie hat dich geschlagen?«

»Sie hat mir eine gepfeffert. Genau hier.« Sie stieß Clews kleinen grauen Kopf gegen ihren Oberarm. »Das hat wirklich weh getan. Man soll kleine Kinder nicht hauen, weißt du?«

»Du bist also weggelaufen, weil sie dich gehauen hat?«

»Du hast mich noch nie gehauen.«

»Aber auch nur, weil ich weiß, daß du mich verprügelst, wenn ich das versuchen würde.« Er lächelte sie an, aber innerlich schäumte er.

Kimmy log nie. Das Miststück hatte sie geschlagen. Und sie hatte nicht mal den Mumm gehabt, das zuzugeben.

»Du warst also wütend, weil sie dich geschlagen hat, und dann hast du beschlossen, mich zu besuchen? Wie hast du mein Haus gefunden? Und wie bist du hereingekommen?«

»Oh, ich kannte den Weg. Und du hast ein Fenster offengelassen.«

»Und du bist den ganzen Weg gelaufen?«

»Sicher. Aber mir taten schon die Füße weh.«

»Viele Leute haben nach dir gesucht. Mich wundert, daß niemand von denen dich gefunden hat.«

»Na ja, ich habe mich versteckt. Ich kann mich gut verstecken.«

»Was hast du gemacht, bist du jedesmal in die Büsche gekrochen, wenn ein Auto vorbeikam?«

»Manchmal waren da keine Büsche. Ich habe mich dann hinter Bäume und Autos geduckt.«

»Sehr schlau.«

»Na ja, weißt du, der Mann mit der Katze hat mir Angst gemacht. Er hatte gar keine Katze mehr, weil die plattgefahren worden war, aber er wollte Clew streicheln und ich bin weggelaufen.«

»Was?« Mein Gott, dachte Jake, jemand hat versucht, sie in sein Auto zu locken.

»Papa, du hättest beim ersten Mal zuhören sollen. Ich wiederhole mich nicht.«

»Ich habe dir zugehört«, versicherte er. »Du sagtest, daß ein Mann Clew streicheln wollte.«

»Aber das war nur eine Geschichte. Er wollte mich schnappen und in sein Auto ziehen.«

Jakes Herz klopfte bis zum Hals. »Hat er dir das gesagt?«

»Nein.«

»Wie kommst du dann darauf, daß er dich in sein Auto zerren wollte?«

»She-Ra läßt sich nicht täuschen.«

»Wann ist das passiert?«

»Heute.«

»Nachdem du von Mama weggelaufen bist?«

»Natürlich.«

»Und er fuhr ein Auto?«

»Ja.«

»Und er hat neben dir angehalten, als du auf dem Weg zu meinem Haus warst?«

»Ja.«

»Was hat er gesagt?«

»Das habe ich dir schon erzählt.«

»Zurückspulen.«

Kimmy gab ein surrendes Geräusch von sich. »Okay, passiert.«

»Was hat der Mann gesagt?«

»Seine Katze ist von einem Auto plattgefahren worden und er war traurig. Aber ich glaube nicht, daß das stimmt. Glaubst du das?«

»Ich weiß nicht.«

»Ich habe ihn Clew nicht streicheln lassen. Ich bin weggelaufen.«

»Ist er hinter dir hergefahren?«

»Na ja, weißt du, ich bin zu einem Haus gelaufen.«

»Das war sehr klug. Und was hat er getan?«

»Er ist schnell weggefahren.«

»Wie hat er ausgesehen?«

»Willst du ihn ins Gefängnis sperren?«

»Das könnte sein.«

»Gut.«

»Aber ich muß wissen, wie er aussieht, sonst kann ich ihn ja nicht finden.«

»Vielleicht solltest du ihn totschießen. Ich glaube, das wäre eine gute Idee.«

»Wie alt war er?«

»Ich weiß nicht.«

»War er jünger als ich?«

»Ja, aber er war schon erwachsen.«

»War er alt genug, um ein Student zu sein?«

Kimmy zuckte mit den Achseln. »Er war ungefähr so wie George.«

George war der Freund von Sandra Philipps, die bei Kimmy Babysitterin war, bevor die Ehe in die Brüche ging. Zu der Zeit war George in der Abschlußklasse der Highschool gewesen.

»Wie sah er aus?«

»Äh, er hatte kein Hemd an.« In einem verschwörerischen Ton fügte sie hinzu: »Ich habe seine Brust gesehen.«

»Hast du seinen Rücken gesehen?« Und hatte sein Rücken einen Wulst, so als säße da einen Schlange unter der Haut?«

Kimmy schüttelte den Kopf.

»Welche Farbe hatten seine Haare?«

»Schwarz.«

»Und seine Augen?«

»Ich weiß es nicht.« Sie klang ein wenig ungehalten. »Sind wir bald bei Jack-in-the-Box?«

»Nur noch ein paar Straßen. War er dick oder dünn?«

»Oh, dünn.«

»Hatte er eine Brille?«

»Nee.«

»Eine Sonnenbrille?«

»Papa.« Sie seufzte tief. »Es reicht.«

»Du willst doch, daß ich ihn totschieße, oder?«

»Na ja ...«

»Was für ein Auto hat er gefahren?«

»Och, das ist einfach. So eines wie Mama.«

»Einen Porsche?«

»Was ist ein Porsche?«

»Mamas Auto, das Harold ihr gekauft hat.«

»Ach das. Nee. So eines wie ihr altes Auto. Vielleicht war es ihr altes Auto.«

»War es genauso? Die gleiche Farbe und alles?«

»Ja, Aber da war ein Ding dran.«

»Was für ein Ding?«

»Eine spitze Flagge.«

»Welche Farbe hatte die?«

»Rot-orange.«

»So wie dein rot-oranger Filzstift?«

»Ja natürlich.«

»Wo war dieser Wimpel? War er an ein Fenster geklebt oder ...?«

»Es war an dem Ding.« Kimmy deutete durch die Windschutzscheibe auf Jakes Antenne.

»Das ist toll, Liebling. Das wird eine große Hilfe sein. Kannst du dich noch an etwas anderes erinnern über den Kerl oder das Auto?«

»Ich glaube nicht. Der Name von seiner Katze war Celia. Aber ich glaube gar nicht, daß er eine Katze hatte, glaubst du das? Ich glaube, daß war nur eine Geschichte, damit ich ihn Clew streicheln lasse und er mich schnappen kann. Ich wette, er wollte etwas ganz Schlimmes mit mir machen. Aber ich war schlauer als er, nicht wahr?«

»Ganz bestimmt, Liebling.«

Ein paar Augenblicke später bog Jake auf den überfüllten Parkplatz eines Supermarktes ein.

»Heh, du hast mir Jack-in-the-Box versprochen.«

»Ich muß mal anrufen.« Der Parkplätze an den Telefonzellen waren alle besetzt, daher mußte er am anderen Ende parken.

»Rufst du Mama an?«

»Nein. Soll ich das?«

»Nein!«

»Ich rufe die Polizei an.« Er schnallte Kimmy los. Sie krabbelte aus ihrem Kindersitz und kletterte hinter Jake aus der Fahrertür. Er nahm sie an ihrer kleinen Hand und führte sie über den Parkplatz. »Ich erzähle Barney alles über den Kerl in dem VW.«

Kimmys Augen weiteten sich vor Aufregung: »Wirklich?«

»Ja, Den Kerl erwischen wir.«

»Können wir noch essen, bevor wir ihn erwischen? Ich habe einen Mordshunger.«

»Wir essen, sobald ich angerufen habe.«

»Okay, aber faß dich kurz, Kumpel.«

# 27

Roland parkte Danas VW am Straßenrand und stieg aus. Er ging zwei Häuser zurück. Im Licht der Straßenlaterne überprüfte er die Adresse, die er aus dem Telefonbuch abgeschrieben hatte: Apple Lane 364 B.

Er war auf der Apple Lane. Die Hausbeleuchtung von dem Haus gegenüber zeigte ihm eine 364 an der Haustür.

Das B bei der Adresse bedeutete zweifellos, daß Alison eine Wohnung auf dem Grundstück hatte, entweder in einem anderen Teil des Hauses, oder in einem möblierten Anbau dahinter.

Licht drang aus den Fenstern im Erdgeschoss und im ersten Stock. *Wer auch immer im Hauptteil des Hauses wohnt, ist zuhause*, dachte Roland. *Ich sollte das im Kopf behalten.*

Ein Fußweg führte direkt zur Haustür, aber ein Plattenweg bog nach rechts hin ab. Roland ging direkt über den Rasen. Als er an der Hausecke auf die Platten traf, sah er eine Holztreppe, die zum ersten Stock führte. Eine Tür oben an der Treppe wurde von einer einsamen Glühbirne beleuchtet. Das Geländer der Treppe war mit Topfblumen bestückt. *Mädchen haben solche Pflanzen*, dachte er.

Unten an der Treppe war ein Briefkasten an die Hauswand montiert. Roland sah ihn sich näher an. Die Adresse auf dem Kasten war 364 B.

Langsam begann er die Treppe hochzusteigen.

Als er Stimmen hörte, blieb er stehen und sah sich um. Das Geräusch kam aus einem offenen Fenster. Obwohl das Fenster an der Treppe war, lag es so weit seitlich, daß er nicht hineinsehen konnte. Er lauschte ein paar Sekunden. Die Stimmen klangen irgendwie flach – und hatten Musik im Hintergrund. Sie kamen aus dem Fernseher.

*Helen ist also zu Hause, wie Alison es gesagt hat.*

*Und sieht fern.*

*Allein?*

*Vielleicht ist ihr Freund auch da.*

*Vielleicht. Ich muß also vorsichtig sein*, dachte Roland.

Oben auf der Treppe nahm er eine Plastiktüte aus der Hosentasche. Es war ein stabiler Müllsack, den er aus seinem Wohnheimzimmer mitgenommen hatte, als er den Ablauf des Abends geplant hatte. Im Vertrauen darauf, daß das Geräusch des Fernsehers die wenigen Geräusche, die er machte, übertönen würde, faltete er die Tüte auseinander und blies hinein. Die Tüte plusterte sich auf.

Er nahm die Schlüssel, die er aus Celias Handtasche genommen hatte, wählte den, der am ehesten nach einem Haustürschlüssel aussah und ließ ihn geräuschlos in das Schloß gleiten. Er nahm das Ende des Plastikbeutels in den Mund, um die andere Hand frei zu haben. Dann, mit beiden Händen, drehte er langsam den Schlüssel und den Knauf. Er schob die Tür auf.

Der Klang des Fernsehers wurde lauter. Ein angenehmer Geruch strömte ihm entgegen. Popcorn.

Da, wo er stand, mit dem Gesicht in den Spalt gepreßt, konnte er nur eine Ecke des Wohnzimmers sehen. Da war niemand.

Er öffnete die Tür noch ein wenig weiter und schob sich durch den Spalt.

Er sah ihren Hinterkopf über der Sofalehne. Sie hatte Lockenwickler im Haar.

Die Aufteilung der Möbel machte es ihm leicht. Wenn das Sofa direkt an der Wand gestanden hätte, wäre er nicht in der Lage gewesen, sich von hinten anzuschleichen. Aber hinter dem Sofa war noch viel Platz, offenbar, damit Leute durch den Raum gehen konnten, ohne durch das Blickfeld von jemandem zu laufen, der dort saß.

Roland überlegte, die Tür zu schließen. Er beschloß, kein Geräusch zu riskieren, das sie aufschrecken konnte, und ließ sie ein paar Zentimeter offen.

Er nahm den Beutel in beide Hände. Er hielt ihn auf und schlich langsam über den Teppich. Ein schwacher Windhauch regte den Müllsack.

*Das wird ein Kinderspiel*, dachte er.

*Wenn da nicht noch ein Kerl auf dem Sofa liegt mit dem Kopf in ihrem Schoß.*

Und dann war er nah genug heran, um zu sehen, daß niemand sonst da war. Auf dem Kissen neben Helen stand eine große Schüssel mit Popcorn. Sie griff hinein und schaufelte eine Handvoll heraus. Sie trug einen roten Bademantel. Ihre Beine waren ausgestreckt, mit den Füßen auf einem flachen Tisch vor dem Sofa. Der Bademantel klaffte auf und entblößte dicke weiße Schenkel.

*Zu schade, daß sie so eine Schlampe ist*, dachte Roland. *Das hier würde viel mehr Spaß machen, wenn sie so aussehen würde wie Celia oder Alison.*

*Das hier war nicht erregend.*

Er hob den Sack.

Neben ihm gab es einen dumpfen Knall.

Er sah sich um. Die Tür war zugeschlagen.

Helen sah auch hin. Ihr Kopf drehte sich gerade so weit, daß sie die Tür sehen konnte, dann noch ein wenig weiter. Ihre Augen traten aus den Höhlen, als sie Roland sah. Angekautes Popcorn sprühte aus ihrem Mund, einiges davon in das Innere des Müllsacks, als er ihn ihr über den Kopf stülpte.

Sie warf sich nach vorn. Roland schlang einen Arm über ihr Gesicht, um den Sack festzuhalten. Mit ihrem Kopf im Klammergriff wurde er über die Lehne des Sofas gezerrt. Sie griff nach hinten und zerrte an seinem Haar. Es schmerzte höllisch.

Helens Schulter knallte auf die Platte des Wohnzimmertisches. Roland fiel mit der Seite auf den Tisch und warf dabei ihr Glas um. Sie strampelte hin und her und trat um sich. Bei ihrem wilden Gezappel wurde Roland über den Tisch geschoben. Das eine Ende bekam Übergewicht und der Tisch fiel um. Roland fiel auf den Boden und Helen landete auf ihm.

Unter ihrem zuckenden Körper eingeklemmt preßte Roland den Müllsack fest auf ihr Gesicht. Mit seiner anderen Hand riß er den Sicherungshalter seines Messers los.

*Nein! Nur kein Blut!*

Er griff mit der freien Hand nach Helen. Ihr Bademantel hatte sich geöffnet. Er griff nach einer Brust und quetschte sie. Sie jaulte in das Plastik über ihrem Mund. Er ließ los und schlug ihr die Faust hart in den Magen. Und noch einmal. Ihr Körper verkrampfte sich bei jedem Schlag. Dann schien sie zu erzittern. Er hörte würgende Geräusche. Der Sack pulsierte warm und weich gegen seine Hand und ihm wurde klar, daß sie sich übergab. Er unterdrückte den Drang, seine Hand wegzuziehen. Stattdessen preßte er den Sack nur noch fester auf ihren Mund. Helens Körper wurde von Konvulsionen erschüttert. Sie strampelte und bockte auf ihm und fiel schließlich herunter.

Er rollte mit der Bewegung mit, verlor aber seinen Griff an dem Müllsack. Erbrochenes lief auf den Teppich hinunter. Ihre Hand rutschte in dem Dreck aus, als sie versuchte, sich hochzustemmen. Roland kletterte auf ihren Rücken. Sie würgte und keuchte unter ihm. Aber sie atmete noch, jedenfalls genug, um am Leben zu bleiben. Als er sie mit den Beinen umklammert hatte und nach dem Sack griff, riß sie ihn sich vom Kopf.

Roland schlang seine Finger um ihren glitschigen Hals und versuchte, sie zu erwürgen. Als er ihr die Kehle zusammendrückte, rappelte Helen sich auf. Sie gelangte auf alle viere. Wimmernd begann sie davonzukrabbeln. Roland rittlings auf ihr. Seine Finger rutschten weg. Er spürte einen Hauch Panik.

Er ließ los und rutschte von ihrem Rücken.Er stolperte für ein paar Schritte, dann fand er sein Gleichgewicht wieder, holte Anlauf und rammte ihr die Spitze seines Schuhs mit solcher Wucht in den Bauch, daß sie zur Seite fiel. Sie hielt sich den Bauch und rang nach Luft. Sie hatte ihre Brille verloren. Ihr Gesicht war da, wo man es bei all dem Erbrochenen noch sehen konnte, puterrot.

Roland tänzelte um sie herum, auf der Suche nach dem besten Zielpunkt. Er fragte sich einen Moment lang, was wohl passieren würde, wenn er in eine von diesen Monsterbrüsten trat. Aber das wäre wohl nicht tödlich, und er mußte das hier benden. Er war so schon fast nicht mit ihr fertig geworden.

Er zielte auf ihre Kehle.

Er verfehlte den Hals, aber der Tritt brach ihr den Kiefer und warf sie auf den Rücken.

Roland sprang, zog die Knie an und und stampfte mit den Füßen herunter, so daß er mit all seinem Gewicht auf ihren überkreuzten Armen und ihrem Bauch landete. Die Luft entwich keuchend aus ihr, und sie zuckte bis zu einer fast sitzenden Position hoch. Roland stolperte von ihr herunter.

Er wirbelte herum und trat sie noch einmal gegen den Schädel.

Ihre Arme fielen kraftlos auf den Boden.

Zur Sicherheit trat er noch einmal vor die gleiche Stelle.

Dann holte er den Müllsack. Er setzte sich auf die weichen Kissen ihrer Brüste, zog ihr den Sack über den Kopf und hielt ihn am Nacken zu.

Während er so da saß, hoffte er, daß Alison lange bei ihrem Freund blieb. Er würde eine ganze Weile brauchen, um das hier alles sauber zu machen.

Die Sau hatte einen richtigen Schweinestall hinterlassen.

# 28

Sie waren fast mit dem Essen fertig und Alison wurde langsam nervös. Sie wußte nicht, was passieren würde, wenn sie sich erst vom Tisch erhoben. Um das hinauszuzögern, bat sie um Kaffee. Evan stand auf, um ihn zu kochen.

*Mach dir nicht so viele Sorgen*, sagte sie sich. *Bisher ist alles gut gelaufen. Einigermaßen gut.*

Sie war auf dem Weg zu Evans Wohnung furchtbar nervös gewesen, beinahe wäre sie sogar wieder umgekehrt. Aber irgendwie hatte sie dann doch den Mut gefunden, an seine Tür zu klopfen.

Sie hatte fast erwartet, Evan mit irrem Blick und völlig aufgelöst vorzufinden. Aber wenn es so gewesen war, als er den Brief schrieb, dann hatte er jetzt Zeit gehabt, sich wieder zu erholen. Der Mann, der ihr die Tür öffnete, schien selbstsicher und bester Laune. Vielleicht war letzteres aber auch ein wenig erzwungen.

»*La belle dame sans merci*«, begrüßte er sie. »Oder eher *avec merci*.«

»Das klingt schon besser«, sagte Alison.

»Komm doch rein.« Er versuchte nicht, sie zu küssen oder zu umarmen. Er machte ihr mit einem Lächeln den Weg frei. »Du siehst toll aus.«

»Du selbst siehst auch nicht schlecht aus.«

»Du bist in der Sonne gewesen.«

»Ich war eine Weile auf der Liegewiese.«

Evan nahm ein Glas von dem Tisch vor dem Sofa. Es war leer bis auf ein paar Eiswürfel, die zu Nuggets zusammengeschrumpft waren. »Was kann ich dir anbieten? Wie wäre es mit einem Margarita? Wir essen mexikanisch.«

»Fein.« Alison holte tief Luft und atmete die Aromen ein, die durch das Appartement waberten.

»Es dauert nur eine Minute. Mach es dir bequem.«

Er ging an den Bücherregalen entlang, die die Wand säumten, um den Tisch in der kleinen Essecke herum und verschwand in der Küche. Die Schreibmaschine, Bücher und Papiere, die sonst den Tisch bedeckten, waren abgeräumt. Stattdessen war für zwei Personen gedeckt. In der Mitte der Tafel stand eine einzelne rote Kerze mit einem Docht, der noch nie entzündet worden war.

Alison hörte das Jaulen des Mixers.

Sie ging zu einem Sessel hinüber und ließ sich nieder. Der Abstand zwischen dem Sessel und dem Sofa in diesem kleinen Zimmer erschien riesig.

*Das ist nicht die Art, von vorn zu beginnen*, dachte sie. *Evan hat nicht die Beulenpest.*

Also setzte sie sich hinüber auf das Sofa. Auf der Sitzfläche des Klappstuhls vor ihr stand ein surrender Ventilator. Die sanfte Brise war angenehm auf ihrem feuchten Gesicht. Sie lehnte sich vor. Der oberste Knopf ihrer Bluse presste sich gegen ihren Hals. Sie öffnete ihn. Sie bog den Rücken durch und zupfte den klebenden Stoff von ihrer Haut.

*Draußen war es nicht so warm*, dachte sie.

Es waren die Nerven. Zuerst die Begegnung mit Roland, dann das hier.

*Es kann nur noch besser werden.*

*Was macht dich da so sicher?*

*Es ist schon besser*, dachte sie. *Die Sache mit Roland ist erledigt, Evan scheint in Ordnung zu sein, und der Ventilator ist klasse.*

Alison sah sich in dem Raum um. Sie war schon so oft hier gewesen. Nichts sah anders aus, aber alles schien anders. Es war wie eine Filmkulisse, die man dazu hergerichtet hatte, so auszusehen wie Evans Wohnung, und sie war eine Schauspielerin, die Alison spielte – eine Rolle, mit der sie nicht so recht klar kam.

*Ich brauche ein paar Regieanweisungen*, dachte sie. *Das wäre eine große Hilfe.*

Evan kam herein mit einem Margarita in der einen Hand und einer Schüssel mit Tortilla Chips in der anderen. Nachdem er sie vor Alison auf den Tisch gestellt hatte, ging er wieder in die Küche. Er kam mit einer Schüssel Salsa und einem weiteren Margarita zurück. Er stellte beides ab und setzte sich dann auf das Sofa neben sie.

Neben sie, aber einen guten halben Meter entfernt. *Ein gutes Zeichen*, dachte Alison. *Er versucht nicht, so zu tun, als sei alles so wie zuvor.*

Sie hoben ihre Gläser. »Auf neue Anfänge«, sagte Evan. Sie stießen miteinander an und tranken.

Alison fragte ihn, was seine Doktorarbeit mache. Er sprach mit Begeisterung über die Fortschritte, seine Ideen, wie man aus seiner Arbeit über die Flug-Metaphorik in *Finnegan´s Wake* ein Buch machen konnte, mit dem er sich als Joyce-Experte einen Namen machen würde und das ihm in ein paar Jahren auch zu einer Professur verhelfen mochte. Während er redete, dippte Alison die Chips in die Salsasauce, aß sie und trank. Dann und wann machte sie eine Bemerkung oder stellte eine Frage.

Als Evan schließlich schwieg, fragte sie, ob er schon von einer der Universitäten gehört habe, bei denen er sich als Dozent beworben hatte. Er sah sie mit einem seltsamen Blick an: »Seit Donnerstag?«

»Es scheint länger her zu sein«, meinte sie.

»Mir scheint es Wochen her zu sein. Es ist gut, daß du wieder da bist.«

*Nicht so ganz*, dachte sie. *Noch nicht. Ich bin zwar hier, aber ich bin noch nicht wieder mit dir zusammen.*

Evan nahm die leeren Gläser mit in die Küche. Während er verschwunden war, tauchte Alison einen weiteren Chip in die Sauce, hielt ihre Hand darunter, falls er tropfte, und aß ihn.

*Ich sollte besser aufhören, diese Dinger in mich hineinzustopfen*, dachte sie und leckte sich einen roten Klecks von den Fingern.

Evan kam zurück und hatte die Gläser wieder aufgefüllt.

Alison fühlte sich schon ein wenig beschwipst durch ihren ersten Margarita. Sie ermahnte sich, diesen hier ein wenig langsamer zu trinken. *Wenn du in dem Tempo mit dem Alkohol und den Chips weitermachst, bist du pappsatt und sturzbetrunken, bevor das Essen auf dem Tisch steht.*

»Ganz schön stark, deine Margaritas.«

»Wart nur ab, bis du meine Enchiladas probiert hast.« Er setzte sich wieder neben sie.

Neben sie und nur noch halb so weit weg wie zuvor. *Das ist schon okay*, dachte Alison. *Wir sind uns näher gekommen, als zu dem Zeitpunkt, an dem ich angekommen bin.* Immer noch nicht so nah, wie sie gewesen waren, aber es machte Fortschritte.

»Was hast du in den letzten Tagen gemacht?« fragte er.

»Nicht viel.« Sie wollte ihm nicht sagen, daß sie die letzten Tage damit verbracht hatte, an ihn zu denken, manchmal mit Bitternis, manchmal mit Sehnsucht. »An einem Abend war ich bei Wally.«

»Und – Glück gehabt?« fragte er.

»Das war nicht der Grund«, sagte sie und nahm einen Schluck. »Ich habe dieses abgefahrene Video gesehen. Eine Frau, die mit einer Schlange tanzt. Hast du das gesehen?«

»Es läuft auf MTV – Blue Lady mit »Squirm on Me.«

»Ganz schön heftig«, sagte Alison erneut.

»Erotisch.«

»Helen und ich haben gestern abend Trivial Pursuit gespielt. Ich habe die Kunst-und-Literatur-Felder gewählt, wenn ich die Chance dazu hatte. Helen hatte nicht den Hauch einer Chance.«

»Es scheint, als hättest du deinen Samstagabend angenehmer verbracht als ich.«

*Das führt in Richtungen, die ich nicht will*, dachte sie. »Ich muß fünf Pfund zugenommen haben. Wir beide zusammen haben eine Tüte mit Kartoffelchips und eine Tüte Taco-Chips vertilgt. Nicht zu vergessen den Sechserpack

Bier. Wenn ich anfange, meine Samstagabende mit Helen zu verbringen, sehe ich bald so aus wie sie.«

»Unmöglich. Du könntest 50 kg zunehmen und du wärst immer noch schön.«

»Ach ja?«

»Du könntest machen, was du wolltest, du würdest nie so aussehen wie Helen.«

Alison lachte, dann schüttelte sie den Kopf. »Das reicht. Sie ist meine beste Freundin.«

»Ich habe nicht damit angefangen.«

»Sie ist ein toller Kumpel. Sie kann nichts dafür, daß sie so aussieht.«

»Wenn sie es versuchen würde, könnte sie daran schon etwas ändern.«

»Nicht sehr«, sagte Alison. Es tat ihr sofort leid. »Na ja, es gibt Grenzen bei dem, was ein Haarschnitt und Make-Up und Klamotten bewirken können. Scheiße, so meine ich das gar nicht.«

Evan grinste und lachte leise: »Nein, natürlich nicht.«

»Jedenfalls haben wir uns sehr gut amüsiert. Und heute habe ich einen langen Spaziergang gemacht und mir den neuen Travis McGee besorgt, und damit dann den Rest des Nachmittags verbracht. MacDonald liest sich hervorragend, wenn man in der Sonne liegt.«

»Und was hattest du an?«

»Meinen weißen Bikini.«

»Aha.«

Sie nahm einen weiteren Schluck. Der zweite Margarita ging langsam zur Neige. »Ich mag all die MacDonalds«, sagte sie. »John D. MacDonald, Gregory McDonald, Ross McDonald, Ronald McDonald.«

»Ich liebe es, dich in deinem weißen Bikini zu sehen.«

»Ist das Essen langsam fertig?«

»Ich werde nachsehen. Soll ich Nachschub besorgen, während ich in der Küche bin?«

»Danke nein, für mich nicht.«

»Kein Thema. Zum Essen gibt es Champagner. Ich habe dir Champagner versprochen, erinnerst du dich?« Er ließ sein eigenes leeres Glas auf dem Tisch stehen, als er aufstand. Er ging langsam, als müsse er darauf achten, nicht zu schwanken.

Alison fragte sich, wie viele Margarita er sich schon gemixt hatte, bevor sie gekommen war.

*Mach dir darüber keine Gedanken*, ermahnte sie sich. *Du mußt nur aufpassen, daß du selbst nicht zuviel trinkst.*

Sie ließ sich in das Sofa zurücksinken und seufzte. So weit, so gut.

Sie seufzte erneut. Seufzen befreite. Sie fühlte sich angenehm träge und leicht. Eine große Last war von ihren Schultern genommen. Sie war wieder mit Evan zusammen und es lief gut. Ziemlich gut.

*Er hat meinen McDonald-Witz nicht verstanden. Er war zu sehr damit beschäftigt, sich mich in meinem weißen Bikini vorzustellen. Wer kann ihm das verübeln?*

Sie lachte leise und schloß die Augen.

»Hallo, Dornröschen.«

Sie öffnete die Augen. Im Zimmer war es dunkel bis auf eine einzelne Kerze. Die Kerze stand auf dem Eßtisch. Das Essen stand dort ebenfalls.

Evan stand vor ihr. »Ich weiß, daß man die Prinzessin traditionell mit einem Kuß weckt. Trotzdem habe ich eine bemerkenswerte Rücksichtnahme an den Tag gelegt und keinen Vorteil aus deiner somnolenten Lage gezogen.«

Alison setzte sich auf. »Wie lange habe ich geschlafen?«

»Vielleicht eine Stunde.«

»Gott.« Sie wollte es nicht glauben. »Es tut mir leid.«

»Du brauchst dich nicht entschuldigen. Du bist wunderschön, wenn du schläfst. Übrigens auch, wenn du wach bist.«

»Ich hoffe, das Essen ist nicht verbrannt.«

»Ich bin mir sicher, es wird noch schmecken. Es ist gerade erst fertig geworden.«

»Habe ich noch Zeit, auf die Toilette zu gehen?«

»Aber natürlich.«

Sie tastete sich durch die Dunkelheit und durch einen kurzen Flur in das Badezimmer. Obwohl es ihr peinlich war, eingeschlafen zu sein, war sie durch den Schlummer auch wieder topfit. Sie knipste das Licht an und benutzte die Toilette. Am Waschbecken ließ sie sich kaltes Wasser in die Hände laufen und nahm ein paar Schluck. Sie sah sich im Spiegel an. Ihre Augen hatten einen leicht rötlichen Schimmer. Ihre Haare waren in Ordnung. Der mittlere Knopf ihrer Bluse war aufgegangen. Sie schloß ihn wieder, wusch sich die Hände und verließ das Badezimmer.

Das Licht in der Küche brannte. Die Enchiladas auf ihrem Teller dampften und sahen hervorragend aus. Evan hielt ihr den Stuhl und sie setzte sich. Er füllte ihr Glas mit Champagner. Bevor er sich selbst setzte, löschte er das Licht.

»Erinnerst du dich an unser Spaghetti-Essen?« fragte er. »Du hast deine gute weiße Bluse getragen und behauptet, du wolltest keine Tomatenflecken darauf haben, also hast du sie ausgezogen.«

»Evan.«

»Du warst so wunderschön im Kerzenlicht. Deine goldschimmernde Haut, deine dunkelbraunen Brustwarzen ...«

»Laß das.«

»Entschuldigung«, murmelte er. Er senkte den Kopf, stieß seine Gabel in sein Enchilada und begann zu essen.

Alison hatte den Appetit verloren, aber sie nahm trotzdem einen Bissen. Sie hatte Probleme mit dem Schlucken und mußte die Masse mit Champagner herunterspülen.

Eine Weile sagten sie beide nichts.

*Das ist fürchterlich so*, dachte sie. Was war denn so schlimm an dem, was er gesagt hatte? Es war ein wunderschönes Essen gewesen, damals. Es sollte kein Verbrechen sein, sich daran zu erinnern, es zu erwähnen.

»Das Essen ist sehr gut«, sagte sie.

Er sah von seinem Teller auf. »Probier es mal mit der sauren Sahne.«

»Gute Idee.«

Sie löffelte sich einen großen Klumpen saure Sahne auf ihre Enchiladas. »Es war damals auch eine gute Idee, meine Bluse auszuziehen. Ich habe mich in der Nacht völlig bekleckert.«

Sie sah Evan lächeln. »Mit Absicht, würde ich mal behaupten.«

»Ja. Eigentlich kann ich nämlich ganz gesittet essen.«

»Ich habe nichts anderes erwartet.«

Sie kehrten zu ihrem Essen zurück. Jetzt schmeckte das Essen hervorragend. Die kühle Sahne verlieh den Enchiladas einen cremigeren Geschmack. Sie trank mehr Champagner und Evan füllte ihr Glas wieder auf.

»Du bist wirklich ein hervorragender Koch«, sagte Alison.

»Ich habe meine Fähigkeiten. Eine von denen ist Mousse au chocolade, aber ich glaube, das sollten wir uns für später aufheben. Wir sollten zwischendurch eine Pause einlegen.«

»Vielleicht sollten wir einen Verdauungsspaziergang machen, wenn wir fertig sind«, schlug Alison vor.

»Vielleicht.« Er schien von der Idee nicht sonderlich begeistert. »Ich habe ein Video da. Eine Hemingway-Verfilmung. Mit Bogart und Bacall. 'Sie wissen, wie man pfeift, oder?'»

»Nette Idee«, sagte Alison. »Ich habe den Film seit Jahren nicht mehr gesehen.«

Er würde das Video einlegen und mit ihr auf dem Sofa sitzen. Und nach kurzer Zeit hätte er dann den Arm um ihre Schultern gelegt.

*Dann sind wir wieder genau da, wo wir vor Donnerstag waren, vor Bennet Hall, vor dem Ultimatum, vor seiner Verabredung mit Tracy Morgan, vor den Blumen und dem Brief. Und vielleicht ist das gar nicht das Schlechteste*, dachte Alison. Warum sollte sie dagegen ankämpfen? Was hatte sie davon?

*Aber wozu der Stress der letzten drei Tage, wenn du heute abend wieder nachgibst? Du hast dann nichts herausgefunden.*

*Natürlich. Dann weißt du, daß alles, egal was, immer nur aufs Ficken hinausläuft.*

*So sollte es nicht sein, verdammt noch mal.*

Sie schob ihre Gabel unter den kleinen Rest, der auf ihrem Teller verblieben war.

*Die Zeit wird knapp, Kleines.*

Sie kaute. Sie schluckte. Sie trank den Rest ihres Champagners.

Evan hob die Flasche.

»Möchtest du den Rest?«

»Nein danke.«

Er schüttete den Rest in sein Glas und trank es schnell aus.

»Ich könnte einen Kaffee gebrauchen, wenn du welchen hast.«

»Sicher, kein Problem.«

Evan brachte zwei Tassen Kaffee ins Wohnzimmer und setzte sie auf dem Tisch vor dem Sofa ab. Dann hockte er sich hin und schob das Video in den Recorder auf dem Regal über dem Fernseher. Als er aufstehen wollte, stolperte er. Er torkelte ein paar Schritte, fand sein Gleichgewicht wieder und grinste Alison über die Schulter hinweg an. »Das war Absicht«, sagte er.

*Er ist ganz schön blau*, dachte sie.

Vorsichtig ging er in die Küche. Während er weg war, stand Alison von dem Sofa auf und knipste das Licht an. Als die Lampe anging, ging das Licht in der Küche aus.

Sie saß wieder, als er zurück ins Zimmer kam. Er ging gekünstelt locker. In der einen Hand hielt er eine Flasche mit Whisky, in der anderen eine Tube Sprühsahne. »Was hältst du von Irisch Coffee?« fragte er und ließ sich schwer auf das Sofa neben Alison fallen.

Neben Alison, nur wenig Zentimeter entfernt.

»Ich glaube, ich möchte meinen Kaffee lieber schwarz«, antwortete sie.

»Auch gut. Ich will mir nicht nachsagen lassen, ich hätte versucht, dich mit Alkohol gefügig zu machen. Am Ende aller Tage soll es nicht heißen, ich hätte versucht, den Geist der schönen Dame mit Branntwein, Opium oder Zaubertrank zu betäuben.«

»Du bist betrunken«, sagte Alison.

»Ich bin ... angetrunken.« Er redete aus einem Mundwinkel in einer ziemlich guten W.C.Fields-Parodie. »Sie war eine umwerfende, eine hinreißende Blondine und sie trieb mich dem Suff in die Arme. Das ist das einzige, wofür ich ihr dankbar bin.«

Alison nahm einen Schluck Kaffee. »Wenn du jetzt anfängst zu flennen, gehe ich sofort nach Hause.«

Er ließ den Whisky auf dem Tisch. Er nippte an seinem Kaffee. Dann schaltete er den Videorecorder ein.

Alison saß auf der Sofakante und lehnte sich nach vorn, bis ihre Tasse leer war. Dann setzte sich sich in das Kissen zurück. Sie ließ ihre Schuhe auf den Boden gleiten, stützte ihre Füße an der Tischkante ab und sah zwischen ihren Knien hindurch auf den Fernseher.

Sie konnte sich nicht auf den Film konzentrieren. Sie dachte über Evan nach. Sie spürte, daß auch er nicht auf den Film sah.

Er war neben ihr zusammengesunken, seine Beine unter dem Tisch ausgestreckt. Sein linker Arm berührte Alison nicht, aber er war so nah, daß sie meinte, auf ihrem Arm die Wärme spüren zu können, die von seinem ausging. Seine Hand lag auf seinem Schenkel.

Die LCD-Uhr des Videorecorders zeigte 9:52.

*Wir haben jetzt fast zwanzig Minuten lang wie die Schaufensterpuppen hier gesessen*, dachte sie.

Sie fühlte den Drang, ihre Position zu wechseln. Aber sie bewegte sich nicht. Eine Bewegung konnte etwas in Gang setzen.

*Das ist verrückt.*

Sie ließ ihre Füße auf den Boden gleiten, setzte sich gerade auf, reckte sich und streckte den Rücken durch. Sie ließ ihren Kopf kreisen, um die verkrampften Muskeln zu lösen.

Evan sagte: »Warte ...« Er griff mit einer Hand herüber und begann, ihren Nacken zu massieren.

Die Finger, die ihre steifen Muskeln kneteten, waren angenehm. Alison drehte Evan den Rücken zu und legte ein Bein auf das Sofa.

*Jetzt geht es los*, dachte sie.

Evan hatte jetzt beide Hände auf ihren Schultern und ihrem Nacken. Er rieb, drückte, knetete. Es löste die Verkrampfung. Alison schloß die Augen und ließ den Kopf nach vorn sinken. Unter den massierenden Händen fühlte sie sich schwach und träge.

Die Hände arbeiteten auf den Seiten ihres Halses, unter dem Kragen.

Das war angenehm. Warum sollte es nicht noch angenehmer sein?

Alison öffnete einen Knopf. Evans Hände arbeiteten sich von ihrem Nacken weg, kneteten das Fleisch und vergrößerten die entblößten Hautpartien. Alison spürte, wie sich ihre Verspannung löste. Sie stellte fest, daß sich der nächste Knopf von allein geöffnet hatte. Evan versuchte, die Bluse noch weiter zu öffnen. Sie leistete Widerstand. Alison half ihm und zog die Bluse aus dem Gürtel. Sie rutschte nach oben, gab nach und entblößte ihre Schultern.

Sie schwankte unter den sanften Bewegungen von Evans starken Händen.

Sie fühlte sich nicht in der Lage, den Kopf zu heben oder die Augen zu öffnen oder zu protestieren, als er nach kurzer Zeit die Halter ihres BHs von ihren Schultern streifte.

Seine Hände massierten sie nicht länger, sondern glitten über ihre nackte Haut, liebkosten sie vom Nacken zu den Schultern.

Er hielt einen Moment inne. Das Sofakissen bewegte sich ein wenig unter Alison und sie vermutete, daß Evan sich anders hinsetzte. Ging er auf die Knie? Ja. Dem Klang seines Atems nach, war sein Kopf jetzt höher als vorher. Er streichelte ihre Schultern, glitt mit den Händen unter ihre Bluse und in die Ärmel, um ihre Oberarme zu liebkosen, dann glitt er mit den Händen wieder heraus und hinunter, ihr Schlüsselbein entlang, an ihrer Brust vorbei, wobei er seine Hände kurz anhob, statt sie durch den dünnen Stoff ihres BHs zu berühren, und öffnete dann die letzten Knöpfe der Bluse.

Er ließ sie an ihrem Rücken hinuntergleiten. Alisons Handgelenke waren in den Ärmeln gefangen, aber sie unternahm keinen Versuch, sie frei zu bekommen.

Eine Zeitlang erkundeten seine Hände ihren Rücken und die Seiten. Dann öffneten sie ihren BH. Evan küßte die Seite ihres Halses. Er spielte mit den Zähnen an ihr, und sie zuckte lustvoll. Ihr Herz schlug schneller, die Begierde verdrängte das Gefühl der Trägheit. Er streichelte ihren Rücken. Seine Hände schoben sich unter ihren Armen hindurch, glitten in den BH und umfassten sanft ihre Brüste. Ihre Brustwarzen erigierten und drängten sich in seine Handflächen.

Sie griff nach hinten und streichelte seine Schenkel durch den dünnen Stoff seiner Hose.

Er drückte ihre Brustwarzen.

Ein heißes Beben durchpulste Alison. Sie hielt den Atem an. Sie griff weiter nach oben, in der Absicht, seinen Penis durch die Hose zu streicheln, aber plötzlich hatte sie ihn heiß und entblößt in der Hand. Sie zuckte zurück.

Er gluckste leise. »Überraschung.«

Wie lange hatte er schon so dagesessen, seinen Penis heimlich entblößt, während er sie streichelte?

Das schien falsch, unehrlich, fast pervers.

Aber er rieb und streichelte ihre Brüste, was machte es da, wenn er sein Glied ein wenig früher herausgeholt hatte? *Er hat mir die Mühe erspart*, dachte sie. Sie griff hin und streichelte ihn.

Dann drehte sie sich um. Evan kniete wirklich. Als er seinen Gürtel öffnete, zog Alison ihre Hände aus den Ärmeln ihrer Bluse.

Sie sah an sich herunter. Ihr BH hing wie ein knappes Tuch über den Spitzen ihrer Brüste. Sie begann, den Halter über den linken Arm zu streifen und sah einen roten Flecken auf dem weißen, durchsichtigen Stoff eines zerknautschten Cups.

Sie starrte den roten Punkt an. Er sah aus wie ein Spritzer von der Salsa Sauce, in die sie vor dem Essen ihre Tacos getunkt hatten.

*Ich muß mich bekleckert haben ...*

Nachdem sie aufgewacht war, hatte sie im Badezimmer bemerkt, daß der mittlere Knopf ihrer Bluse aufgegangen war.

Nachdem sie aufgewacht war.

Evan, nackt von der Taille bis zu den Hüften, zog sich sein Hemd über den Kopf. Es bedeckte sein Gesicht. Alison rammte ihm eine Faust in den Bauch. Er keuchte und klappte zusammen. Alison sprang gerade noch vom Sofa, bevor sein Körper über ihr zusammensackte.

Sie stieß ihre Füße in die Schuhe.

Hinter ihr keuchte Evan nach Luft.

»Du Miststück«, stammelte sie. Vor Wut zitternd schob sie ihren Büstenhalter in die Handtasche. »Du Scheißkerl. Du hast mich angetatscht, während ich geschlafen habe!« Sie drehte sich um, um ihm in die Augen zu sehen. Er war auf den Knien zusammengesunken, die Stirn gegen die Sofalehne gepreßt. »Das ist das Letzte, wirklich das Letzte!« Sie stieß den Arm durch den Ärmel ihrer Bluse. »Das ist krank, einfach nur krank!«

»Es tut mir leid«, keuchte er.

»Du verfluchter Scheißkerl.« Sie hatte Mühe, den anderen Ärmel zu finden, dann schob sie ihren Arm hindurch und warf sich den Halter der Handtasche über die Schulter. Mit zittrigen Fingern versuchte sie ihre Bluse zu schließen, während sie zur Tür hastete.

»Alison!«

Sie riß die Tür auf und warf einen Blick zurück auf Evan. Er lag immer noch auf dem Sofa, mit dem Hintern in der Luft.

»Geh nicht!« rief er. »Bitte!«

Da war sie schon draußen und hatte die Tür ins Schloß geworfen.

# 29

*Ich habe ihn so richtig erwischt*, versicherte sich Alison, als sie über den Bürgersteig rannte. *Ich habe ihm richtig eine verpaßt.*

*Ja sicher, du hast ihm eine verpasst. Vielleicht hat er eine Zeitlang Magenschmerzen, vielleicht gibt das sogar einen blauen Fleck, aber morgen früh hat er das alles wieder vergessen. Du aber nicht.*

*Wie konnte er nur so etwas tun?*

*Wie konnte ich währenddessen nur weiterschlafen?*

*Er hat wahrscheinlich nur einmal seine Hand hineingesteckt, nur ganz kurz, nichts weiter.*

*Sicher, nichts weiter. Mal ganz kurz hier, ganz kurz da.*

*Wenn er sich die verdammten Hände gewaschen hätte, hätte ich das nicht einmal bemerkt. Was zum Teufel hat der eigentlich gemacht, gegessen, während er an mir herumgetatscht hat?*

Alison hörte ein Motorengeräusch. Scheinwerfer beleuchteten die linke Seite der Straße. Ein Wagen fuhr langsam an ihr vorbei, nahe am Straßenrand. »Es tut mir leid«, rief Evan durch das offene Fenster der Beifahrertür. »Bitte, können wir nicht wenigstens darüber reden?«

Sie ging weiter.

Evan blieb mit dem Wagen auf einer Höhe mit ihr. »Laß mich dich wenigstens nach Hause fahren. Wir können es doch nicht einfach dabei belassen.«

»Oh doch, das können wir.«

»Ich habe nichts getan!«

»Ach nein?« Alison ging durch das Gras zum Straßenrad. Evan hielt an. Sie lief vor den Scheinwerfern vorbei zu seiner Tür. Das Fenster war heruntergekurbelt. Sie hielt sich an der Tür fest und starrte zu ihm hinein. »Du hast nichts getan? Wie würdest du das denn dann nennen? Wie würdest du es nennen, wenn du meine Titten angrabscht, ganz zu schweigen von allem anderen, was du vielleicht noch angegrabscht hast?«

»Verdammt, ich hatte doch keine Ahnung, daß du eingeschlafen warst! Ich bin aus der Küche gekommen und habe mich neben dich gesetzt, und du hast mich angesehen. Du hast die Augen aufgemacht, als ich mich gesetzt habe, und du hast mich so angesehen, als ob alles in Ordnung sei, und ich habe meinen Arm um deine Schultern gelegt. Du hast mir nicht gesagt, ich solle das sein lassen, also habe ich gedacht, es würde dir gefallen. Ich dachte, zwischen uns wäre alles wieder in Ordnung. Da habe ich meine Hand in deine Bluse geschoben. Ich wußte nicht, daß du eingeschlafen warst. Du hast nicht so reagiert, als würdest du schlafen. Verdammt, du hast gestöhnt, als ich dich ... angefaßt habe.«

»Ich glaube dir kein Wort«, stammelte Alison. Aber ihre Wut war ins Wanken geraten. Was, wenn er die Wahrheit sagt?

Sie ließ den Kopf sinken. Der Halt an seiner Wagentür schien auf einmal notwendig, um sie aufrechtzuhalten.

»Ich habe gedacht, du wärst wach. Ich hätte das doch nie getan, wenn ich nicht gedacht hätte, daß du das willst.«

»Was genau hast du getan?«

»Du kannst dich wirklich an gar nichts erinnern?«

»Du hast mehr als ... nur meine Brust angefaßt?«

»Ja.«

Alison stöhnte.

»Es schien dir zu gefallen.«

»Gottverdammt.«

»Du hast heftig geatmet, du hast dich so hin und hergeworfen ...«

»Mein Gott, ich ...«

»Und dann plötzlich hast du geschnarcht. Ich konnte es einfach nicht glauben. Ich meine, es war ein Schock. Ich konnte mir nicht vorstellen, daß du die ganze Zeit geschlafen hattest, aber ich dachte, was, wenn sie das getan hat? Ich meine, was, wenn du plötzlich aufgewacht wärst und mich über dir gefunden hättest? Also habe ich deine Bluse so schnell es ging wieder zugeknöpft und beschlossen, ich würde besser so tun, als wenn das alles nie passiert wäre, es sei denn, du würdest von dir aus damit anfangen. Was du nicht getan hast.«

»Es sollte also einfach so dein schmutziges kleines Geheimnis bleiben.«

»Es war ein Fehler, Alison.«

»Das war es bestimmt.«

»Ich hätte es dir erzählt, aber erst später. Ich dachte, wenn erst mal wieder alles zwischen uns in Ordnung ist, dann könnte ich es dir erzählen. Scheiße, wahrscheinlich hättest du das dann sogar komisch gefunden.«

»Ha ha.«

»Ich kann ja verstehen, daß du sauer bist. Ich meine, ich weiß, wie das aussehen muß. Aber sieh es doch mal so: Wenn du die Sauce auf deinem BH nicht bemerkt hättest, würden wir jetzt wahrscheinlich miteinander schlafen, oder?«

»Wahrscheinlich«, gab sie zu.

»Also war das, was ich getan habe, eigentlich nicht schlimm, es war nur der falsche Zeitpunkt. Wenn das vor letztem Donnerstag oder nach heute nacht passiert wäre, wäre das nicht einmal ein Thema.«

»Mord ist auch kein Thema, wenn man jemandem eine Kugel in den Schädel schießt, nachdem er gerade gestorben ist.«

»Was zum Teufel hat Mord damit zu tun?«

»Es war nur ein Beispiel. Für die Frage nach dem richtigen Zeitpunkt.«

»Ich habe doch gesagt, es tut mir leid, Alison. Ich habe dir erklärt, daß es ein Mißverständnis war. Ich habe gedacht, du seist wach.«

»Habe ich angefangen, *dich* auszuziehen?«

Er antwortete nicht.

»Wäre das nicht die übliche Vorgehensweise gewesen, wenn ich ein aktiver Teilnehmer bei deiner kleinen Grabschorgie gewesen wäre?«

»Ich dachte, du würdest dich nur entspannen und es genießen. So wie du dich entspannt und es genossen hast, als ich dich massiert habe.«

»Ja, sicher«, sagte sie. Sie war so müde.

»Ich will nur, daß du das verstehst. Ich will, daß du mit mir zurückkommst. Es lief so gut, Alison. Wir sind es uns schuldig, noch einen Versuch zu wagen.«

»Nein.« Sie schüttelte langsam den Kopf. Sie seufzte. »Es ist vorbei. Schluß. Aus.«

»Wir reden morgen darüber, okay?«

»Gute Nacht, Evan.«

Sie stieß sich von dem Wagen sb, stolperte ein paar Schritte nach hinten und rieb sich das Gesicht.

»Wir reden morgen«, sagte Evan.

»Verschwinde«, murmelte sie.

Er fuhr langsam davon.

Eine Zeit lang stand Alison auf der Straße. Schließlich zwang sie sich dazu, sich zu bewegen. Sie schob ihre Füße über den Asphalt und schaffte es auf den Bürgersteig. Bis zu ihrer Wohnung hatte sie immer noch einige Blocks vor sich. Sie fühlte sich ausgelaugt. Statt weiter über den Bürgersteig zu gehen, ging sie durch den Grasstreifen an der Straße entlang. Nach wenigen Schritten hatte der kühle Tau ihre Schuhe durchnäßt. Sie wollte sich hinlegen, wollte die Augen schließen und alles vergessen, aber nicht im nassen Gras. Sie ging zu einer Steinbank, die um den Stamm einer alten Eiche an der Bennet Hall herumgebaut war.

Auf der entgegengesetzten Seite, wo sie von der Straße aus nicht gesehen werden konnte, legte sie sich auf die Bank. Sie faltete die Hände unter ihrem Kopf und ließ die Beine von ihrem runden Sitz herunterbaumeln. Sie schloß die Augen.

*Das ist gut*, dachte sie. *Wenn Evan wieder vorbeikommt und mich sucht, wird er mich hier nie finden.*

Der Beton drückte sich schmerzhaft in ihre Hände und ihre Schulterblätter, daher benutzte sie ihre Handtasche als Kissen und faltete die Hände über dem Bauch. Das war viel besser.

Irgend etwas huschte lautstark durch die Zweige über ihr. Eichhörnchen.

Sie sehnte sich einen Pullover herbei. Eine Decke wäre noch besser. Wenn sie eine Decke hätte, würde sie vielleicht die ganze Nacht hier bleiben.

*Evan hatte eine im Kofferraum seines Wagens. Seine Decke für Notfälle. Scheiße, er hatte viele Gelegenheiten gehabt, sie mit mir zu benutzen. Nie wieder.*

*Dachte, ich wäre wach. Wer's glaubt ...*

Die Kälte des Betons kroch durch den Rücken ihrer Bluse und der Shorts und schien sich in die Haut zu saugen. Sie fühlte einen kalten Windhauch über ihre nackten Arme und Beine streichen.

Er zerzauste ihr Haar. Er roch feucht und frisch.

In ihrer Dachkammer würde es heiß sein.

Noch ein Grund, sich nicht von hier fortzubewegen.

*Ich könnte mich gar nicht bewegen, selbst wenn ich es wollte*, dachte Alison. *Und ich will gar nicht. Scheiße. Scheiß auf alles. Gut, nicht auf die Eichhörnchen, es sei denn, eines von denen landet in meinem Gesicht. Und nicht auf Mama und Papa. Und nicht auf Celia und Helen. Und Pizza ist auch okay. Und John D. MacDonald und Ronald McDonald.*

*Der Mistkerl hat nicht mal meinen Witz kapiert. Scheiß auf ihn. Scheiß auf Evan Forbes. Und scheiß auf Roland Werweißwie und Professor Blaine gleich mit, weil sie beide aussehen, als wollten sie mir im nächsten Augenblick die Kleider vom Leib reißen. Und auf wen sonst noch? Warum nicht sofort auf alle? Zum Beispiel auf alle Männer? Helen hat recht, die sind nichts als wandelnde Schwänze auf der Suche nach einem engen Loch.*

*Jedenfalls die meisten.*

Alison bemerkte, daß sie mit den Zähnen knirschte und zitterte. Sie schlang sich die Arme vor die Brust.

*Wenn du hier bleibst, finden sie dich morgen früh wie den erfrorenen Leoparden am Kilimanjaro. Sie werden erstaunt um dich herumstehen und fragen »Wie ist sie hierhergekommen?« Und irgendein Arschloch steckt dir wahrscheinlich noch die Hand in die Bluse. Man kann sich doch durch so eine Kleinigkeit wie eine Totenstarre nicht von einer Gelegenheit zum Grabschen abhalten lassen.*

*Alison, du wirst hysterisch.*

Sie rieb sich das Gesicht. Jetzt, wo ihre Arme nicht mehr auf der Brust lagen, wehte die Brise über sie hinweg und saugte die Wärme aus ihrer Bluse.

In ihrem Dachzimmer würde es heiß sein, in ihrem Bett weich.

*Es reicht.*

Sie rappelte sich auf die Füße und machte sich auf den Heimweg.

Die Fenster im zweiten Stock waren dunkel, aber das Licht oben auf der Treppe brannte noch. Alison eilte immer noch zitternd die Treppe hoch und ließ sich ein. Die Wärme im Inneren war wundervoll.

Helen mußte ein Räucherstäbchen angezündet haben. Trotz der frischen Luft, die durch die offenen Fenster hineinwehte, hing ein schwacher Pinienduft in der Luft.

Durch den Spalt unter Helens Tür drang kein Licht mehr hervor.

Alison hatte erwartet, daß Helen noch auf sein würde, und gierig auf einen Bericht über die Ereignisse des Abends wartete. Aber es mußte schon nach elf sein. Da sie morgen früh um acht ein Seminar hatte, hatte sie sich wohl gegen ihre Neugier entschieden und war schlafen gegangen.

Im trüben Licht durch die Fenster tastete sich Alison durch den Flur und ins Badezimmer.

Sie wusch sich das Gesicht. Putzte sich die Zähne. Ging aufs Klo.

Sie stand einen Moment lang in der Badezimmertür und orientierte sich, dann knipste sie das Licht aus und stieg langsam die Treppe hoch, mit einer Hand auf dem Geländer.

Ihr Zimmer unter dem Dach, mit dem grauen Licht, das durch das einzige Fenster hereinfiel, erschien ihr nach der Dunkelheit auf der Treppe fast hell. Die offenen Vorhänge wehten sanft im Luftzug. Aber auf diese Entfernung spürte Alison den Zug überhaupt nicht. Im Raum war es stickig, noch schlimmer, als sie erwartet hatte.

*Himmel oder Hölle*, dachte sie. *Entweder mußt du schwitzen oder du erfrierst.*

Sie ließ ihre Handtasche zu Boden gleiten, aus dem Weg, damit sie nicht darüber stolperte, wenn sie später noch einmal auf die Toilette mußte.

Dann zog sie die Bluse aus und ließ sie auf den Boden fallen. Sie knöpfte ihre Shorts auf. Sie zog sie zusammen mit ihrem Slip herunter und ließ sie liegen, wo sie waren.

In dem Raum war es immer noch ungemütlich stickig, aber sie konnte einen schwachen Windhauch auf der nackten Haut spüren.

Mit einem Blick über ihre Schulter machte sie einen Schritt zurück zur Tür ihres Kleiderschranks und lehnte sich dagegen.

Die Tür flog zu. Sie zuckte zusammen und hielt den Atem an. Sie war genauso erschrocken, daß ihre Stütze plötzlich nachgegeben hatte, wie über das laute Geräusch.

Sie holte tief und unsicher Luft.

Sie erprobte mit dem Hintern die Tür. Jetzt war sie definitiv zu.

Das glatte, lackierte Holz war kühl auf ihrer Haut. Sie lehnte sich dagegen, hob ein Bein und zog sich den Schuh und den Socken aus. Dann machte sie das gleiche mit dem anderen Bein.

Sie öffnete eine Schublade ihrer Kommode und fuhr mit der Hand durch die Kleidung. Ihre Finger glitten über den samtigen Stoff ihres neuen Negligés. Es war dünner als die anderen und ideal für eine Nacht wie diese. Sie nahm es heraus, trug es ans andere Ende des Bettes und stand vor dem Fenster.

Der schwache Lufthauch wehte hinein und streichelte ihre Haut. Noch vor kurzem hatte die kalte Luft sie bis auf die Knochen frieren lassen. Jetzt war sie wunderbar. Sie glitt an Alisons Schenkeln entlang, streichelte ihre Beine, liebkoste ihren Bauch, glitt über ihre Brüste und unter ihren Armen hindurch. Sie ließ das Nachthemd fallen. Sie stemmte die Hände oben an den Fensterrahmen, spreizte die Beine und schloß die Augen.

Der sanfte Hauch der Brise strömte über sie hinweg.

# 30

Nachdem er die Toilettenspülung gehört hatte, zählte Roland bis sechzig. Und das tat er wieder und wieder. Dann ließ er seine Gedanken schweifen. Er stellte sich Alison in ihrer Dachkammer vor, wie sie sich auszog, wie sie zu Bett ging. In seiner Fantasie deckte sie sich nicht zu. Sie trug nur ein Pyjama-Oberteil. Er sah sich über ihr stehen und vorsichtig die Knöpfe offnen, während sie schlief. Er öffnete das Kleidungsstück. Ihre Haut glänzte wie Elfenbein im schwachen Licht durch das Fenster. Er griff hinunter, um sie zu berühren, und plötzlich war sie halbverwest, sie war Helen und sie war tot und sie grinste ihn an. Er fuhr auf und stieß sich den Kopf an den Bettfedern.

Er ließ den Kopf zu Boden sinken.

Und hielt lauschend die Luft an. Er erwartete fast, daß Helen auf der Matratze über ihm grunzen und sich herumwälzen würde, durch den Stoß aufgeweckt.

*Was für ein Blödsinn. Sie ist mausetot.*

*Aber ich liege direkt unter ihr.*

Er lauschte und hörte nichts. Aber Helens Augen waren offen. Er sah sie vor sich, offen. Sie wußte, daß er unter dem Bett war.

Roland mußte Stunden in dem engen Raum nur Zentimeter unter ihrer Leiche zugebracht haben. Er fand es unfair, daß er jetzt solche Schreckensvorstellungen bekam, wo sein Warten fast beendet war.

Er hörte immer noch nichts.

Aber Helen lauschte, während sie mit starren Augen zur Decke blickte, und sie konnte Roland unter dem Bett hören – seinen schnellen Herzschlag und seinen unregelmäßigen Atem.

»Du bist tot«, flüsterte er.

Helen rollte sich auf den Bauch, ging auf alle viere, zerriß die Matratze mit klauenartigen Fingern und riß große Klumpen der Füllung heraus. Dann starrte sie auf ihn herunter, durch den Tunnel, den sie gebohrt hatte. Sie bleckte die Zähne. Sie fauchte und stieß mit einer Hand auf ihn herab, die Klauen auf sein Gesicht gerichtet.

*Das ist nicht wirklich*, sagte er sich.

Aber er zitterte und keuchte. Er mußte hier raus. Er hatte das Gefühl, als krabbelten Spinnen über seinen ganzen Körper. Er robbte seitwärts über den Teppich, hielt aber direkt unter dem Bettrahmen inne. Helen wartete da oben. Sie wartete darauf, daß er zum Vorschein kam, um nach ihm zu greifen.

Mit einem unterdrückten Wimmern gab er sich einen Stoß und rollte ab. Er setzte sich auf. In dem trüben Licht durch das Fenster war Helen ein bewegungsloser Klumpen unter der Bettdecke.

Roland behielt sie im Auge, während er sich aufrichtete. Er blickte auch dann nicht weg, als er sich seitlich zur Tür drückte. Er öffnete die Tür, glitt hinaus und schloß sie wieder. Er ging ein paar Schritte davon weg.

Da er jetzt nicht länger in Gegenwart der Leiche war, ebbte seine Angst langsam ab. Er war wütend und peinlich berührt, weil seine Vorstellung ihm solche Streiche gespielt hatte.

Warum, so fragte er sich, hatte sein Freund es zugelassen, daß er so die Kontrolle über sich verlor? Er hätte doch sicherlich diese schrecklichen Gedanken unterbinden können – mit einem netten kleinen Lustschub, um ihn an Alison zu erinnern. Genoß er seine Qualen? Oder war es ihm einfach nur egal?

Er berührte den Wulst hinten in seinem Nacken.

*Ich tue das alles doch nur für dich*, dachte er.

Dann schämte er sich. Das war sein Freund, der seine geheimen Wünsche zur Realität werden ließ, der ihn in ein neues Leben geführt hatte, das noch bizarrer und erregender war als seine blutigsten Träume. Die Angst war seine eigene Schuld. Er hatte kein Recht, das seinem Freund vorzuhalten.

Als sei er von dieser Erkenntnis bestätigt, oder vielleicht auch nur um ihn daran zu erinnern, was ihm noch bevorstand, ließ sein Freund eine kurze Lustwoge durch Roland branden.

Hatte er lange genug gewartet? Er wollte, daß Alison schlief, bevor er zu ihr hochstieg. Sonst würde sie vielleicht schreien. Ihr Fenster war offen gewesen, als Roland sich umgesehen hatte, nachdem er das Wohnzimmer sauber gemacht hatte. Sie hatte es bestimmt nicht geschlossen; es war immer noch zu heiß im Haus. Bei dem offenen Fenster konnte ein Schrei von jemandem auf der Straße gehört werden oder sogar von den Leuten, die unten im Haus wohnten.

Roland mußte sie im Schlaf erwischen. Dann hatte sie keine Gelegenheit, zu schreien oder sich zu wehren.

Er ging zum Sofa, setzte sich und wartete.

Er genoß das Warten. Die letzte Nacht mit Celia war unglaublich gewesen. Aber Alison war bezaubernd schön und hatte dazu noch eine unschuldige, anziehende Aura, die Celia abging. Sie würde ... unbeschreiblich sein.

Ein Traum.

Eine ganze Nacht mit ihr.

Aber er mußte warten. Er lehnte sich in das Sofa zurück, faltete die Hände hinter dem Kopf und starrte auf die dunkle Mattscheibe des Fernsehers. Er rief sich das Bild von Alison in der Einkaufspassage ins Gedächtnis, Alison in dem Overall mit dem Reißverschluß, den er gern aufgezogen hätte. Sie hatte eine Tasche in der Hand gehabt. Celia ebenfalls. Er fragte sich, was sie an dem Tag gekauft hatten.

Roland grinste. Was es auch gewesen war, sie hatten es teuer bezahlt. Es hatte sie ihr Leben gekostet und auch das von Helen. Wenn er sie da nicht gesehen hätte ...

Dann hätte er sich jemand anderes ausgesucht, nicht die drei Musketiere.

Jemanden, der ausreichte, um ihn mit einem Freund zu teilen.

Sein Magen rumorte.

Lust durchpulste ihn. Roland zuckte und keuchte, bis der Stoß abebbte.

*In Ordnung*, dachte er. *Ich habe verstanden.*

Er beugte sich vor und streifte die Schuhe und Socken ab. Er zog sein Hemd aus und breitete es auf dem Tisch aus. Im Stehen nahm er das Messer aus seiner Scheide und legte es auf das Hemd. Er nahm die Handschellen aus der Hosentasche seiner Jeans. Aus der anderen Tasche kramte er eine zerknautschte Rolle Klebeband.

Er berührte den Schlüssel zu den Handschellen, den er an einer dünnen Kette um den Hals trug.

Seine Hand zitterte heftig, als er einen handbreiten Streifen des metallverstärkten Klebebands abrollte und mit dem Messer abschnitt. Er klebte sich ein Ende des Streifens an sein Kinn. Es hing herunter wie ein bizarrer Bart.

Er ließ die Jeans herunter und stieg heraus.

Diesmal würde es keine Probleme mit Blut an seiner Kleidung geben. Er würde alles hier liegen lassen und es später wieder anziehen, nachdem er geduscht hatte. Er würde das Haus sauber verlassen.

*Ich lerne*, dachte er. *Ich bekomme Übung darin.*

Er setzte sich wieder auf das Sofa, hob seine Jeans hoch und zog den Gürtel heraus. Er befestigte die Halterung des Messers wieder an dem Gürtel, dann stand er auf und schnallte sich den Gürtel lose um die Hüfte. Er klappte das Messer zusammen und steckte es in die Scheide.

Jetzt hatte er beide Hände frei, um sie zu fesseln und ihr den Mund zuzukleben.

Er mochte das Gefühl des kühlen Gürtels und das Gewicht des Messers an seiner Seite.

Ein nackter Wilder.

Wenn er sich ein Tuch um den Gürtel band, hätte er einen Lendenschurz.

*So ist es aber besser*, beschloß er.

Er streichelte mit der Hand seinen erigierten Penis, dann hob er die Handschellen auf. Er ging um das Sofa herum. Seine Füße waren auf dem Teppich nicht zu hören. Er hörte nur sein klopfendes Herz. Er begann zu zittern. Mit jedem Schritt wurde es schlimmer. Ihm war nicht kalt, er hatte auch keine Angst. Er zitterte vor Erregung, vor Vorfreude.

Am Fuß der Treppe nahm Roland die Handschellen in die linke Hand. Mit der Rechten hielt er sich am Geländer fest. Langsam stieg er hinauf.

Das Treppenhaus war dunkel, aber oben war ein grauer Fleck zu sehen.

Eine Stufe knarrte unter seinem Gewicht.

Er blieb stehen und lauschte.

Seine Kehle gab bei jedem Herzschlag ein seltsam klickendes Geräusch von sich. Er schluckte, und das Geräusch verschwand.

Er stieg weiter. Noch ein paar Stufen und seine Augen waren auf der Höhe der Mansarde. Die Bettdecke lag zusammengeknüllt vor dem Bett. Das Bettlaken hing über der Matratze, zum Fußende geschoben, aber immer noch auf dem Bett, in Reichweite, falls es Alison im Laufe der Nacht kalt werden sollte.

Roland war noch nicht hoch genug, um Alison zu sehen. Er kletterte höher. Das Bett schien tiefer zu sinken und da lag Alison, auf dem Rücken.

Er hockte sich nieder, bis er sie nicht mehr sehen konnte. Geduckt stieg er die letzten Stufen hoch. Auf Ellbogen und Knien krabbelte er über den Teppich. Er hielt vor dem Bett inne.

Er lauschte nach Alisons Atem, bis er sich sicher war, daß sie schlief. Dann stand er auf und blickte auf sie herunter.

Sie war in Mondlicht getaucht. Ihr Nachthemd schimmerte silbern bis auf die Stellen über ihrer Brust. Da schimmerte es nicht, aber es war durchsichtig: Er konnte die cremefarbene Haut sehen, die dunkle Stellen ihrer Brustwarzen.

Roland leckte sich über seine trockenen Lippen.

Er konnte fast die Nippel in seinem Mund fühlen, sie schmecken.

Alisons Kissen war nach oben geschoben, als habe sie es unter ihrem Kopf zu heiß gefunden und es zur Seite gedrückt. Ihr Gesicht war dem Fenster zugewandt. Ein paar Haarlocken hatten sich über ihr blasses Ohr gelegt. Der Arm war Roland entgegengestreckt, die Hand direkt am Rand der Matratze, mit der Handfläche nach oben, die Finger zusammengerollt. Der andere Arm lag neben ihr. Ihre langen nackten Beine waren gespreizt, die Füße zeigten nach außen. Das mondbeschienene Nachthemd schmiegte sich an ihre Schenkel.

Er beugte sich über sie, streichelte den glatten Stoff zwischen ihren Beinen, nahm ihn dann zwischen zwei Finger, hob ihn an und zog ihn sacht nach oben.

Eine heiße Welle nahm ihm plötzlich den Atem. Er wurde von einem lustvollen Druck geschüttelt. Sein Zucken übertrug sich schwach auf das Kleid, bevor es seinen Fingern entglitt. Alison stöhnte. Sie drehte den Kopf.

Zittrig und benommen gelang es Roland, trotz seiner Erregung schnell zu handeln. Er griff hastig nach ihrer linken Hand. Er schlang ihr eine Handschelle um das Handgelenk. Sie riß ihm ihren Arm weg und damit die andere Handschelle aus der Hand. Keuchend rollte sie über das Bett von ihm weg.

Er ergriff sie an Schulter und Hüfte und hielt ihre Bewegung auf. Dann zog er, bis sie wieder in der Mitte des Bettes lag. Er warf sich auf sie. Er saß rittlings auf ihren Hüften. Sie bockte und krümmte sich unter ihm. Er fing ihre rechte Hand auf, die auf sein Gesicht zielte. Er drückte sie auf die Matratze herunter. Ihre linke Hand riß er von seiner Kehle weg und drückte auch die nach unten. Sie warf ihren Kopf von einer Seite zur anderen. Sie stieß ihm ein Knie in den Rücken. Roland grunzte bei dem Stoß.

Er zwang ihre gefesselte Hand nach unten und klemmte sie unter sein Knie, um die rechte Hand frei zu bekommen, dann schlug er ihr hart ins Gesicht. Sie bäumte sich unter ihm auf, dann verebbte ihr Widerstand. Sie gab leise wimmernde Laute von sich, als sie keuchend nach Luft schnappte.

Roland zupfte sich das Klebeband vom Kinn. Er presste es auf ihren Mund. Ihre Atemgeräusche wurden zu einem hektischen Zischen, als sie krampfhaft Luft durch ihre Nasenlöcher einsog.

Es war an der Zeit, ihr die andere Hand zu fesseln.

Aber Alison wehrte sich nicht mehr, und er konnte das Wogen ihrer Brüste zwischen seinen Schenkeln spüren. Er legte seine Hand darauf. Der Stoff fühlte sich an wie ein Netz. Die Haut darunter war heiß.

Er hörte Alisons zischenden Kampf um Luft nicht mehr. Sie war still.

Roland drückte ihre Brüste.

Ihre rechte Hand hob sich langsam vom Bett. Mißtrauisch beäugte er sie. Er umklammerte ihre Brüste fester und ließ die Hände darauf liegen. Alison wand sich ein wenig unter ihm und stöhnte.

*Mein Gott*, dachte Roland. *Was passiert hier? Macht sie das geil?*

Ihre Hand bewegte sich nach oben, streichelte seinen Arm, umschloß sanft seine Schulter. Sie strich ihm über das Haar an der Seite seines Kopfes. Sie streichelte seine Wange.

Bei dem Schrei hatte Alison den Eindruck, ihre Trommelfelle müßten platzen. Ihr Handgelenk wurde ergriffen und nach unten gerissen und ihr Daumen löste sich mit einem feuchten, saugenden Geräusch aus Rolands Augenhöhle. Er versuchte nicht, sie festzuhalten. Er hatte eine Hand vor sein Gesicht geschlagen und schwankte über ihr hin und her.

Alison riß ihre Knie hoch. Er fiel zwischen ihren Beinen auf die Matratze. Sie rammte ihre Füße in ihn hinein, drehte ihn dabei um und schob ihn weg, dann hechtete sie aus dem Bett.

Sie riß sich das Klebeband vom Gesicht, als sie vor ihm zurückwich. Im Mondlicht wirkte Rolands nackter Körper grau und nekrotisch. Er zappelte hin und her, umklammerte sein Gesicht und strampelte mit den Füßen auf die Matratze. Er quiekte.

Alison warf sich herum. Sie krallte sich an das Geländer und rannte die dunkle Treppe hinunter. Unten rief sie, um Helen zu warnen, aber statt ihrer Stimme kam nur ein ersticktes Flüstern. Sie rannte durch den Flur, um die Ecke, stieß Helens Tür auf und knipste das Licht an.

»Helen!«

Helen bewegte sich nicht unter der Decke.

Alison stürzte auf sie zu. »Schnell! Wir müssen ... Roland ist oben ... Er hat versucht ...!« Sie riß ihr die Bettdecke weg und Helen starrte sie mit gebrochenen Augen durch die verbogene Brille an. Ihr Gesicht war zerschlagen, zerkratzt und aufgequollen. Auf ihrem Kinn war eine eingetrocknete Kruste von Erbrochenem. Alison schüttelte die blaugraue Haut ihrer Schulter.

»Helen!« Sie rüttelte an der Schulter. Helens Kopf wackelte leicht. Ihre gewaltige Brust bebte. »Helen, aufwachen!«

Alison ließ die Schulter los. Die Haut behielt ihre Dellen, wo sie sie angefaßt hatte.

Betäubt trat Alison einen Schritt zurück.

Er hatte Helen umgebracht.

Nein. Das hier war ein übler Scherz. *Helen ist nicht tot. Nicht Helen. Das ist nur ein Scherz.*

*Sie ist tot.*

Alison verließ das Zimmer. Sie sah in den dunklen Flur hinaus. »Du Scheißkerl!« rief sie.

Und hörte das Geräusch schneller Fußtritte auf der Treppe. Die bewirkten einen Schub panischer Aktivität, die Alison zur Haustür laufen ließ. Sie riß sie auf, rannte nach draußen, schlug die Tür wieder zu und hetzte die Stufen hinunter. Das lackierte Holz der Stufen war naß vom Tau und glitschig unter ihren nackten Füßen, daher verlangsamte sie ihre Schritte. Es war zu gefährlich, zu fallen, und Roland damit die Möglichkeit zu geben, sie einzuholen. Von der vierten Stufe aus sprang sie. Sie fiel durch die kalte Nachtluft, ihr Nachthemd umwehte sie und dann landete sie stolpernd auf den Platten und dem Rasen.

Sie sah sich um. Roland war nicht auf der Treppe. Sie machte einen Schritt zur Seite und sah, daß die Tür oben immer noch geschlossen war.

Sie rannte um die Treppe herum zur Küchentür von Professor Teal. In dem Raum hinter den Glasscheiben war es dunkel. Sie versuchte die Klinke. Die Tür war verschlossen, daher trommelte sie hart gegen das Holz und rüttelte an ihr. »Doktor Teal!« Dann schrie sie: »Feuer, Feuer!« Sie hämmerte gegen die Tür. In der Küche war es immer noch dunkel. Mit einer Handbewegung ergriff sie den Saum ihres Nachthemds, schlang ihn sich um das Handgelenk und schlug das Glas ein. Sie griff hinein, wobei sie acht gab, sich nicht die Arme an den scharfen Glasspitzen aufzuschneiden, und öffnete die Tür von innen. Als die Tür offen war, zog sie ihren Arm heraus.

Sie sah zur Treppe hinüber. Roland war noch nicht in Sicht.

Sie stieß die Tür auf. Die Glasscherben auf dem Boden klirrten und scharrten, als der Türrahmen über sie hinwegkratzte. Sie klammerte sich an die Türklinke und schwang sich ins Innere. Sie streckte ihre Beine so weit wie möglich aus, bevor sie ihren Fuß auf den Boden setzte. Sie fühlte kein Glas unter der Fußsohle. Mit dem Gewicht auf diesem Fuß drehte sie sich herum. Sie war hinter der Tür. Sie beugte sich vor, tastete nach der Kante und warf sie zu.

Plötzliche Helligkeit blendete sie. Blinzelnd warf sie sich herum.

Im Durchgang zum Eßzimmer stand Doktor Teal, seine Krücke wie eine Keule erhoben. Sein weißes Haar war zerwühlt. Er trug einen ausgeleierten gestreiften Pyjama. Verärgert blinzelte er und sein Mund bewegte sich.

»Machen Sie das Licht aus«, befahl Alison mit einem schrillen Flüstern.

Er stellte keine Fragen, er knipste das Licht aus.

Alison wandte sich von ihm ab und sah aus dem Fenster.

Immer noch kein Roland.

»Er hat Helen umgebracht«, sagte sie. »Er ... ich habe ihn verletzt, aber er ist immer noch oben.«.

»Ach du meine Güte.«

Alison hörte ein leises Klappern. Sie sah über die Schulter. Doktor Teal hatte sich seine Krücke zwischen die Knie geklemmt. Er hatte den Hörer des Wandtelefons in der Hand und wählte eine Nummer. »Polizeinotruf«, sagte er, und seine Stimme war so fest und unbewegt, als stünde er an seinem Pult vor einem Saal mit gebannt lauschenden Studenten. Er wartete einen Moment, dann sagte er: »Wir haben hier einen Mordfall in der Apple Lane 364 und der Täter ist immer noch am Tatort. Beeilen sie sich!« Er legte auf.

»Komm von der Tür weg«, befahl er.

Alison ging rückwärts, ohne die Augen vom Fenster zu lassen. Sie blieb stehen, als die Hand des Professors sich sanft auf ihre Schulter legte.

»Es ist jetzt alles in Ordnung, meine Liebe. Er wird dir nichs tun. Die Polizei wird in ein paar Minuten da sein, da bin ich sicher.«

»Er hat Helen umgebracht.« Ihre Stimme war zittrig und sie hatte Tränen in den Augen.

Professor Teal tätschelte ihr die Schulter. »Bleib hier!« Er ging an ihr vorbei zur Tür. Seine Krücke schwang an seiner Seite wie ein Schlagstock. Glas knirschte unter seinen Pantoffeln. Er zog die Tür auf.

»Vielleicht sollten Sie das nicht tun«, flüsterte Alison.

Er beachtete sie nicht und beugte sich nach draußen. Er blickte sich um. Dann zog er seinen Kopf wieder herein und sah Alison an. »Sagtest du, du hättest ihn verletzt?«

»Ich ... ich habe ihm eines seiner Augen herausgestochen.«

»Punkt für dich. Vielleicht hast du den Drecksack damit außer Gefecht gesetzt. Ich werde ihm den Schädel einschlagen, wenn ... was ist mit Celia?«

»Sie ist nicht zuhause.«

»Gott sei Dank.«

»Ich weiß nicht. Es kann sein ... vielleicht hat er sie schon gestern nacht erwischt.«

»Guter Gott, nein.«

»Sie hatte eine Verabredung mit seinem Mitbewohner und ist seitdem nicht zurückgekommen.«

»Zwei von meinen Mädchen. Zwei von meinen süßen, lieben ... oh, dafür wird er teuer bezahlen, sehr teuer ...« Professor Teal riß die Tür weit auf und stiefelte nach draußen.

»Nein!« rief Alison hinter ihm her.

Sie rannte hinter ihm her, sprang über das Areal mit dem zerbrochenen Glas, und kam auf den Platten hinter der Tür auf. Professor Teal war bereits am Fuß der Treppe. »Warte drinnen«, wies er sie an.

»Warten Sie auf die Polizei!« rief Alison. »Bitte!«

Er beachtete sie nicht und begann, die Stufen hochzusteigen. Alison sprang unter die Treppe, faßte zwischen zwei Stufen durch und griff nach dem Knöchel des alten Mannes.

»Laß mich los.«

»Er wird Sie auch umbringen.«

»Das werden wir erst noch sehen.« Er versuchte, ihre Hand abzuschütteln.

Alison verlor fast ihren Griff. Sie faßte auch mit der anderen Hand zu und hielt ihn weiter fest.

Bremsen quietschten. Durch den Spalt in den Stufen sah Alison einen Streifenwagen anhalten, mit blinkenden roten und blauen Lichtern. Ein Mann rannte vor dem Wagen her. Er zog eine Pistole aus dem Holster, während er über den Rasen direkt auf Alison zurannte.

»Sie haben gewonnen«, sagte der Professor.

Sie glaubte ihm nicht. Sie hielt ihn solange fest, bis der Polizist stehen blieb, sich hinhockte auf ihn zielte und rief: »Stehenbleiben, Arschloch, oder ich blase dir das Hirn aus dem Schädel.«

»Er ist der Falsche!« schrie Alison.

Sie kam unter der Treppe hervor.

Professor Teal drehte sich langsam um. »Ich bin der Besitzer dieses Hauses«, sagte er. »Wir haben allen Grund zu glauben, daß der Mörder immer noch oben ist.«

»Wen hat er ermordet?«

»Meine Mitbewohnerin«, sagte Alison. »Und er hat auch versucht, mich umzubringen.«

»Ist er bewaffnet?«, fragte der stämmige Polizist.

»Ich weiß es nicht. Ich habe keine Waffe gesehen.«

»Aber er ist immer noch da oben?« Ohne auf eine Antwort zu warten, begann er, die Treppe hochzusteigen. Professor Teal machte ihm Platz und kam herunter, als der Polizist weiter nach oben stieg.

Alison ging zum Professor hinüber und legte ihm den Arm um den Rücken. »Dummer alter Bär«, sagte sie.

Er lächelte traurig.

Sie zuckten beide zusammen, als ein Pistolenschuß durch die Nacht peitschte. Alisons Kopf fuhr herum. Sie sah Roland oben auf der Treppe, mit ausgebreiteten Armen. Der Polizist fiel rückwärts über das Geländer, schrie und wedelte mit den Armen. Sein Schrei verstummte abrupt, als er auf dem Boden aufschlug. Einen Moment lang schien er einen seltsamen Kopfstand zu machen, mit in der Luft zappelnden Beinen. Dann fiel er um. Er lag zuckend auf dem Rücken. Aus seiner Brust ragte ein Messer.

Roland drehte sich oben auf der Treppe langsam um. Er war nicht mehr nackt. Er trug Jeans und ein offenes Hemd. Über die linke Seite seines Gesichts lief das Blut aus der leeren Augenhöhle und tropfte auf sein Hemd und seine Brust. Mit zombiehafter Langsamkeit hob er seine linke Hand, um sie mit seinem verbliebenen Auge zu betrachten. Die Kugel des Polizisten hatte ihn nicht völlig verfehlt. Alison sah, daß sein Zeigefinger fehlte. Sein Mittelfinger hing nur noch an einem Streifen Fleisch und baumelte wie ein Pendel hin und her. Er griff mit seiner anderen Hand danach, riß ihn ab und warf ihn zu Alison herunter wie einen stumpfen Dartpfeil. Der Finger fiel in das Gras vor ihren Füßen.

Er begann, die Treppe herunterzusteigen.

Professor Teal schob Alison zur Seite und trat fast lässig an den Fuß der Treppe. Er hob seine Krücke über den Kopf, bereit zuzuschlagen, sobald Roland in Reichweite war.

Alison rannte zu dem Polizisten hiüber. Er schien tot zu sein. Sie versuchte sich ins Gedächtnis zu rufen, wie er gefallen war. Hatte er da den Revolver noch gehabt? Sie wußte es nicht. Aber er hatte ihn jetzt nicht mehr in den Händen.Sie rannte um den Körper herum, auf der Suche nach der Pistole.

Wo war sie?

Sie sah zur Treppe hinüber, gerade noch rechtzeitig, um Roland springen zu sehen. Er sprang Professor Teal von oben an. Der alte Mann mit der hocherhobenen Krücke schlug nach dem fliegenden Körper. Der Schlag verfehlte Rolands Kopf und traf ihn an der Schulter. Roland riß den Professor zu Boden.

Alison riß das Messer aus der Brust des Polizisten, hetzte herum und rannte zu den niedergestreckten, kämpfenden Männern. Roland hämmerte mit seiner Faust auf die Nase des Professors. Er rollte sich ab. Er lag auf dem Rücken und versuchte sich mit seinem rechten Arm aufzurichten. Er hob seine zerschossene Hand, als wolle er Alison zum Innehalten auffordern.

Alison warf sich auf ihn. Er fiel nach hinten. Er versuchte, sie wegzustoßen; seine Finger und die Stümpfe zeigten auf ihr Gesicht. Sie stieß heftig mit dem Messer zu. Roland quiekte. Dann schmetterte seine rechte Hand gegen ihr Ohr. Betäubt von dem Schlag spürte sie, wie sie von ihm heruntergleitt. Auf der Seite liegend sah sie Roland nach dem Heft des Messers greifen. Die Klinge hatte seine linke Brustwarze durchbohrt, aber sie war nicht tief eingedrungen. Eine Rippe mußte sie aufgehalten haben. Roland riß das Messer heraus.

Seine verstümmelte Hand griff nach Alison.

Sie rollte sich ab, strampelte auf die Füße und rannte.

Sie rannte zur Straße.

Das taufeuchte Gras war rutschig, Aber sie rannte so schnell sie nur konnte, warf ihre Beine so schnell es ging voran und pumpte mit den Armen. Die leere Handschelle pendelte hin und her, schlug gegen den Unterarm, die Knöchel, manchmal auch gegen Brust und Hüfte.

Sie hörte Roland hinter sich keuchen und wimmern. Nicht weit hinter ihr. Sie wagte es nicht, sich umzusehen.

Schwache weiße Wolken strömten aus dem Auspuff des Streifenwagens.

Mit einem Fuß war sie auf dem Bürgersteig. Mit dem anderen auf dem Grasstreifen dahinter. Sie sprang vom Bordstein herunter und rannte um den Wagen herum. Roland sprang mit dem Bauch zuerst auf die Motorhaube und rutschte darüber. Seine Zähne waren gebleckt, seine verletzte Hand griff nach ihr, die andere hielt das Messer. Alison wich der grabschenden Hand aus. Die beiden Fingerstummel streiften ihren Bauch. Sie stolperte nach hinten und klammerte sich an den Griff der Fahrertür.

Sie riß die Tür auf, sprang hinein und schlug sie zu, während Roland noch über die Motorhaube robbte. Das Fenster war offen. Sie begann es hochzukurbeln. Roland stolperte auf sie zu. Das Fenster schob sich höher. Er stach zu. Die Klinge traf auf das Glas und glitt mit einem knirschenden Geräusch daran herunter, wie Kreide auf einer Schiefertafel.

Alison löste die Handbremse.

Roland öffnete die Tür.

Alison schrie auf: »Nein!« Wie konnte sie nur vergessen, sie zu verriegeln?

Sie stieß das Automatikgetriebe in die D-Position und trat das Gaspedal bis zum Boden durch.

Der Wagen machte einen Sprung nach vorn.

Roland schrie.

Die Tür schlug zu.

Alison lenkte vom Bordstein weg, um einem geparkten VW auszuweichen.

Sie sah ihn den Seitenspiegel.

Roland lag ausgestreckt auf der Straße, einen halben Block hinter ihr.

# 31

Jake kam in die Eingangshalle der Polizeistation, nickte Martha grüßend zu, die ihm mit finsterer Miene entgegensah und wandte sich dem Mädchen zu.

Sie saß auf einem der Plastikstühle, die vorne im Warteraum standen. Der Stuhl war wohl hereingebracht worden, damit sie nicht allein warten mußte. Sie hatte einen Plastikbecher mit Kaffee in der Hand. Sie trug Marthas alte braune Strickjacke über einem blauen Nachthemd. Sie sah von ihrem Kaffee auf, als Jake auf sie zukam.

»Ich bin Jake Corey. Ich bin für den Fall verantwortlich.«

Sie nickte.

»Würden Sie bitte mitkommen?«

Sie blickte Martha an, die ihr zustimmend zunickte. Dann stand sie auf.

Jake hielt ihr die Tür auf. Sie ging wie betäubt, und starrte in ihren Kaffee, als sei sie besorgt, sie könne etwas verschütten. Obwohl sie ungefähr zwanzig sein mußte, sah sie sie aus wie ein verletztes und verängstigtes kleines Mädchen.

Jake zog die Tür zu und trat neben sie.

»Wo gehen wir hin?«

»Nur hier herein.« Er deutete auf Barneys Büro. »Wir können über die Sache hier nicht vor Martha reden.«

Sie ging neben ihm her.

»Geht es Ihnen einigermaßen?« fragte er.

»Ja.«

Er öffnete Barneys Tür und knipste das Licht an. Die Neonlampen flackerten auf. Er folgte dem Mädchen in das Büro. »Setzen Sie sich in den Sessel des Chefs«, wies er sie an.

»Hinter den Schreibtisch?«

»Der ist bequemer.«

Sie ging um den Schreibtisch herum, stellte den Kaffeebecher auf der Unterlage ab und setzte sich. Der gepolsterte Stuhl gab nach und quietschte. Sie rollte ihn nach vorne, als wolle sie Schutz hinter dem großen, massigen Schreibtisch suchen. Ihre Hände umklammerten den Plastikbecher.

Jake saß auf einem Klappstuhl ihr gegenüber. »Sie sind Alison?«

»Ja, Alison Sanders.«

»Doktor Teal hat mir erzählt, was Sie getan haben. Sie sind eine sehr mutige junge Dame.«

»Geht es ihm gut?«

»Er ist in Ordnung. Natürlich ist er sehr aufgebracht.«

»Der Polizist, ist er tot?«

»Ja.«

»Es tut mir leid.«

»Mir auch«, murmelte Jake.

»Sie haben ihn nicht erwischt, oder?« Trotz der Betonung war es keine Frage.

»Noch nicht. Aber wir werden.«

»Es war Roland«, sagte sie tonlos. »Ich weiß nicht, wie er mit Nachnamen heißt, aber er wohnt auf dem Campus, Zimmer 240 in der Baxter Hall.«

Jake nahm einen Notizblock aus seiner Hemdtasche. Er kritzelte schnell den Namen und die Zimmernummer. »War er ein Freund von Ihnen?«

Sie schüttelte den Kopf. »Ich habe ihn nur ein paarmal gesehen. Er ist im ersten Semester.«

»Haben Sie irgendeine Idee, warum er ... warum er das getan haben könnte?«

»Ich weiß nicht.« Alison rieb sich die Stirn. »Er könnte etwas damit zu tun haben ... sein Mitbewohner ist gestern mit Celia ausgegangen. Celia Jamerson. Sie wohnte zusammen mit ...«

»Celia Jamerson?« fragte Jake überrascht. Er dachte an das schlanke Mädchen auf der Straße, aufgeschürft und mit Prellungen, die ihren ausgekugelten Arm umklammerte. »Hatte sie Donnerstag einen Unfall, weil ein Lieferwagen sie überfahren wollte?«

Alison nickte. »Sie ist gestern mit Rolands Mitbewohner ausgegangen und seitdem nicht zurückgekommen. Ich war heute nachmittag im Wohnheim und habe Roland danach gefragt. Das war das einzige Mal, daß ich überhaupt mit ihm gesprochen habe. Er sagte, sie seien in ein Motel in Marlowe gefahren, aber ich habe ihm nicht wirklich geglaubt.« Sie begegnete Jakes Blick mit müden, wissenden Augen. »Ich glaube, Roland hat sie umgebracht. Vielleicht auch Jason. Das ist sein Mitbewohner. Vielleicht ist Jason auch darin verwickelt, aber ... Ich glaube das eigentlich nicht!«

»Was ist passiert, nachdem Sie mit Roland gesprochen haben?«

»Ich bin zu einem Freund gegangen. Wir haben zusammen gegessen. Dann bin ich nach Hause gegangen. Im Haus war es dunkel. Helens Tür war zu. Ich dachte, sie sei schlafen gegangen, aber ... Ich glaube, da war sie schon tot. Wahrscheinlich hatte sich Roland irgendwo versteckt. Ich bin in mein Zimmer gegangen und habe mich schlafen gelegt. Er hat mich aufgeweckt. Er hat mir Handschellen angelegt. Und er hat mir den Mund zugeklebt. Er war nackt. Ich dachte, das war es, was er wollte, ich meine, mich vergewaltigen. Ich meine, ich bin mir sicher, daß es das ist, was er wollte, nicht nur mich umbringen, sonst hätte er sich nicht die Mühe mit den Handschellen und dem Klebeband gemacht. Jedenfalls kämpften wir, und ich ... ich habe ihm ein Auge ausgestochen.« Sie nahm ihre rechte Hand von der Kaffeetasse. Sie hob ihren Daumen und starrte ihn an. »Ich habe mich gewaschen«, sagte sie. »Martha hat mir gesagt, ich dürfe mich waschen. Und sie hat einen Schlüssel für die Handschellen gefunden. Und hat mir ihren Pullover gegeben. Sie ist sehr nett.«

»Sie sagten, Roland sei nackt gewesen.«

»Er hatte einen Gürtel um. Das war alles.«

»Haben Sie etwas Seltsames an ihm bemerkt?«

Sie sah Jake fragend an: »Meinen Sie eine Tättowierung oder ein Muttermal oder so etwas?«

»Haben Sie seinen Rücken gesehen? Oder da etwas gefühlt?«

»Ich glaube nicht. Warum?«

»Ich frage mich nur, ob er einen blauen Fleck oder einen Wulst am Rückgrat hatte.«

»Ich weiß es nicht. Ich habe nichts bemerkt. Warum?«

»Das ist eine lange Geschichte. Ich würde sie im Augenblick lieber nicht vertiefen. Nachdem Sie ihm das Auge ausgestoßen haben, was ist da passiert?«

»Ich bin weggelaufen. Ich rannte nach unten und wollte Helen warnen. Aber sie war ...« Alison sog ihre Unterlippe zwischen die Zähne. Sie schüttelte den Kopf.

»Und dann sind Sie nach draußen gelaufen?«

»Ja, ich rannte nach unten und bin in Doktor Teals Küche eingebrochen, und er kam, um mir zu helfen.«

»Das reicht bis hier hin. Von da an hat er mir die Geschichte erzählt, bis dahin, wo Sie zu dem Streifenwagen rannten.«

»Das war es auch schon. Roland hatte mich fast erwischt, aber ich bin weggefahren und ... das letzte Mal, daß ich ihn gesehen habe, lag er auf der Straße. Ich bin hier zur Polizei gefahren und habe Martha erzählt, was passiert ist. Sie hat einen Krankenwagen und die Polizei zu dem Haus geschickt und jemanden angerufen.«

»Sie hat den Polizeichef angerufen. Und der hat mich angerufen und ich bin zu ihrer Wohnung gefahren. Könnten Sie diesen Roland beschreiben?«

»Er ist so ... um die 18, würde ich sagen. Mager, vielleicht 1,70m groß. Schwarzes Haar. Ihm fehlt das linke Auge, zwei Finger der linken Hand und er hat einen Messerstich in der linken Brustwarze.«

»In dem Zustand wird er nicht weit kommen.«

»Hoffentlich nicht.«

»Haben Sie bemerkt, ob er einen Wagen hatte?«

»Ich weiß nicht. Da war ein VW-Käfer auf der Straße vor dem Haus. Ich bin beinahe hineingefahren, als ich mit dem Polizeiwagen losgefahren bin. Vielleicht war es nicht seines, aber ...«

»Ein gelber Käfer mit einem Wimpel an der Antenne?« Jake war aufgeregt. Ihm war übel.

»Ich weiß nichts von einem Wimpel, aber ich bin mir ziemlich sicher, daß der Wagen gelb war.«

»Mein Gott.«

»Was?«

»Er war es. Er hat heute nachmittag versucht, meine Tochter in sein Auto zu locken.«

Alison zeigte die Andeutung eines Lächelns. »Ihre Tochter?«

»Sie ist vor ihm davongelaufen.«

»Gott! Ihr ist doch nichts passiert, oder?«

»Nein, es geht ihr gut. Sie hat einen Schrecken davongetragen, aber es geht ihr gut.«

»Wie alt ist sie?«

»Viereinhalb. Sie lebt bei ihrer Mutter.« Jake fragte sich, warum er das hinzugefügt hatte. Er stand auf. »Ich sollte mich auf die Suche nach dem Kerl machen, Alison. Haben Sie einen Ort, wo Sie unterkommen können?«

»Meine Wohnung.«

»Das ist keine gute Idee.«

»Nun, Professor Teal hat unten noch ein ungenutztes Zimmer.«

»Die Chance, daß Roland zurückkommt, ist zwar nur sehr gering, aber solange wir ihn nicht erwischt haben ...«

»Sie meinen, ich sollte eine Zeitlang von der Bildfläche verschwinden?«

»Nur um sicher zu gehen.«

»Ich weiß nicht. Ich könnte mich in einem Hotel einquartieren. Aber ich habe natürlich meine Geldbörse nicht hier.«

»Sie können bei mir bleiben. Ich werde sowieso nicht da sein.«

»Vielen Dank, aber ...«

»Es ist gemütlich. Das Nötigste ist im Kühlschrank. Und auf die Art weiß ich auch, wo Sie sind und muß mir keine Sorgen um Sie machen.«

Sie schenkte ihm ein schwaches, leicht gequältes Lächeln. »Sie würden sich Sorgen um mich machen?«

»Ja.«

»Das ist nett.«

Jake fühlte, wie er rot wurde. »Nun, Sie sind unsere Hauptzeugin.« Alison nahm ihren Kaffeebecher auf. Er war immer noch voll.

Sie verließen Barneys Büro und gingen zurück zu Martha. »Ich nehme Alison mit«, sagte Jake.

Alison stellte den Becher auf Marthas Tisch ab. »Danke für die Strickjacke. Und für die Hilfe.«

»Kein Problem, Kleines«, sagte Martha.

Alison begann, die Jacke aufzuknöpfen.

Martha hob eine Hand. »Behalt das an, du holst dir sonst den Tod.« Und grinsend fügte sie hinzu. »Außerdem willst du Jake doch nicht auf falsche Gedanken bringen. Klar, er ist ein ein perfekter Gentleman ... Du schickst mir die Jacke einfach zurück, wenn du sie nicht mehr brauchst.«

Alison dankte ihr noch einmal.

Sie gingen nach draußen zu Jakes Wagen. Alison kletterte in den Beifahrersitz. Während Jake um den Wagen herum zur Fahrertür ging, musterte er die Umgebung. Er sah keine fahrenden Autos auf den umliegenden Straßen. Und keine geparkten VWs am Straßenrand. Er stieg ein und ließ den Motor an.

»Auf dem Weg hierhin haben Sie nichts hinter sich bemerkt, oder?« fragte er.

»Nein. Und ich habe darauf geachtet. Ich hatte Angst, er könnte immer noch hinter mir her sein.«

»So wie Sie ihn zugerichtet haben, wird er wohl so schnell nicht wieder hinter jemandem her sein. Vielleicht ist er schon tot oder liegt im Sterben.«

»Hoffentlich.«

»Ich würde ihn aber lieber lebendig erwischen«, sagte Jake. Wenn er ihn tot auffand, würde er wahrscheinlich das gottverdammte Schlangending nicht finden. Mit einer Leiche konnte es nichts mehr anfangen. Das Mistviech würde sich aus dem Staub machen und in irgend jemand anderem wieder auftauchen, und dann war er wieder da, wo er angefangen hatte.

Jake achtete beim Fahren auf den Rückspiegel. Die Straße hinter ihm schien frei, aber Roland konnte auch mit ausgeschalteten Scheinwerfern weit hinter ihm fahren.

Jake fuhr in eine Seitenstraße, stellte das Licht ab und rollte an den Straßenrand. »Wir warten hier eine Weile.«

»Gut.«

Er stellte den Motor ab und lächelte Alison an. »Es folgt uns sicher niemand. Es ist nur eine Vorsichtsmaßnahme.«

Er blickte auf ihre nackten Beinen hinunter. Ihr Nachthemd war sehr kurz. Ihre Hände lagen auf ihren Schenkeln, damit es nicht hochrutschte. Es wurde Jake schlagartig klar, daß er in dem Wagen mit einer sehr attraktiven jungen Frau allein war, die zweifellos bis auf das winzige Nachthemd und Marthas Strickjacke nichts an hatte. Und die brachte er zu sich nach Hause. Dieses Wissen bescherte ihm ein warmes Gefühl, das sich auszuweiten drohte.

*Paß auf, was du tust*, ermahnte er sich. *Das Letzte, was sie jetzt braucht, ist das Gefühl, daß du von ihr angemacht bist.*

*Anmachen? Vergiß es, Corey.*

Er rieb sich die verschwitzten Hände an der Hose ab und sah in den Rückspiegel. »Scheint alles in Ordnung zu sein.«

Obwohl er sich sicher war, daß Roland ihnen nicht folgte, machte er einen Umweg zu seinem Haus. Er wußte, daß er das so schnell wie möglich erledigen sollte, daß er sie absetzen und dann nach Roland suchen mußte.

Aber er war gar nicht scharf darauf, Roland zu finden.

Und er war auch nicht scharf darauf, Alison wieder los zu werden.

Sie war sehr still. Jake fragte sich, was in ihr vorging. Wahrscheinlich gingen ihr keine angenehmen Dinge durch den Kopf. Sie hatte in dieser Nacht die Hölle durchgemacht. Die meisten Menschen wurden nie mit so etwas konfrontiert. Und wenn, dann überlebten sie es in den meisten Fällen auch nicht, und hatten dann keine Probleme mehr mit emotionalen Spätfolgen.

»Das muß Ihnen jetzt alles sehr schrecklich vorkommen«, sagte er.

Alison drehte sich zu ihm um. »Ich lebe noch«, sagte sie. »Ich glaube, ich habe ziemliches Glück gehabt.«

»Dazu gehört mehr als nur eine gehörige Portion Glück.«

»Ich weiß nicht, ob ich das verdient habe. Ich meine, warum ich? So müssen sich Leute fühlen, wenn sie einen Flugzeugabsturz überlebt haben. Irgendwie schuldig, weil sie immer noch am Leben sind ... wenn das so viele andere nicht mehr sind.«

»Wahrscheinlich«, sagte Jake. »Haben Sie morgen Vorlesungen?«

»Die werde ich wohl ausfallen lassen. Ich glaube nicht, daß ich nach all dem jetzt einfach in einem Seminar sitzen könnte.«

»Das ist wohl das Beste. Ich hoffe, bis dahin ist das alles vorbei, aber falls nicht, möchte ich nicht, daß Sie überhaupt irgendwo hingehen. Wir beide werden die einzigen sein, die wissen, wo Sie sind, und ich möchte, daß das auch bis auf weiteres so bleibt, in Ordnung? Nur so können wir sicher sein, daß Ihnen nichts passieren kann.«

»Es gibt niemanden, dem ich Bescheid sagen müßte«, sagte sie.

»Was ist mit ihren Eltern?«

»Die sind in Marin County.«

»Sie könnten ihnen Bescheid geben, wenn Sie wollen.«

»Es gibt keinen Grund, sie aufzuregen. Sie würden sich nur Sorgen machen.«

»Ihr Freund?« Das war elegant, dachte Jake. Er hatte es einfach einfließen lassen. Er schämte sich ein wenig deswegen.

»Wir haben uns getrennt. Heute, um es genau zu sagen. Es war wirklich eine scheußliche Nacht.« Nach ein paar Augenblicken des Schweigens fügte sie noch hinzu. »Vielleicht sollte ich ihn morgen früh anrufen und ihn wissen lassen, daß es mir gut geht.«

»Gut, aber lassen Sie ihn nicht wissen, wo Sie sind.«

»Ganz bestimmt nicht.«

Jake sah sein Haus vor ihnen. Er beschloß, noch einmal um den Block zu fahren, bevor er Alison hineinbrachte. Nur eine Vorsichtsmaßnahme, versicherte er sich.

»Glauben Sie, jemand könnte Roland geschickt haben?« fragte sie.

»Nein, das nicht. Aber er könnte vielleicht jemanden treffen. Und wenn niemand weiß, wo Sie sind, kann es ihm auch niemand erzählen.«

»Da steckt noch mehr dahinter, über das Sie nicht reden wollen, richtig?«

Jake zögerte, antwortete dann aber; »Ja.«

»Und das hat etwas mit Rolands Rücken zu tun.«

»Sie sind eine aufmerksame Beobachterin.« Jake lächelte sie an.

»Das muß etwas ziemlich Schreckliches sein, wenn Sie Angst haben, es mir zu erzählen.«

»Es ist eine lange Geschichte. Und wir sind jetzt fast da.«

»Vielleicht ist es etwas, von dem ich wissen sollte.«

Jake antwortete nicht. Er bog um die letzte Kurve, sah sich noch einmal um, um sich zu überzeugen, daß kein VW in Sicht war, und fuhr dann die Auffahrt zu seinem Haus hoch.

Alison hielt den Saum ihres Negligés fest, um zu verhindern, daß er hochglitt, als sie aus dem Autositz rutschte. Jake verriegelte die Tür, als sie ausgestiegen war. Er ging rückwärts über den Hof, mit einer Hand an seiner Waffe im Holster. Er ließ den Kopf langsam von einer Seite zur anderen wandern und beobachtete die Umgebung, so als könne Roland plötzlich aus der Dunkelheit stürzen.

Er schien aber nicht nervös zu sein. Nur vorsichtig. Alison fühlte sich sicher bei ihm. Sie dachte nur ungern daran, daß er in ein paar Minuten wieder gehen würde.

Er öffnete die Haustür. Alison folgte ihm hinein. Das Licht war bereits an, die Vorhänge zugezogen. Die Wärme des Hauses war angenehm nach der Kälte draußen.

»Fühlen Sie sich wie zuhause«, sagte Jake. »Die Küche ist da drüben.«

Er zeigte ihr den Weg. Alison begann, die Strickjacke aufzuknöpfen und hielt inne, als ihr klar wurde, was sie darunter trug.

Jake schaltete das Licht in der Küche an. »Lebensmittel, Limonade und Bier sind im Kühlschrank. Bedienen Sie sich.« Er deutete auf ein Regal. »Da sind die harten Sachen, falls Sie die brauchen.«

»Wann geht Ihre Tochter für gewöhnlich ins Bett?«

»Oh. Kimmy ist nicht ...« Er lachte leise. »Was nehmen Sie pro Stunde?«

»Zu meinen besten Zeiten fünf Dollar die Stunde. Bei Kimmy ist es natürlich umsonst.«

»Das paßt gut, da sie gar nicht hier ist.« Sie verließen die Küche. »Das Sofa«, verkündete er, als er davor her ging. »Da lege ich mich meistens hin, wenn ich nach Hause komme. Der Fernseher.« Er beugte sich über den Beistelltisch, nahm die Fernbedienung und schaltete den Fernseher zur Demonstration an und aus. Er lächelte ein wenig schuldbewußt.

Alison folgte ihm ins Schlafzimmer. Er schaltete das Licht an. »Sie können ruhig duschen oder so«, sagte er und wurde leicht rot.

»Ich könnte eine Dusche gebrauchen.«

»Handtücher und diese Sachen sind in der Kommode da.«

Er nickte, als sie an einem dunklen Zimmer vorbeikamen. »Kimmys Zimmer. Ihr Bett dürfte Ihnen aber ein bißchen zu klein sein.«

Er öffnete die Tür eines Wäscheschranks und nahm Bettwäsche und ein Kopfkissen heraus. Dann ging er in sein Schlafzimmer. Er schaltete das Licht an. Das Bett war ungemacht. Alison vermutete, daß er geschlafen hatte, als er angerufen worden war.

Er ging zum Bett hinüber. »Soll ich beim Beziehen des Bettes mit anfassen?« fragte er.

»Ich kümmere mich schon darum«, meinte Alison.

»Nun ...«

»Das ist keine Sache«, sagte sie. »Dann habe ich wenigstens etwas zu tun, wenn Sie weg sind.« Es war eine Ausrede. Sie hatte nicht die Absicht, sein Bett zu benutzen und ihn damit zu zwingen, auf dem Sofa zu schlafen, wenn er nach Hause kam, nachdem er Roland zur Strecke gebracht hatte.

Jake legte das Bettzeug und das Kissen am Ende des Bettes ab. Er verschwand fast im Kleiderschrank. Als er wieder auftauchte, hielt er ein Schrotgewehr in den Händen. »Haben Sie mit so einer schon einmal geschossen?«

Alison nickte. »Ich war ein paar Mal mit meinem Vater auf Entenjagd. Sogar mehr als ein paar Mal.«

Er reichte ihr das Schrotgewehr.

Sie nahm es in die Hand. Sie öffnete den Hahn weit genug, um zu sehen, daß eine Patrone im Lauf steckte, dann schloß sie ihn wieder.

»Da sind noch drei weitere im Magazin«, sagte Jake.

»In Ordnung.«

»Behalten Sie sie in der Nähe. Nur erschießen Sie mich nicht aus Versehen, wenn ich zurückkomme.«

Alison lächelte.

Sein Gesicht verlor plötzlich alle Farbe.

»Was ist los?«

»Vielleicht war das kein so guter Rat.« Er setzte sich auf das Bettende und sah sie nachdenklich an. »Ich will, daß Sie die Schlafzimmertür abschließen, bevor Sie Schlafen gehen. Wenn ich versuche, mir gewaltsam einen Weg hinein zu bahnen, dann benutzen Sie das Gewehr.«

»Sind Sie irre?«

»Ich gehe nicht davon aus, daß so etwas passiert, aber ... Wenn Sie morgen früh aufstehen und ich bin hier, dann halten Sie mich mit dem Gewehr in Schach, bis ich mir das Hemd ausgezogen habe. Dann sehen Sie sich meinen Rücken gut an. Wenn da ein Wulst an meinem Rücken ist, so als hätte ich eine Schlange unter der Haut, dann erschießen Sie mich. Versuchen Sie, den Wulst zu treffen. Wenn Sie das Ding nicht sofort erwischen, wird es wahrscheinlich aus mir herausbrechen, sobald ich tot bin und sich auf Sie stürzen.«

Sie starrte Jake an.

Er meinte, was er sagte.

»Guter Gott.«

»Es ist die *Invasion der Körperfresser*«, sagte er. »Nur leider ist es Wirklichkeit. Dieses Schlangending saß im Rücken von dem Kerl, der versucht hat, Celia zu überfahren. Es ist dann Donnerstag abend in diesen Ronald Smeltzer drüben im Oakwood gelangt, kurz bevor er seiner Frau den Schädel weggepustet hat. Und jetzt, da bin ich mir ziemlich sicher, ist es in Roland. Es ist irgendeine Art Parasit, der die Kontrolle über Menschen ergreift und sie zu Mördern macht. Es wäre denkbar, daß es mich erwischt, wenn ich Roland gestellt habe. Ich habe ganz bestimmt nicht die Absicht, ihm dazu Gelegenheit zu geben, aber ... tun Sie uns beiden einen Gefallen und erschießen Sie mich, wenn ich mit diesem Ding hereinkomme. Und versuchen Sie, auch das Ding zu töten. Oder sorgen Sie wenigstens dafür, daß es nicht in Ihre Nähe kommt.«

Alison war wie betäubt.

Jake stand auf. »Alles in Ordnung?«

Sie starrte ihn an.

Er stellte sich direkt vor sie und legte ihr die Hände auf die Schultern. »Es tut mir leid. Ich mußte es Ihnen sagen.«

Das Gewicht des Schrotgewehrs zog ihre Arme nach unten.

Er nahm es ihr ab, faßte sie sanft am Ellbogen und führte sie durch den Flur ins Wohnzimmer. Er geleitete sie zum Sofa. Sie setzte sich. Er stellte das Schrotgewehr neben ihr ab, ging hinaus und kam wieder.

»Vielleicht hilft das hier«, sagte er. Er drückte ihr einen Krug Bier mit einer ordentlichen Schaumkrone in die Hand. Dann riß er eine Tüte mit Kartoffelchips auf und stellte sie auf das Kissen, so daß sie direkt neben ihrem Bein lehnte.

Sie roch die appetitlichen Düfte des Biers und der Chips. Sie erkannte am Geruch, daß es sich bei den Chips um Sauerrahm mit Zwiebeln handelte.

Helens Lieblingssorte.

Sie sah Jake an.

Er zwang sich zu einem dünnen Lächeln, aber in seinen Augen stand die Trauer. »Alles wird wieder gut«, sagte er. Dann hockte er sich vor sie hin.

»Alison?«

»Ja?«

»Sie sehen ganz schön fertig aus.«

»Ich komme schon klar«, sagte sie. »Es dauert eine Weile.«

»Was ich Ihnen gerade gesagt habe, bleibt unter uns, haben Sie das verstanden? Wenigstens bis Dienstag. Dann werden wir es der Öffentlichkeit mitteilen.«

»Niemand wird Ihnen glauben.«

»Aber Sie tun es.«

»Ich wünschte, ich täte es nicht.«

Jake legte eine Hand auf ihr Knie. »Schlafen Sie gut.«

Sie drückte ihre Hand auf seine. »Passen Sie auf sich auf. Und kommen Sie heil zurück.«

# 32

Der Flur im zweiten Stock des Wohnheims war leer. Nur ein paar der Neonröhren brannten als Notbeleuchtung und verbreiteten ein kühles, desolates Licht, das Jakes Unwohlsein noch verstärkte. Lichtstreifen drangen unter einigen der Türen hervor. Jake hörte Musik aus einem der Zimmer und das Plätschern einer Dusche aus dem Waschraum.

Er blieb vor Rolands Tür stehen. Durch den Türspalt unter der Tür drang kein Licht. Er zog seine Brieftasche hervor und nahm eine dünne Plastikschachtel heraus. Aus der Schachtel holte er einen Dietrich und einen Drehmomentschlüssel.

Die Einbruchswerkzeuge waren ein Geschenk von Chuck, der ihm für einen Sechserpack das Einbrechen beigebracht hatte.

Jake hatte nie vorgehabt, die Dinge für einen Einbruch zu benutzen. Trotzdem hatte er sie die letzten zwei Jahre in seiner Brieftasche mit sich herumgetragen, vor allem, um Chuck glücklich zu machen, aber auch, weil er sich einredete, daß sie ihm einmal nützlich sein konnten, wenn er sich je selbst aussperren würde. Vor kurzem hatte er sein eigenes Haustürschloß ein paar Mal vor Kimmy damit geöffnet, weil sie das aufregend fand.

Die Übung machte sich jetzt bezahlt. Nach weniger als einer Minute klickte Rolands Schloß und Jake schob die Tür einen Zentimeter weit auf.

Er verstaute seine Einbruchswerkzeuge wieder.

Er rechnete nicht damit, daß Roland im Zimmer war. Er hatte keinen gelben Käfer auf dem Parkplatz vor dem Wohnheim gesehen und Roland mußte klar sein, daß Alison der Polizei seine Adresse verraten hatte. Aber der Kerl war verletzt. Er mußte sich irgendwo verkriechen, vielleicht sogar in seinem Zimmer.

Jake zog seinen Revolver, duckte sich gegen die Wand und stieß die Tür auf. Sie schwang auf und blieb stehen, als sie gegen etwas stieß. Er lauschte, hörte aber nichts.

Er langte um den Türrahmen und fand den Lichtschalter.

Licht fiel in den Flur hinaus.

Er hechtete in den Raum.

Und sah niemanden.

Das Zimmer hatte einen Linoleumbelag und einen abgewetzten hellbraunen Teppich in der Mitte. Weder auf dem Fußboden noch auf dem Teppich waren Blutspuren.

An beiden Seiten stand ein Bett. Eines war gemacht, das andere nicht. Am Kopf von jedem Bett stand ein Tisch mit einem einfachen Stuhl. An der ihm gegenüberliegenden Wand waren Regale bis auf halber Höhe angebracht, darüber reichte das Fenster bis zur Decke.

Jake schloß die Tür hinter sich.

Er stand zwischen zwei Holzwänden, die offenbar die Seitenwände von zwei identischen Kleiderschränken waren.

Wenn Roland im Zimmer war, hatte er sich versteckt. Unter einem der Betten oder in einem der Schränke.

Jake behielt die Tür im Rücken und ließ sich auf alle viere nieder. Unter beiden Betten lagen Koffer. Blieben nur die Schränke.

Jake richtete sich wieder auf. Er sprang vorwärts und wirbelte herum, behielt mit seinem Revolver gleichzeitig beide Schränke im Schußfeld. Die Schiebetüren beider Schränke waren offen. Damit war die Hälfte jedes Schrankes außer Sicht.

Jake trat an den zu seiner Linken, duckte sich und spähte unter den aufgehängten Kleindungsstücken hinduch. Da war niemand. Er ging seitwärts zum anderen Schrank. Die Bügel waren leer und er hatte einen guten Blick in den düsteren Innenraum.

Nachdem er sich davon überzeugt hatte, daß niemand im Zimmer war, steckte er den Revolver wieder ein.

Wenn das hier Rolands Schrank war, wo war dann seine Kleidung? War er bereits hier gewesen, hatte gepackt und war geflohen? In seinem Zustand schien es eher unwahrscheinlich, daß er wegen seiner Sachen noch einmal zurückkommen würde. Und es war ja auch kein Blut da.

Er erinnerte sich an die Gepäckstücke und kroch unter das nächste Bett, um den Koffer hervorzuziehen. Er war nicht verschlossen. Der Koffer war randvoll mit zusammengefalteten Kleidungsstücken. Das T-shirt oben auf hatte einen Schriftzug. Er nahm es heraus, schüttelte es auf und las GHOULS JUST WANT TO HAVE FUN.

Jake legte das T-Shirt wieder weg und schob den Koffer unter das Bett.

Es schien, als wolle Roland verreisen.

Er wollte die Stadt verlassen, bevor die Polizei ihn faßte. Vielleicht hatte er vor, über die Landstraßen zu reisen wie dieser Unbekannte in seinem Lieferwagen, zu morden, wann immer sich eine Gelegenheit fand, und hinter sich eine Spur halbzerfressener Leichen und flacher Gräber zurücklassen.

Aber er war nicht gekommen, um seinen Koffer zu holen.

Noch nicht.

*Er kommt auch nicht mehr*, entschied Jake. *Er hat ein Auge verloren, vielleicht hat er auch einen Hirnschaden durch Alisons Daumen davongetragen, und ihm fehlen zwei Finger durch Rex Davidsons Kugel. Er hat eine Stichwunde in der Brust, obwohl die wohl eher nebensächlich ist. Aber zumindest steht er unter Schock und ist durch den Blutverlust geschwächt. Das letzte, woran der jetzt denkt, ist sein Koffer.*

*Wenn er überhaupt noch denkt. Vielleicht ist er schon tot.*

Jake setzte sich auf die Bettkante. An der Wand ihm gegenüber hing ein Poster von einer Schauspielerin, Heather Locklear. Er starrte die langen, schlanken Beine an und seine Gedanken wanderten zu Alison.

*Vielleicht war es keine so gute Idee, sie allein zu lassen.*

*Es kann ihr nichts passieren.*

*Wie kannst du dir da so sicher sein?*

*Vielleicht sollte ich zurückfahren.*

*Das Beste, was du für sie tun kannst, ist es, Roland zu fassen. Bevor er stirbt und das verdammte Schlangending sich in jemand anderem einnistet.*

Auf dem Regalbrett unter dem Poster stand ein gerahmtes Familienportrait. Der junge Mann auf dem Foto war wahrscheinlich Rolands Zimmergenosse Jason, der Kerl, der mit Celia verschwunden war.

*Vielleicht hat Roland auch ein Foto von sich*, dachte Jake. Er sah über seine Schulter. Die Wand war mit bizarren Bildern bepflastert, die wohl aus Magazinen stammten. Die meisten sagten Jake nichts, aber er erkannte eines, daß Janet Leigh in der Duschszene aus *Psycho* zeigte. Und Freddy, den Massenmörder mit der Federboa und dem Handschuh mit den langen Klingen an den Fingern aus *Nightmare on Elm Street*. Dann ein fürchterlich fetter Kerl, der eine Kettensäge über dem Kopf hielt. Und eine Gruppe verwester Zombies, die auf einem abgerissenen Arm kauten.

Jake schüttelte den Kopf. Das Schlangending hatte sich wirklich den passenden Wirtskörper ausgesucht. Zufall?

Er erinnerte sich daran, daß er eigentlich in Foto von Roland suchte. Wenn er wußte, wie der Kerl aussah, war das eine große Hilfe.

Er stand auf und durchquerte den Raum. Der Schreibtisch war leer bis auf eine Flasche Klebstoff und eine Schere. Jake ließ sich auf den Stuhl fallen, öffnete die Schreibtischschublade und erstarrte.

Er hatte sein Foto von Roland gefunden. Und ihm wurde schlecht dabei.

Körperteile umschwebten das geiernde Gesicht: zahllose Brüste, Rümpfe, Ärsche, Vaginen und ein paar Arme und Beine.

Die waren nicht aus Magazinen ausgeschnitten. Von der Dicke her mußten das Fotos sein.

Der einzige Teil weiblicher Anatomie, der nicht um Rolands Kopf kreiste, war ein Gesicht.

Ein Schweißtropfen fiel auf Rolands linkes Auge. Jake tupfte ihn mit dem Ärmel weg, dann wischte er sich über die Stirn.

Er nahm das Bild aus der Schublade. Darunter lag der Bilderrahmen.

Roland hatte es also noch nicht wieder in den Rahmen gesteckt, nachdem er mit seinem Kunstwerk fertig war.

Der Papierkorb stand zwischen den beiden Schreibtischen an der Wand. Jake beugte sich über ihn. Auf dem Boden der weißen Mülltüte lagen Schnipsel. Er schüttete den Papierkorb aus, setzte sich auf den Boden und suchte.

Die meisten der Bilder hatten kein Gesicht. Der Fotograf war offensichtlich mehr an ihren unteren Körperpartien interessiert gewesen – die alle ausgeschnitten worden waren, wobei meist auf die Extremitäten verzichtet worden war.

Jake fand drei Bilder, die auch das Gesicht des Mädchens zeigten. Auf allen dreien war es das gleiche Mädchen.

Es war nicht Celia.

Und sie war nicht tot. Zumindest nicht, als die Bilder gemacht wurden. Sie grinste; sie leckte sich über die Lippen. Auf einem saugte sie an ihrem Mittelfinger.

Jake steckte sich eines der Fotos mit dem Gesicht des Mädchens in seine Hemdtasche. Er fegte die übrigen Schnipsel mit der Hand zusammen und schüttete sie in den Papierkorb zurück.

Morgen würde er sich einen Durchsuchungsbeschluß besorgen. Das Zimmer würde fotografiert und Zentimeter für Zentimeter durchsucht werden. Jedes Teil würde katalogisiert und kategorisiert, jede Oberfläche auf Fingerabdrücke überprüft, der ganze Raum durchgesaugt auf der Suche nach Haaren, Stoffresten und anderen Partikeln, die Roland belasten konnte.

Jake nahm das Foto mit und ging.

Nachdem er das Wohnheim verlassen hatte, fuhr Jake die Straßen um den Campus ab, auf der Suche nach einem gelben VW-Käfer mit einem Wimpel an der Antenne. Er erwartete nicht wirklich, ihn zu finden und wollte eigentlich lieber nach Hause, um sich davon zu überzeugen, daß Alison in Sicherheit war, aber es war seine Pflicht, danach zu suchen.

Zuerst die Straßen in der Nähe des Campus, dann das Oakwood Restaurant.

Er fürchtete den Gedanken, da hinauszufahren und das dunkle Gebäude zu betreten. Je länger er aber über die Straßen fuhr, desto größer wurde die Gewißheit, daß Roland wohl zum Oakwood gefahren war. Die verdammte Kreatur schien es an den Ort zurückzuziehen. Da hatte sie auch ihre Eier abgelegt.

Jake wußte, daß er versuchte, Zeit zu schinden. Er bog in die Summer Street ein, die nördlich am Campus vorbeiführte.

Er überlegte, zuerst nach Hause zu fahren und sich seine Lederkluft anzuziehen, bevor er zum Oakwood Restaurant heraus fuhr. *Ich gehe da nicht ohne meine Stiefel und die Ledersachen hin.* Roland war vielleicht tot. Und das Ding auf der Suche nach einem anderen Wirt.

*So habe ich auch die Chance, Alison zu sehen.*

Er überlegte, ob sie wohl schon schlief.

Er warf einen Blick in eine Seitenstraße, sah einen VW am Straßenrand und trat auf die Bremse. Er blickte in den Rückspiegel. Die Straße hinter ihm war leer. Er fuhr zurück, hielt an und besah sich den Wagen.

Er stand unter einer Laterne, aber die Neonröhre war kaputt und es war dunkel. Jake konnte nicht sehen, welche Farbe der Wagen hatte.

Aber es hing ein Wimpel an der Antenne.

Das ist er.

Mit klopfendem Herzen wendete er. Er fuhr direkt auf den Wagen zu. Seine Scheinwerfer erfaßten ihn und badeten ihn in Licht.

Gelb.

Jemand saß auf dem Fahrersitz.

Jake starrte verblüfft durch die Windschutzscheibe.

Der Mann in dem Käfer bewegte sich nicht. Die linke Seite seines Gesicht wirkte schwarz im Schein der Scheinwerfer.

Das mußte Roland sein.

Jake öffnete seine Tür. Er hockte sich dahinter, zog den Revolver und zielte. »Verlassen Sie den Wagen!«

Roland reagierte nicht.

Jake wiederholte den Befehl.

Roland regte sich immer noch nicht. Er war tot, bewußtlos, oder er tat zumindest so.

Jake verließ den Schutz seiner Tür. Mit Roland im Visier ging er langsam vorwärts. Er versuchte, ihn durch die Scheibe im Auge zu behalten, ertappte sich aber dabei, wie sein Blick immer wieder auf den Asphalt vor sich glitt.

Wenn er doch nur seine Stiefel anhätte. Seine Knöchel schienen ihm schutzlos, trotz der Socken.

Ihm fiel die Machete im Kofferraum seines Wagens ein. Er blieb stehen und überlegte, ob er sie holen sollte.

Der Kotflügel des VW war nur noch zwei Meter vor ihm. Er starrte auf die Dunkelheit dahinter.

Auf Roland.

Sein rechtes Auge war geöffnet. Es schien ihn anzusehen.

*Der Kerl ist tot. Die verfluchte Schlange kann überall sein.*

*Zum Beispiel unter dem Auto. Vielleicht wartet sie nur darauf, daß ich nahe genug herankomme.*

Jake fühlte, wie sich seine Nackenhaare sträubten.

Er ging zurück, trat an seinen Kofferraum und suchte in seinen Taschen nach den Autoschlüsseln. Er fand den für den Kofferraum. Ohne hinzusehen fummelte er ihn in das Schloß und drehte ihn um. Die Haube schwang auf und nahm ihm die Sicht. Er griff nach der Machete und rammte die Haube wieder herunter.

Roland hatte sich nicht bewegt.

Jake sah nichts über den Asphalt auf sich zugleiten.

Mit der Machete in der rechten Hand und dem Revolver in der linken sprang er auf den Bordstein und näherte sich dem Käfer von der Beifahrerseite, bis er nah genug heran war, um zu sehen, daß das Fenster hochgekurbelt war. Dann rannte er auf die Straße hinaus. Auch das Fenster auf der Fahrerseite war geschlossen.

Egal ob Roland tot oder lebendig war, das Schlangending war immer noch im Auto. Wahrscheinlich. Entweder in Roland, oder gefangen im Inneren des Wagens.

Jake ging nahe zur Fahrertür und spähte hinein. Er sah das klaffende Loch, wo Rolands linkes Auge sein sollte, und blickte schnell wieder weg.

Roland war in dem Sitz zurückgesunken, die Vorderseite seines Hemdes war blutverschmiert und der Kopf leicht seitlich an die Kopfstützen gelehnt. In dieser Haltung hatte Jake keine Möglichkeit, seinen Rücken zu kontrollieren.

Die Scheinwerfer ließen die untere Hälfte des Wageninneren im Dunkeln. Wenn das Wesen sich auf den Sitzen oder auf dem Boden befand, konnte Jake es nicht sehen.

Es gab nur eine Möglichkeit, zu überprüfen, ob es immer noch auf Rolands Rücken saß: Die Tür öffnen, ihn nach vorn zerren und nachsehen.

*Nein.*

*Niemals.*

Jake verstaute die Pistole. Er behielt Roland im Auge, während er zu seinem Wagen zurückging, einstieg und eine Streichholschachtel aus dem Handschuhfach nahm. Dann stieg er wieder aus, ging zum Kofferraum und nahm den Benzinkanister heraus.

Er schüttete Benzin auf den Straßenrand neben den VW, auf die Straße dahinter, an der Fahrerseite vorbei, vor dem Wagen her, bis er wieder zum Straßenrand kam, in einem geschlossenen Kreis. Dann übergoß er den Wagen, tränkte ihn mit der stechenden Flüssigkeit, die in kleinen Rinnsalen zu dem Kreis darum herum lief. Schließlich bückte er sich und spritzte Benzin in den Raum unter dem Wagen.

Er hörte auf, als der Kanister fast leer war. Er wollte einen Rest Benzin als Reserve behalten.

Er verschloß den Kanister. Dann sprang er aus dem Benzinkreis heraus. Er setzte den Kanister hinter sich ab, bückte sich, riß ein Streichholz an und warf es in die Benzinlache.

Eine niedrige, bläuliche Flamme mit gelben und orangenen Rändern züngelte in beide Richtungen davon. Sie fand Verbindungslinien und raste auf das Auto zu.

Jake nahm den Kanister und ging ein paar Schritte zurück. Als er auf der anderen Straßenseite angekommen war, stand das Auto lichterloh in Flammen. Er konnte die Hitze auf seiner Kleidung und seinem Gesicht fühlen. Das Feuer erleuchtete die Nacht, schimmerte auf den Blättern der angrenzenden Bäume, glühte von den Wänden und Fenstern der umstehenden Häuser zurück und spiegelte sich auf der Motorhaube und der Windschutzscheibe seines Wagens.

Ein Wagen, der hinter dem VW parkte, stand hoffentlich weit genug weg.

Er fragte sich, ob er seinen eigenen Wagen weiter wegfahren sollte. Oder selbst weiter weggehen.

Zischende, knisternde Geräusche kamen aus dem Feuer. Dann ein scharfes Knacken, bei dem Jake zusammenzuckte. Er hörte Glas auf dem Asphalt bersten.

»Gott«, stöhnte er.

Er rannte vorwärts, bis die Feuerwand ihn aufhielt. Er beschirmte die Augen und starrte auf den großen, keilförmigen Spalt in der Windschutzscheibe.

Es kam nichts heraus.

Während er zusah, verzehrten die Flammen Roland. Sie krochen von unten hoch, liefen über sein Gesicht und entzündeten sein Haar. Jake würgte, als das Gesicht verbrutzelte und verkohlte. Dann wurde der schreckliche Anblick durch dichten Rauch verdeckt.

Jake hörte entfernte Rufe: »Feuer!«

Auch die anderen Fenster barsten jetzt.

Er rannte mit erhobener Machete um den Wagen herum und starrte durch den Rauch auf die offenen Fenster. Qualm strömte heraus, aber nichts anderes.

Noch nicht.

Der Benzintank des Wagens explodiert mit einem gedämpften Knall. Jake stolperte nach hinten, als die Hitzewelle über ihn hinwegbrandete. Ein Glassplitter flog an seiner Wange vorbei. Ein anderer durchbohrte sein Bein. Er zog ihn heraus. Der Wagen zitterte immer noch nach der Explosion.

Jetzt war es ein Inferno.

*Das Mistviech ist gebraten*, dachte Jake. *Verbrutzelt. Erledigt.*

Erst jetzt bemerkte er ein paar Leute, die von der anderen Straßenseite zusahen. Er drehte sich um. Auf dem Rasen vor dem Mietshaus standen auch Leute. Er ging einen Schritt auf zwei junge Männer zu, wahrscheinlich Studenten. Der eine trug einen Bademantel, der andere nur Boxershorts. Beide wichen vor ihm zurück. Ist ja auch kein Wunder, dachte Jake. Ich trage keine Uniform, dafür habe ich die Machete in der Hand.

»Ich bin von der Polizei«, rief er ihnen zu. »Einer von euch sollte die Feuerwehr anrufen.«

»Ich habe schon angerufen«, sagte eine Brünette im Pyjama. »Ich hoffe, da ist keiner in dem Wagen.«

»Niemand, der noch lebt«, sagte Jake.

»Wie ist das passiert?« fragte der Mann in den Boxershorts.

Jake schüttelte den Kopf. Dann drehte er sich um. Das Feuer loderte weiter. Ein paar der Zuschauer von der anderen Straßenseite schoben sich näher heran, um besser sehen zu können.

Als Jake auf die Straße lief, wichen einige vor ihm zurück und ein junges Paar drehte sich auf dem Absatz um und rannte davon. Die Frau schrie. Offenbar hatten sie nicht mitbekommen, daß er zur Polizei gehörte. Oder sie dachten gar nicht daran, jemandem zu trauen, egal ob Polizist oder nicht, der mit einer Machete auf sie zu rannte.

»Alle zurücktreten«, befahl Jake. »Die Feuerwehr ist auf dem Weg.«

»Da ist jemand in dem Wagen«, rief jemand und zeigte dahin.

»Zurücktreten«, wiederholte Jake.

Eine Frau drehte sich um, beugte sich vornüber und übergab sich.

»Treten Sie bitte alle zurück! Bleiben Sie auf dem Bürgersteig. Die Feuerwehr wird sofort hier sein!«

Ein Paar ignorierte seine Warnung. Sie standen vor dem Benzinkanister, beäugten ihn mißtrauisch und sprachen leise miteinander. Das Mädchen trug eine Pyjamajacke. Der Mann trug eine Pyjamahose. Das Mädchen hockte sich hin und griff nach dem Kannister.

*Oh verdammt*, dachte Jake. »Nicht anfassen!« bellte er ihnen entgegen. »Das ist Beweismaterial. Der Brandstifter hat vielleicht Fingerabdrücke hinterlassen.«

*Wie schlau*, dachte er.

*Blöder Trottel, warum hast du ihn nicht sofort wieder in den Kofferraum gepackt?*

Als das Mädchen zurücktrat, schob Jake die Klinge seiner Machete durch den Griff des Kanisters, hob ihn an und trug ihn zu seinem Wagen.

Das Ding mußte ja nicht noch länger offen herumstehen. Die Feuerwehrleute ließen sich vielleicht nicht so leicht beirren, und er würde ganz schön in Schweiß kommen, wenn er erklären sollte, warum er einen Wagen angezündet hatte, in dem noch ein Verdächtiger saß.

Bis er die Sirenen hörte, waren der Benzinkannister und die Machete sicher in seinem Kofferraum verstaut.

Die Feuerwehrleute stürmten mit chemischen Löschmitteln auf den Wagen los. Als die gröbsten Flammen gelöscht waren, zogen sie Rolands Leiche aus dem Sitz und auf die Straße. Zwei Feuerwehrleute gingen mit einem Feuerlöscher darüber, ließen ihn dann liegen und halfen ihren Kollegen bei dem brennenden Auto.

Jake sah sich die Leiche an. Sie qualmte noch. Es war ein verkohlter, gestaltloser Klumpen, der kaum noch Ähnlichkeit mit einem menschlichen Wesen hatte. Wenn er nicht zugesehen hätte, wie der Körper aus dem Wagen gezogen wurde, hätte Jake nicht sagen können, ob er jetzt auf dem Bauch oder auf dem Rücken lag. So wußte er aber, daß er mit dem Gesicht nach oben lag. Er hatte nur kein Gesicht mehr. Und keine Ohren. Keine Genitalien. Die Oberfläche war eine schwarze Kruste, die schaumige weiße Flecken hatte, wo noch Löschschaum klebte. Aus Rissen in der Kruste leckten Flüssigkeiten.

Als die zischenden Stöße der Feuerlöscher verstummten, hörte Jake das brutzelnde Geräusch aus dem Körper. Es klang wie Rippchen auf dem Grill.

Es roch aber nicht so.

Jake trat zurück und kämpfte mit dem Drang, sich zu übergeben.

Ein Feuerwehrmann tauchte auf und breitete eine Decke über dem Leichnam aus.

Unter der Decke stieg Rauch auf.

Jake wachte weiter.

Das Feuer war erloschen und der VW ein ausgebranntes Wrack, als der Wagen des Leichenbeschauers erschien. Die Männer blieben im Wagen, rauchten und warteten, wie es ihnen gesagt worden war, bis Applegate auftauchte.

Steve kam kurz darauf in seinem Lincoln Continental. Er trug einen Trainingsanzug und hatte seine Arzttasche dabei. Er kam auf Jake zu. »Was ist passiert?«

»Das ist unser Mann«, sagte Jake und nickte zu dem abgedeckten Leichnam hinüber. »Gestern abend hat er ein Mädchen ermordet und versucht, ihre

Mitbewohnerin zu vergewaltigen. Er hat Rex Davidson umgebracht. Es ist ziemlich wahrscheinlich, daß er unser Schlangending auf dem Rücken hatte, als er das getan hat.«

»Toll«, brummelte Steve. »Laß mich raten: Du willst, daß ich den Kerl hier auf der Stelle zerlege, um zu sehen, ob es noch in ihm ist.«

»Nicht schlecht«, sagte Jake.

»Scheiße.«

Steve ging zu dem Leichenwagen hinüber und sprach mit den Männern durch das offene Fenster. Sie stiegen aus.

Mit Handschuhen deckten sie die Leiche auf und legten sie in einen Leichensack. Sie zogen den Sack zu. Ein Mann holte eine Fernot-Trage aus dem Wagen. Sie hoben die sterblichen Überreste auf die Trage, rollten sie zu dem Wagen hinüber und schoben sie hinein.

»Ist das eine Einmann-Operation?« fragte Steve. »Oder habe ich das Vergnügen deiner Gesellschaft?«

»Ich bleibe bei dir.«

»Gratuliere zu der Entscheidung. Herzlichen Glückwunsch. Nimm dir eine Zigarre.«

Als die Zigarren angezündet waren, folgte Jake Steve in das Innere des Wagens. Er zog die Türen zu. Das Licht blieb an. Der Qualm der Zigarren strömte in die Lüftungsschlitze unter der Decke.

Steve kniete auf einer Seite des Leichensacks, Jake an seinem Ende mit dem Rücken zur Tür. Er zog seinen Revolver.

»Ja«, sagte Steve, »das wollte ich auch gerade vorschlagen.«

»Das Ding ist höchstwahrscheinlich tot«, flüsterte Jake. »Wenn es überhaupt in ihm drin ist.«

»Wenn es zwischen dem Rückgrat und der Epidermis geblieben ist, würde ich mit dir übereinstimmen. Aber nur einmal angenommen, daß das Ding einen Ausflug in den Magen dieses Kerls unternommen hat, als die Situation brenzlig wurde? Es hat sich durch Smeltzers Magen durchgefressen, die Säuren stellen also wohl kein Problem dar.«

»Der Kerl muß so an die fünfzehn Minuten gebrannt haben«, versicherte Jake.

Steve hob eine Augenbraue. »Außen verkohlt, in der Mitte roh. So habe ich meine Steaks am liebsten.«

Jake blinzelte Steve durch dein Zigarrenqualm an. »Wenn das Ding also tief in ihn hineingekrochen ist, könnte es noch am Leben sein?«

»Möglicherweise springlebendig.«

»Scheiße.«

Steve klemmte sich die Zigarre zwischen die Zähne, öffnete seine Tasche und nahm ein Paar Einmalhandschuhe heraus. Er öffnete den Reißverschluß des Leichensacks.

Trotz des Lüftungssystems des Wagens und trotz der qualmenden Zigarren nahm der Gestank, der von der verbrannten Leiche aufstieg, Jake den Atem. Seine Augen füllten sich mit Tränen, während er würgte, aber er sah genau hin und hielt den Revolver starr auf die Leiche gerichtet.

Steve schien der Gestank nichts auszumachen. Er beugte sich über die Überreste. Mit der Spitze eines behandschuhten Fingers erforschte er einen schwarzen Krater ein paar Zentimeter oberhalb der Leiste. »Ist der Kerl angeschossen worden?« fragte er. Seine Worte wurden durch die Zigarre zwischen seinen Zähnen verzerrt.

»Nur in die Hand.«

»Dann könnte das das Austrittsloch der Kreatur sein.«

»Kann das nicht von dem Feuer stammen?«

Steve zuckte die Achseln. Er drückte mit dem Finger. Die verkrustete Oberfläche über dem Krater zerkrümelte und sein Finger drang tief ein. Er tastete nach allen Seiten. »Nein«, sagte er und zog den Finger wieder heraus.

Dann faßte er an der anderen Seite des Leichensacks an, hob ihn hoch und zog ihn zu sich heran. Die Leiche rollte heraus und fiel kopfüber auf die Trage. Schwarze Krümel bröckelten ab.

Jake nahm den Revolver ganz kurz in die linke Hand, um sich die rechte an seiner Hose trockenzuwischen.

Steve betrachtete den Rücken der Leiche eine Weile. Dann nahm er ein Skalpell aus seiner Tasche. Er sah auf Jakes Revolver. »Versuch, nicht meine Hände zu treffen, wenn wir plötzlich einen ungebetenen Gast haben. Sie bedeuten mir sehr viel.«

»Was ist mit dem Austrittsloch auf der anderen Seite?«

»Wenn es eines ist.«

»Scheiße.«

»Fertig?«

Jake legte den Zeigefinger an den Abzug. »Nein, aber laß dich davon nicht abhalten.«

Steve drückte die Klinge des Skalpells an den Nackenansatz, schob sie hinein und zog nach unten.

»Oh Gott«, murmelte Jake, als er sah, wie die Kruste sich krümelnd über dem Einschnitt löste.

Nichts kam herausgeschossen.

Steve führte die Klinge wieder zum Nacken.

Er stieß die Spitze in den Schnitt und piekste hinein.

»Ich glaube, wir müssen uns keine Sorgen machen«, sagte er und grinste

Jake an. »Paß nur auf, daß es nicht aus seinem Arsch herausgeschossen kommt.«

»Danke.«

Steve legte das Skalpell zur Seite und benutzte beide Hände, um den Einschnitt zu vergrößern. Die schwarzen oberen Schickten knackten und zerbröselten mit dem Geräusch zertretener dürrer Blätter. Steve schob alle Finger seiner rechten Hand hinein. Nachdem er einige Zeit die Wunde ertastet hatte, sagte er. »Das Ding war hier, das stimmt. Ich kann eine deutliche Abtrennung der unteren Epidermis vom Muskelgewebe fühlen.«

Er nahm sein Skalpell wieder auf und schnitt einmal ganz am Rückgrat entlang. Er fühlte weiter mit seinen Händen.

»Ja«, sagte er.

»Das Ding war also in ihm, und jetzt ist es weg«, sagte Jake.

»So sieht es wohl aus. Hat einen Abgang durch das Loch im Bauch gemacht. Das ist meine berufliche Ansicht. Natürlich könnte das Ding immer noch in ihm drin sein ... sich in ihm verstecken, wenn man so will. Das können wir erst sicher wissen, wenn ich eine komplette Autopsie gemacht habe. Ich lasse ihn von den Jungs wieder einpacken. Wir legen ihn ins Kühlhaus und ich rufe dich an, damit du bei dem großen Ereignis dabei sein kannst. Obwohl – wie ich schon sagte, ich bin mir fast sicher, daß es zu diesem Zeitpunkt nicht mehr in ihm ist.«

»Wenn es das nicht ist«, sagte Jake, »dann ist das Ding jetzt entweder Asche im Inneren des Wagens, oder ... oder eben nicht.«

»Und wenn nicht, dann sucht es nach einem neuen Zuhause.«

»Oder hat schon eins gefunden.«

# 33

Die Türklingel weckte Alison auf. Sie hob ihr Gesicht aus dem Kissen und wendete den Kopf. Nach einem Moment der Orientierungslosigkeit fiel ihr ein, daß sie auf dem Sofa in Jakes Wohnzimmer lag. Die Lampen brannten. Es schien kein Licht durch die Gardinen, es war also noch nicht Tag.

Die Klingel schrillte wieder.

Sie warf die Decke von sich und setzte sich auf. Ein Halter ihres Negligés hing auf ihrem Oberarm. Sie schob ihn wieder an Ort und Stelle.

Die Vordertür war ein paar Zentimeter weit geöffnet, die Sicherheitskette straff gezogen.

Es fiel ihr ein, daß Jake sie angewiesen hatte, sich in seinem Schlafzimmer zu verbarrikadieren. Da sie ihm sein Bett nicht nehmen wollte, hatte sie beschlossen, auf dem Sofa zu schlafen. Sie hatte seine Warnung aber insoweit beachtet, daß sie die Sicherheitskette vorgelegt hatte, damit er nicht hereinkommen konnte, während sie schlief.

»Wer ist da?«

»Jake.« Ein Gürtel mit einem Revolver im Holster wurde durch die Öffnung geworfen und fiel zu Boden. »Ich gehe ein paar Schritt zurück. Holen Sie das Schrotgewehr, öffnen Sie die Kette, dann gehen Sie zurück und halten mich in Schach.«

»Einen Augenblick.« Sie nahm die Strickjacke von dem Wohnzimmertisch und zog sie über. Sie schloß den mittleren Knopf, damit ihre Brüste bedeckt waren. Die Schrotflinte lehnte am Tisch. Sie hob sie hoch und ging zur Tür.

Sie stieß die Tür zu. Dann sah sie an sich herunter.

Ihr Negligé war verdammt kurz. Sie wurde rot.

*Er hat mich schon vorher darin gesehen. Verdammt, er hat mich bisher in nichts anderem gesehen.*

Sie ließ die Sicherheitskette zurückgleiten und öffnete die Tür.

Jake stand auf dem Rasen. Er schüttelte den Kopf. »So können Sie mich nicht in Schach halten.«

Mit einem Achselzucken hob Alison den Lauf des Schrotgewehrs vom Boden. Sie umklammerte die Waffe mit beiden Händen. Aber sie zielte nicht auf ihn. Sie wich zurück.

Jake betrat das Haus und schloß die Tür.

Ein Miasma unangenehmer Gerüche kam mit ihm herein. Obwohl sie mehr als zwei Meter von ihm entfernt war, roch Alison Benzin, Zigarrenrauch, Schweiß und einen ekelerregenden süßlichen Gestank, den sie nicht einordnen konnte.

Jakes Gesicht und seine Kleidung waren rußverschmiert. Eines seiner hellbraunen Hosenbeine war am Schenkel eingerissen und blutverklebt.

»Was ist mit Ihrem Bein passiert?«

»Ein Glassplitter. Keine große Sache.« Er zog sein Hemd aus dem Gürtel, knöpfte es auf und streifte es ab. Dann drehte er sich um.

Alison trat näher heran. Der Gestank wurde intensiver, aber sein Rücken war in Ordnung. Sie streckte die linke Hand aus und strich mit den Fingern über sein Rückgrat. Sie fühlte keinen Wulst. Seine Haut war kühl und feucht. »Abgesehen von dem Gestank sind Sie in Ordnung. Was ist passiert?«

Jake drehte sich um, um sie anzusehen. »Ich habe Roland gefunden. Er ist tot. Er war schon tot, als ich ihn gefunden habe.«

Alison nickte. Ihr war plötzlich übel und sie wußte nicht, ob das von dem fürchterlichen Gestank kam, den Jake hereingebracht hatte, oder von der Nachricht, daß Roland tot war. *Ich habe ihn umgebracht*, dachte sie. *Es ist gut, daß er tot ist. Ich war das. Es war Notwehr. Er hat es verdient zu sterben, nach dem, was er Helen angetan hat ... und was er vielleicht auch Celia angetan hat.*

»Ist er daran gestorben, daß ich ihm das Auge ausgequetscht habe?«

»Er hatte eine schwere Bauchverletzung, als wir ihn gefunden haben. Ich glaube, das war es, was ihm den Rest gegeben hat.«

»Eine Bauchverletzung? Ich habe ihn also nicht umgebracht?«

»Nein, nicht Sie.«

»Gott sei Dank.«

»Ich gehe lieber unter die Dusche, bevor Sie jetzt vor mir in Ohnmacht fallen. Sie haben eine leicht grünliche Farbe angenommen.«

Sie nickte: »Wo kommt der Gestank her?«

»Ich habe Roland in seinem Auto in einer Seitenstraße am Campus gefunden. Ich wollte kein Risiko mit dem ... erinnern Sie sich an das Schlangending, von dem ich Ihnen erzählt habe?«

»Ich glaube nicht, daß ich das so schnell vergessen werde.«

»Nun, ich habe Rolands Wagen mit Benzin übergossen und es angesteckt. Als er drin war.«

»Mein Gott.«

»Es ging darum, das Schlangending zu verbrennen. Danach habe ich Roland von dem Leichenbeschauer aufschneiden lassen, um zu sehen, ob wir es finden würden.« Jake schüttelte den Kopf. »Es war nicht in ihm drin. Wir vermuten, es hat ihn durch den Magen verlassen. Daher die Verletzung, die ihn dann wohl getötet hat. Es wußte, daß Roland am Ende war und ihm nicht mehr nützen würde.«

»Es ist aus ihm herausgeplatzt ... wie das Monster in *Alien*?«

»So ungefähr. Wir hoffen, daß Roland im Auto war, als das passiert ist. Die Fenster waren alle hochgekurbelt. Wenn das Ding also in dem Wagen eingesperrt war, dann ist es mit ziemlicher Sicherheit tot. Ich habe nachher in den Überresten gesucht. Ich konnte keine Spur von dem Ding finden, aber das heißt nicht viel. Vielleicht war nichts übrig als ein Häufchen Asche.«

»Es könnte also tot sein, ist vielleicht aber auch noch am Leben?«

»Wir gehen davon aus, daß es noch lebt, bis wir das Gegenteil wissen.«

»Und wenn es noch lebt?«

»Dann wird es versuchen, jemanden zu finden, in den es eindringen kann, und wir sind wieder ungefähr da, wo wir angefangen haben. Es tut mir leid. Ich wünschte, ich könnte Ihnen sagen, daß dieser ganze Mist zu Ende ist.«

»Vielleicht ist es das ja.«

»Ich würde ein Monatsgehalt darauf verwetten, daß das Scheißding tot ist. Aber ich würde nicht Ihr Leben darauf verwetten.« Er wischte sich mit dem Hemd durch das Gesicht und verschmierte dabei Schweiß und Asche. »Ich gehe jetzt lieber duschen.« Er ging an Alison vorbei in den Flur.

Als sie das Geräusch laufenden Wassers hörte, wurde ihr klar, daß sie sich nicht bewegt hatte, seit Jake das Zimmer verlassen hatte. Sie trug das Schrotgewehr zur Tür und lehnte es gegen die Wand. Sie legte die Sicherheitskette wieder vor.

Der ekelerregende Gestank stand noch im Zimmer. Sie suchte in der Küche, bis sie in einer Schublade Kerzen fand. Sie entzündete drei, ließ Wachs auf Bierdeckel tropfen und stellte die Kerzen aufrecht hinein. Sie brachte sie ins Wohnzimmer und stellte sie auf den Tisch.

Dann setzte sie sich auf das Sofa, lehnte sich zurück und legte die Füße auf den Tisch zwischen zwei der Kerzen.

Sie fragte sich, ob Jake nach dem Duschen noch einmal ins Wohnzimmer kommen würde. Vielleicht könnten sie zusammen etwas trinken.

Er hatte heute nacht selbst einen Alptraum durchmachen müssen. Zuerst Roland verbrennen und dann zusehen, wie der Leichenbeschauer ihn aufschnitt. Dieser eine Geruch, der wirklich üble ...

*Und er hat sich bei mir entschuldigt, daß er keine besseren Nachrichten für mich hat.*

*Vielleicht sind ihm die Kerzen unangenehm. Sie könnten ihn an das erinnern, was ihm vorher passiert ist.*

Alison schnüffelte. Die unangenehmen Gerüche schienen fast verschwunden. Sie pustete die Kerzen aus und brachte sie zurück in die Küche. Dann ging sie zur Haustür. Sie öffnete sie weit genug, um hinauszusehen, dann schloß sie

sie wieder, löste die Sicherheitskette und machte sie weit auf. Die frische Luft war wundervoll. Der Wind blies durch ihr Haar. Er war kühl und angenehm auf ihrem Körper. Sie öffnete die Strickjacke. Der Lufthauch liebkoste sie durch ihr Nachthemd, strich an ihren nackten Beinen hoch. Sie fühlte sich fast so gut wie vorher am Abend, als sie nackt an ihrem Schlafzimmerfenster gestanden hatte. Und dann verging das angenehme Gefühl, als die Erinnerung an das Aufwachen sie wieder packte, mit Roland über ihr. Stöhnend warf sie die Tür zu. Sie lehnte sich dagegen, den Kopf auf den überkreuzten Armen.

»Alison?«

Sie drehte sich um. Jake stand in einem Bademantel im Türrahmen.

»Ist alles in Ordnung?« fragte er.

»Nicht wirklich. Wie geht es Ihnen?«

»Besser.«

»Ich habe nur ein wenig frische Luft hereingelassen.«

Sie sah seinen Blick nach unten gleiten, dann wieder zurück auf ihr Gesicht. *Gerade noch rechtzeitig, um mein Erröten zu bemerken*, dachte sie.

»Ich glaube, ich sollte mich besser schlafen legen«, sagte Jake. »Wollen Sie nicht vielleicht doch tauschen? Ich bin sicher, mein Bett wäre weitaus bequemer für Sie.«

»Das Sofa ist völlig in Ordnung. Wirklich.«

»Ihre Entscheidung.« Er rieb sich das Kinn. »Na ja, wir sehen uns morgen früh, Alison. Gute Nacht, ja?«

»Ja. Ihnen auch.«

Er drehte sich um. Alison sah an sich herunter. *Da hat er wirklich was zu sehen bekommen, dachte sie. Er hat es bemerkt, aber er hat keine dummen Bemerkungen gemacht. Das war gut. Es wäre unangenehm gewesen, wenn er das als eine Art Einladung aufgefaßt hätte.*

*War es eine Einladung?* fragte sie sich plötzlich. *Wieso habe ich die Strickjacke nicht zugezogen, bevor ich mich zu ihm umgedreht habe? Wahrscheinlich denkt er jetzt, ich hätte das absichtlich getan.*

*Ich wette, deswegen hat er sich so schnell verabschiedet. Er ist hereingekommen, um vielleicht noch eine Weile mit mir zu reden, hat mich so gesehen und beschlossen, es wäre besser, einen schnellen Rückzug anzutreten.*

*Ich habe ihn verschreckt.*

*Bilde dir nur nichts ein*, schalt sie sich. *Er ist gegangen, weil er einen langen, harten Tag hinter sich hat, und weil er müde ist. Wahrscheinlich waren ich und mein Nachthemd ihm völlig egal.*

Sie zog die Strickjacke aus. Sie stand da, legte sie langsam zusammen und beobachtete den Flur.

Jake lag wahrscheinlich schon im Bett.

Alison ging leise durch den Raum und löschte das Licht. Sie brauchte das Licht jetzt nicht mehr, da Jake hier war.

Es war angenehm zu wissen, daß er im Haus war, nur ein paar Meter weit weg.

Alison legte sich auf das Sofa und deckte sich zu.

*Er hätte sich nicht so schnell verabschieden müssen*, dachte sie. *Wir hätten uns noch ein bißchen unterhalten können.*

Sie stellte sich vor, wie sie den Korridor herunter zu seinem Schlafzimmer ging. Ihn fragte, ob er schon schlafe. Ihm sagte, daß sie jetzt nicht allein sein wolle, noch nicht.

*Und warum kriechst du nicht sofort bei ihm ins Bett? Sicher. Du hast gerade mit Evan Schluß gemacht, weil er an nichts anderem als an Sex interessiert ist, und jetzt bist du scharf darauf, mit einem Kerl ins Bett zu hüpfen, den du überhaupt nicht kennst.*

*Bin ich nicht. Ich würde das nicht tun. Warum denke ich überhaupt an so etwas, nach allem, was heute nacht passiert ist?*

*Woran willst du sonst denken – an Helen?*

Sie sah Helen auf ihrem Bett, mit der verbogenen Brille ....

Die Vorstellung packte sie mit harten eisigen Fäusten. Sie schreckte auf und starrte zitternd in die Dunkelheit.

Als Jake aufwachte, war es taghell im Schlafzimmer. Er blinzelte den Wecker auf dem Nachttisch an. Fast zehn Uhr. Aber welcher Tag? Montag.

Er drehte sich auf den Bauch und drückte sein Gesicht in die weiche Wärme des Kissens.

*Du mußt aufstehen*, dachte er. *Du mußt – was? Dahin zurückgehen, wo du Roland gefunden hast, dich umsehen, mit den Leuten reden. Warum? Vielleicht haben sie etwas gesehen. Eine Schlange im Gras.*

Das schien zwecklos.

Aber er mußte etwas tun. Er mußte sich davon überzeugen, daß das Ding tot war. »Wenn es nämlich nicht tot ist, dann ist Alison ...«

*Sie ist hier. Sie schläft auf dem Sofa.*

*Und ich in meinem Bett. Wie ritterlich. Glückwunsch, Corey.*

*Du hast deine große Chance vertan.*

*Es wäre falsch gewesen. Ich hätte die Situation ausgenutzt.*

*Ich weiß*, dachte er. *Wenn ich das doch nicht so genau wüßte. Ich bin gestern abend mit dem Gedanken eingeschlafen, wie falsch das doch wäre ... und wie angenehm. Selbst wenn wir nicht mehr getan hätten, als uns nur im Arm zu halten, wäre es doch sehr schön gewesen.*

Er erinnerte sich daran, wie klein und verletzlich sie da hinter Barneys

Schreibtisch gewirkt hatte; wie sie den Kaffeebecher umklammert hatte, als sei es ein Talisman, der sie vor Schaden schützen könnte. Und wie sie in seinem Auto saß, mit dem Nachthemd, das kaum die Beine bedeckte. Und als er aus der Dusche gekommen war und ihre Strickjacke offen stand ...

Jakes Penis preßte sich schmerzhaft gegen die Matratze. Er rollte sich auf den Rücken, um den Druck zu mindern.

*Wie grotesk*, dachte er. *Der edle Ritter hat einen Ständer.*

*Es tut mir leid, Alison.*

*Alison, schöner Name. Alison Sanders.*

Er fragte sich, ob sie wohl noch schlief. Es wäre nett, sie auf dem Sofa schlafen zu sehen. Wahrscheinlich sah sie so friedlich aus wie ein kleines Kind. Aber er konnte sich doch nicht hineinschleichen und sie beobachten. Was würde sie denken, wenn sie aufwachte?

*Du kannst Kaffee kochen. Und ihr eine Tasse bringen.*

*Wir werden dann eine Zeit lang da sitzen, und uns unterhalten. Alison wird verschlafen sein, ihr Haar zerzaust. Vielleicht wird sie sich in die Bettdecke hüllen, dann braucht keiner von uns wegen ihrem Nachthemd verlegen sein.*

*Du könntest ihr deinen Bademantel leihen. Dann weiß sie, daß deine Absichten lauter sind.*

Jake schlug die Bettdecke zur Seite. Er rollte sich aus dem Bett und stand auf. Er trug seine Pyjamahose und sein Oberkörper war nackt. Obwohl seine Erektion zurückgegangen war, beulte sich das Vorderteil seiner Hose immer noch aus. Er wollte zum Kleiderschrank, um sich das Pyjamaoberteil anzuziehen, bevor er den Raum verließ und blieb unvermittelt stehen.

Alison lag schlafend auf dem Fußboden.

Sie lag zusammengerollt auf der Seite, mit einem Kissen unter dem Kopf. Ihre nackten Füße sahen unter der Bettdecke hervor, die sie bis zu den Schultern bedeckte.

Jake starrte auf das Mädchen herunter, verwirrt von ihrer Anwesenheit. Wenn sie nicht schlafwandelte, mußte sie hier mit Absicht hereingekommen sein, weil sie das Gefühl brauchte, in seiner Nähe zu sein. Sie mußte Höllenqualen gelitten haben, da in dem anderen Zimmer. Sie hatte einen Freund gebraucht. Und dann hatte sie sich hier hereingeschlichten und sich ihr Bett auf dem Fußboden gemacht, damit sie heimlich in seiner Nähe sein konnte.

*Ich hätte bei ihr bleiben sollen*, dachte er. *Ich hätte das merken müssen.*

Er hockte sich vor Alison hin. Haarsträhnen hingen ihr ins das Gesicht. Ihr Mund stand offen, der untere Mundwinkel in dem Kissen verborgen. So friedlich, wie sie da schlief, erinnerte sie Jake an Kimmy.

Kimmy hatte jedoch noch nie eine geschwollene, blau angelaufene Gesichtshälfte gehabt wie Alison.

Aber einen blauen Fleck auf dem Arm. Sie hatte ihn ihm gezeigt, als sie gestern im Jack-in-the-Box waren.

Er hätte Barbara einen blauen Fleck auf ihrem Arm verpassen sollen.

*Wenn sie Kimmy noch einmal etwas antut, schlepp ich sie vor den Kadi. Wie konnte die Schlampe nur ihre eigene Tochter schlagen? Wie konnte überhaupt jemand jemanden wie Kimmy schlagen?*

*Oder jemanden wie Alison?*

*Der Kerl, der das getan hat, ist tot. Ein Klumpen verbranntes Fleisch.*

*Er hat es verdient, der Basard. Er hat Alison geschlagen, hat versucht, sie zu vergewaltigen und zu töten.*

Jake streckte seine Hand aus und strich sanft das Haar aus der angeschwollenen und verfärbten Seite ihres Gesichts. Er legte es hinter ihr Ohr.

»Guten Morgen«, sagte Alison mit leiser, belegter Stimme. Sie drehte ihren Kopf und rollte sich leicht herum, bis ihr Hintern an die Bettkante stieß. Sie lächelte Jake träge an – aber nur mit der rechten Seite ihres Gesichts. Die malträtierte linke Gesichtshälfte bewegte sich kaum.

»Ich wollte dich nicht wecken«, sagte Jake.

»Hast du auch nicht. Ich war schon eine Weile wach.«

»Und dich tot gestellt?«

»Ein bißchen. Vor allem zu kaputt, um mich zu bewegen.«

»Der Fußboden ist hart«, sagte Jake.

»Das ist das geringste meiner Probleme. Ich fühle mich, als hätte mich ein Laster überfahren.«

»Du siehst aus, als wärest du von einem Laster überfahren worden.«

Die rechte Seite ihres Mundes kräuselte sich nach oben und entblößte ein paar Zähne. »So schlimm also?«

»Na ja, nicht ganz so schlimm. Eigentlich siehst du ziemlich gut aus, wenn man die Umstände bedenkt. Hast du hier unten gut geschlafen?«

»Nicht schlecht, wenn man die Umstände bedenkt. Du schnarchst, weißt du das?«

»Tut mir leid.«

»Das war beruhigend. So wußte ich, daß du noch da bist.«

»Wenn du ... Ich wäre auf meiner Seite des Bettes geblieben, weißt du. Ich hätte meine Hände bei mir behalten. Besonders dann, wenn ich überhaupt nicht wach geworden wäre.«

Sie lächelte ein wenig mit der funktionierenden Seite ihres Gesichts. Dann verschwand das Lächeln und sie sah ihm tief in die Augen. »Das werden wir jetzt nie erfahren«, sagte sie.

»Das werden wir jetzt nie erfahren«, erwiderte er nickend. »Wie wäre es mit Frühstück?«

»Gern.«

»Du kannst meinen Bademantel haben. Er liegt auf dem Stuhl neben der Tür.«

»Danke.«

Jake stand auf und ging zum Kleiderschrank. Er nahm das Pyjamaoberteil heraus. Er kehrte Alison den Rücken zu, während er es anzog und zuknöpfte. Dann drehte er sich um.

Sie saß im Schneidersitz auf dem Boden mit der Bettdecke über dem Schoß und den Knien. Sie schmiegte sich das Kissen vor die Brust. »Falls du etwas Anspruchsvolleres möchtest als Müsli oder so etwas, würde ich das gerne machen. Ich könnte schließlich auch etwas Sinnvolles tun.«

»Ich sollte dir vielleicht verraten, daß ich ganz gut kochen kann. Ich habe noch nichts anbrennen lassen ...«

Seit letzter Nacht.

Der Gedanke drängte sich ihm auf.

»Ich glaube dir gern«, sagte Alison, »aber ich werde dir zur Hand gehen. Wofür sonst sind Frauen da?« In ihren Augen spielte etwas, das Schalk sein mochte.

»Ich besorge dir eine Zahnbürste. Brauchst du sonst noch etwas?«

»Ich könnte etwas zum Anziehen gebrauchen«, sagte Alison und nahm einen Schluck Kaffee. »Ich fühle mich wie ein Krankenhauspatient, wenn ich so in meinem Nachthemd herumlaufen muß ... und in deinem Bademantel.«

»Ich könnte in deiner Wohnung vorbeifahren und ein paar Dinge mitbringen.«

»Wie lange hast du vor, mich hier zu behalten?«

»So lange wie möglich.«

Sie hob eine Augenbraue.

»Na ja, jedenfalls noch heute nacht.«

»Roland war hinter mir her«, sagte sie. »Nicht daß ich etwas dagegen hätte, hier zu bleiben – du hast einen gemütlichen Fußboden. Aber er ist tot, und er ist derjenige, der etwas von mir wollte. Also selbst wenn dieses Schlangending immer noch am Leben ist, gibt es keinen Grund, anzunehmen, daß es versucht, *mich* zu finden.«

»Ich hoffe, daß du recht hast. Aber es steckte in dem Fahrer des Lieferwagens, der Celia überfahren wollte, und dann war es in Roland, als sie verschwunden ist. Vielleicht ist das nur ein Zufall. Vielleicht ist es aber auch so, daß dieses Wesen die Opfer aussucht, egal in wem es gerade steckt.«

Alison verzog den Mund. Auf diese Theorie hätte sie verzichten können.

»Also bleibe ich solange von der Bildfläche verschwunden, bis du das Ding gefunden hast.«

»Bis wir wissen, was aus ihm geworden ist, so oder so.«

»In Ordnung.«

»Es tut mir leid.«

»Ist dir schon mal aufgefallen, daß du dich ziemlich oft für Dinge entschuldigst, für die du nicht verantwortlich bist?«

»Entschuldige.« Er grinste.

Alison gefiel dieses Grinsen. Sie hatte es noch nicht oft bei ihm gesehen. »Wenn du zurückkommst, muß ich dann wieder mit der Waffe auf dich zielen und mir deinen Rücken ansehen?«

»Ja.«

»Zumindest ist das eine gute Ausrede, die es dir erlaubt, vor mir dein Hemd auszuziehen.«

Jake trank seinen Kaffee aus, stellte die Tasse ab und wischte sich mit einer Serviette den Mund ab. »Ich muß los.«

Sie standen beide auf. Alison ging ihm voraus zur Tür. »Trägst du keine Uniform?«

»Meistens schon.«

»Ich würde dich gern mal drin sehen. Ich wette, du siehst darin richtig toll aus. Schmuck.«

»Ich habe gestern meinen Streifenwagen demoliert«, sagte er.

»Das war leichtsinnig.«

»Ja. Und ich finde, es sieht nicht gut aus, wenn ich in Uniform in meinem Privatwagen herumfahre.«

»Wann bist du zurück?«

Er schüttelte den Kopf. »Ich habe keine Ahnung. Das hängt davon ab, wie sich die Dinge entwickeln.«

»Ich frage nur, ob ich dir etwas zum Essen machen soll.«

»Ich will nicht, daß du mit dem Essen auf mich warten mußt. Machen wir es so: Wenn ich um sieben noch nicht wieder da bin, dann ißt du einfach ohne mich.«

»Na gut.«

Er ging an Alison vorbei und öffnete die Tür.

»Paß auf dich auf«, sagte sie.

»Du auch. Falls irgend etwas sein sollte – falls jemand Verdächtiges hier herumlungert, oder so – ruf in der Zentrale an und frag nach Barney. Er wird da sein und er kennt die ganze Geschichte.«

»In Ordnung.«

»Du findest dich zurecht?«

»Kein Problem, Jake. Mach dir keine Gedanken.« Er nickte und zögerte auf der Schwelle, als gehe er nur ungern. Dann begann er, sich umzudrehen. Alison berührte seinen Arm. Er sah ihr in die Augen. Sie trat auf ihn zu, umarmte ihn und legte ihren Kopf in den Nacken. Jake legte seine Arme um sie. Er hielt sie sanft und küßte sie auf den Mund. Als seine Lippen sich von ihr lösten, umfaßte er ihren Hinterkopf mit seiner Hand. Sie drückte ihr Gesicht an seinen Hals.

»Ich muß gehen«, flüsterte er, während er ihren Kopf streichelte.

»Ich weiß.« Alison drückte ihn fest, dann ließ sie los. »Wir sehen uns später.«

Er starrte sie an. Er küßte sie noch einmal, dann ging er.

Alison stand in der Tür und sah ihm nach, bis sein Wagen auf der Straße verschwand. Dann schloß sie die Tür und verriegelte sie. Sie legte die Sicherheitskette vor.

Sie lehnte sich mit dem Rücken gegen die Tür, schloß die Augen und gab sich noch einmal dem Gefühl seines Körpers an ihrem hin, seinen Lippen auf den ihren.

## 34

Nachdem er Barney über alles, was in der letzten Nacht passiert war, Bericht erstattet hatte, kehrte Jake zu seinem Wagen zurück. Er riß die Schnipsel ab, die Roland auf das Foto geklebt hatte.
Es war ihm unangenehm, weil er Beweismittel beschädigte, aber Roland war tot, es würde keinen Prozeß geben, und er wollte das Foto nicht herumzeigen, solange da Teile einer nackten Frau um den Kopf schwirrten. Nachdem er alles abgekratzt hatte, fuhr er wieder dahin, wo er den VW abgefackelt hatte.

Der Wagen war abgeschleppt worden und hatte nur noch schwarze Schmierstreifen und Asche zurückgelassen. Die durchsuchte er zuerst, indem er die Asche mit seinen Schuhen auseinanderschob. Er war sich nicht sicher, was er überhaupt suchte. Den verkohlten Kadaver des Dings? Die winzigen Überreste eines Skeletts, wenn es überhaupt eines hatte?

Danach schritt er die ganze Gegand ab und begutachtete den Asphalt, den Grasstreifen zwischen Straßenrand und Bürgersteig und den Bürgersteig selbst. Am Donnerstag hatte das Ding hinter dem brennenden Lieferwagen Blut auf dem Straßenbelag der Latham Road und im Unkraut dahinter zurückgelassen. Heute war aber nichts zu sehen.

Jake redete sich ein, daß das Ding wahrscheinlich in dem Wagen verbrannt war. Vielleicht sollte er später zum Schrottplatz hinüberfahren und noch einmal das Wageninnere durchsuchen. In Dämmerlicht der letzten Nacht konnte er leicht etwas übersehen haben. Außerdem war er übermüdet gewesen und wollte nach Hause. Er mußte die Suche noch einmal durchführen, gründlich und bei Tageslicht.

Mit dem Foto in der Hand ging er zu dem Mietshaus an der Ecke, um mit seiner Anwohnerbefragung zu beginnen.

Alison legte den Hörer auf, nachdem sie Gabby erklärt hatte, daß sie die nächsten Tage nicht zur Arbeit kommen werde. Er hatte im Radio von den Morden der letzten Nacht gehört und wie knapp sie davongekommen war, und war daher mitfühlend. Er sagte ihr, sie solle sich so lange frei nehmen, wie sie brauchte.

Sie mußte noch einen anderen Anruf tätigen. Der würde nicht so einfach sein. Aber er war notwendig.

Sie verwählte sich und legte auf, bevor es am anderen Ende klingelte.

Sie hatte Bauchschmerzen. Ihr Herz hämmerte. Es klopfte bis zum Hals hoch. Schweiß rann ihr den Rücken herunter. Sie stand auf, zog Jakes Bademantel aus, setzte sich dann wieder und wählte Evans Nummer.

Sein Telefon klingelte einmal.

»Hallo?« Er schien angespannt.

»Hallo. Ich bin es.«

»Alison? Mein Gott. Geht es dir gut?«

»Du hast von gestern nacht gehört?«

»Natürlich habe ich davon gehört. Verdammt. Ist bei dir alles in Ordnung?«

»Ich bin ein bißchen angeschlagen, aber sonst geht es mir gut.«

»Mein Gott, ich konnte es gar nicht glauben. Du hättest getötet werden können. Ich war krank vor Sorge, seit ich davon gehört habe. Ich bin nicht einmal zu meinen Vorlesungen gegangen. Du hättest mich anrufen sollen.«

»Ich habe dich angerufen. Gerade eben.«

»Ich habe die Hölle durchgemacht.«

»Entschuldige. Es war auch für mich kein Kinderspiel.«

»Wer war es? Wer hat das getan?«

»Ein Erstsemester namens Roland.«

»Jemand, den du kennst?«

»Ich habe ihn ein paarmal getroffen.«

»War er hinter dir her oder was ...«

»Wahrscheinlich.«

»Weswegen? Ich meine ...«

»Ich schätze mal, er wollte mich vergewaltigen und umbringen.«

»Guter Gott. Hat er ... hat er dich angefaßt?«

»Er hat mich nicht vergewaltigt.«

»Gott sei Dank. Hast du ... hast du dich zur Wehr gesetzt?«

»Ja.«

»Es ist meine Schuld. Ich hätte da sein sollen. Wenn du zugelassen hättest, daß ich dich nach Hause fahre ... du hättest nicht gehen sollen, weißt du. Die ganze Sache war nur ein Mißverständnis, wie ich schon gesagt habe. Du hättest letzte Nacht bei mir bleiben sollen. Dann wäre das alles nicht passiert.«

»Helen wäre es trotzdem passiert«, sagte sie. »Und selbst wenn ich die Nacht mit dir verbracht hätte, wäre ich früher oder später doch wieder nach Hause gegangen.«

»Du hättest bleiben sollen.«

»Bin ich aber nicht.«

»Wo bist du jetzt?«

»In Sicherheit.«

»Ja, ich weiß, daß du in Sicherheit bist – der Kerl ist schließlich tot, oder? Sie haben es in den Nachrichten gebracht, daß er bei einem Feuer umgekommen ist.«

»Ja.«

»Also wo bist du?«

»Das darf ich niemandem sagen.«

»Das ist bescheuert. Wer hat das gesagt?«

»Ein Polizist.«

»Gottverdammt. Was soll das alles?«

»Er glaubt, ich könnte immer noch in Gefahr sein.«

»Das verstehe ich nicht. Der Mistkerl ist tot, also? Wo soll da die Gefahr liegen?«

»Ich tue das, was man mir gesagt hat.«

»Seit wann?«

»Sei kein Arschloch, Evan.«

»Ich muß dich sehen.«

»Das kannst du nicht.«

»Alison. Wir müssen miteinander reden.«

»Wir reden miteinander.«

»Von Angesicht zu Angesicht.«

»Ich kann mich jetzt nicht streiten.«

Sie hörte ihn seufzen. Lange Zeit sagte er nichts. Schließlich brach Alison das Schweigen. »Ich wollte dir nur bescheid geben, daß es mir gut geht. Ich dachte, das sei ich dir schuldig.«

Als Evan wieder sprach, klang er bedacht. »Ich wußte wirklich nicht, daß du letzte Nacht geschlafen hast, als ich ... als ich dich angefaßt habe. Ich liebe dich, Alison. Wenn ich daran denke, was dir beinahe gestern abend passiert ist, bringt mich das um. Bitte, ich muß dich sehen. Bitte! Sag mir, wo du bist. Ich komme rüber und wir reden miteinander. Nur reden, versprochen!«

»Ich rufe dich morgen oder übermorgen an.«

»Nein, bitte Alison, ich bin vollkommen fertig. Ich habe die ganze letzte Nacht nicht geschlafen. Ich kann nicht anders, ich muß die ganze Zeit an dich denken. Ich verspreche, ich mache keinen Ärger. Ich muß dich einfach sehen, eine Weile mit dir zusammen sein. Ich flehe dich an.«

Alison schloß die Augen und lehnte sich in das Kissen zurück.

Das war schlimmer, als sie erwartet hatte. Evan klang am Boden zerstört, verzweifelt.

*Das ist meine Schuld. Ich habe ihm das angetan.*

»Ich glaube, wir könnten uns irgendwo treffen«, sagte sie schließlich. »Bei Wally?« Evan sagte nichts.

»Ist das in Ordnung?«

Alison hörte ein schwaches Klingeln am anderen Ende. »Ist da jemand bei dir an der Tür?«

»Ja«, flüsterte Evan. Es klingelte wieder.

»Du siehst besser nach, wer das ist.«

»Das interessiert mich nicht. Du kannst es nicht sein, also will ich das gar nicht wissen.«

»Ich warte solange.«

»Ich kann nicht an die Tür gehen. Ich habe nichts an. Ich bin gerade aus der Dusche gekommen.«

Es klingelte erneut.

»Wahrscheinlich ist es sowieso nur ein Vertreter.« Ein paar Augenblicke später sagte er: »Okay, er ist weg.«

»Ich sagte, wir könnten uns bei Wally treffen.«

»Das ist aber in aller Öffentlichkeit.«

»Deswegen ja. Ich will keinen Ärger.«

»Gott! Ja, in Ordnung. Bei Wally. Wann?«

»Wie spät ist es jetzt?«

»Ungefähr zwölf.«

»Ich brauche ein bißchen Zeit, um aufzuräumen und dahin zu laufen.«

»Ich kann dich abholen.«

»Nein, aber trotzdem danke. Wie wäre es mit halb zwei?«

»Gut. Ich spendiere das Essen.«

»Fein. Bis dann.« Sie legte auf. Sie wollte sich nicht mit Evan treffen.

Aber einigen Dingen mußte man sich stellen.

*So schlimm wird es schon nicht werden.*

*Es wird furchtbar. Ich muß ihm sagen, daß es vorbei ist, und ich muß es ihm ins Gesicht sagen, damit er wirklich begreift, daß das endgültig ist.*

*Es wird furchtbar werden, aber es wird vorüber gehen. Und dann ist das gegessen und ich kann wieder hierhin zurück und Jake wird kommen, früher oder später.*

*Jake.*

*Denk nur an Jake und der Rest wird nicht so schlimm sein. Er wird heute nacht hier sein.*

*Das führt zu nichts*, dachte Jake. Bei mehr als der Hälfte der Türen, an denen er klingelte, öffnete niemand. Die fehlenden Bewohner waren wohl entweder in Vorlesungen oder zur Arbeit.

Von denen, mit denen er reden konnte, hatten ein paar das Spektakel der letzten Nacht beobachtet, aber die meisten taten so, als wüßten sie von der ganzen Sache nichts. Keiner gab zu, den jungen Mann auf dem Foto zu kennen, obwohl sich drei ziemlich sicher waren, ihn schon mal auf dem Campus gesehen zu haben. Niemand hatte irgend etwas gesehen, weder in der gestrigen Nacht noch am heutigen Tag, das Ähnlichkeit mit einer Schlange hatte. Niemand hatte etwas Ungewöhnliches gesehen oder gehört, abgesehen von dem Aufruhr durch den Wagenbrand.

Es schien sinnlos, aber Jake gab nicht auf.

Er war an jeder Tür jeder Mietswohnung auf dieser Seite des Blocks gewesen, bis auf der an der Ecke. Es schien ihm unwahrscheinlich, daß jemand, der so weit von der Szenerie entfernt war, etwas bemerkt haben könnte. Aber er wollte es trotzdem probieren, bevor er auf der anderen Straßenseite sein Glück versuchte.

Bei den ersten beiden Wohnungen im Erdgeschoß kam niemand an die Tür. Bei der dritten hörte er drinnen Musik. Er klingelte.

Eine Frau Ende zwanzig öffnete die Tür. Sie war so groß wie Jake, mit einem Frottee-Stirnband, das das schwarze Haar bändigte, starken Augenbrauen, die sich fast in der Mitte trafen, hervortretenden Wangenknochen, vollen Lippen, einen hervortretenden Kinn und breiten Schultern. Ihre Brüste spannten den Stoff eines Oberteils, das aussah, als habe sie lediglich zwei dünne Stoffstreifen zusammengeknotet. Ihr Bauch war sonnengebräunt und flach, und ein paar Schweißtropfen bahnten sich einen Weg nach unten. Ihre Hüften waren so breit wie ihre Schultern. Statt Hosen trug sie etwas, das Jake an die Augenklappe eines Piraten erinnerte einen schwarzen Streifen, der bei den Hüften begann, ein schwarzes Satindreieck, das nicht ganz ausreichte, um die haarlose Scham zu bedecken.

»Es tut mir leid, Sie zu stören«, sagte Jake. »Es handelt sich um eine Polizeisache.« Er hielt ihr seinen Ausweis entgegen.

Sie sah auf die Marke, ignorierte den Ausweis und leckte sich den Schweiß aus dem Mundwinkel. »Immer herein in die gute Stube«, sagte sie.

Er trat in die Wohnung. Trotz des Ventilators und der offenen Fenster schien die Hitze hier schwüler als draußen. Die Frau wandte sich von ihm ab und Jake sah zu, wie sie zur Stereoanlage hinüberging. Ein schmaler schwarzer Streifen durchzog ihr Hinterteil und ließ die makellosen Hinterbacken bloß. Sie vibrierten bei jeder Bewegung.

Diese Aufmachung schien für sie so selbstverständlich wie ein Geschäftskostüm.

Jake wäre es lieber gewesen, sie hätte sich etwas übergezogen, um die vielen Blößen zu bedecken.

Die Frau drehte die Lautstärke herunter und sich zu ihm um: »Kann ich Ihnen einen Eistee anbieten?«

»Nein, danke.«

»Sam. Samantha Summers. Vielleicht wissen Sie das ja auch schon.«

Er schüttelte den Kopf. »Jake Corey«, gab er zurück. »Ich stelle hier in der Gegend Erkundigungen an über einen Vorfall letzte Nacht.«

»Sie sind also nicht da, um mich hopszunehmen?«

»Weswegen?«

Ihre vollen Lippen verzogen sich zu einem Lächeln. »Woher sollte ich das wissen? Wie wäre es mit Verderben der Jungend?«

»Sind Sie auf dem Gebiet besonders aktiv?«

»Manche Leute behaupten das. Ich bin Dozentin für Philosophie an der Universität.«

*Das ist ein Witz*, dachte Jake. *Warum hatte ich nie so einen Professor?*

»Vielleicht sollte ich mich auch wieder immatrikulieren.«

»Tun Sie das. Ich helfe Ihnen, Ihren Geist für das Unerwartete zu öffnen.«

»Ein paar Überraschungen weniger wären mir lieber.«

Sam setzte sich auf den Teppich vor ihm. Sie legte sich auf den Rücken, faltete die Hände hinter dem Kopf und begann mit Fitnessübungen. Ihre Beine waren gespreizt. Sie berührte mit dem Ellbogen das gegenüberliegende Knie, legte sich wieder zurück, richtete sich auf und berührte dann mit dem anderen Ellbogen das andere Knie. »Wie kann ich Ihnen helfen?« fragte sie, ohne innezuhalten.

*Zum Beispiel damit, daß Sie aufhören,* das *zu tun.* »Haben Sie diesen Studenten in der letzten Nacht gesehen?« fragte er und hielt das Foto von Roland über ihren Knien, während sie drei mal hintereinander vom Boden hochschnellte. Er versuchte, seine Augen auf der Rückseite des Fotos zu halten.

»Dracula«, sagte sie.

»Vielleicht hat er das tatsächlich von sich gedacht. Er ist tot.«

Sam unterbrach ihre Aktivitäten. Sie nahm Jake das Foto aus der Hand und setzte sich in den Schneidersitz. »Tot?«

»Er hat mindestens zwei Leute umgebracht. Das wissen wir genau. Vielleicht sind es aber auch mehr. Als ich ihn gestern nacht gefunden habe, war er tot.«

»Nun, ich habe ihn gesehen. Das war irgendwann nach eins. Vielleicht auch schon zwei.«

»Sind Sie sicher?«

»Das ist nicht gerade jemand, den man sofort wieder vergißt. Er ist mir auf die Nerven gegangen, weil er mir immer über den Campus nachgeschlichen ist. Er heißt Rupert oder so ...«

»Roland. Wo haben Sie ihn gesehen?«

»Ich war joggen. Ich jogge jeden abend zehn Kilometer.«

»Um ein Uhr nachts?«

»Ich liebe die Nacht.«

»Wo war er?«

»Den Block hoch. Ein junger Mann hat ihm in sein Auto geholfen.«

Die Worte trafen Jake wie ein Schlag in den Magen.

»Er schien ziemlich weggetreten. Ich bin davon ausgegangen, er sei betrunken. So wie es ausieht, kommen die meisten Studenten mit Alkohol nicht so richtig klar.«

»Und da war jemand bei ihm? Wissen Sie, wer das war?«

Ihre Augenbrauen verzogen sich nachdenklich. »Ich weiß nicht, wie er heißt. Ich weiß nur, daß er ein Doktorand an der Fakultät für Literatur ist, und zur Zeit auch Seminare gibt.«

»Wissen Sie, wo er wohnt?«

Sam schüttelte den Kopf. Sie gab ihm das Foto zurück.

»Ich muß ihn sofort finden. Es ist eilig.«

»Hat er etwas mit den Morden zu tun?«

»Das glaube ich nicht. Aber Roland hatte einen ... eine Infektion. Ich muß diesen Kerl finden, bevor der jemanden infiziert.«

»Wenn ich ein Universitätsjahrbuch hätte.«

»Sie haben keines?«

»Ich fürchte, nein.«

»Werden Sie noch eine Weile hier sein?«

»Ich bin meistens hier.«

»Ich bin in einer Viertelstunde wieder da.«

Professor Teal öffnete nicht, daher eilte Jake um die Ecke des Hauses und die Treppe hoch. Er durchtrennte die Polizeiabsperrung, benutzte sein Einbruchswerkeug und ließ sich ein.

Jedes der drei Mädchen konnte ein Jahrbuch haben. Aber dann erinnerte er sich, daß er bei der kurzen Untersuchung des Hauses in der letzten Nacht im Zimmer oben eine ganze Bücherwand gesehen hatte. Das mußte Alisons Zimmer sein, sie hatte erzählt, daß sie die Treppe hinuntergelaufen sei, um Helen zu warnen.

Oben auf der Treppe zur Mansarde starrte Jake auf das zerraufte Bett. Hier war es passiert, hier war sie aufgewacht und hatte mit Roland gekämpft, hier wäre ihr zerschundener Körper gefunden worden, wenn ... na, sie hatte den Kerl wenigstens richtig erwischt. Es war nur schwer vorstellbar, daß das gleiche Mädchen, das er heute morgen zusammengerollt am Fuß seines Bettes gefunden hatte, so wild werden konnte, daß es jemanden solche Verletzungen beibrachte.

Ihre Handtasche lag auf dem Boden vor Jakes Füßen. *Ich sollte sie ihr mitbringen, dachte er. Und vielleicht etwas zum Anziehen.*

Kleidungsstücke lagen verstreut auf dem Boden neben der Handtasche: Weiße Turnschuhe, in denen noch die Socken steckten, eine zerknitterte blaue Bluse, ein Büstenhalter mit durchsichtigen, spitzenbesetzten Cups, weiße Shorts, in denen noch der Slip steckte, so als habe sie beides mit einer Bewegung abgestreift.

Jake hob die Handtasche auf und starrte auf die Kleidungsstücke. Es war noch keine zehn Minuten her, da war er noch bei Sam gewesen. Der beeindruckenden Sam mit den winzigen Tüchern und der Augenklappe. Aber sie hatte Jake nicht einmal ansatzweise so angemacht, wie der Anblick von Alisons abgestreiften Kleidungsstücken.

*Verdammt*, rief er sich zur Ordnung, *das ist jetzt nicht der Zeitpunkt, sich aufzugeilen.*

Widerstrebend wandte er sich ab. Er ging zum Bett hinüber, legte die Handtasche weg und durchsuchte das Regal. Innerhalb von Sekunden hatte er drei Jahrbücher gefunden – schmale Bände, die ein paar Zentimeter höher waren als die meisten der anderen Bücher. Er zog sie heraus. Auf dem Titel war jedesmal der Name, das Wort *Chronik* und das Jahr geprägt. Der neueste Band war vom letzten Jahr. Jake schnaufte wütend. Er wollte die neueste Ausgabe. Dann fiel ihm ein, daß die *Chronik* von diesem Jahr wahrscheinlich erst noch gedruckt werden mußte.

Hoffentlich war der Kerl auch im letzten Jahr schon eingeschrieben gewesen.

Er warf die Bücher auf das Bett.

Er ließ sich auf die Knie herunter und fühlte unter dem Bett. Er fand einen Koffer und zog ihn hervor. *Dafür hast du jetzt eigentlich keine Zeit*, sagte er sich. *Du solltest mit den Büchern auf dem Weg zu Sam sein.*

*Es dauert doch nur eine Minute. Wenn ich das nicht jetzt mache, muß ich später extra noch einmal hierher fahren.*

*Du willst nur ihre Sachen durchstöbern*, wisperte ihm ein schwaches Stimmchen zu, das ihm nicht besonders gefiel.

Er trug den Koffer zu Alisons Kommode, setzte ihn auf dem Boden ab, und öffnete die Schublade.

In der obersten Schublade waren Nachthemden und Büstenhalter. Er griff sich eine Handvoll Schlüpfer, versuchte nicht daran zu denken, was er da in der Hand hielt, und stopfte sie in den Koffer. Er war versucht, ihr keine BHs mitzubringen, aber dann regte sich sein Gewissen und er packte zwei in den Koffer. In der zweiten Schublade waren Socken, Strumpfhosen und Slips. Er nahm die Socken. In der Schublade darunter fand er Sweat-Shirts, T-Shirts, Turnhosen und einen Overall. Er nahm ein T-Shirt, rote Shorts und den Overall. In der untersten Schublade lagen Pullover. Die würde sie wohl nicht brauchen.

Aus ihrem Kleiderschrank wählte er ein ärmelloses Kleid, zwei Blusen und eine ausgeblichene Jeans. Dann ging er zu dem Kleiderhaufen auf dem Boden. Er wollte sie in den weißen Shorts sehen. Er hob sie hoch und schüttelte sie, bis der Slip durch eine Beinöffnung fiel. Er sah zu, wie er zu Boden flatterte. Er war stolz auf sich, weil er ihn nicht angefaßt hatte. Er hatte die Shorts in der einen Hand und hob noch die Schuhe auf, dann ging er zu dem Koffer zurück.

War da noch etwas, was sie brauchen würde? Er musterte den Raum.

Er sah die Pinwand über ihrem Schreibtisch. Da waren Fotos angepinnt.

*Die braucht sie nicht*, dachte Jake. *Du hast es eilig.*

Aber er wollte sich die Fotos ansehen, wollte Alison ansehen.

Er ging hinüber. Alison war auf den meisten Fotos, aber sie war mit einem Kerl zusammen. Immer mit dem gleichen. Auf einem schob er sie auf einer Schaukel an. Auf einem anderen saßen sie im Schatten eines Baumes. Auf einem dritten küßten sie sich.

Jake spürte ein Ziehen in der Magengegend.

Der Kerl sah gut aus, trotz der Brille, und er schien sportlich zu sein.

*Das kommt davon, warum mußtest du auch schnüffeln?*

Aber er fühlte sich besser, als ihm wieder einfiel, daß Alison gesagt hatte, sie habe letzte nacht mit ihrem Freund Schluß gemacht.

Sie hatte den Kerl verlassen. Geschah ihm recht.

Jake hob den Koffer auf, nahm die Handtasche und die Jahrbücher und eilte nach unten.

Nachdem sie sich fast eine Stunde lang in der Wanne geaalt hatte, fühlte sich Alison ein bißchen besser. Das heiße Wasser hatte ihre verspannten Muskeln gelockert. Es hatte aber nichts geholfen, um die innere Anspannung zu lösen, diese kalte Übelkeit, die von tief drinnen kam.

Wenn es doch nur etwas gäbe, was sie auf andere Gedanken brachte.

Sie hätte schon gern ein anderes Gedankenprogramm. Nicht mehr diese schlechten Shows, in denen Roland, Helen, Celia, der tote Polizist und Evan die Hauptrollen spielten. Sie wollte den Jake-Kanal. Die Jake Show war angenehm, manchmal auch aufregend. All die anderen taten nur weh.

Alison stieg tropfend aus der Wanne und begann, sich mit einem weichen Handtuch abzutrocknen.

Das wäre alles ja gar nicht so schlimm, wenn sie es vermeiden könnte, sich mit Evan zu treffen.

*Du mußt gehen. Du mußt es hinter dich bringen.*

*Ich habe nichts zum Anziehen.*

Alison wollte das als Ausrede benutzen, aber sie hatte genügend Zeit gehabt, darüber nachzudenken und eine Lösung zu finden.

Sie hängte das feuchte Handtuch über den Halter und verließ das Badezimmer. Die Luft im Korridor schien kühl. In Jakes Zimmer waren die Fenster offen. Ein angenehmer Windhauch umspielte sie.

Sie ging zu seinem Kleiderschrank, nahm ein kariertes Hemd heraus und zog es an. Wenn es zugeknöpft war, konnte man es für ein Kleid halten. Ein kurzes, sehr knappes Kleid zwar, aber es mußte reichen. Sie rollte sich die Ärmel bis zum Ellbogen hoch. Dann fand sie einen Gürtel und band ihn sich um die Taille.

Auf der Innenseite von Jakes Kleiderschrank war ein mannshoher Spiegel. Das Hemd sah nicht aus wie ein Kleid. Es sah aus wie ein Herrenhemd. Sie zog daran, und verschob den Gürtel ein wenig, damit es besser fiel.

Sie ging wieder ins Badezimmer und putzte sich die Zähne mit einem Zeigefinger, auf den sie sich Jakes Zahnpasta schmierte.

Schließlich ging sie in die Küche. An der Wand neben dem Telefon hing ein Notizblock und ein Stift. Sie riß ein Blatt ab und nahm es mit zum Tisch.

»Das ist er«, sagte Sam.

Jakes Herz pochte wild. »Sind Sie sicher?«

»Ich habe Sie beide genau sehen können. Kein Zweifel. Das ist derjenige, der Roland in den Wagen geholfen hat.« Sie glitt mit dem Finger über die Seite mit den Fotos und kam bei den Namen an. »Evan Forbes.«

Der Freund, mit dem Alison Schluß gemacht hatte. Der Mann auf den Fotos an ihrer Pinwand!

*Kein Grund zur Sorge*, beruhigte Jake sich. *Sie haben sich getrennt.*

*Aber sie hat gesagt, sie wolle ihn anrufen, sie wolle ihn wissen lassen, daß es ihr gut ging.*

*Was ist, wenn sie ihm erzählt, wo sie ist?*

»Ich muß mal telefonieren.«

»Tun Sie sich keinen Zwang an.«

Jake wählte seine Nummer. Er lauschte dem Klingeln.

*Na los, heb ab. Bitte, Alison. Nimm das verdammte Telefon ab!*

Es klingelte fünfzehn Mal, bevor er aufgab. »Haben Sie ein Telefonbuch?«
Sam lief aus dem Zimmer. Sie kam mit einem Telefonbuch zurück und warf es Jake entgegen.

Er raste durch die Seiten. Forbes war eingetragen. Jake kannte die Adresse – es war das Mietshaus, vor dem er in der letzten Nacht Rolands geparkten Wagen gefunden hatte. Er war schon an der Tür gewesen und hatte geklingelt.

»Danke, Sam.«

Er rannte.

Er trat gegen die Tür. Mit einen splitternden Krachen flog sie auf.

Der Teppich vor seinen Füßen war mit getrocknetem Blut befleckt.

## 35

Alison ging über den L-förmigen Parkplatz bei Wally, auf der Suche nach Evans Wagen. Er war nicht da. An der Straße stand er auch nicht.

Sie hatte das Haus um eins verlassen, und hatte eine halbe Stunde gerechnet, um zu der Bar zu kommen. Obwohl sie keine Uhr hatte, vermutete sie, daß sie wohl nicht mehr als fünfzehn oder zwanzig Minuten gelaufen war. Sie war zu früh dran.

Um so wenig wie möglich aufzufallen, verließ sie den Parkplatz und ging zu einer der Ulmen an der Straße hinüber. Das Gras war kühl und weich unter ihren bloßen Füßen. Der Schatten war wohltuend. Sie lehnte sich gegen den Baumstamm und zog tief und kräftig die Luft ein. Sie zitterte stark.

Sie konnte sogar sehen, wie sehr ihre Beine zitterten. Sie stemmte sich mit ihnen gegen den Baum, die Knie überkreuzt, die Schenkel fest zusammengepreßt. Vom Saum des Hemdes bis zu den Kniescheiben vibrierte die Haut über den zuckenden Muskeln. Während sie zusah, wurde eine Ecke des Hemdsaumes von einer Windbö angehoben. Sie zog ihn augenblicklich wieder nach unten, und um eine Wiederholung zu verhindern, hielt sie das Hemd danach auf ihren Schenkeln fest. Sie spürte des Zittern durch den Stoff.

*Ganz ruhig bleiben*, beschwor sie sich. *Es gibt gar keinen Grund, so nervös zu sein. Ich werde mich nur mit Evan unterhalten. Es ist ja nicht so, als würden mir die Zähne ohne Betäubung gezogen.*

*Vielleicht ist Evan schon drin. Er könnte zu Fuß gekommen sein. Dann kann ich hier stundenlang warten, während er drin sitzt, sein Bier trinkt und glaubt, ich hätte ihn versetzt.*

*Nun, ich werde nicht hineingehen. Es war schon schlimm genug, so angezogen hierher zu laufen – oder besser, so wenig angezogen. Gottseidank bin ich niemandem begegnet, den ich kenne.*

Aber auch um diese Zeit war es bei Wally voll. Lauter Studenten, und Alison kannte die meisten von ihnen.

Wie um diese These zu unterstreichen, bremste ein Kombi vor der Einfahrt und fuhr auf den Parkplatz. Sie konnte Tracy Weathers durch das Beifahrerfenster erkennen. Glücklicherweise sah Tracy gerade in die andere Richtung. Alison duckte sich zur anderen Seite des Baumes hinüber.

*Ich hätte zu Hause bleiben sollen.*

Sie hörte, wie der Wagen über den Kies knirschte und anhielt. Sie hörte Schritte, die sich entfernten, dann das Motorengeräusch eines anderen Wagens. Ihr Kopf ruckte nach links. Evans blauer Granada kam die Straße hoch.

Er fuhr vor ihr an den Straßenrand und blieb stehen. Evan lehnte sich herüber und öffnete ihr die Beifahrertür. »Du bist früh dran«, sagte er.

Sie zog mit beiden Händen die Hemdschöße nach unten, während sie in den Wagen stieg. Die Polsterung des Sitzes brannte heiß auf ihrem nackten Hintern. Sie stemmte sich nach oben und wischte das Hemd unter sich. Sie hielt die Augen von Evan abgewandt.

»Was hast du da an?«

»Alles, was ich finden konnte.«

»Was ist das, ein Männerhemd?«

Sie drehte sich zu Evan um. Sein Haar war sorgfältig gekämmt und er hatte sich, der Hitze angepaßt, ein buntes Hawaii-Hemd, weiße Shorts und Sandalen angezogen. Er sah gut aus, abgesehen von der Blässe und den blutunterlaufenen Augen. Die Augen wirkten fiebrig. Alison mochte die Art nicht, wie sie durch die Brillengläser angestarrt wurde, wie diese Augen sie musterten.

»Warum machst du dir nicht einfach ein Foto?«

»Ich könnte etwas zu trinken gebrauchen.«

»Laß uns hier bleiben. Ich habe wirklich keine Lust, hineinzugehen. Da drin ist es laut und ...«

»Hast du keinen Hunger?«

»Die Leute werden Fragen stellen. Wegen letzter Nacht. Du hast gesagt, es kam im Radio.«

»Schrecklich«, sagte er. »Ich meine, letzte Nacht.« Er sah ihr ins Gesicht. »Du wirkst ganz schön mitgenommen.«

»Bin ich auch.«

»Du siehst trotzdem hervorragend aus.«

»Ja, ja.«

»Nein, wirklich. Ein blauer Fleck hat nicht die Kraft, so einer Blume die Anmut zu rauben.«

»Danke.«

»Laß uns wenigstens irgendwo etwas zu essen besorgen, ja? Wir können zu einem Drive-In fahren, dann brauchst du dir keine Gedanken machen, daß du jemandem begegnen könntest.«

»Können wir uns nicht einfach hier unterhalten?«

»Ich bin am Verhungern, Al. Wirklich. Ich habe den ganzen Tag noch nichts gegessen.« Er lächelte bitter. »Ich hatte einfach keinen Hunger. Aber jetzt geht es mir schon viel besser. Weil du da bist. Ich fühle mich, als habe man mich von den Toten zurückgeholt.«

»Na ja, wir können ja irgendwo etwas zum Essen holen«, sagte Alison.

»Na also.« Er fuhr los.

Die Kette an der Haustür war nicht vorgelegt. Jake trat ein, mit dem sicheren Gefühl, daß Alison nicht mehr da war.

Er rief ihren Namen, während er durch die Räume hastete. Im Badezimmer fand er seinen Bademantel und Alisons Nachthemd an einem Haken. In der Küche fand er eine Notiz: Sie lag auf dem Tisch, in der Mitte gefaltet, damit der Zettel aufrecht stand:

*Lieber Jake,*

*ich mußte kurz weg, um mich mit meinem ehemaligen Freund zu treffen. Ich weiß, ich sollte hier bleiben, aber er muß mich sehen.*
*Ich bin sicher, es wird nichts passieren, weil ich ihn bei Wally treffe. Da werden viele andere Leute sein, mach dir also keine Sorgen.*
*Ich werde wahrscheinlich zurück sein, bevor du das hier zu sehen bekommst, aber ich dachte, ich schreibe dir doch lieber eine Notiz, für den Fall, daß du früher zurückkommst und dich fragst, wo ich geblieben bin.*
*Bitte mach dir keine Sorgen!*
*Ich bin so schnell es geht zurück. Glaub mir, je schneller desto besser. Es war nur etwas, daß ich noch erledigen mußte.*

*Alison*

Eine eisige, lähmende Hand griff nach ihm, während er zu dem Telefon in der Küche hastete und die Auskunft anrief. Er erhielt die Nummer von Wallys Kneipe, und er rief dort an und bat, Alison Sanders ausrufen zu lassen.

»Sie ist wohl nicht da«, sagte man ihm, nachdem er eine Ewigkeit gewartet hatte.

Er legte auf und rannte zu seinem Wagen.

In der Nachricht stand nicht, wann sie zu Wally gegangen war. Vielleicht war das nur ein paar Minuten her. Vielleicht auch schon Stunden. Wenn sie gelaufen war, war sie vielleicht immer noch unterwegs. Jake versuchte, die Strecke abzufahren, die sie wahrscheinlich genommen hatte. Er kontrollierte die Bürgersteige auf Fußgänger.

*Evan hat sie möglicherweise abgeholt*, dachte er. Nein, in der Nachricht stand, daß sie ihn bei Wally treffen wollte. Sie war also gelaufen. Oder sie hatte sich von einer Freundin abholen lassen.

Das könnte es sein.

Sie hatte eine Freundin angerufen, hatte das Mädchen gebeten, ihr etwas zum Anziehen mitzubringen und sie zu der Bar zu fahren. Vielleicht war die Freundin noch bei ihr.

*Alison ist aber nicht bei Wally.*

*Also ist sie vielleicht noch unterwegs.*

*Bitte!*

Vielleicht war sie da gewesen und schon wieder gegangen. Vielleicht war sie schon auf dem Rückweg.

*Das ist doch nur Wunschdenken. Evan hat dieses Scheißding auf seinem Rücken und er wird Alison nicht entkommen lassen.*

*Vielleicht wollte sie sich gar nicht mit Evan treffen.*

*Doch, er ist das bestimmt. Aber vielleicht hat er das Ding gar nicht in sich.*

*Warum war dann das Blut auf dem Teppich in seiner Wohnung? Roland muß halbtot zu seiner Wohnungstür gestolpert sein. Als Evan ihm die Tür aufgemacht hat, ist dieses Ding aus seinem Bauch geschossen und hat ihn erwischt. Es hat die Kontrolle über Evan übernommen und hat dafür gesorgt, daß er den toten oder sterbenden Roland wieder in den VW gebracht hat. Sam hat die beiden gesehen, hat aber vermutet, Roland sei betrunken.*

*Warum war auf dem Bürgersteig kein Blut?*

*Das Ding ist schlau. Vielleicht hat es Evan dazu genötigt, die Wunden zu verbinden, bevor er Roland nach draußen geschleppt hat. Und die Verbände sind bei dem Feuer verbrannt.*

*Evan hat das Ding, kein Zweifel.*

*Und Evan hat Alison.*

Evan reichte Alison die Tüten mit den Softdrinks, Cheeseburgern und Pommes. Sie hielt sie im Schoß, dankbar dafür, daß sie mehr als nur die Hemdschöße hatte, um ihre Blößen zu bedecken.

Trotz der häufigen Blicke in diese Richtung hatte er sich während der bisherigen Fahrt wie ein Gentleman benommen. Alisons Nervosität war gewichen, obwohl sie immer noch Angst davor hatte, ihm zu sagen, daß sie nicht mehr mit ihm zusammen sein wollte.

Sie wollte diesen Augenblick so lange wie möglich hinauszögern.

Evan fuhr von dem Drive-In-Schalter weg.

Statt auf den Parkplatz vor dem Restaurant einzubiegen, fuhr er geradeaus und auf die Straße.

»Essen wir nicht auf dem Parkplatz?«

»Das wäre doch reizlos. Fahren wir doch irgendwo hin, wo es nett ist. Wir können ein Picknick machen.«

»Evan.«

»Keine Angst. Ich werde vollkommene Zurückhaltung wahren.« Er lächelte sie an. Einer seiner Mundwinkel zuckte. »Keine Fummelei, es sei denn, du fängst damit an. Ich lerne langsam, aber sogar ich habe es jetzt begriffen. Ich habe unsere Beziehung schon genug aufs Spiel gesetzt. Du sitzt da und hältst mich für so etwas wie ein Sexmonster. Nun, das bin ich aber nicht. Du wirst sehen. Von jetzt an heißt es, Hände weg. Betrachte mich als Eunuchen.«

*Dazu ist es zu spät*, dachte Alison.

»Letzte Nacht hätte ich dich beinahe verloren. Es hat nicht viel gefehlt. Mein rüdes Verhalten ... und dann dieser Angriff auf dich. Ich habe begriffen, wieviel du mir bedeutest, wie das wäre, wenn ich dich nie wiedersehen würde. Ich liebe dich so sehr, Alison. Ich werde nie wieder etwas tun, das dazu führt, daß du an mir zweifelst.

»Wir werden sehen, wie sich die Dinge heute entwickeln«, sagte sie.

»Ein Test. Ich habe immer alle meine Tests mit Bravour bestanden.«

Alison lehnte sich in den Sitz zurück. Sie glaubte ihm. Beim Essen würde es keine Probleme geben. Er würde dieses Opfer bringen, weil er wußte, das dies seine letzte Chance war. Wenn er sich heute als guter Junge erwies, hätte er später genügend Gelegenheiten, sich so richtig auszutoben. So dachte er wenigstens.

*Er kann keine Gedanken lesen. Er weiß nicht, daß die Sache vorbei ist, egal wie formvollendet er sich heute benimmt.*

*Und wenn er das schließlich herausfindet, ist es zu spät.*

Er fuhr auf die Latham Road.

»Wo fahren wir hin?«

»Nur ein Stück aus der Stadt raus. Wir wollten picknicken, oder? So wie in alten Zeiten. Nur daß es keine Tändeleien geben wird.«

»Was darf's sein?« fragte der Mann hinter der Theke.

»Ich habe schon einmal angerufen, wegen Alison Sanders«, sagte Jake.

»Ach ja. Sie war nicht da.«

»Kennen Sie sie?«

»Nicht dem Namen nach. Vielleicht, wenn ich sie sehen würde ...«

Mit einem ungeduldigen Kopfschütteln wollte Jake sich abwenden.

»Alison Sanders sagten Sie?«

Es war ein schlanker junger Mann, der auf dem Barhocker neben ihm saß, und an einem Martini nippte.

Für einen Studenten wirkte er schon ziemlich alt. »Kennen Sie sie?«

»Ich habe sie vor ein paar Tagen kennengelernt. Sind Sie ein Freund von ihr?«

Jake zeigte dem Mann seine Marke. »Außerdem bin ich ein Freund. Ich muß sie schnell finden. Sie hat gesagt, sie werde heute hier sein.«

»Nun, sie war hier. Gegen halb zwei, vielleicht war es auch viertel vor. Ich kam gerade. Ehrlich gesagt, bin ich vor allem deshalb gekommen, weil ich gehofft hatte, sie zu treffen.« Er zuckte die Achseln. »Sie war mit jemand anderem da. Ich habe nur kurz gesehen, wie sie in seinen Wagen gestiegen ist.«

»Haben Sie gesehen, wer das war?«

»Ich habe nicht auf den Fahrer gachtet.«

»Konnten Sie Ihre Augen wenigstens lange genug von Alison losreißen, um zu bemerken, was für ein Wagen das war?« Jake versuchte gar nicht erst, seine Verärgerung zu unterdrücken.

»Ein dunkelblauer Viertürer. Ich kenne mich mit Autos nicht so aus. Ich weiß, daß es kein Kombi war. Es war ein eher eckiger Wagen, so wie ein Mercedes. Aber es war natürlich kein Mercedes.«

»Das Nummernschild?«

»Weiß ich nicht. Da war ja nichts Verdächtiges, warum sollte ich also auf das Nummernschild achten?«

»Haben Sie gesehen, wann der Wagen weggefahren ist?«

»Er stand immer noch am Straßenrand, als ich hier reinkam.«

»Das war ungefähr viertel vor zwei?«

»Ja, so ungefähr.«

Jake sah auf seine Uhr. Zehn nach zwei.

Als er aus der Kneipe rannte, mußte er im plötzlichen Sonnenlicht blinzeln. Er rannte zur Straße. Er sah nach links und rechts. Kein blauer Wagen.

Er lehnte sich seitlich an einen Baumstamm.

Zwanzig gottverdammte Minuten.

Wenn er nur ein bißchen schneller gewesen wäre.

Stöhnend rammte er den Ellbogen hart gegen den Baumstamm.

Evan bremste. Als er in die Seitenstraße einbog, sah Alison ein Schild auf der anderen Straßenseite.

Das Oakwood Inn.

*Er bringt mich ins Oakwood.*

Alison fühlte sich plötzlich im freien Fall, tiefer und tiefer einem Abgrund entgegen.

*Das ist kein Traum*, dachte sie. *Lieber Gott, das ist wirklich. Es ist dies Ding, das hinter mir her ist.*

*Ich bin mit Roland fertig geworden. Ich kann mit Evan fertig werden.*

*Oh Gott, ich werde sterben.*

*Vielleicht hat Evan diesen Ort zufällig gewählt, indem er die erste Seitenstraße genommen hat, die ihm interessant erschien?*

»Sieh dir das an«, sagte er, »ein Restaurant.«

Alison nickte.

»Es ist geschlossen.« Ihre Stimme war ein bloßes Flüstern. »Da sind diese Leute umgebracht worden.«

»Tatsächlich?« Er klang überrascht. »Na ja, ich glaube, dann wird niemand etwas dagegen haben, wenn wir deren Parkplatz benutzen.« Er fuhr auf den Eingang des Restaurants zu.

Alison hob die Tüten mit dem Essen von ihrem Schoß. Sie lehnte sich nach vorn und stellte sie auf dem Boden zwischen ihren Füßen.

Als Evan anhielt, war er nicht mehr als einen Meter von den Verandastufen entfernt. »Hier ist das also passiert. Ich frage mich, ob man da hineinkommen kann. Das ist irgendwie faszinierend, findest du nicht? Sollen wir den Schauplatz des Verbrechens erforschen?«

»Vielleicht nach dem Essen.« Sie stellte sich ihm. Sie blickte in seine starren, blutunterlaufenen Augen.

»Was ist los?« fragte er.

»Ich habe mich dir gegenüber so mies verhalten, Evan. All dieser kindische Blödsinn. Als ob ich nicht wollte, daß du ... Es erscheint mir jetzt alles so dumm und kleinlich. Ich meine, gestern nacht bin ich fast umgebracht worden. So etwas, davon wird man ... es hat mich zum Nachdenken gebracht – über das, was wichtig ist und was nicht. Alles was wirklich wichtig ist, ist nur, für andere Menschen da zu sein. Jemanden zu lieben. Also warum habe ich uns beiden all diesen ... diesen Mist angetan? Kannst du mir verzeihen?« Sie legte ihm eine Hand auf die Schulter.

»Du machst Witze«, sagte er und stieß ein zaghaftes, nervöses Lachen hervor. »Ist das hier jetzt ein Teil des Tests, oder was ...?«

»Vergiß das alles. Es gibt keinen Test. Ich will, daß es zwischen uns wieder so ist wie früher.«

»Wirklich? Wirklich?«

Sie zog ihn näher zu sich heran. Da er jetzt nicht mehr auf die Straße achten mußte, wandte Evan sich ihr zu. Sie küßte ihn auf den Mund. Sie schlang ihm die Arme um den Rücken.

Der Wulst unter seinem Hemd fühlte sich gewaltig an.

Ihr aus der Verzweiflung geborenes Wimmern deutete Evan offenbar als

Leidenschaft. Er krallte eine Hand in ihre Brust und drückte. Seine andere Hand tastete sich an ihrem Schenkel hoch. Sie spreizte ihre Beine. Es schauderte sie, als er sie streichelte. Sie flüsterte: »Ich habe dich so vermißt, es hat mir so gefehlt, dich anzufassen.« Sie liebkoste seine Hose. Sein Penis war hart und gewaltig. Er stöhnte, als sie ihn streichelte. Sein Atem kam ruckartig. »Ich hole die Decke, Liebling. Ist sie im Kofferraum?« Er nickte.

Alison zog den Zündschlüssel ab. »Bring die Sachen mit«, sagte sie. »Wir essen später.«

»Du bist wie ausgewechselt.«

»Ich war eine dumme Kuh. Ich hätte nicht so einen Aufstand machen sollen. Aber das ist jetzt vorbei.« Sie kletterte aus dem Wagen.

Ging zum Kofferraum.

Durch die Heckscheibe sah sie, wie Evan sich bückte, um die Lebensmitteltüten aufzuheben.

Sie wirbelte herum und warf die Autoschlüssel mit aller Kraft in das Gesträuch am Rand des Parkplatzes.

Und dann sprintete sie über den heißen Asphalt zu der Ausfahrt hinüber.

Es war wie in der letzten Nacht, als sie versucht hatte, vor Roland davonzulaufen, aber hier gab es keinen Polizeiwagen, zu dem sie hinlaufen konnte. Alison konnte nur hoffen, ihren Vorsprung vor Evan zu behalten und zur Latham Road zu kommen. Vielleicht hatte sie da das Glück, daß jemand in einem vorbeifahrendes Auto anhielt und ihr half.

Sie war noch nicht einmal vom Parkplatz herunter.

Sie pumpte mit den Armen. Sie rannte. Ihre nackten Füße klatschten über den Asphalt. Sie wußte, daß sie schnell war. Sie spürte, wie ihr Haar hinter ihr her wehte, wie die Hemdschöße flatterten.

Sie konnte hören, wie Evans Schuhe hinter ihr über den Asphalt hämmerten. Er hatte schon früher versucht, sie zu fangen, immer zum Spaß, und er hatte sie stets leicht eingeholt. Aber sie war noch nie so vor ihm davongelaufen wie jetzt. Wahrscheinlich war sie noch nie in ihrem Leben so schnell gelaufen.

Jetzt hörte sie nicht nur seine Schuhe, sondern auch seinen keuchenden Atem.

*Er holt auf!*

Sie legte das Kinn auf die Brust, stieß mit den Armen durch die Luft und versuchte, ihre Beine noch schneller zu bewegen als zuvor.

Sie kam an der Einfahrt zum Parkplatz vorbei, und war dann auf der Straße, die nach Latham führte.

Evan war nur knapp hinter ihr.

»Laß mich in Ruhe!« schrie sie.

Er versetzte ihr einen Schlag zwischen die Schulterblätter. Alison stolperte vornüber in einem chaotischen Wirrwarr von wirbelnden Armen und strampelnden Beinen. Dann fiel sie. Sie schlug auf dem Asphalt auf, mit Handflächen und Knien zuerst. Der Aufprall stieß die Hände unter ihr weg. Er nahm ihr den Atem. Sie schlidderte und blieb liegen. Sie bekam keine Luft und ihre Haut brannte, aber sie versuchte, sich wieder aufzurappeln.

Evan trat den Arm unter ihr weg. Sie landete hart auf der Seite. Evan griff nach dem tauben Arm und zerrte.

Er hob sie hoch. Er warf sie sich über die Schulter, drehte sich und ging zurück über den Parkplatz.

## 36

Jake saß in seinem Wagen auf dem Parkplatz von Wally, mit der Stirn auf dem Lenkrad.

*Sitz nicht nur so rum*, schalt er sich. *Such sie, verdammt!*

*Brillante Idee! Wo denn?*

*Ich will nicht, daß sie stirbt.*

*Versuch es mit Evans Wohnung.*

*Da wird er sie nicht hinbringen. Da ist es nicht abgeschieden genug für das, was er vor hat.*

*Er will sie essen.*

*Gottverdammt!*

*Denk nach!*

*Die Wohnung scheidet aus. Er wird sie irgendwo hinbringen, wo es abgeschieden ist, wo er sich keine Gedanken darüber machen muß, daß die Nachbarn etwas hören könnten, wo er sich lange im Geheimen mit ihr vergnügen kann. Ein Feld, oder ein verlassenes Gebäude.*

*Und welches verlassene Gebäude wird das wohl sein, du Volltrottel?*

*Er könnte jetzt schon da sein!*

Evans Schulter stieß hart in Alisons Bauch, als er die Stufen des Restaurants hochstolperte. Er blieb vor der Tür stehen. Einer seiner Arme ließ Alison los, aber der andere hielt noch immer wie eine Schraubzwinge ihre Knie umklammert und preßte so ihre Beine gegen seinen Körper.

Er stieß die Tür auf und trug sie hinein. Die Tür schlug zu. Er machte ein paar Schritte, dann beugte er sich vor, um sie abzusetzen. Alison spürte, wie sie fiel. Als sie von seinen Schultern glitt, griff sie schnell zu und krallte sich in seinen Hinterkopf. Einen Moment lang konnte sie sich so festhalten. Dann schlug Evan ihren Arm weg. Er hielt ihre Beine fest, bis ihr Rücken auf dem Boden krachte. Ihr Kopf schlug hart auf dem Holzfußboden auf.

Evan beugte sich über sie. Er riß das Hemd auf, schlug es auseinander und trat zurück. Er starrte auf sie herunter. Sein Mund stand offen. Er keuchte nach Luft.

Alison lag da, betäubt von dem Aufprall und kaum fähig, Luft zu schnappen. Sie wollte das Hemd schließen. Sie konnte ihre Arme nicht bewegen.

»Wie schön«, keuchte er. »Jetzt hab ich dich, na? Schöne, schlaue Fotze.«

Plötzlich zuckte er. Mit geschlossenen Augen verzerrte sich sein Gesicht zu einer Grimasse. Sein Rücken bog sich durch und er zuckte, als durchlebe er eine unbeschreibliche Exstase. Er schwankte und stöhnte. Speichel lief an seinem Kinn herunter. Er rieb sich die von seinem Penis verursachte Ausbeulung in den Shorts.

Alison sah zu ihm hoch.

Er war unzurechnungsfähig, in seinem Wahn gefangen.

*Jetzt*, dachte sie schwach. *Bevor er wieder zu sich kommt. Los!*

Sie fand die Kraft, sich herumzurollen. Sie stemmte ihre brennenden Hände und Knie gegen den Boden und drückte sich hoch

Evan ergriff sie bei den Knöcheln. Er riß an ihren Beinen. Ihr Bauch klatschte auf den Boden. Er hielt ihre Knöchel immer noch umklammert, überkreuzte sie und zog ruckartig. Alison flog auf den Rücken.

»Oh nein, du wirst nirgends hingehen. Ohne dich findet die Party nicht statt.« Er ging einen Schritt zurück. Er wischte sich mit dem Handrücken über das besabberte Kinn. Dann knöpfte er sein Hemd auf. Er schüttelte es von den Schultern und es flatterte zu Boden.

Links neben seinem Bauchnabel klebte ein mit Heftpflaster befestigter Verband. Ein Streifen purpurn angelaufener Haut zog sich vom Rand des Verbands über seinen Bauch und um seine Taille.

An seinem Gürtel war ein schwarzes Etui befestigt. Alison sah zu, wie seine Hand dahin glitt. Er löste den Verschluß und zog ein Klappmesser heraus. Er ließ die Klinge aufklappen. Sie rastete mit einem metallischen Klicken ein. Genüßlich fuhr er mit der Zunge über die Seite der Klinge, während er Alison mit halbgeschlossenen Augen musterte: »Schmecke ich da Celia? Ja, ich glaube, das tue ich wirklich. Eine saftige Lady, und dabei so zart.« Er leckte über die andere Seite der Klinge.

Er hockte sich hin und beugte sich über Alison. Die Klinge war kühl und feucht auf ihrem Schenkel. Er drehte sie um und wischte die andere Seite an ihrer Haut ab. Mit einer winzigen Drehung des Handgelenks ritzte er sie an. Sie zuckte zusammen. »Autsch, hat das weh getan? Was für eine Schande. Meine arme, arme Alison.« Er rieb über den Schnitt. Die Rückseite seiner Hand tauchte blutverschmiert wieder auf. Er leckte das Blut ab und seufzte.

Alison fühlte Blut an der Innenseite ihres Schenkels herunterrinnen.

Evan stand auf. Er drehte sich in der Hüfte und warf das Messer hinter sich. Die Klinge blieb zitternd im Boden stecken. »Dafür haben wir später noch genug Zeit«, sagte er. »Zuerst wollen wir dich erst mal mit was anderem aufspießen.«

Er öffnete seinen Gürtel. Er machte den Knopf seiner Shorts auf und zog den Reißverschluß herunter. Die Shorts rutschte ihm auf die Knöchel. Er trug einen knappen roten Slip. Die Vorderseite war durch seine Erektion ausgebeult. Er hakte seine Daumen unter das Gummiband des Slips.

Alison trat mit ihrem Fuß zu und erwischte sein Schienbein. Evan stolperte nach hinten, mit wedelnden Armen, die Füße in den Shorts verheddert. Er begann zu fallen.

Alison rollte sich herum. Sie stemmte sich hoch, gelangte auf Hände und Knie und rappelte sich stolpernd auf. Vor ihr war die Bar. Sie hielt sich an der Kante fest, um Halt zu bekommen. Sie wirbelte herum. Evan hatte sich von seiner Hose befreit. Er sprang sie gebückt an.

Alison warf sich nach rechts. Direkt vor ihr war der Speisesaal. Und dahinter, auf der anderen Seite von einem langen Stück Fußboden, war ein Fenster. Sollte sie versuchen, durch das Fenster zu springen? Das könnte sie umbringen. Aber besser das Fenster als Evan. Doch sie würde es sowieso nicht erreichen. Evan war schon zu nah hinter ihr, seine Schuhe trommelten über den Boden, sein Atem pfiff.

Sie duckte sich um die Ecke.

Sie hatte einen Augenblick, um das Chaos auf dem Boden zu sehen: Dosen, Lappen, Werkzeugkoffer, Staubsauger, Leiter. Einen Moment, um sich zu fragen, ob sie den Sachen ausweichen konnte.

Evan sprang sie an.

Sein Kopf rammte in ihren Rücken. Seine Hände umklammerten ihre Hüften. Seine Attacke warf sie nach vorn und zu Boden. Sie schrie auf, als sie fiel. Direkt in die Dosen. Eine blieb unter ihrer Hüfte liegen. Eine andere drückte sich in ihren Bauch. Die Kanten der offenen Werkzeugkiste quetschen sich in ihre Brust. Ihre linke Brust steckte in der Kiste, gegen kalten Stahl gepreßt.

Evan stieg von ihr herunter. Er zog sie an den Knöcheln zurück. Als die Kante der Werkzeugkiste über ihre Brust schabte, schlang sie den Arm um die Kiste. Sie scharrte über den Boden.

Evan gab es auf, sie zu ziehen. Er faßte sie an den Hüften. Knurrend vor Wut oder vor Anstrengung hob er sie von dem Kasten herunter, stieß sie zur Seite und ließ sie fallen. Im Fallen schützte Alison ihren Bauch mit den Armen und wandte das Gesicht vom Boden ab. Der Aufprall war nicht so schlimm, wie sie befürchtet hatte.

Ein paar Sekunden lang passierte gar nichts. Alison lag nur da und schnappte nach Luft.

Evan war in der Nähe, aber solange sie den Kopf nicht drehte, sah sie ihn auch nicht.

Sie hörte ihn näher kommen.

Eine Hand ergriff ihre rechte Schulter. Eine andere Hand schob sich unter ihre Hüfte. Beide zusammen zerrten an ihr. Sie rollte auf die Seite, dann auf den Rücken. Und setzte die Bewegung fort, wobei sie die Arme öffnete, die sie vor den Bauch gehalten hatte. Sie landete auf ihrer linken Seite, direkt vor Evan, der nackt auf dem Fußboden hockte und auf ihre Brüste starrte und nicht auf ihre rechte Hand, nicht auf den Schraubenzieher, den sie in dem Werkzeugkasten gefunden hatte.

Sie stieß das spitze Werkzeug in ihn hinein.

Es traf ihn knapp unter dem Brustbein. Und drang tief ein. Die Wucht des Stoßes ließ ihn nach hinten stolpern. Mit den Knien in der Luft starrte er mit weit aufgerissenen Augen gegen die Decke. Sein Mund zuckte in Todesqualen. Er gab wimmernde, saugende Geräusche von sich beim Versuch, Luft zu holen. Seine leichenblasse Hand zerrte an dem Schraubenzieher. Die Klinge gab ein wenig nach, aber sie steckte immer noch tief in seinem Körper, als seine Hand plötzlich krampfartig zuckte und den Schraubenzieher in der Wunde zur Seite wegdrückte. Sein Körper zuckte konvulsivisch, seine Fersen stemmten sich gegen den Boden und drückten sein Becken höher und höher, während er die Klinge ganz aus sich herauszog.

Alison war im Begriff, sich aufzurichten, behielt dabei aber seine Konvulsionen im Auge. Sie lag immer noch auf dem Boden, die ausgestreckten Armen vom Boden abgestützt und war dabei, die Beine anzuziehen, als Evan den Schraubenzieher herausriß, sich herumwarf und damit nach ihr stieß. Sie fuhr zurück. Evans Arm fuhr nach unten und sein Körper prallte mit der Seite auf den Boden. Die Spitze des Schraubenziehers bohrte sich in den Fußboden, nur Zentimeter neben ihrer Hüfte.

Alison robbte weiter weg. Sie drehte sich um und krabbelte auf den Werkzeugkasten zu. Sie blickte über ihre Schulter und sah, wie Evan den Schraubenzieher aus dem Fußboden zerrte. Er lag flach auf dem Bauch und zuckte.

Sie nahm einen Zimmermannshammer aus der Kiste.

Evan wand sich immer noch krampfhaft auf dem Boden.

Sie kroch zu ihm zurück. Seine zuckenden Arme und Beine stießen gegen den Fußboden, als versuche er, sich hochzustemmen.

»Bleib liegen«, keuchte Alison. Sie hob den Hammer über ihrem Kopf. »Bleib liegen oder ich schlage dir deinen verdammten Schädel ein.«

Sie starrte auf den blaugrünen Streifen, der sich von seiner Hüfte zum Rücken erstreckte. Die verfärbte Haut über seinem Rückgrat endete in einem mehrere Zentimeter dicken Wulst oben in den Nacken.

*Das ist dieses Ding*, dachte Alison. Sie erinnerte sich an Jakes Warnungen.

*Wenn Evan stirbt, kommt das Ding heraus.*

*Und versucht, mich zu kriegen.*

*Aber noch ist er ja nicht tot.*

Der Schraubenzieher entfiel seiner Hand. Er versuchte, ihn wieder aufzuheben, aber seine entkräfteten Finger stießen ihn nur an und er rollte davon.

Alison richtete sich auf. Sie zitterte stark und ihre Beine waren wie Gummi. Um nicht umzufallen, stolperte sie ein paar Schritte zurück zu der Leiter, ließ den Hammer fallen und faßte nach einer der unteren Sprossen, um sich aufrecht zu halten.

Evan zuckte weiterhin, aber nur noch schwach.

Sie würde um seinen Körper herumgehen müssen, um zur Haustür zu gelangen. Er war nicht mehr in der Verfassung, sie daran zu hindern. Sie ließ die Leiter los, machte einen Schritt und erstarrte dann, als plötzlich Blut aus Evans Nacken spritzte.

Die Kreatur katapultierte sich durch die rote Fontäne hinaus, sie schnellte aus Evan heraus, schoß über sein Schulterbein hinweg, fiel auf den Boden und glitt auf Alisons Füße zu.

Sie sprang zurück. Stieß gegen die Leiter. Bekam eine Ferse auf die erste Stufe. Sie ergriff die Seitenteile hinter sich mit beiden Händen und kletterte. Die Leiter schwankte. Als die Kreatur den Fuß der Leiter erreichte, war sie gerade mal zwei Stufen hoch gekommen. Sie starrte auf die Monströsität unter sich herunter, kletterte eine Stufe höher und hielt sich da keuchend fest.

Die Kreatur rollte sich langsam zusammen.

Sie sah aus wie eine Schlange, aber mit ihrem schleimig pulsierenden Fleisch fühlte Alison sich eher an einen halben Meter Eingeweide erinnert. Da, wo Evans Blut abgescheuert war, war das Ding blaßgelb und mit Adern durchzogen.

Ein Ende hob sich aus dem zusammengeringelten Etwas. Es war weniger ein Kopf als eine Öffnung. Ein Gartenschlauch mit Zähnen. Die Öffnung klappte zu und Alison sah die trüben grauen Klumpen der Augen.

Diese Augen schienen zu ihr hochzustarrenen, sie zu begehren.

Alisons Nackenhaare sträubten sich. Sie sah an sich herunter. Das offene Hemd hing an einer Schulter herunter. Sie hatte sich noch nie so nackt gefühlt, so entblößt, so verletzlich. Sie wollte das Hemd zuknöpfen und eine Hand zwischen ihre Schenkel legen, aber sie stand nur erstarrt da und umklammerte die Seiten der Leiter.

Die Kreatur streckte sich hoch und ließ sich dann mit dem obersten Stück über die erste Sufe der Leiter fallen. Das untere Ende wand sich und wurde dann nachgeschwungen. Einen Augenblick später lag das Ding mit der ganzen Länge auf dem Alumiumtritt ausgestreckt.

Wimmernd kletterte Alison höher.

Als Jakes Wagen wieder über eine Anhöhe auf der Straße schoß, sah er den zum Oakwood gehörenden Parkplatz. Ein blauer Wagen parkte vor dem Eingang des Restaurants.

*Laß es noch rechtzeitig sein! Bitte!*

Der Wagen verlor einen Moment lang den Asphalt unter der Reifen und fiel dann auf die Straße zurück.

*Bitte, bitte, laß mich noch rechtzeitig kommen!*

Es hatte so verdammt lange gedauert! Er war gefahren, so schnell er nur konnte, war über die Kreuzungen gerast, ohne sich um Vorfahrtsregeln und rote Ampeln zu kümmern, und dabei zweimal nur knapp einer Kollision entgangen. Aber es hatte so verdammt lange gedauert!

Fünf Minuten? Eher zehn.

*Oh Gott, bitte. Laß sie am Leben sein!*

Das Ding kam näher. Und näher.

Alison kletterte höher, aber es tat das auch. Und es schien mit jedem Mal geschickter darin zu werden, sich von einer Stufe zur nächsten hochzuschwingen.

Alison saß auf der obersten Stufe, am Ende der Leiter, hielt sich krampfhaft fest und starrte zwischen ihren Knien hindurch.

Sie wimmerte. Das Ding war ein grausiger gelbstichiger Fleck durch ihre Tränen.

Es schwang sich auf die nächste Stufe.

Mit einem verzweifelten Schluchzen ließ Alison vorsichtig die Leiter los und richtete sich auf. Sie kletterte rückwärts und hielt die Arme weit ausgestreckt, um die Balance zu halten. Eine Stufe, und dann noch eine. Sie war nun ganz oben auf der Leiter. Sie schwankte, als die Leiter kippelte. Als das Kippeln aufhörte, stellte sie die Beine ein wenig auseinander und bog die Knie geringfügig durch, um sich im Gleichgewicht zu halten.

Sie blickte hinunter und sah zu, wie das Monster sich auf die Stufe hochzog, wo nur Sekunden zuvor ihre Füße gestanden hatten. Noch eine, und dann war es auf der Stufe direkt unter ihr. Und von da ...

Alison hörte das Röhren eines Motors.

Ein Auto! Es kam hierher! Es mußte hierher kommen!

Irgendwie hatte Jake richtig kombiniert ... *Gott, hoffentlich ist es Jake! Er wird im letzten Moment durch die Tür gestürmt kommen, und dieses Mistviech in Stücke schießen.*

Bremsen quietschten.

Der Mauervorsprung nahm ihr die Sicht auf die Haustür.

»HILFE!« schrie sie. Dann sah sie herunter. Die Kreatur war bereits eine Stufe höher. Der Ring des Mauls klappte zu und die stumpfen grauen Augen schienen zwischen ihre Beine hochzustarren, als es den Kopf hob.

Alison sprang.

Sie warf ihr rechtes Bein weit nach vorne, stieß sich mit dem linken ab, in der Hoffnung, dabei die Leiter umzuwerfen, und ließ sich fallen.

Sie fiel lange Zeit.

Auf Evans ausgestreckten Körper zu.

Ihre Füße kamen auf dem Boden auf. Ihre Knie gaben nach. Sie stolperte nach vorn und ihre ausgestreckten Hände trafen auf Evans Rücken. Ihre linke Hand rutschte in dem Blut weg. Als sie auf ihn herunterstürzte, platschte etwas auf ihren Rücken.

Etwas Langes, Glitschiges.

Jake hetzte die Verandastufen hoch, als er einen wilden Schrei hörte.

Er stieß die Tür auf.

Das Restaurant wirkte dunkel nach der strahlenden Nachmittagssonne. Er durchforschte den Raum blitzschnell mit den Augen. Er sah niemanden, nur ein aufrecht stehendes Messer, die Klinge in den Boden vor seinen Füßen gebohrt. Aber er hörte jemanden weinen. Und dann schnelle Fußtritte.

Er wirbelte nach links, den Revolver im Anschlag. Alison stürmte um die Ecke. Ihr Gesicht war panikverzerrt. Sie krallte eine Hand in die Luft, als versuche sie, nach Jake zu greifen. Ihr anderer Arm war hocherhoben, der Ellbogen ragte neben ihrem Kopf auf, ihre Hand tastete auf ihrem Rücken. Das offene Hemd wehte wie ein Cape hinter ihr her, als sie auf ihn zu rannte.

Jake sprang zur Seite, um ein freies Schußfeld auf den zu haben, der Alison verfolgte, aber da kam niemand.

»Es ist auf mir«, kreischte sie. »In mir!«

Sie drehte sich vor Jake um. Das dicke, gelbliche Ding an ihrem Rücken peitschte von einer Seite zur anderen wie ein grotesk deplacierter Schwanz.

Jake ließ den Revolver fallen. Mit der rechten Hand faßte er Alison hart an der Schulter, damit sie still hielt. Mit der Linken schnappte er nach der zuckenden Kreatur und zerrte an ihr. Seine Hand rutschte von dem glitschigen, nachgiebigen Fleisch ab. Er griff erneut zu. Obwohl er mit aller Kraft zog, spürte er, wie das Ding tiefer in Alison hineinglitt. Er krallte seine Hand hinein und riß. Alison schrie vor Schmerzen und stolperte nach hinten. Die Kreatur löste sich nicht.

»Nein!« schrie Jake.

Er warf Alison auf den Boden. Er riß ihr das Hemd vom Leib und warf es beiseite, dann ließ er sich auf ihren zappelnden Körper fallen. Er setzte sich auf ihr Gesäß und hebelte das Messer aus dem Fußboden.

Er ergriff das Monster, schlang seine linke Hand um den nachgiebigen glitschigen Körper und zog ihn straff. Das Fleisch dehnte sich und wurde schmaler, aber das Ding rutschte immer noch tiefer in Alison hinein. Der Wulst unter ihrer Haut war jetzt zehn Zentimeter lang und wurde länger.

Er stach Alison in den Rücken.

Sie jaulte auf, versteifte sich und krallte die Fingernägel in den Fußboden.

Die Spitze der Klinge erreichte die sich voranbohrende Spitze des Wulstes. Jake achtete darauf, nicht zu tief zu schneiden. Anderthalb Zentimeter, nicht mehr. Blut und dicke gelbe Flüssigkeit quollen aus der Wunde. Er fuhr mit dem Messer nach unten und schlitzte Alisons Haut auf, bis sie sich bis zu dem Loch teilte, dann riß er ihr die Kreatur vom Rücken.

»Hab dich!«

Alison rollte sich schluchzend auf den Rücken und sah durch ihre Tränen zu, wie Jake auf die Füße sprang. In der einen Hand hielt er das blutige Messer. In der anderen die Kreatur. Er wirbelte herum und schwang sie wie eine Peitsche über den Kopf. Eine gelbe Flüssigkeit spritzte aus dem aufgeschlitzten Körper. Er schmetterte ihn neben der Tür gegen die Wand. Das Ding hinterließ einen feuchten Schmierstreifen. Er riß es wieder hoch und schmetterte es gegen den Boden. Er stampfte mit einem Fuß darauf, dann mit beiden, und sprang auf und ab, bis nur noch eine matschige Masse übrig war.

Dann beugte er sich darüber und kratzte den Rest mit der Spitze des Messers auf. Er trug ihn durch die Tür.

»Jake?«

Keine Antwort.

Alison stemmte sich hoch. Sie kroch zu der Tür und stöhnte, als ihr aufgeschnittener Rücken protestierte. Sie zog sich am Türrahmen hoch und gelangte auf die Knie. Da hielt sie sich fest und sah zu, wie Jake zum Kofferraum seines Wagens lief, während das Ding an seiner Seite zappelte und tropfte.

Sie hatte Schmerzen und verspürte immer noch Angst. Sie fühlte, wie ihr das Blut vom Rücken über den Hintern hinunter und in Rinnsalen an ihren Beinen entlanglief. Sie wollte nicht allein gelassen werden.

*Kümmere dich um mich, Jake. Ich brauche dich.*

*Verdammt, benimm dich nicht wie ein kleines Kind. Er hat dir das Leben gerettet. Laß ihn jetzt das zu Ende führen, was auch immer er da gerade tut.*

Er nahm einen roten Benzinkanister aus dem Kofferraum. Er ging mit dem zerschmetterten Kadaver ein paar Meter weit weg, ließ ihn fallen und übergoss ihn mit Benzin. Er leerte den Kanister darüber aus. Eine Lache verteilte sich über den Asphalt.

»Warte!« schrie Alison. Sie zog sich hoch, griff nach dem Hemd und hielt es schützend vor sich. Dann stolperte sie von der Veranda.

Jake wollte sie wegscheuchen, aber sie schüttelte den Kopf.

Er setzte den Kanister ab und rannte ihr entgegen. Er sprang auf die Veranda und legte seinen Arm um sie. »Alison.«

Sie klammerte sich an ihn. Mit Jakes Hilfe kletterte sie die Stufen herunter. Er führte sie zu seinem Wagen. Sie lehnte sich gegen die Fahrertür, dann ließ sie sich daran hinuntergleiten und hockte sich hin, während Jake zu dem feuchten Fleck auf dem Parkplatz zurücklief. Er riß ein Streichholz an und warf es in das Benzin.

Als die fahle Flamme sich erhob, kam er zu Alison zurück. Er hockte sich neben sie. Sie legte eine Hand auf sein Knie. Er sah sie an. »Was ist mit Evan passiert?«

»Ich habe ihn getötet.«

Jake nickte und wandte seinen Blick dem Feuer zu.

Öliger schwarzer Qualm stieg von den Überresten der Kreatur auf. Alison hörte zischende, prasselnde Geräusche. Als ein Windhauch den Qualm zerstreute, sah sie einen blubbernden schwarzen Fleck auf dem Asphalt.

Jake legte eine Hand hinter Alisons Kopf und streichelte ihr sanft über die Haare.

Sie sahen zu, bis die Flammen erloschen.

# 37

Jake beugte sich über das Bett und küßte sie. Er streichelte ihr über den Kopf. »Schlaf gut, Liebes. Soll ich dir eine Platte anstellen?«

»Nicht jetzt«, sagte Kimmy mit tadelndem Blick. »Es ist noch nicht Zeit. Wir sind beschäftigt.«

»Beschäftigt? So ... Na ja ...« Er musterte scharf ihr Ohr und leckte sich über die Lippen. »Mayo wäre nicht schlecht.«

»Nein!« Sie zog die Schulter hoch und preßte sich Clew auf das Ohr. »Kein Ohrentoast. Ich meine das ernst.«

»Aber ich habe Hunger.«

»Du kriegst ja gleich Popcorn. Und wehe, wenn du mir nichts übrig läßt.«

»Mal sehen.«

Sie drehte sich zu Alison um, die neben ihr auf dem Bett saß. »Ich kriege doch auch was, oder?«

»Sicher.«

Kimmy warf Jake einen hochmütigen Blick zu. »Alison sorgt schon dafür.«

»Gute Nacht, Liebling.« Er grinste und verließ den Raum.

Alison hob das aufgeschlagene Buch von ihrem Schoß. »Wo waren wir? Ah da, Pooh und Ferkl verfolgten das Wuschel durch den Schnee.« Sie begann zu lesen, aber Kimmy legte ihre kleine Hand auf die Seite und verdeckte den Absatz. Sie sah Alison in die Augen.

»Wirst du jetzt immer hier sein?« fragte sie.

»Ich weiß nicht.«

»Aber alle deine Sachen sind hier.«

»Ja, das stimmt.« Alison legte dem Mädchen die Hand auf den Rücken. »Ich glaube, so lange meine Sachen hier sind, werde ich auch hier sein. Ist das in Ordnung?«

»Ich glaube schon«, sagte Kimmy, überlegte und nickte. »Weil, weißt du, ich mag es, wie du vorliest. Du kannst das viel besser als Papa. Und weißt du noch was? Wenn Papa mit mir ins Kino gegangen ist, und ich aufs Klo mußte ...« Sie legte sich die Hand auf den Mund und kicherte. Sie stubste Alison mit ihrer winzigen Schulter an, legte den Kopf in den Nacken, nahm dann die Hand weg und flüsterte: »Ich mußte mit ihm auf das falsche Klo gehen und da waren Männer, die haben in die Spülbecken gepinkelt. Das war unanständig.«

»In die Spülbecken?«

»Ja.«

»Na, ich glaube, dann sollte ich wohl nicht mehr zulassen, daß er mit dir ins Kino geht, ohne daß ich dabei bin.«

»Nur noch, wenn du dabei bist.«

Alison klappte das Buch zu: »Nun, ich sollte jetzt besser dafür sorgen, daß du etwas Schlaf bekommst. Du mußt früh aufstehn und hellwach sein, wenn wir morgen in den Zoo wollen.«

»Glaubst du, daß wir da ein Wuschel sehen?«

»Man weiß das nie so genau bei Wuscheln.« Alison stand auf. Sie legte das Buch auf das Regal, während Kimmy unter die Decke krabbelte.

Alison deckte sie zu, dann kniete sie neben dem Bett. Kimmy stopfte Clew oben in ihr Nachthemd. »Sagst du dein Nachtgebet auf?« fragte Alison.

Kimmy grinste. »Nein, mach du das. Das eine, daß du mir beigebracht hast. Das gruselige.«

»Vielleicht solltest du lieber ein nettes aufsagen. Ich will keinen schlechten Einfluß auf dich haben.«

Kimmy bestand darauf: »Ich will das Gruselige.«

»Na gut.« Alison schloß die Augen und faltete die Hände über der Bettdecke. »Lieber Gott, beschütze uns vor Gespenstern und Geistern, langbeinigen Monstern und schrecklichen Dingen unter dem Bett.«

»Das ist schön«, sagte Kimmy.

»Gute Nacht«, Alison richtete sich auf.

»Du hast vergessen, mir einen Kuß zu geben.«

Alison beugte sich über Kimmy. Die Arme des Mädchens schlangen sich um ihren Hals und zogen sie nach unten zu einer innigen Umarmung. Bei dieser Stärke erwartete Alison einen feuchten Kuß. Aber Kimmys Lippen drängten sich gegen ihren Mund mit solcher Zärtlichkeit, daß ihr die Tränen in die Augen traten. »Wir sehen uns morgen früh, Liebling.« Sie stand auf.

»Vergiß nicht, mir etwas von dem Popcorn aufzuheben.«

»Keine Angst. Soll ich dir die Platte anstellen?«

»Die zweite Seite.«

Alison drehte die Schallplatte um und stellte die Anlage an. Sie dimmte das Licht auf Kimmys Nachttisch, und sah dann noch einmal zu ihr herüber, wie sie da lag, mit Clew in den Ausschnitt ihres Nachthemdes geklemmt und einen Arm um Cookie Monster geschlungen. Dann drehte sie sich um und verließ den Raum.

Im Wohnzimmers saß Jake auf dem Sofa. Eine große Schüssel mit Popcorn stand auf dem Kissen neben ihm. Zwei Gläser mit Cola standen auf dem Tisch vor seinen Knien. Statt sich zu ihm zu setzen, ging sie in die

Küche. Sie nahm eine von Kimmys Müsli-Schalen aus dem Schrank. Es war eine mit Snoopy und Charlie Brown. Sie brachte die Schüssel ins Wohnzimmer, beugte sich über die große Schüssel und füllte Popcorn um.

»Junge, hat die dich gut abgerichtet«, meinte Jake.

»Ich stehe zu meinem Wort.« Sie brachte Kimmys Schüssel in die Küche, stellte sie auf der Anrichte ab und kam zurück.

Ihr war heiß in ihrem Bademantel. Sie zog ihn aus. Darunter trug sie ein rotes Flannell-Nachthemd, das sie sich nachmittags auf dem Campus gekauft hatte. »Was hältst du davon?« Sie drehte sich vor ihm.

»Hübsch. Obwohl ich ein gewisses Faible für dein blaues Negligé habe.«

»Das beschwört bestimmte Erinnerungen herauf.«

»Nicht für mich.«

»Dann werde ich es manchmal tragen.« Sie hob die Popcornschüssel und setzte sich neben Jake. Das Nachthemd war sehr kurz. Sie spürte die Polsterung des Sofas auf ihrer nackten Haut. Ihr Magen kribbelte. Einen Augenblick lang sah sich sich auf dem Sitz von Evans Wagen, die Hemdschöße zu kurz, um ihren Hintern zu bedecken.

»Was ist los?« fragte Jake. Er war immer so aufmerksam, und bemerkte die geringsten Stimmungsschwankungen bei ihr.

»Eine hochgekommene Erinnerung.«

»Es tut mir leid.«

Sie lächelte ihn an. »Es ist nicht deine Schuld.«

»Ich hasse es nur, wenn dich etwas unglücklich macht.«

»Ich weiß.« Sie stellte sich die Popcornschüssel in den Schoß. Sie war warm auf ihren nackten Schenkeln. »Aber du siehst wie ein begossener Pudel aus, wenn du mich bemitleidest. Nimm etwas Popcorn.«

Er schob seine große Hand hinein und nahm eine Handvoll.

»Was hast du für heute abend ausgeliehen?«

»*Halloween* und *Hügel der blutigen Augen*.«

»Toll!«

»Ich wette, du hast sie schon gesehen.«

»Natürlich.«

»Es gibt auch so etwas wie Komödien in den Videotheken.«

»Die machen bei weitem nicht so viel Spaß.«

Jake grinste, schüttelte den Kopf und warf sich ein paar Popcornkrümel in den Mund. »Erstaunlich«, sagte er, nachdem er ein paar Sekunden gekaut hatte. »Es macht dir wirklich nichts aus, dieses Zeug zu gucken? Nach allem, was passiert ist?«

»Die Filme sind nicht wirklich.«

»Ich hätte gedacht, sie würden Erinnerungen wachrufen.«

»Das tun sie. Manchmal. Aber das tun alle möglichen Dinge. Es ist erst drei Wochen her.«

»Drei wunderbare Wochen«, sagte Jake.

»Ja.«

Sie sah zu, wie Jake noch etwas Popcorn futterte. Sie nahm selbst eine Hand voll, warf sie sich in den Mund und zuckte: »Autsch!«

Jake blickte sie alarmiert an.

»Es ist zu heiß zum essen!«

Jetzt war sein Blick irritiert.

Alison hob die Schüssel von ihrem Schoß, lehnte sich vor und stellte sie auf dem Tisch ab. »Ich glaube, wir sollten das noch etwas abkühlen lassen, findest du nicht auch? Wir wollen uns doch nicht den Mund verbrennen, während wir die Filme gucken.«

»Oh, ja, sicher.« Jake errötete ein wenig.

Alison zog sich das Nachthemd über den Kopf. Sie setzte sich ihm gegenüber und begann, die Knöpfe seiner Pyjama-Jacke zu öffnen. Er schluckte den Rest des Popcorns hinunter. Er sah ihr in die Augen. Dann glitt sein Blick herunter und fuhr über ihren nackten Körper.

Alison sah zu, wie sich seine Hände langsam näherten, bis seine Fingerspitzen tastend ihre Brüste berührten. Die Hand, in der er das Popcorn gehalten hatte, war körnig durch das Salz, und rutschig durch die Butter. »Oh«, wisperte er. Er nahm die Hand weg und wischte sie an seiner Pyjamahose ab, wo sie einen öligen Streifen hinterließ.

Das Öl und die Butter auf Alisons Brust glänzten im Licht. »Du solltest das beser ablecken«, sagte sie.

Das tat er auch.

Als seine Zunge um ihre Brustwarzen spielte, zog ihm Alison die Jacke über die Arme hinunter. Sie keuchte und bog den Rücken durch, als er an ihr saugte.

Dann wanderten seine Lippen zu ihrem Mund und seine Arme umfingen sie.

Alison ließ sich zur Seite gegen die Sofalehne fallen und streckte ihre Beine unter den Tisch. Jake schob seine Zunge in ihren Mund. Sie zog am Bund seiner Pyjamahose. Die Knöpfe öffneten sich und sie zog, bis er sich ihr entgegenreckte, glatt und hart.

Seine Zunge wanderte von ihrem Mund weg. Er küßte ihre Lippen, ihr Kinn, ihren Hals. Seine Hände wanderten über ihren Körper, liebkosten ihre Schultern, glitten hinunter, schmiegten sich um ihre Hinterbacken und bewegten sich dann wieder nach oben.

Sie mieden die Mitte ihres Rückens.

Sie faßte ihm sanft in die Haare, zog den Kopf weg und sah ihn an. »Du faßt mich ... da ... nie an.«

Er hob leicht die Augenbrauen.

»Da, wo *das* gesessen hat.«

»Nein, wohl nicht«, wisperte er. Alison spürte, wie sein Penis an ihrer Hüfte erschlaffte.

»Stößt es dich ab?«

»Nein. Oh Gott, nein, natürlich nicht. Nichts an dir stößt mich ab.«

»Es saß in mir drin.«

»Aber jetzt ist da nichts mehr. Ich habe gesehen, wie der Arzt die Wunde gesäubert hat, und ...«

»Aber du hast Angst, mich da anzufassen.«

»Nein, habe ich nicht.«

»Hast du Angst, du könntest dir etwas einfangen?«

»Ich will dir nicht weh tun.«

»Es ist abgeheilt. Da ist nur noch die Narbe.«

»Willst du, daß ich dich da berühre?«

»Nicht, wenn du das nicht willst.«

»Das hat damit nichts zu tun.« Er wirkte hilflos.

»Womit dann?«

»Ich habe dir das angetan. Ich habe dich mit dem Messer verletzt, dich aufgeschnitten. Ich habe dir weh getan, und wenn ich die Wunde sehe und sie berühre, dann sehe ich wieder vor mir, wie du aufgeschrien hast und wie du zusammengezuckt bist und wie du die Finger in den Boden gekrallt hast. Dann wird mir wieder klar, wie sehr ich dir wehgetan habe.«

»Du meinst, das sind Schuldgefühle, nichts weiter?«

»So könnte man es ausdrücken.«

»Du Trottel, du hast mir das Leben gerettet.« Alison preßte ihre Wange an seine und umarmte ihn fest. »Ich sehe mir die Narbe immer wieder im Spiegel an. Sie ist etwas Besonderes, Jake. Das bist du, der in mich hinein- und den Alptraum hinausschneidet.«

Jakes Fingerspitzen zitterten auf dem Fleisch von Alisons Wunde. Sie glitten langsam an ihr herunter. Es kitzelte und sie zitterte.

»Tut es weh?«

»Nein. Tut das hier weh?«

Jake stöhnte.

»Hören wir mit dem ganzen Small Talk auf«, sagte Alison. »Das Popcorn wird kalt und wir haben immer noch eine Videovorstellung vor uns.«

»Und was bin ich?« fragte Jake. »Die Vorschau?«

Alison lachte und schwang ein Bein über seine Hüfte.

# Graham Masterton
# Die Opferung

ISBN 3935822-04-9, 288 Seiten
Hardcover mit Schutzumschlag und Leseband

Existiert das verrufene Fortyfoot-Haus wirklich, oder ist es eine Spiegelung aus Vergangenheit oder Zukunft? Und was haust dort auf dem Dachboden? Ratten? Nein, es ist Brown Jenkin – und der ist weitaus schlimmer, als es Ratten je sein könnten.

Der internationale Bestsellerautor Graham Masterton (u.a. *Der Manitou*) zollt mit diesem großartigen Alptraum in Prosa seinem literarischen Vorbild H. P. Lovecraft Tribut.